सभी दीवाने दौलत के

वेद प्रकाश शर्मा

हिन्द पॉकेट बुक्स
पेंगुइन रैंडम हाउस इम्प्रिंट

हिन्द पॉकेट बुक्स

यूएसए। कनाडा। यूके। आयरलैंड। ऑस्ट्रेलिया। सिंगापुर
न्यू ज़ीलैंड। भारत। दक्षिण अफ्रीका। चीन

हिन्द पॉकेट बुक्स, पेंगुइन रैंडम हाउस ग्रुप ऑफ़ कम्पनीज़ का हिस्सा है, जिसका पता www.hindpocketbooks.com पर मिलेगा

पेंगुइन रैंडम हाउस इंडिया प्रा. लि.,
चौथी मंजिल, कैपिटल टावर -1, एम जी रोड,
गुड़गांव 122 002, हरियाणा, भारत

पेंगुइन
रैंडम हाउस
इंडिया

प्रथम संस्करण : विमल पॉकेट बुक्स द्वारा 1980 में प्रकाशित
प्रथम हिन्दी संस्करण हिन्द पॉकेट बुक्स द्वारा 2019 में प्रकाशित

10 9 8 7 6 5 4 3 2

इस पुस्तक में व्यक्त विचार लेखक के अपने हैं, जिनका यथासंभव तथात्मक सत्यापन किया गया है, और इस सम्बन्ध में प्रकाशक एवं सहयोगी प्रकाशक किसी भी रूप में उत्तरदायी नहीं हैं।

ISBN 9789353493530

मुद्रकः रेप्रो इंडिया लिमिटेड

www.penguin.co.in

FSC
www.fsc.org
MIX
Paper from responsible sources
FSC® C047271

This is a legitimate digitally printed version of the book and therefore might not have certain extra finishing on the cover.

हिन्द पॉकेट बुक्स

सभी दीवाने दौलत के

10 जून, 1955 को मेरठ में जन्मे वेद प्रकाश शर्मा हिंदी के लोकप्रिय उपन्यासकार थे। उनके पिता पं. मिश्रीलाल शर्मा मूलत: बुलंदशहर के रहने वाले थे। वेद प्रकाश एक बहन और सात भाइयों में सबसे छोटे हैं। एक भाई और बहन को छोड़कर सबकी मृत्यु हो गई। 1962 में बड़े भाई की मौत हुई और उसी साल इतनी बारिश हुई कि किराए का मकान टूट गया। फिर एक बीमारी की वजह से पिता ने खाट पकड़ ली। घर में कोई कमाने वाला नहीं था, इसलिए सारी ज़िम्मेदारी मां पर आ गई। मां के संघर्ष से इन्हें लेखन की प्रेरणा मिली और फिर देखते ही देखते एक से बढ़कर एक उपन्यास लिखते चले गए।

वेद प्रकाश शर्मा के 176 उपन्यास प्रकाशित हुए। इसके अतिरिक्त इन्होंने खिलाड़ी श्रृंखला की फिल्मों की पटकथाएं भी लिखी। *वर्दी वाला गुंडा* वेद प्रकाश शर्मा का सफलतम थ्रिलर उपन्यास है। इस उपन्यास की आजतक करोड़ों प्रतियाँ बिक चुकी हैं। भारत में जनसाधारण में लोकप्रिय थ्रिलर उपन्यासों की दुनिया में यह उपन्यास सुपर स्टार का दर्जा रखता है।

हिन्द पॉकेट बुक्स से प्रकाशित

लेखक की अन्य पुस्तकें

वर्दी वाला गुण्डा

सुहाग से बड़ा

सुपरस्टार

खेल गया खेल

चक्रव्यूह

सभी दीवाने दौलत के

''हैलो!''

''आप कौन बोल रहे हैं?''

''सुरक्षित बैंक ऑफ इंडिया की शास्त्रीनगर शाखा से मैनेजर।''

''नाम?''

''आर. के. शांडिल्य।''

''मुझे आप ही से बात करनी है।''

''कहिए!''

दूसरी तरफ से कहा गया– ''अब से ठीक उन्तीस मिनट बाद यानी दो पैंतालीस पर आपके बैंक में एक आदमी दाखिल होगा।''

''आपको मालूम होना चाहिए कि दो बजे पब्लिक डीलिंग बंद हो जाती है।''

''मैं जानता हूं।''

''फिर?''

''फिर भी वह दाखिल होगा। उस व्यक्ति की उम्र तीस साल के करीब है। गहरे नीले रंग का सूट पहन रखा होगा उसने। पैरों में चमकदार काले जूते। उसके कोट में एक गुलाब का फूल लगा होगा। हेयर स्टाइल अमिताभ बच्चन जैसी है उसकी। लंबा कद, गोरा रंग, हाथ में वी. आई. पी. का पीले रंग का एक बड़ा और खूबसूरत सूटकेस होगा। वह एक टैक्सी से ठीक आपके बैंक से

सामने उतरेगा। वहां से सीधा आपके कमरे में। मैंने केवल आपसे यह रिक्वेस्ट करने के लिए फोन किया है कि आप वही सबकुछ करते चले जाएं जो वह कहे।''

''क्या मतलब?''

''दरअसल, उस नीले सूट वाले व्यक्ति की बात आप ध्यानपूर्वक सुनें। क्योंकि उसकी बात ध्यान से सुनने और उस पर अमल करने में ही बैंक का फायदा है। आपका बैंक राष्ट्रीयकृत है, अतः सरकार का फायदा भी उसकी बात मान लेने में ही है।''

''आप हैं कौन और कहां से बोल रहे हैं?''

''दुख है कि आप ऐसे सवाल कर रहे हैं, जिनका जवाब मैं नहीं दे सकता, क्योंकि जिसने बैंक रॉबरी की यह स्कीम बनाई है, उसका नाम और पता भला मैं आपको कैसे बता सकता हूं?''

''मिस्टर।''

''उम्मीद है कि आप इसी वक्त अपने आर. एम. और साथ ही नजदीक के पुलिस थाने को फोन करेंगे। मगर वह नीले सूट वाला रुकेगा नहीं, आप तक जरूर पहुंचेगा।''

''मैं आप।''

मगर कुछ कहता-कहता रुक गया शांडिल्य। बल्कि अगर यूं कहें कि उसे रुक जाना पड़ा तो ज्यादा उचित होगा, क्योंकि दूसरी तरफ से संबंध-विच्छेद कर दिया गया। कनेक्शन कटने की आवाज के साथ ही शांडिल्य का दिल धक्क से रह गया। धड़कनें रुक गई थीं। मानों चेहरे के सारे मसामों ने ढेर सारा पसीना उगल दिया। अवाक् एवं हक्का-बक्का-सा रह गया था वह। चेहरे पर हवाइयां उड़ रही थीं।

कम-से-कम एक मिनट तक शांडिल्य की यही स्थिति रही।

फिर उसने बड़ी तेजी से रिसीवर क्रेडिल पर पटका। उसकी अवस्था ऐसी हो गई थी मानो वह बहुत तेज गति से बहुत दूर से भागता हुआ अभी-अभी यहां पहुंचा हो। उसका हाथ कांप रहा था और कांपती हुई उंगली बहुत तेजी से डायल पर हरकतर कर रही थी।

दूसरी तरफ से रिसीवर उठाया गया।

तेवतिया तुरंत पूछ बैठा–''आप कहां से बोल रहे हैं?''

''पी. एम. हाउस।'' संक्षिप्त-सा उत्तर।

''जी देखिए। सुरक्षित बैंक की शास्त्रीनगर शाखा में रॉबरी होने वाली है।'' हड़बड़ाए से अंदाज में, एक ही सांस में तेवतिया कहता ही चला गया– ''आज कुछ कीजिए।''

दूसरी तरफ से चौकन्ना स्वर– ''क्या मतलब। आप कौन हैं?''

''जी-जी मैं अपने ऑफिस से सुरक्षित बैंक का आर. एम.।''

''ओह! मगर, ठीक से बताइए कि चक्कर क्या है?''

तेवतिया ने स्वयं को संभाला। संयत स्वर में बोला– ''मुझे अभी-अभी हमारे बैंक की शास्त्रीनगर शाखा के मैनेजर मिस्टर शांडिल्य ने बताया है कि अब से करीब सात मिनट पहले उन्हें फोन पर धमकी भरे स्वर में बताया गया कि ठीक दौ पैंतालीस पर एक व्यक्ति ब्रैंक में दाखिल होगा। चेतावनी भरे स्वर में यह भी कहा गया कि हम वही करें, जो वह कहे। यदि हमने उसके आदेशों का पालन नहीं किया तो बैंक का बहुत बड़ा नुकसान हो जाएगा।''

''कैसा नुकसान?''

''फोन पर केवल इतना ही कहा गया है।''

''फोन किसने किया?''

''पता नहीं लग सका।''

''आप कैसी बातें कर रहे हैं मिस्टर तेवतिया। आपका कहना है कि बैंक रॉबरी होने वाली है। वह भी इस तरह फोन पर चेतावनी देने के बाद। आपकी बातों से ऐसा भी लगता है कि रॉबरी करने केवल एक व्यक्ति आएगा। यह कैसे मुमकिन है। ऐसा बेवकूफ कौन हो सकता है, जो ऐसे मूर्खतापूर्ण ढंग से रॉबरी करने की बात सोच भी सके?''

''जो हुआ है, मैंने उसकी सूचना आपको दे दी है।''

''यह सबकुछ या तो किसी का मजाक लगता है, या शरारत।''

''जो भी हो। लेकिन हम ऐसा सोचकर फोन को नजरअंदाज नहीं कर सकते। अगर कुछ हो गया तो यह कहा जाएगा कि मुजरिम की पूर्व चेतावनी के बावजूद भी इतनी बड़ी और शक्तिशाली सरकारी मशीनरी कुछ भी न कर सकी।''

कुछ सोचकर दूसरी तरफ से कहा गया– ''अब आप क्या चाहते हैं?''

''संभावित बैंक रॉबरी को रोकने के लिए सरकार की पूरी मदद।''

''आप शास्त्रीनगर शाखा में पहुंचिए। हम अपना काम करते हैं।'' कहकर दूसरी तरफ से संबंध-विच्छेद कर दिया गया। तेवतिया की उंगलियां पुनः डायल कर थिरकीं। इस बार वह बैंक के चेयरमैन को फोन कर रहा था। संबंध स्थापित होने पर वह एक ही सांस में सबकुछ कह गया।

पी. एम. हाउस में सूचना पहुंचने के बाद तो मानो तूफान सा आ गयाँ सरकारी मशीनरी से संबंधित टेलीफोनों की घंटियां टनटना उठीं। पुलिस, सी. आर. पी. और पी. ए. सी. के उच्चाधिकारियों को सीधे पी. एम. हाउस से आदेश दिए गए।

राष्ट्र की प्रमुख गुप्तचर एजेंसियों में भी खलबली मच गई।

सी. आई. डी. सी. बी. आई. और राष्ट्र की 'रॉ' जैसी संस्थाओं की गुप्तचर सक्रिय हो उठे।

सुरक्षित बैंक ऑफ इंडिया से संबंधित सभी उच्चाधिकारी शास्त्रीनगर शाखा की तरफ दौड़ पड़े। सरकारी तंत्र के सशस्त्र जवानों से भरे ट्रक तारकोल की सड़क का सीना रौंदते हुए शास्त्रीनगर की तरफ लपके।

डी. टी. सी. की बसें, प्राइवेट टैक्सियां, थ्री व्हीलर, फोरसीटर, तांगे, रिक्शा और साइकिल आदि किसी भी वाहन को वहां से गुजरने की पूरी इजाजत थी। मगर भीड़ इतनी रहती थी कि किसी भी वाहन से जल्दी पैदल यात्री पैदल चौक को पार कर लेता था। पैदल यात्रियों को इतना जोर रहता था वहां कि कंधे-से-कंधे छिलते थे। हार्न और घंटियों की आवाजों से हमेशा ही वातावरण शोरमग्न रहता था।

ऐसे चौक पर स्थित थी– 'सुरक्षित बैंक ऑफ इंडिया' की शाखा।

पौने तीन बजने से पहले ही सारे चौक और बैंक के चारों तरफ एक अजीब-सी हलचल मच गई। दबादब सशस्त्र जवानों के ट्रक रुके वहां। बैंक से चारों तरफ को जाने वाली सड़कों के मोड़ पर जवान तैनात हो गए। बैंक के मुख्य द्वारा पर गनें तन गईं।

बैंक के अंदर, द्वार पर बाहर, चौक में, सड़क पर, हर तरफ भारी बूट एवं खाकी वर्दियों वाले ही नजर हा रहे थे। किसी भी खतरे के उपस्थित होते ही भिड़ने के लिए तत्पर।

जाने कैसे सारे इलाके में यह ख़बर फैल गई कि बैंक लुटने वाला है। आम नागरिकों तक पहुंचते-पहुंचते खबर का रूप बिगड़ गया। बात यूं फैली कि किसी ने सीधा पी. एम. हाउस फोन किया कि सुरक्षित बैंक की शास्त्रीनगर शाखा में डकैती पड़ने वाली है, प्रशासन यदि रोक सके तो रोक ले।

सनसनी-सी दौड़ गई चारों तरफ।

विचित्र-सा रोमांच। अजीब-सा तनावपूर्ण वातावरण।

बैंक के मुख्य द्वारा पर तैनात जवानों को आदेश दिया गया था कि बिना इजाजत के न तो किसी व्यक्ति को बैंक से बाहर ही निकलने दिया जाए और नही अंदर आने दिया जाए।

अंदर सन्नाटा था। गहरा सन्नाटा।

इतना ज्यादा कि यदि कहीं सुई गिरे तो आसपज बम के विस्फोट

की-सी लगे। क्लर्कों के दिल बड़ी जोर से धक्-धक् कर रहे थे। अधिकांश के मस्तक पर पसीने की बूंदें झिलमिला रही थीं। नीचे-ही-नीचे बिना किसी खास वजह के वे कनखियों से एक-दूसरे को देखते।

यदि किसी की गर्दन गलती से ऊपर उठती और नजरें किसी सशस्त्र जवान से टकरा जातीं तो वह सकपका जाता। लेडीज स्टाफ की हालत तो बहुत ही ज्यादा खराब थी।

रह-रह कर सभी चोर दृष्टि से अपनी रिस्टवाचों की तरफ देख लेते।

खजाने का द्वार बंद कर दिया गया था। चाबी मैनेजर के कमरे में पहुंच चुकी थी। बंद दरवाजे के बाहर जवानों का एक विशेष दस्ता तैनात था।

मैनेजर के कमरे में मिस्टर तेवतिया, सुरक्षित बैंक से संबंधित अन्य उच्च पदाधिकारी, पुलिस कमिश्नर, सी. बी. आई. के और रॉ के चीफ जैसे लोग मौजूद थे। मेज पर एक ओर वायरलैस रखा था। यहां की सूचना किसी भी क्षण बाहर और बाहर की सूचना यहां पहुंच सकती थी।

ऐसे उच्चाधिकारियों के सामने शांडिल्य की भला हैसियत क्या थी। किसी चूहे के समान सहमा-सा वह अपनी कुर्सी पर बैठा था। कुछ ही देर पहले इन सब लोगों ने उससे ढेर सारे सवाल किए थे।

जवाब देते समय उसका हलक शुष्क पड़ गया था।

इस वक्त यहां भी सन्नाटा था, सभी के दिमाग विचारमग्न थे। 'रॉ' के चीफ मिस्टर राव ने दीवार पर फिक्स दो चालीस बजाती वाल क्लॉक पर नजर डाली और बोले– ''मिस्टर डींगरा।''

''यस।'' सी. बी. आई. के चीफ चौंक पड़े।

''आपका क्या ख्याल है?''

''किस बारे में?''

''क्या पांच मिनट बाद वह आदमी आएगा?''

जवाब देने से पूर्व एक क्षण मिस्टर डींगरा ने कुछ सोचा फिर बोले–

''मेरा व्यक्तिगत ख्याल है कि नहीं।''

''क्यों?''

''कोई बेवकूफ ही बैंक रॉबरी के ख्याल से ऐसे वातावरण में यहां आ सकता है।'' डींगरा ने कहा– ''और इतना बड़ा बेवकूफ शायद ही कभी सीरियसली बैंक रॉबरी के बारे में सोच सके।''

''मेरा भी यही ख्याल है।'' पुलिस कमिश्नर कह उठे– ''या तो यह बैंक के साथ किसी बहुत ही निम्नस्तरीय व्यक्ति का मजाक है या किसी सनकी की शरारत।''

मिस्टर तेवतिया कह उठे– ''मेरा ख्याल तो कुछ और ही था।''

''क्या?''

''किसी बहुत ही सुलझे हुए दिमाग के व्यक्ति ने परीक्षण किया है।''

''कैसा परीक्षण?''

''शायद वह यह देखना चाहता है कि रॉबरी की खबर मिलने पर प्रशासन कितनी तत्परता के साथ रॉबरी को रोकने के लिए किस प्रकार से कितने प्रबंध कर सकता है।''

''आप शायद यह कहना चाहते हैं कि उसकी रॉबरी की योना आज के लिए नहीं, बल्कि किसी और दिन के लिए है। वह फोन उसने केवल हमारी गतिविधि नोट करने के लिए किया था?''

''जीं हाँ''

''मुमकिन है कि आपका ख्याल सही हो, लेकिन . . .''

''लेकिन क्या?''

''भले ही आप सब लोगों ने अलग-अलग संभावनाएं व्यक्त की हां, परन्तु आप सभी के इस ख्याल में साम्य है कि कम-से-कम आज वह व्यक्ति नहीं आएगा। क्यों, आप सब लोगों का यही विचार है न?''

''जी हां। यहां, इस माहौल में आकर क्या उसे मरना है।''

धीमे से मुस्कराकर मिस्टर राव, बोले– ''क्या ऐसा नहीं हो

सकता कि आगंतुक के पास कोई ऐसी स्कीम हो, जिससे वह हम सबको और साथ ही सरकार को भी अपनी बात मानने के लिए विवश कर दे?''

''ऐसी क्या स्कीम हो सकती है?''

एकाएक ही शांडिल्य चीख पड़ा– ''दो पैंतालीस हो गए।''

टैक्सी ठीक सुरक्षित बैंक ऑफ इंडिया के मुख्य द्वारा पर रुकी।

पिछला दरवाजा खुला। शान से जिस व्यक्ति ने बाहर कदम रखा, उसकी आयु सचमुच तीस साल के करीब थी। जिस्म पर गहरे नीले रंग का सूट। कोट में गुलाब। लंबे कद एवं गोरे रंग वाले इस व्यक्ति की हेयर स्टाइल सचमुच अमिताभ बच्चन से मिलती थी। उसने चमकदार काले जूते पहन रखे थे और दाएं हाथ में सचमुच वी. आई. पी. का बड़ा-सा पीले रंग का सूटकेस था।

टैक्सी से बाहर निकलते ही उसे एक साथ कई सशस्त्र जवानों ने घेर लिया।

लंबे एवं गोरे-चिट्टे युवक के गुलाबी होठों पर बेहद आकर्षक मुस्कान उभर आई। सचमुच, बड़ा ही सुंदर और स्मार्ट युवक था वह। उसकी पीठ पर एक साथ कई गनों की नोक चिपक गई थीं।

सारे चौक में जवानों का घेरा था।

घेरे के उस तरफ नागरिकों की उमड़ती हुई-सी भीड़ इस दृश्य को देख रही थी। वायरलैस द्वारा मैनेजर के कमरे में इस युवक के आगमन की सूचना पहुंचा दी गई थी।

उस तरफ से युवक को कमरे में लाने का आदेश मिला था।

उसी आदेश पर, गनों की नोक से युवक को बैंक की तरफ धकेला गया। साथ ही किसी ने गुर्राहटदार स्वर में भी था– ''चलो! मगर याद रखना। कोई भी गलत हरकत तुम्हारे जिस्म को छलनी कर सकती है।''

युवक यूं मुस्कराया जैसे किसी बच्चे की शरारत पर कोई बुजुर्ग मुस्करा दे।

वी. आई. पी. के पीले सूटकेस का हैंडल उसकी मुट्ठी में था, शेष हवा में झूल रहा था और युवक सूटकेस को झोटे से देता हुआ मुख्य द्वारा की तरफ बढ़ गया।

गनों से घिरा जब वह काउंटर्स के इस तरफ वाली गैलरी से गुजरकर मैनेजर के कमरे की तरफ बढ़ रहा था तब काउंटर्स के उस तरफ काम करते लगभग सभी क्लर्कों ने अपनी सीट से उचक-उचक कर उसे देखा। देखने वाले यह देखकर दंग रह गए कि इस वक्त भी उसके होठों पर मुस्कान और चेहरे पर चमक थी।

भ्य या आतंक का एक भी चिंह उसकी काली आंखों में नहीं था।

देखने वालों को उसकी मानसिक स्थिति पर संदेह हुआ, जबकि मैनेजर के कमरे में दाखिल होते ही उसने सभी से अलग-अलग 'गुड नून' कहा।

सभी अवाक् से हैरत के साथ उसे देख रहे थे।

राव के अतिरिक्त किसी ने भी उसकी गुड नून का जवाब नहीं दिया। उन सब में मिस्टर राव ही थोड़े-बहुत नियंत्रित नजर आ रहे थे। एक खाली कुर्सी की तरफ संकेत करके उन्होंने कहा– ''बैठो।''

''थैंक्यू।'' कहने के साथ ही सूटकेस मेज पर रखकर वह बैठ गया।

मिस्टर राव ने सशस्त्र जवानों को आदेश दिया– ''आप लोग बाहर जाइए।''

वे कमरे से बाहर निकलकर मुस्तैदी के साथ खड़े हो गए।

''तुम्हारा नाम?'' मिस्टर राव ने पूछा।

''चक्रेश।'' युवक ने बताया।

''कहां रहते हो?''

''ग्रीन पार्क। और नाइन बटा थ्री जीरो फोर।''

''इस समय यहां कैसे आना हुआ?''

जवाब देने के स्थान पर चक्रेश ने अपना हाथ कोट की बाहरी जेब की तरफ बढ़ाया। अभी हाथ जेब की तरफ पहुंचा भी नहीं था कि जबर्दस्त फुर्ती के साथ होलस्टर निकालकर पुलिस कमिश्नर गुर्राए– ''हाथ बाहर रखो मिस्टर! वर्ना तुम्हारा हाथ जेब में ही रह जाएगा और गोली खोपड़ी के आर-पार निकल जाएगी।''

चक्रेश मुस्कराया, बोला– ''मेरी जेब से सिगरेट और लाइटर निकालकर आप मुझे स्वयं दे सकते हैं।''

''ये पियो।'' शांडिल्य ने अपना पैकेट निकालकर मेज पर डाल दिया।

''सॉरी। मैं अपना ही ब्रांड पीता हूं।''

मिस्टर डींगरा गुर्राए– ''ज्यादा होशियारी दिखाने की कोशिश मत करो मिस्टर।''

''कमाल है, सिगरेट पीने में मैं भला क्या होशियारी दिखा सकता हूं?''

इससे पहले कि कोई अन्य कुछ कहता, मिस्टर राव बोले– ''तुम सिगरेट निकाल सकते हो मिस्टर चक्रेश।''

''थैंक्यू।'' कहने के साथ ही उसने जेब से चारमीनार का पैकेट और गैस लाइटर निकाला। सबके दिल धक्-धक् कर रहे थे, जबकि चक्रेश ने आराम से सिगरेट सुलगाई और गैस लाइटर मेज पर डालते हुए अभी उसने एक गहरा कश लिया ही था कि मिस्टर राव ने कहा– ''आपने हमारे सवाल का जवाब नहीं दिया मिस्टर चक्रेश।''

चक्रेश ने गाढ़े धुएं का एक दायरा हवा में उछाला, बोला– ''मेरे ख्याल से इस वक्त खजाने में इतना कैश तो होगा कि वी. आई. पी. का यह शानदार सूटकेस ऊपर तक लबालब भरा जा सके।''

सनसनी-सी दौड़ गई वहां, जबकि राव बोले– ''जरूर होगा।''

''तो इसे भरवा दीजिए।''

''किस खुशी में?''

''ऐसा करने से बैंक को काफी लाभ होगा।''

''क्या मतलब?''

''मतलब मैं बाद में समझा दूंगा। पहले यदि आप सूटकेस भर दें तो बेहतर होगा।''

''यदि हम आपकी इस इच्छा को पूरी करने से इंकार कर दें मिस्टर चक्रेश?''

''तो फिर मुझे बैंक की होने वाली हानि या लाभ के बारे में पहले ही बताना होगा।''

''तो समझिए कि हम इस सूटकेस को भरने से इंकार करते हैं।''

एक कश लगाया चक्रेश ने, धुएं का एक और दायरा हवा में उछालता हुआ बोला– ''बैंक के नीचे तहखाने में एक बड़ा लॉकर रूम है।''

''बेशक है।''

''उसमें कुल लॉकरों की संख्या नौ सौ पैंतालीस है।''

हल्की-सी मुस्कान के साथ मिस्टर राव बोले– ''काफी अच्छी जानकारी है तुम्हें।''

''उन नौ सौ पैंतालीस लॉकरों में से किसी एक लॉकर में एक टाइम बम रखा है।''

''क्या?'' अन्य के साथ-साथ मिस्टर राव भी उछल पड़े।

चक्रेश कहता ही चला गया– ''काफी शक्तिशाली टाइम बम है वह। कम-से-कम इतना तो है ही कि उसके धमाके से समूचे लॉकर रूम के परखच्चे उड़ जाएं। कुछ भी शेष नहीं बचेगा।''

गहरा सन्नाटा छा गया कमरे में। चक्रेश ने एक और कश लगाया, छल्ला पुनः हवा में उछालते हुए उसने वाल क्लॉक की तरफ देखकर कहा– ''बीस मिनट। ठीक बीस मिनट बाद टाइम बम फट जाएगा।''

''क्या बक रहे हो तुम?'' चीखने के साथ ही झपटकर तेवतिया ने दोनों हाथों से उसका गिरेबान पकड़कर झंझोड़ा– ''लॉकर-रूम में टाइम बम कहां से आ गया?''

''अपने लॉकर में कोई भी रख सकता है।''

''किसने? कौन-से लॉकर में रखा है टाइम बम?''

संक्षिप्त-सा उत्तर– ''ये मैं नहीं जानता।''

''तुम्हें बताना होगा।'' तेवतिया बिफर पड़ा– ''वर्ना . . . वर्ना खाल उधेड़ दी जाएगी तुम्हारी।''

''तब भी। जो बात मैं जानता ही नहीं, वह बता कैसे सकूंगा?''

गुस्से में उफनते हुए तेवतिया का हाथ अभी उसके चेहरे से टकराने के लिए हवा में उठा ही था कि उसके हाथ को मिस्टर राव ने हवा में ही रोक लिया। अपने स्वर को संयत रखने की भरपूर चेष्टा करते हुए मिस्टर राव ने चक्रेश से पूछा– ''यदि हम तुम्हारा बैग नोटों से भर दें तो?''

''मेरे बैंक से बाहर निकलने के बाद एक फोन आएगा। फोन पर आपको बता दिया जाएगा कि जिस लॉकर में बम है, उसकी ग्राहक वाली चाबी कहां है। चाबी बैंक में ही कहीं छुपाकर रखी हुई है। आप उससे और बैंक की चाबी से लॉकर खोलकर टाइम बम से मुक्त हो सकते हैं।''

''तो इसका मतलब ये कि तुम बैंक को ब्लैकमेल कर रहे हो?''

''इन सबमें आप ही सबसे ज्यादा समझदार नजर आ रहे हैं।''

इस बार गंभीर स्वर में बोले मिस्टर राव– ''सोच-समझ कर, अपनी समझ में तुमने काफी अच्छी स्कीम तैयार की है, लेकिन यदि तुमने ये सोचा है कि तुम्हारी इस बचकानी धमकी से बैंक ब्लैकमेल हो जाएगा तो यह तुम्हारी भूल है मिस्टर चक्रेश।''

''मतलब ये कि आप इस सूटकेस को नहीं भर रहे हैं।''

''हरगिज नहीं।''

राव का यह जवाब सुनकर चक्रेश के चेहरे पर आश्चर्य से हल्के से भाव उभर आए, बोला– ''मतलब ये कि आप लॉकरों में रखी करोड़ों की संपत्ति नष्ट हो जाने देंगे और इस सूटकेस में उससे बहुत कम नोट नहीं भरेंगे?''

''लॉकरों में जो संपत्ति है, वह बैंक की नहीं है। पब्लिक की है। ग्राहकों की है। शायद आप अभी जानते नहीं हैं मिस्टर चक्रेश कि बैंक किसी भी ग्राहक का, लॉकर से संबंधित क्लेम मानने के लिए बाध्य नहीं होता। जो रकम खातों में दर्ज है, बैंक ग्राहक केवल वही देने का वायदा करता है। लॉकर-रूम के उड़ जाने से बैंक को कोई हानि नहीं होगी। हां, यदि तुम्हारा सूटकेस नोटों से भर दिया जाए तो वे नोट बैंक के जरूर होंगे।''

''ये तो ठीक है कि बैंक लॉकरों का क्लेम नहीं देता लेकिन।''

''लेकिन?''

''लॉकर-रूम के उड़ जाने से पब्लिक की नजरों में बैंक की साख गिरेगी।''

''केवल उस साख को बचाने के लिए हम तुम्हारा सूटकेस नोटों से नहीं भर सकते।''

चक्रेश ने कहा– ''आपको भरना चाहिए।''

''इसका क्या सबूत है कि जो तुम कह रहे हो सच है?''

''क्या मतलब?''

''क्या जरूरी है कि किसी लॉकर में टाइम-बम है। तुम झूठ भी तो बोल सकते हो?''

''ये सच है। लॉकर में टाइम-बम है।''

''क्या सबूत है तुम्हारे पास?''

''केवल बारह मिनट रह गए हैं। सबूत खुद ही मिल जाएगा।''

अपने दोनों भारी-भरकम हाथों से मिस्टर राव ने चक्रेश का गिरेबान पकड़ लिया और उसके चेहरे की तरफ थोड़े झुकते हुए गुर्राए– ''तुम्हारे

पास हमें यकीन दिलपने के लिए कोई सबूत ही नहीं है। हम तुम्हारी धमकी को खोखली मानते हैं।''

''ये धमकी खोखली नहीं है।''

''तो बोलो। कौन-से लॉकर में बम है?''

कुछ सहमी हुई-सी अवस्था में चक्रेश ने कहा– ''ये मैं नहीं जानता।''

''क्या बकते हो तुम?'' मिस्टर राव चीखे– ''बोलो।''

''मैं सचमुच नहीं जानता।'' इस बार चक्रेश की आवाज कांप गई।

राव का भारी हाथ घूंसे की शक्ल में फड़ाक-से उसके चेहरे पर टकराया। एक चीख के साथ कुर्सी सहित पीछे उलट गया चक्रेश। राव के जिस्म में जैसे बिजली भर गई। उन्होंने झपटकर फर्श पर पड़े चक्रेश के बाल पकड़े और बेरहमी से उसे ऊपर उठाते हुए बोले– ''बताओ कहां है टाइम बम?''

इस बार रो पड़ा चक्रेश बोला– ''सच, मुझे नहीं मालूम।''

राव का घुटना फड़ाक से उसकी टांगों के जोड़ पर टकराया। बुरी तरह बिलबिलाकर भारी चीख के साथ चक्रेश दुहरा हो गया, जबकि बेरहमी के साथ उसे जबर्दस्ती ऊपर उठाते हुए राव गुर्राए– ''तुम नहीं जानते तो और कौन जानता है, जल्दी बोलो। कौन जानता है?''

''वो-वो।''

''हां-हां बोलो, कौन है वो?''

''मैं उसका नाम नहीं जानता।''

जवाब सुनते ही राव ने अपने सिर की भरपूर टक्कर उसकी नाम पर मारी। चक्रेश के कंठ से एक और मर्मस्पर्शी चीख निकली। इस बार मिस्टर राव उस पर केवल एक ही वार करके नहीं रह गए, बल्कि बिजली-की-सी तेजी के साथ वे चक्रेश के चेहरे पर ताबड़-तोड़ घूंसे बरसाते चले गए।

कमरे में चीखें गूंज रही थीं चक्रेश की।

लहूलुहान अवस्था में वह फर्श पर गिरा। अभी उसे ऊपर उठाने के लिए मिस्टर राव झुके ही थे कि वह लपककर उनके पैरों में लिपट गया और जल्दी से बुरी तरह से रोता-बिलखता गिड़गिड़ाया– ''मुझे मत मारो-मुझे मत मारो, मैं निर्दोष हूं। उसने मेरी पत्नी को पकड़ रखा है।''

उसे जबर्दस्ती ऊपर उठाते हुए मिस्टर राव गुर्राए– ''अब एक नया ड्रामा करने की कोशिश मत करो। सीधी तरह और जल्दी से बताओ कि टाइम बम कहां है?''

''मैं कुछ भी नहीं जानता सर। सच मैं कुछ भी नहीं जानता। आप इस सूटकेस में नोट भर दीजिए। वर्ना-वर्ना वह मेरी पत्नी को मार डालेगा।''

''तुम बकते हो।''

चक्रेश गिड़गिड़ा उठा–''नहीं सर। मैं सच कह रहा हूं।''

''कौन है वो?''

''मैं उसे नहीं जानता। पूरा गैंग है उसका। उसने मुझसे कहा कि यदि मैंने उसके आदेश का पालन नहीं किया तो वह मेरी मंजू को मार डालेगा। मंजू की वजह से मैं मजबूर हो गया सर। मुझे वही करना पड़ा, जो उसने कहा।''

''रुपए लेकर कहां पहुंचना था तुम्हें?''

''लाल किले के दरबारे-खास में।''

''वह तुम्हें कहां मिला था?''

अभी चक्रेश राव के इस सवाल का कोई जवाब भी नहीं दे पाया था कि मेज पर रखे फोन की घंटी घनघना उठी। ऐसे समय पर घंटी ने घनघनाकर सभी को बुरी तरह चौंका दिया था, चक्रेश को एक तरफ धकेलकर मिस्टर राव झपटे। रिसीवर उठाकर कान से लगाया।

दूसरी तरफ से कहा गया– ''टाइम बम के फटने में केवल पांच मिनट शेष रह गए हैं।''

''कौन हो तुम?''

''ओह। काफी उत्तेजित नजर आ रहे हैं आप?''

''तुम कौन हो?''

''मैं आपकी उत्तेजनात्मक आवाज और चक्रेश के अभी तक बैंक से बाहर न निकलने से ही अनुमान लगा सकता हूं कि मिस्टर शांडिल्य के कमरे में इस वक्त क्या हो रहा है। चक्रेश के वहां पहुंचने और वह बातें कहने के बाद, जो कि मैंने उसे समझाई थीं, केवल दो ही संभावनाएं थीं। पहली ये कि बैंक ब्लैकमेल न हो। ऐसी सूरत में आपके द्वारा चक्रेश को तो छोड़े जाने का तो खैर कोई सवाल ही नहीं उठता। हां, आप उसे टॉर्चर करके उससे यह जानने की कोशिश जरूर कर रहे होंगे कि टाइम बम कहां है। मगर, मुझे अफसोस है कि वह बेचारा आपको इस सवाल का जवाब नहीं दे सकेगा।''

''तुम कौन हो और क्या चाहते हो?''

''मैं जानता हूं कि आप में से कोई कमरे से बाहर चला गया होगा और इस वक्त किसी दूसरे फोन की मदद से यह पता करने की चेष्टा कर रहा होगा कि मैं कहां से बोल रहा हूं, फिर भी मैं इतना जरूर कहूंगा कि यदि आप लॉकर रूम को बचाना चाहते हो तो अभी तीन मिनट हैं।''

''तुम।''

मगर दूसरी तरफ से रिसीवर रख दिया गया।

रिसीवर क्रेडिल पर पटककर मिस्टर राव तेजी से घूमे। उनकी वार्ता के बीच मिस्टर डींगरा सचमुच कमरे से बाहर चले गए थे। अपनी आग उगलती हुई आंखें चक्रेश पर जमाकर बोले– ''तुम और फोन पर बोलने वाला ये तुम्हारा साथी जो चाल चल रहे हो, हम उसके झांसे में नहीं आएंगे मिस्टर चक्रेश।''

''मेरा यकीन कीजिए। मैं उसका साथी नहीं हूं।''

''इसे पकड़ लो।'' राव चीखे– ''और तीन मिनट से पहले ही लॉकर रूम में बंद कर दो इसे।''

''नहीं।'' चक्रेश अपनी पूरी ताकत से चीख पड़ा।

''तो बोलो।'' राव गुर्राए– ''कहां है टाइम बम?''

चक्रेश बिलख पड़ा– ''सच-सच मैं नहीं जानता। मुझे।''

राव ने चीखकर आदेश दिया– ''ऐसे नहीं मानेगा ये। जल्दी करो। अगर पब्लिक का करोड़ों का नुकसान होगा तो यह भी लॉकर रूम के साथ उड़ जाएगा।''

''नहीं। मुझे मत मारो।'' चक्रेश बुरी तरह गिड़गिड़ाता ही रह गया, जबकि मिस्टर राव के आदेश पर उसे घसीटकर मैनेजर के कमरे से बाहर निकल लिया गया। जिस वक्त उसे गैलरी में से घसीटकर तहखाने की तरफ ले जाया जा रहा था, उस वक्त वह बुरी तरह चीख रहा था, चिल्ला रहा था। छटपटाकर बंधनों से मुक्त होने की असफल चेष्टा कर रहा था।

उधर, हवा के झोंके की तरह डींगरा हैड कैशियर के केबिन से निकलकर मिस्टर राव की तरफ लपका। नजदीक पहुंचकर जल्दी से बोला– ''वह फोन बूथ नंबर सेवन से किया गया था मिस्टर राव।''

''वायरलैस की मदद से। उन सभी व्यक्तियों को गिरफ़्तार करा लो, जो इस वक्त बूथ नं. सेवन के पास हों।''

डींगरा मैनेजर के कमरे की तरफ लपका।

तहखाने की तरफ जाने वाली सीढ़ियों के सिरे पर पहुंचते ही मिस्टर राव ने चक्रेश को रोकर एक बार पुनः चेतावनी दी– ''अब भी बता दो मिस्टर चक्रेश। वर्ना लॉकर रूम के साथ तुम भी।''

''मैं सच कह रहा हूं। मेरा यकीन कीजिए सर। मुझे कुछ नहीं मालूम।''

''तुम इस तरह नहीं।''

वाक्य पूरा नहीं हो सका मिस्टर राव का।

''धड़ाम!''

एक जबर्दस्त धमाका। कर्णभेदी विस्फोट।

समूची इमारत कांप उठी। चक्रेश, उसे पकड़ने वाले और मिस्टर

राव तक लहराकर गिर पड़े। सचमुच लॉकर रूप के परखच्चे उड़ गए थे। तहखाने में आग लग चुकी थी।

उसके बाद?

प्रशासन ने जो भी कुछ किया, बड़ी तेजी के साथ किया।

केवल लॉकर रूम उड़ा था। यानी केवल माल की हानि हुई थी, जान की नहीं। तुरंत ही फायर ब्रिगेड को फोन किया गया। तहखाने में लगी आग को बुझाने का प्रयास किया गया। कामयाबी भी मिली परंतु केवल इस सीमा तक कि आग को तहखाने से बाहर किसी भी तरफ फैलने नहीं दिया गया।

लॉकर रूम और प्रत्येक लॉकर तो तबाह हो ही चुका था।

उधर। बूथ नंबर सेवन के आस-पास से पुलिस ने तत्परता के साथ बहुत-से लोगों को गिरफ़्तार किया था। रिकार्ड रजिस्टर में देखकर उन लोगों की सूची बनाई गई थी, जो कि आज अपना लॉकर खोलने आए थे। उन्हें चैक किया गया। उनसे अपने-अपने लॉकरों की चाबियां दिखाने के लिए कहा गया। सभी ने अपने लॉकर्स की चाबी दिखा दीं तो पुलिस के थोबड़े लटक गए।

बैंक रजिस्टर के मुताबिक दुर्घटना से पहले कुल नौ सौ पैंतालीस लॉकर्स में से सात सौ बासठ भरे हुए थे और शेष खाली। बैंक से उन सात सौ बासठ ग्राहकों के पते लिए गए। पतों के मुताबिक संबंधित थानों को निर्देश दिए गए कि वे अपने इलाके में पड़ने वाले सुरक्षित बैंक की शास्त्रीनगर शाखा के लॉकर्स के ग्राहकों के पास जाकर उनके लॉकर की चाबी देखें और यदि किसी ग्राहक के पास अपने लॉकर की चाबी न हो तो उसे गिरफ़्तार कर लें।

एक तरफ इस किस्म की छानबीन चल रही थी और दूसरी तरफ . . .।

कोतवाली में!

चक्रेश टॉर्चर चेयर पर बंधा चीख रहा था। बड़े-बड़े टॉर्चर स्पेशलिस्ट उसे टॉर्चर कर रहे थे। चीख-चीख कर स्वयं को छोड़ देने के लिए कहते हुए चक्रेश से मिस्टर राव ने पूछा– ''अब क्या कहते तो?''

''मेरे साथ जो भी गुजरा, वह मैं कई बार बता चुका हूं सर।''

''फिर बताओ।''

''आज सुबह जब मैं सोकर उठा तो मैंने पाया कि मैं अपने कमरे में नहीं हूं। न ही मेरी पत्नी मेरे पास है। मैं एक सीलनयुक्त और बदबूदार कमरे में था। आंखें खुलते ही मैं फर्श पर खड़ा हो गया। अभी हैरत में डूबा मैं उस कमरे की दीवारों को देख ही रहा था कि कमरे का दरवाजा खुला। एक साथ तीन व्यक्ति कमरे में प्रविष्ट हुए।''

''कैसा हुलिया था उनका?''

''मैं देख नहीं सका। तीनों के चेहरों पर नकाब थे।''

''एक जैसे?''

''दो के चेहरों पर काले और बीच वाले के चेहरे पर सफेद। उसी तरह दो के जिस्म पर चुस्त काला लिबास था और तीसरे के जिस्म पर चुस्त सफेद। बीच वाले ने आगे बढ़कर मुझसे कहा– 'गुड मार्निंग मिस्टर चक्रेश।'''

'तुम कौन हो और मैं यहां कैसे आ गया?' मैंने गुर्राकर पूछा।

उसने अपनी लाल आंखें मुझ पर जमाकर कहा– 'काफी देर बाद होश आया है तुम्हें। उस समय दो बजे थे, जब हम तुम्हें और तुम्हारी बीवी को उस फ्लैट के उस मनहूस कमरे से यहां ले आए थे।'

'मंजू को भी। कहां है मंजू?'

'तुम्हारी ही तरह फिलहाल वह भी सुरक्षित है।'

वस्तुस्थिति को समझकर मैंने पूछा– 'तुमने हमारा अपहरण क्यों किया है?'

'तुमसे हमें एक काम लेना है।'

'कैसा काम?'

'इतने बेचैन क्यों हो। अभी तो केवल सुबह के आठ बजे हैं। तुम्हारी जरूरत मुझे आज दिन के दो और तीन बजे के बीच पड़ेगी।'

'क्या मतलब?' मैंने पूछा।

'मतलब भी समझ जाओगे।' सफेद नकाबपोश मेरे करीब आता हुआ बोला।

'अगर तुम्हें केवल मुझ ही से कोई काम है तो तुमने मंजू को क्यों पकड़ा?'

उसने कहा– 'काम कुछ ऐसा है मिस्टर चक्रेश कि यदि हम उसे नहीं पकड़ते तो शायद तुम हमारा काम भी न करतेँ हम जानते हैं कि अपनी बीवी से तुम्हें कुछ खास ही मुहब्बत है और ऐसा कोई भी व्यक्ति, जो किसी से खास मुहब्बत करता हो, अक्सर हमारे काफी काम का होता है।'

'मुझसे क्या काम है तुम्हें?'

'कोई विशेष नहीं है। दो पैंतालीस पर तुम्हें एक विशेष अंदाज में सुरक्षित बैंक की शास्त्रीनगर शाखा में जाना है। तुम्हारे हाथ में एक सूटकेस होगा, उसे नोटों से लबालब भरवाकर लाल किले के दीवाने-खास में पहुंचना है तुम्हें।'

'क्या मतलब। मैं समझा नहीं?'

'अभी समय नहीं आया है दोस्त। सबकुछ समझा दिया जाएगा। इसलिए क्योंकि तुम्हारे समझे बिना तो अपना काम भी नहीं चलेगा। तुम ही तो हमारे वह मोहरे हो, जिसे हम आज मैदान में उतारेंगे'?''

मिस्टर राव ने पूछा– ''उसके बाद क्या हुआ?''

''दिन के ग्यारह बजे उस सफेद नकाबपोश ने मुझसे फिर बातें की। उसने बताया कि सुरक्षित बैंक की शास्त्रीनगर शाखा के नौ सौ पैंतालीस लॉकरों में से किसी एक लॉकर में टाइम बम रखवा दिया गया है। तुम ठीक . . .।''

''मतलब ये कि तुमने जो कुछ भी किया उसके इशारे पर किया।''

''पहले तो मैं तैयार नहीं था, लेकिन जब . . .''

''हां-हां बोलो।''

''जब मेरे सामने ही उस सफेद नकाबपोश के इशारे पर तीन काले नकाबपोश मेरी मंजू पर झपट पड़े राव साहब। उसके कपड़े नोचने लगे। जबर्दस्ती मेरी आंखों के सामने मेरी बीवी की अस्मत लूटने की कोशिश करने लगे वे तो मैं मजबूर हो गया राव साहब। मैं।'' कहता-कहता ही टॉर्चर चेयर पर बंधा चक्रेश फूट-फूट कर रो पड़ा।

मिस्टर राव ने अपनी पैनी दृष्टि उस पर टिका दी। कदाचित वे उसके चेहरे पर मौजूद भावों के आधार पर यह पढ़ने की चेष्टा कर रहे थे कि वह झूठ बोल रहा है या सच। उसी तरह, चक्रेश की आंखों में आंखें डाले उन्होंने सवाल किया।

''क्या उसने तुम्हें बता दिया था कि तुम्हें बैंक भेजने से पहले वह बैंक को तुम्हारे आगमन की पूर्व सूचना दे चुका है।''

''जी हां। उसने यह भी बता दिया था कि मैनेजर के कमरे में उसके अतिरिक्त और किन-किन लोगों से मेरी संभावित भेंट होगी। उसने मुझसे कहा था कि मैं बैंक के चारों तरफ मौजूद कड़े पहरे और मैनेजर के कमरे में आप लोगों की मौजूदगी से बिल्कुल भी न डरू। वही कहूं जो उसने मुझे . . .।''

उसकी बात पुनः बीच में काटकर मिस्टर राव बोले– ''लेकिन जब तुम बैंक में घुसे थे, हम लोगों से मिले थे, उस वक्त तुम्हारे चेहरे पर एक भी ऐसा भाव नहीं था, जैसे कि तुम मजबूर हो।''

''उसने मुझे धमकी दी थी राव साहब। कहा था कि यदि मैंने अपनी किसी भी एक्शन, हरकत या किसी भी अन्य तरीके से आप पर वस्तुस्थिति जाहिर की तो वह मंजू को मार डालेगा।''

''तब तुमने बाद ही में सबकुछ क्यों उगल दिया?''

''जब उसने मुझे बताया कि बैंक में पहुंचकर मुझे आपसे क्या बातें

कहकर सूटकेस को नोटों से भरवाना है तो मेरा मस्तिष्क केवल यह ही सोच सका था कि लॉकर रूम में रखो टाइम बम की धमकी से बैंक ब्लैकमेल हो जाएगा। नोटों से भरा सूटकेस उस जालिम को देकर मैं अपनी मंजू को उससे मुक्त करा सकूंगा। मगर जब आपके पास पहुंचा तो बात उलट गई। मेरी संभावनाओं के ठीक विपरीत आपने कहा कि लॉकर रूम भले ही उड़ जाए, लेकिन आप नोट नहीं देंगे तो मुझे अपनी मंजू खतरे में नजर आने लगी। मैं क्या करता राव साहब। मैं क्या करता। उस अभागी को बचाने के लिए आप ही के सामने गिड़गिड़ा उठा। लेकिन आपने भी एक नहीं सुनी। अब वह मेरी मंजू को नहीं छोड़ेगा।''

उसे घूरते हुए मिस्टर राव पुनः बोले– ''तो तुम यह कहना चाहते हो कि बैंक में घुसने के बाद से हमारे पैरों में गिरकर गिड़गिड़ाने तक तुमने जो कुछ भी किया या कहा, वह सबकुछ अपनी बीवी को बचाने के लिए ही, उस सफेद नकाबपोश के इशारे पर किया?''

''ये सच है। मंजू की कसम राव साहब। मेरा यकीन कीजिए।''

''ऑफिस में बातों के बीच वह सिगरेट पीने वाला एक्शन भी?''

''सबकुछ?''

''तो क्या चारमीनार तुम्हारा ब्रांड नहीं है?''

''ब्रांड तो मेरा ही है सर। वह पैकिट और लाइटर भी मेरा है।''

''हूं।'' एक लंबा हुंकारा भरने के बाद मिस्टर राव चंद क्षणों तक जाने क्या सोचते रहे, फिर बोले– ''जिस टैक्सी से तुम बैंक के द्वार तक आए थे, वह टैक्सी तुमने कहां से ली?''

''लाल बत्ती से।''

''लाल बत्ती तक कैसे पहुंचे?''

''जब मैं उसके आदेश पर सबकुछ करने के लिए तैयार हो गया तो, उसके आदेश पर उसके साथियों ने मेरी आंखों पर काली पट्टी बांध दी। कुछ दूर पैदल ही जाने मुझे किन-किन रास्तों से गुजारा गया, फिर एक कार में बैठाया गया। जब मेरी आंखों से पट्टी हटाई गई तो मैंने देखा कि

कार लाल किले के बाहर लाल बत्ती पर खड़ी है। कार में वे ही तीन नकाबपोश थे। मुझे पीला बैग थमाकर यह कहने के साथ कार से बाहर निकाल दिया गया कि मैं यहां से टैक्सी पकड़कर सीधा सुरक्षित बैंक जाऊं। मैंने वैसा ही किया।''

''उस कार का रंग देखा था तुमने?''

''हल्का नीला।'

''नम्बर?''

''डी. एच. ई.–6746।''

''ओह।'' राव के होठ दायरे में सिमट गए।

कमरे की सभी खिड़कियां और दरवाजे अंदर की तरफ से बंद थे। कमरे के ठीक बीच में एक लंबी मेज पड़ी थी और मेज के चारों तरफ पड़ी कुर्सियों पर पुलिस कमिश्नर, सी. बी. आई. के चीफ मिस्टर शांडिल्य, तेवतिया, सुरक्षित बैंक ऑफ इंडिया के असिस्टेंट जनरल मैनेजर और स्वयं चेयरमैन भी मौजूद थे।

मिस्टर राव की मोटी उंगलियों के बीच इस वक्त एक सिगार था, वे कह रहे थे– ''बैंक हमेशा से ही अपने सुरक्षा प्रबंधों को कड़े और ज्यादा कड़े करने के लिए प्रयत्नशील रहा है, फिर भी आए दिन विभिन्न मुजरिम बैंक रॉबरी करने की कोशिश करते रहे हैं, नई-नई योजनाएं बनाते रहे हैं। हम यह तो नहीं कहते कि विश्व में कहीं भी कभी कोई बैंक रॉबरी कामयाब नहीं रही है। परंतु हां, इतना अवश्य कह सकते हैं कि किसी भी अन्य जुर्म की अपेक्षा मुजरिम बैंक रॉबरी में न के बराबर ही कामयाब रहे हैं।''

सांस लेने के लिए ठहरे मिस्टर राव।

सिगार में एक कश लगाया।

उनकी बातें सभी इस प्रकार सुन रहे थे, जैसे कोई अनुशासित कक्षा

अपने प्रोफेसर का लैक्चर सुन रही हो। उन्होंने आगे कहा– ''मगर जो घटना आज हुई है। वैसी विचित्र घटना विश्व बैंक के इतिहास में कभी नहीं हुई, सबसे पहले एक फोन आता है, बैंक सुरक्षा के कड़े प्रबंध कर लेता है। इसके बावजूद भी वह आदमी दनदनाता हुआ बैंक में आता है, जिसका हवाला पहले ही फोन पर दे दिया गया है। लॉकर रूम के किसी लॉकर में रखे टाइम बम की धमकी देकर बैंक को ब्लैकमेल करने की कोशिश करता है। बैंक ब्लैकमेल नहीं होता। होना भी नहीं चाहिए था। परिणामस्वरूप लॉकर रूप सचमुच उड़ जाता है। साथ ही यह भेद भी खुलता है कि जिस व्यक्ति को बैंक में भेजा गया है, उसका स्कीम बनाने वाले दल से कोई संबंध नहीं हैं उसे मजबूर करके मोहरे के रूप में इस्तेमाल किया गया है।''

''ऐसा प्रकट करना मुजरिम की साजिश भी तो हो सकती है मिस्टर राव।'' चेयरमैन बोले।

धीमे से मुस्कराकर मिस्टर राव ने कहा– ''जरूर हो सकती लेकिन।''

''लेकिन।''

''ऐसा लगता नहीं है।''

''क्या मतलब?''

सिगार में एक कश लगाने के बाद मिस्टर राव ने पुनः कहना शुरू किया– ''ये आदमी, जिसका नाम चक्रेश है। सचमुच वही है, जो स्वयं को बता रहा है। अपना जो पता उसने बताया था, हमारे जासूसों की रिपोर्ट के मुताबिक यह अपनी पत्नी मंजू के साथ वहीं रहता है। पड़ोसियों से यह भी पता लगा कि चक्रेश सचमुच अपनी पत्नी को बहुत प्यार करता है। किसी पड़ोसी ने कभी मंजू और चक्रेश में झगड़ा होते नहीं देखा। एक पड़ोसी ने इन्हें रात नौ बजे के करीब घूमने के बाद अपने फ्लैट पर लौटते देखा था। सुबह से इनमें से किसी को भी किसी पड़ोसी ने नहीं देखा था। इनके फ्लैट पर ताला लगा हुआ था। उधर,

चक्रेश चाबी बनाने की एक बहुत बड़ी फैक्ट्री में काम करता है। वहां से हमारे जासूसों ने रिपोर्ट दी है कि आज सर्विस में पहली बार चक्रेश पूर्व सूचित किए बिना ऑफिस नहीं आया।''

''इन सब बातों का क्या मतलब?''

''यह बातें उसके बयान के उस हिस्से को सच प्रमाणित करने की चेष्टा करती हैं कि रात को वे दोनों एक साथ अपने फ्लैट में सोए थे, लेकिन जब आंखें खुली तो न तो वे साथ ही थे और न ही अपने फ्लैट में। यानी रात के किसी समय जबकि वे सो रहे थे, बेहोश करके उनका अपहरण किया गया।''

डींगरा ने दलील दी– ''अपहरणकर्ता को क्या जरूरत थी कि अपहरण के बाद वे उनके फ्लैट पर ताला लगा दें?''

''अगर वे ऐसा न करते तो चक्रेश के पड़ोसियों को शक हो जाता और वे ग्रीनपार्क थाने में पति-पत्नी के गायब होने की रिपोर्ट भी लिखवा सकते थे। ऐसा होने पर मुजरिम की योजना नाकामयाब हो सकती थी। अपहरणकर्ता ने यह सोचकर ताला लगा दिया कि ताले को देखकर पड़ोसी यह समझेंगे कि पति-पत्नी कहीं चले गए हैं।''

''ओह।''

''फिर भी। उस फ्लैट के बाहर लटके ताले से फिंगर प्रिंट्स ले लिए गए हैं।'' मिस्टर राव ने बताया– ''उन्हें चक्रेश की उंगलियों के निशानों से मिलाया जाएगा।''

सभी चुप रह गए।

राव ने सिगार मेज पर रखी ऐश-ट्रे में मसलते हुए पुनः कहा– ''हमें यह सोचना चाहिए कि मुजरिम की स्कीम क्या रही होगी?''

''कैसे?''

''दो बातें हैं। दोनों में से कोई भी एक ठीक हो सकती है।''

''क्या-क्या?''

''पहली ये कि असल मुजरिम चक्रेश ही हो।''

''ओफ्फोह। जाने आप क्या कहना चाहते हैं। कभी कुछ-कभी कुछ?''

''सुनते रहिए।'' मिस्टर राव बोले– ''दूसरी ये कि चक्रेश सचमुच असल मुजरिम का मोहरा मात्र ही रहा हो। अगर हमारी पहली संभावना ठीक है तो यह बयान बिल्कुल गलत होना चाहिए, जो चक्रेश ने दिया है।''

''आप स्वयं ही तो कह चुके हैं कि जासूसों की रिपोर्ट के मुताबिक उसका बयान सच है।''

''बयान नहीं, केवल बयान का एक हिस्सा।''

''क्या मतलब?''

''चक्रेश के बारे में की गई छानबीन, उसके बयान के केवल एक हिस्से की पुष्टि करती है। यानी पहली नजर में वह स्पष्ट रूप से बेगुनाह और मोहरा मात्र नजर आता है। ताले पर से प्राप्त होने वाले फिंगर प्रिंट्स उसकी स्थिति और भी ज्यादा स्पष्ट कर देंगे। उसे काफी टॉर्चर किया गया। बयान भी बार-बार लिया गया, लेकिन प्रत्येक बार उसका बयान अक्षरशः एक ही था, आदमी जब कहीं भी कोई झूठ बोलता है तो दो या तीन बार बताने पर स्वाभाविक रूप से कहीं-कहीं दो बातें जरूर बढ़ा या घटा देता है, परंतु उसका बयान प्रत्येक बार नपा-तुला रहा है।''

''इससे एक बार फिर साबित होता है कि यह केवल मोहरा है।''

''दोनों बातें सोची जा सकती हैं। या तो मोहरा है, या बहुत ही ज्यादा चालाक।''

''चलो मान लिया कि चक्रेश केवल मोहरा है, तब आप क्या करेंगे?''

''तब कहानी यूं बनेगी कि मुजरिम ने खुद को पूरी तरह छुपाकर एक निर्दोष के द्वारा बैंक रॉबरी करानी चाही।''

''ऐसा सोचने से क्या होगा?''

''अगर चक्रेश का बयान गलत साबित होता है तो कहानी यूं बनेगी कि सबकुछ चक्रेश ने किया है और अब यह सब नाटक वह पुलिस के चंगुल से निकलने के लिए कर रहा है।''

''मेरी समझ में नहीं आ रहा कि आप कहना क्या चाहते हैं?''

अभी उसकी बात का जवाब देने के लिए मिस्टर राव ने मुंह खोला ही था कि बंद कमरे के दरवाजे पर दस्तक हुई। सभी का ध्यान उस तरफ चला गया। शांडिल्य ने आगे बढ़कर दरवाजा खोला।

इजाजत लेने के बाद पुलिस सुपरिंटेंडेंट आहूजा अंदर प्रविष्ट हुआ। उसके चेहरे पर उड़ती हुई हवाइयों का अध्ययन करते हुए पुलिस कमिश्नर ने पूछा– ''क्या बात है मिस्टर आहूजा?''

''बैंक कांड के सिलसिले में जो व्यक्ति इस वक्त पुलिस हिरासत में है सर, उसकी पत्नी की लाश मिली है।''

''क्या?'' एकदम वे सभी लगभग उछल पड़े।

''जी हां।'' आहूजा ने बताया– ''अशोक विहार के थाने में एक राहगीर बदहवास-सा भागता हुआ आया और उसने सूचना दी कि थाने से थोड़ी ही दूर फुटपाथ पर एक लाश पड़ी है।

उस राहगीर को साथ लेकर थाना इंचार्ज स्वयं वहां पहुंचे, तब तक वहां बहुत-से राहगीरों की भीड़ लग चुकी थी। लाश एक युवती की थी और सड़क से कोई तीन गज दूर फुटपाथ पर लुढ़की पड़ी थी।''

''यह कैसे पता लगा कि वह लाश चक्रेश की बीवी की ही है?''

''लाश के समीप से ही पुलिस को यह कागज मिला है।'' कहने के साथ ही आहूजा ने अपनी जेब से कागज निकालकर पुलिस कमिश्नर की तरफ बढ़ा दिया। कागज किसी टाइप राइटर पर टाइप किया हुआ था और उसका मजमून निम्न था–

''हालांकि हम इसे मारना नहीं चाहते थे, क्योंकि इसके पति ने इसे बचाने के लिए सबकुछ उसी प्रकार किया, जैसा कि हमने उसे समझाया था। यह बैंक वालों या प्रशासन की नासमझी है कि उन्होंने

लॉकरों में बंद पब्लिक की करोड़ों की संपत्ति को नष्ट कराना, लाखों के नोट देने से कहीं बेहतर समझा। बैंक ने ऐसा केवल इसलिए किया, क्योंकि अगर वे चक्रेश को कैश देते तो वह उनका अपना नुकसान होता और अब जबकि लॉकर रूम उड़ गया है तो नुकसान बैंक का नहीं पब्लिक का हुआ है। पब्लिक की करोड़ों की संपत्ति से ज्यादा बैंक ने अपने लाखों नोट ज्यादा कीमती समझे। जाहिर है कि इस देश की बैंक जैसी संस्था भी स्वार्थी है। पब्लिक से उसे भी कोई सरोकार नहीं है। लॉकर्स पर क्योंकि क्लेम नहीं होता, इसलिए लॉकर उड़वा दिए गए। अपने लाखों बचा लिए गए। धन्य हैं हमारे बैंक।

खैर–तो हम यह कहना चाहते थे कि मंजू को खत्म करने के लिए हम विवश हो गए। इसलिए, क्योंकि इसने हममें से कई की शक्लें देख ली थीं, और इसका दुर्भाग्य कि यह हमारे अड्डे का पता भी जान गई थी। इसके कत्ल के लिए हम चक्रेश से केवल माफी ही मांग सकते हैं।''

बस। कागज का यही मजमून था।

पुलिस कमिश्नर के बाद उसे मिस्टर राव ने पढ़ा। पढ़ने के बाद जाने क्यों, आंखें नम हो गईं उनकी। होठ किसी दायरे की-सी शक्ल में सिमट गए। उनके मुंह से स्वयं ही निकल पड़ा– ''बेचारा चक्रेश।''

पुलिस कमिश्नर ने आहूजा से पूछा– ''लाश को मिले कितनी देर हो चुकी है?''

रिस्टवॉच पर नजर डालते हुए आहूजा ने बताया– ''करीब तीस मिनट।''

''क्या आप उस लाश को देखना चाहेंगे राव साहब?''

''जरूर।'' मिस्टर राव गंभीर स्वर में कह उठे।

अशोक विहार का वह इलाका। विशेष रूप से वह सड़क, जिसके एक तरफ फुटपाथ पर लाश पड़ी थी, अन्य सड़कों की अपेक्षा सुनसान पड़ी

रहने वाली ही कही जाएगी। इस सड़क से किसी भी प्रकार के वाहन का आवागमन जरा कम ही था। फिर भी, लाश के चारों तरफ काफी भीड़ जमा हो चुकी थी।

पहुंचते ही मिस्टर राव ने देखा कि मंजू काफी खूबसूरत थी। उम्र बीस और पच्चीस के बीच रही होगी। उसके शरीर पर इस वक्त हल्के फिरोजी कलर की साड़ी और उसी से मैच करता ब्लाउज था। फुटपाथ पर वह अस्त-व्यस्त, लुढ़की-सी पड़ी थी।

जिस्म पर कहीं भी, किसी जख्म का निशान नहीं था।

हां। आंखें और जीभ बाहर को जरूर उबली पड़ रही थीं। लाश की यह अवस्था इस बात की प्रतीक थी कि मंजू को गला घोंटकर मारा गया है।

इस वक्त लाश पर मक्खियां भिनभिना रही थीं।

समीप पहुंचकर मिस्टर राव झुके। ध्यान से लाश के गर्दन वाले भाग को देखा। उनके झुकने के कारण भनभनाकर ढेर सारी मक्खियां उड़ी थीं। वे सीधे हुए। लाश या उसकी किसी वस्तु को छेड़े बिना करीब पंद्रह मिनट तक लाश और उसके इर्द-गिर्द की स्थिति का निरीक्षण करते रहे। तब, कमिश्नर से बोले– ''गला घोंटकर इसे कहीं और मारा गया है और बाद में लाश लाकर यहां डाल दी गई है।''

''वह तो जाहिर है।''

''फोटोग्राफर और फिंगरप्रिंट्स विभाग के लोगों से कहिए कि वे जल्दी से अपना काम पूरा करें, ताकि लाश को जल्दी-से-जल्दी यहां से उठाकर पोस्टमार्टम के लिए भेजा जा सके।''

अभी तक टॉर्चर पर बंधे पड़े चक्रेश के सामने पहुंचते ही मिस्टर राव ने सवाल किया– ''क्या तुम्हें याद है कि जब तुमने अंतिम बार अपनी पत्नी को देखा था तो उसने क्या पहन रखा था?''

''हल्की फिरोजी रंग की साड़ी और वैसा ही ब्लाउज।''

''क्या तुम्हारी पत्नी साड़ी पहनकर सोती थी?''

''उसके पास नाइट गाउन थे, लेकिन जरूरी नहीं था कि वह नाइट गाउन पहनकर ही सोए। उसका मूड होता था तो गउन पहन लेती थी, नहीं तो साड़ी पहनकर ही सो जाती थी।''

''कल रात कैसे सोई थी वह?''

''हम पैदल ही घूमते हुए काफी दूर तक निकल गए थे। और फिर पैदल ही लौटे। काफी थक गए थे हम, इसलिए जो कपड़े पहनकर घूमने गए थे, उन्हें पहने-पहने ही सो गए।''

''तुम्हारी पत्नी कल शाम तुम्हारे साथ फिरोजी साड़ी पहनकर ही गई थी।''

''जी हां। मगर यह सब आप क्यों पूछ रहे हैं?''

''तुम्हारी पत्नी मिल गई है।''

''हैं . . . मंजू मिल गई है! कहां से? मंजू कहां है राव साहब। मुझसे मिलवा दीजिए उसे। हां, मंजू से भी पूछ सकते हैं कि उसे हमें किडनैप।''

''चक्रेश।'' मिस्टर राव का गंभीर स्वर।

''जी।''

''हमें अफसोस है कि तुम्हारी पत्नी अब जीवित नहीं है।''

''क्या?'' चक्रेश पर मानो एकदम बिजली गिरी हो। पूरी ताकत से चीख पड़ा वह– ''क्या हुआ? क्या हुआ मेरी मंजू को? किसने मार डाला उसे?''

''उसी ने, जिसने तुम्हारा अपहरण किया था।''

''नहीं।'' चक्रेश पागलों की तरह चीख पड़ा– ''वह ऐसा नहीं कर सकता। मैं उस पागल कुत्ते को कच्चा चबा जाऊंगा। मगर तुमने। तुमने मारा है मंजू को। अगर तुम वह सूटकेस नोटों से भर देते तो मेरी मंजू नहीं मरती। तुमने हां-हां तुमने मारा है मंजू को।''

पागलों के समान चक्रेश चीखता ही रह गया, जबकि मिस्टर राव मुड़े। चेहरे पर गंभीरता लिए टॉर्चर रूप से बाहर निकले। गैलरी में पहुंचकर एक सिगार सुलगाया और भारी कदमों से आगे बढ़ गए। टॉर्चर रूम की तरफ से अभी तक चक्रेश के पागलों की समान चीखने-चिल्लाने और विलाप करने की आवाजें आ रही थीं।

''आप क्या सोच रहे हैं राव साहब?''

''काफी तेजी से घटने वाली इन घटनाओं के बारे में ही सोच रहा हूं।''

''जो अब तक घटा है।'' पुलिस कमिश्नर ने पूछा– ''उसके आधार पर आप किस निष्कर्ष पर पहुंचे?''

''जो दिखाया जा रहा है, वह तो यह है कि एक गैंग है, उसके मुखिया के दिमाग में एक स्कीम आती है। बैंक को ब्लैकमेल करने की स्कीम। अपनी स्कीम पर अमल करने के लिए वह किसी भी प्रकार बैंक के लॉकर रूम में कहीं एक टाइम बम फिक्स कर देता है। फिर, चक्रेश और उसकी बीवी को किडनैप करता है। बीवी के आधार पर चक्रेश को अपनी योजना के मुताबिक काम करने के लिए मजबूर कर देता है। फिर नाटकीय अंदाज में चक्रेश को बैंक में भेजने से पहले फोन करता है। उसे विश्वास था कि लॉकर रूम को उड़ाए जाने वाली उसकी धमकी काफी वजनदार होगी। बैंक उसमें फंस जाएगा और चक्रेश को रुपए दे देगा। मगर, ऐसे मुजरिम के केवल एक ही पहलू को नहीं देखते हैं, उसने पहले ही इस संभावना पर गौर कर लिया होगा कि अगर बैंक ब्लैकमेल नहीं होता है, तो क्या होगा। बस, इसीलिए उसने बैंक में एक ऐसे शख्स को भेजा, जिससे उसका कोई संबंध नहीं था। जिसकी गिरफ्तारी के बावजूद भी पुलिस उस तक नहीं पहुंच सकती। मंजू को उसने मार डाला और उसकी लाश के साथ ही एक पत्र भी छोड़ा।

मंजू का कत्ल और पत्र का मजमून उस झुंझलाहट का परिणाम है, जो कि उसकी समझ में उसकी काफी जोरदार स्कीम की नाकामयाबी के कारण उस पर सवार हुई होगी। पत्र का मजमून बाता रहा है कि झुंझलाहट में वह पब्लिक को बैंकों के खिलाफ भड़काना चाहता है।''

''इसका मतलब तो ये हुआ कि बेचारा चक्रेश व्यर्थ ही बलि का बकरा बना।''

''इसका मतलब तो यही है लेकिन।''

''लेकिन क्या राव साहब?''

''क्या ऐसा नहीं हो सकता कि वह सारी योजना ही चक्रेश की हो?''

''चक्रेश!'' कमिश्नर चौंका–''उसकी भला कैसे हो सकती है?''

''माना कि बैंक को ब्लैकमेल करने की यह योजना चक्रेश के दिमाग में आती है। वह अपने किसी दोस्त को हमराज बनाता है। उसके साथ मिलकर अपने और अपनी पत्नी के किडनैप का ड्रामा करता है। फिर, स्वयं ही बैंक को फोन करता है। यहां आता है। बैंक के ब्लैकमेल न होने पर स्वयं को निर्दोष साबित करने के लिए पहले से ही सोची-समझी स्कीम पर चलता है, यानी नाकाम होने पर रूप बदल लेता है। स्वयं को मोहरा दर्शाता है। किसी गैंग की मनगढ़ंत कहानी सुनाकर हमें चकमा देता है। पुलिस उसके चक्कर में फंस जाए, इसके लिए वह पहले से ही अपने दोस्त को निर्देश दे आया है कि अगर वह पकड़ा गया तो वह उसकी बीवी का कत्ल करके कहीं भी डाल दें।''

''यह कहानी कुछ जमती नहीं राव साहब।''

''क्यों?''

''बैंक को लूटने के लिए कोई भला अपनी पत्नी की ही हत्या की योजना क्यों बनाएगा?''

''बना सकता है।'' कहने के साथ ही खुद ही सोचते हुए राव साहब बोले– ''दौलत बड़ी चीज है। इसके लिए कोई भी किसी को मार

सकता है, आज के जमाने में तो ममता से भी बढ़कर है दौलत। मां दौलत के लिए बेटे को मार सकती है। पत्नी आज दौलत से बढ़कर नहीं है।''

''मानता हूं लेकिन . . .।''

''लेकिन?''

''अपने किसी संबंधी को दौलत के लिए कोई तभी तो मार सकता है न, जबकि उस संबंधी को मारे बिना उसे दौलत हासिल हो ही न सकती हो। अगर उसे मारे बिना भी किसी को दौलत हासिल हो सकती है तो . . .।''

''गुड। हम इसी लाइन पर सोच रहे थे।''

''क्या मतलब?''

कुछ देर सोचते रहे मिस्टर राव। काफी गहराई से। फिर स्वयं ही बड़बड़ाए– ''नहीं। हां ठीक है। अब ये साबित हो जाता है कि चक्रेश मुजरिम नहीं है।''

''कैसे? आप बड़बड़ाते रहेंगे या मुझे भी कुछ बताएंगे?''

राव के चेहरे पर संतुष्टि के भाव उभर आए। चेहरे पर शुरू से ही जो तनाव था, वह खत्म हुआ। जेब से एक सिगार निकालकर सुलगाने के बाद बोले– ''अभी तक हमें यह शक था कि मुजरिम चक्रेश भी हो सकता है। लेकिन अब हम दावे के साथ कह सकते हैं कि वह मुजरिम नहीं है। मुजरिम का मोहरा बन गया बेचारा।''

''ऐसी क्या बात हो गई है कि जिसके आधार पर आप अचानक ही इतनी दृढ़तापूर्वक कह रहे हैं?''

''अगर बैंक को ब्लैकमेल करने की यह स्कीम चक्रेश के दिमाग की होती तो वह आसानी के साथ खुद को छुपाकर और अपनी पत्नी को फ्रेम में न लाकर भी बैंक को ब्लैकमेल कर सकता था।''

''मैं अब भी नहीं समझा।''

''तुमने बिल्कुल ठीक कहा था। आज के जमाने में दौलत के

लिए कोई व्यक्ति अपने किसी भी प्रिय को मार सकता है, लेकिन तब जबकि उसे यह नजर आ जाए कि अपने उस प्रिय को मारे बिना उसे दौलत मिलेगी ही नहीं। यानी कोई व्यक्ति किसी दूसरे को तब तो मार सकता है, जबकि उसके सामने दौलत या सामने खड़े व्यक्ति में से किसी एक को चुनने का लालच आ जाए। यदि उसके सामने कोई भी स्थिति ऐसी हो कि वह सामने खड़े व्यक्ति को बिना मारे ही दौलत भी प्राप्त कर सकता है तो वह व्यर्थ ही कत्ल नहीं करेगा। दूसरा रास्ता चुन लेगा। अगर यह मानकर चला जाए कि बैंक को ब्लैकमेल करने की यह स्कीम चक्रेश की ही थी तो। वह खुद को और अपनी पत्नी को फ्रेम से बाहर रखकर यही करना ज्यादा मुनासिब समझता कि स्वयं आने के स्थान पर किसी अन्य को मजबूर करके बैंक भेजता। वही सही है, जो दिखाया जा रहा है, यानी चक्रेश केवल एक मोहरा था।''

''उसकी बदनसीबी ने बेचारे की बीवी भी छीन ली।''

मिस्टर राव सिगार में गहरे-गहरे कश लगाने लगे।

अगले दिन। ठीक साढ़े दस बजे।

कचहरी ले जाकर चक्रेश को मजिस्ट्रेट के सामने पेश किया गया। कहा गया कि यह वह व्यक्ति है, जो सुरक्षित बैंक ऑफ इंडिया को ब्लैकमेल करने आया था, परंतु स्वयं पुलिस भी जानती थी कि यह सबकुछ अब सिर्फ औपचारिकता मात्र रह गई है। चक्रेश के खिलाफ कुछ भी नहीं था। सारी कहानी और कहानी के तथ्य उसे निर्दोष साबित कर रहे थे। मजिस्ट्रेट ने उससे चंद सवाल किए।

मजिस्ट्रेट के मस्तिष्क में भी सारी स्थिति स्पष्ट हो गई थी।

अतः उसने बिना किसी हिचक के चक्रेश की जमानत स्वीकार कर ली।

उधर, मिस्टर राव ने गाड़ी नं. डी. एच. ई. 9746 का पता लगाया। यह गाड़ी एक ऐसे मजिस्ट्रेट की थी, जिस पर शक करने की कोई गुंजाइश ही नहीं थी। दूसरे गाड़ी का कलर वह नहीं था, जो चक्रेश ने बताया था। मिस्टर राव इस नतीजे पर पहुंचे कि मुजरिम ने गलत नंबर की प्लेट इस्तेमाल की थी।

मिस्टर राव के सामने जब फिंगर प्रिंट्स विभाग की रिपोर्ट आई तो मन-ही-मन एक बार पुनः उन्हें मानना पड़ा कि मुजरिम हर कदम पर बेहद सतर्क रहा है, क्योंकि न केवल चक्रेश के फ्लैट के बाहर लटके ताले से ही, बल्कि मंजू की लाश तक से किसी प्रकार की उंगलियों के निशान नहीं मिले।

पोस्टमार्टम की रिपोर्ट भी आ चुकी थी।

कहा गया था कि किसी मफलर से गला घोंटकर मंजू को तीन और चार बजे के बीच मारा गया है। रिपोर्ट देखकर मिस्टर राव समझ गए कि इधर चक्रेश को असफल होता महसूस करते ही मुजरिम ने मंजू को खत्म कर दिया।

समाचार-पत्रों ने इस सारे बखेड़े को मोटे-मोटे हैडिंगों में नमक-मिर्च लगाकर छापा था। कई अखबारों ने तो वह पत्र भी छाप दिया था, जो कि मंजू की लाश के पास से मिला था। पुलिस-प्रशासन और बैंक विभाग की डटकर भर्त्सना की गई थी। कार्य-कुशलता पर कीचड़ उछाली गई थी।

चक्रेश के फोटो छपे थे। उससे सहानुभूति दर्शाई गई थी।

परिणाम वही हुआ जिसकी अपेक्षा थी।

दस बजे शास्त्रीनगर शाखा के सभी लॉकर ग्राहक बैंक में इकट्ठे हो गए। वे क्रोधित एवं उत्तेजित थे। सारे बैंक में हंगामा-सा हो रहा था। कोई कह रहा था कि मेरे लॉकर में मेरे सारे जीवन की कमाई थी। कोई कह रहा था कि मेरे जरूरी कागजात थे। कोई कुछ और कोई कुछ।

बैंक अधिकारियों और प्रशासन को उन्हें संभालना भारी पड़ रहा था।

न केवल वही, बल्कि प्रत्येक बैंक में लॉकर ग्राहकों का ही हंगामा था आज। दूसरे बैंक में ग्राहक पूछ रहे थे कि उनके लॉकर की सुरक्षा की क्या गारंटी है। सचमुच बैंक को अपनी साख, इज्जत और बिजनेस बचाए रखना भारी पड़ रहा था।

एक तरफ यह मुसीबत थी, दूसरी तरफ–मिस्टर राव अभी तक परेशान थे। उनके पास कोई भी सबूत ऐसा नहीं था, जिसके आधार पर वे यह सोच सकते कि भविष्य में वे मुजरिम तक पहुंच जाएंगे।

उधर, चक्रेश को मंजू का शव मिल चुका था। उसके सभी रिश्तेदार, मित्र और पड़ोसी फ्लैट के आसपास एकत्रित हो चुके थे। मंजू के दाह-संस्कार की तैयारियां हो चुकी थीं।

चिता के चारों तरफ अपार जनसमूह खड़ा था।

अंतिम संस्कार हेतु पंडित पवित्र मंत्रों का उच्चारण कर रहा था।

दुल्हन बनी चिता पर लेटी, चिरनिद्रा में सोई चक्रेश ने जब मंजू को देखा तो दहाड़े मार-मार कर रो पड़ा वह। मंजू की सिंदूर से लबालब भरी मांग मानो अब भी प्रभु से चक्रेश की लंबी उम्र के लिए झोली फैलाकर भीख मांग रही थी। जबकि चक्रेश ने पंडित के इशारे पर एक लकड़ी उठाई।

लकड़ी के सिरे पर अग्नि लपलपा रही थी।

फिर। चिता में अग्नि प्रवाहित की उसने। चिता सुलग उठी। तड़पकर रोते हुए चक्रेश ने वह लकड़ी भी चिता पर फेंक दी। लपटें ऊंची उठने लगीं। दुल्हन आग में घिर गई। चक्रेश अब भी बिलख रहा था। एक व्यक्ति उसे पकड़े सांत्वना दे रहा था। उसी से रोते हुए चक्रेश के कान में धीमे से कहा– ''निस्संदेह तुम लाजवाब एक्टिंग करते हो। तुम्हारी इस सफल एक्टिंग के कारण ही हम इतने बड़े प्लान में कामयाब हो सके हैं। कोई माई का लाल सोच भी नहीं सकता कि मंजू की हत्या तुमने की है।''

शाम का समय। गंगा के उस पार पश्चिमी गगन के अंतिम सिरे पर सारे दिन की यात्रा के बाद थका-थका-सा नजर आने वाला सूर्य। गगन का रंग दूर-दूर तक सिंदूरी हो गया था। गोधूलि की वेला में। गंगा किनारे रेत पर दो बालक खेल रहे थे। एक लड़का, दूसरी लड़की।

लड़की की उम्र करीब पंद्रह वर्ष–लड़की की बारह।

लड़की का नन्हा पैर रेत के अंदर था। आस-पास के रेत को समेटकर वह अपने पैर के ऊपर रेत का एक छोटा-सा टीला बना रही थी। टीले को थपथपाती हुई वह बोली– ''बाली।''

''बोल।''

''ये तेरा नाम कैसा अजीब-सा है रे। जब तेरा नाम लेती हूं न तो लगता है कि जैसे मैंने अपने कानों में लटकने वाली बाली को पुकारा हो?''

''तेरा नाम तो बड़ा अच्छा है ना?'' रेत में उंगली से 'रानी' लिखता हुआ बाली बोला– ''रानी।''

खिलखिलाकर हंस पड़ी रानी। दूर तक, उसकी यह बाल-सुलभ खिलखिलाहट गूंजती चली गई। एक पल को तो यूं लगा कि जैसे निरंतर गतिशील गंगाजल ने भी ठहरकर पानी के नन्हें सफेद मोतियों जैसे दांतों को देखा हो। बाली शांत था, रानी के जिस्म पर मौजूद हल्के आसमानी रंग के रेडीमेड फ्रॉक को देख रहा था वह। बड़ा ही कीमती फ्रॉक था। बालों में उसी रंग का एक रीबन बंधा हुआ था।

रेत का एक टीला-सा बनाती हुई रानी को देखकर उसने पुकारा– ''रानी।''

''हूं।'' उसका सारा ध्यान रेत को थपथपाने में था।

''ये तू क्या कर रही है?''

''घर बना रही हूं।''

''किसका?''

''अपना और तेरा, जिसमें हम रहेंगे।'' कहने के साथ आहिस्ता से रेत के अंदर से उसने अपना बहुत ही गोरा एवं नन्हा-सा पैर बाहर निकाला। रेत का छोटा-सा टीला खड़ा रह गया। खोखला टीला, बोली– ''देख। कितना सुंदर बना है।''

''हूं।'' बाली ने मुह बिचकाया– ''ये सुंदर है? कितना छोटा-सा है। सिर्फ एक कमरा?''

''अरे, जब मैं तेरे साथ रहूंगी तो एक ही कमरा बहुत है।''

''नहीं।'' एकदम उत्तेजित होकर बाली ने अपना गंदा पैर टीले पर मारा। टीला बिखर गया।

''बाली।'' रानी रुआंसी हो गई– ''ये क्या किया तूने? मैंने इतनी मेहनत से बनाया था।''

गंदे लड़के की मुट्ठियां कस गईं। नन्हें जिस्म में ऐसा तनाव उत्पन्न हुआ कि धीरे-धीरे कांपने लगा वह। छोटी आंखों में नन्हीं-नन्हीं चिंगारियां नाच उठीं। दांत भींचकर बोला– ''तेरा नाम रानी है। तुझे कोई भिखारिन बनाकर थोड़ी रखूंगा मैं। तुझे तो रानी बनकर ही रहना चाहिए। तुझे मैं बहुत बड़े मकान में रखूंगा। तेरे पिता और गांव के ठाकुर की हवेली से भी बड़े मकान में।''

''इतना बड़ा मकान कहां से लाएगा रे तू?''

''कहीं से भी, मुझे चाहे जो भी करना पड़े रानी।'' उत्तेजित-सा बालक अपनी नन्हीं भावनाओं को कहता ही चला गया– ''मगर मैं तेरे लिए खूब बड़ा मकान बनवाऊंगा। ठाकुर की कार से भी बढ़िया एक कार होगी तेरे पास। खूब सारा जेवर होगा। अच्छे-अच्छे कपड़े होंगे। तुझे मैं सचमुच की रानी बना दूंगा।''

रानी पुनः खिलखिला उठी, बोली– ''तू पागल हो गया है रे?''

''हां। मैं पागल हो गया हूं। उस वक्त में पागल ही हो जाता हूं, जब पंडित चाचा तुझे मेरे साथ घूमने-फिरने और खेलने-कूदने पर डांटते हैं। वे इसीलिए डांटते हैं न रानी कि मैं गरीब हूँ एक बूढ़ी मां का बेटा हूं

मैं। झोंपड़ी में रहता हूं। पहनने के लिए मेरे पास अपने मरे हुए बापू की इस झोले जैसी कमीज और जीन के इस नीले नेकर के अलावा और कुछ नहीं है। रानी मैं।''

''अरे। तू तो रोने लगा?''

''रानी।''

''रानी-रानी ही कहे जाएगा या कुछ बोलेगा भी?''

''एक बात बता। जब पंडित चाचा तुझे डांटते हैं तब भी तू मेरे ही साथ क्यों खेलती है?''

''उन्हें क्या पता कि तू मुझे अच्छा लगाता है?''

''बहुत जिद्दी है तू। वे कितना मरते भी हैं तुझे फिर भी तू।''

''तू जरूर मुझे आज ही पिटवाएगा। देख अंधेरा होने लगा है और एक तू है कि अपनी चकड़-चकड़ करे ही चला जा रहा है। तुझे इतना भी ध्यान नहीं है कि अब हमें गांव की तरफ चलना चाहिए।''

''हां। कहती तो तू ठीक है।'' रानी का हाथ पकड़कर बाली की तरफ को चल लिया।

''ये लो। शह बचाओ भैरो बेटे।'' पंडित भवानीप्रसाद ने मोहरा आगे बढ़ाते हुए कहा।

''ओह।'' बीच में बिछी बिसात को घूरते हुए ठाकुर भैरोसिंह कह उठा– ''तो इस तरह हमला करोगे। खैर, हम भी इतनी जल्दी पिटने वाले नहीं हैं बेटे। ये लो, बच गए शह। अब चलो।''

''पूरे हो तुम भी, खैर?'' भवानी ने अपनी चाल चलते हुए कहा– ''तुम्हारे 'रंगमहल' का क्या हुआ?''

''सरकार से तो इजाजत मिल गई है। ले-देकर नक्शा भी पास करा लिया है।''

''कौन-सी जमीन मिली?''

ठाकुर ने बताया– ''बाड़े वाली।''

मोहरा चलने के लिए भवानी का आग बढ़ा हुआ हाथ ठिठक गया। शतरंज से नजरें हटाकर उसने भैरों की तरफ देखा, जबकि बिसात को ही घूरते हुए भैरो ने कहा– ''क्या हुआ, चाल क्यों नहीं चलता?''

''वह जमीन तो उस सपेरे की है, सपेरा तो खैर मर चुका है। अब उसकी बीवी और लड़का वहां झोंपड़ी डालकर रहते हैं। तुम पहले भी कई बार सपेरे की घरवाली से उस जमीन को खरीदने की बात कर चुके हो?''

''हां, कर तो चुका हूं।''

''लेकिन वह अपनी जमीन बेचना नहीं चाहती।''

''हां। साली हर बार यही कहती है कि जमीन के इस छोटे से टुकड़े के रूप में ही तो हमारे दिलों में बाली के बापू की याद रह गई है। इसे मैं नहीं बेचूंगी। दुगने दाम लगा चुका हूं। कहती है कि ठाकुर साहब इसी से पाल-पोस कर मुझे अपने बाली को बड़ा करना है। कल अगर यही न रही तो हम कहां रहेंगे। पेट कैसे भरेंगे?''

''तभी तो पूछ रहा हूं कि जब जमीन बेचेगी ही नहीं तो तेरा रंगमहल कैसे बनेगा?''

''अब उस बुढ़िया की जिद की वजह से तो अपने रंगमहल की योजना खटाई में डालने से रहा।''

''तो क्या करोगे तुम?''

''कीमत और बढ़ा दूंगा। तब भी नहीं मानी तो साली की झोंपड़ी पर बुलडोजर चलवा दूंगा।''

पंडित भवानीप्रसाद के चेहरे पर कुछ ऐसे भाव उत्पन्न हुए, जैसे उसे भैरोसिंह की बात पसंद न आई हो, बोला– ''बस तेरे मेरे विचारों में यही फर्क है भैरो। तू किसी गरीब पर जुल्म करने में नहीं हिचकता और मुझे यह पसंद नहीं है।''

''इसका कारण है।''

''क्या?''

''तू जिन्हें गरीब कहता है न, अभी तूने ठीक से इनकी जहालत देखी नहीं है। ये साले होते ही डंडे के यार हैं।''

कुछ कहने के लिए भवानी प्रसाद ने अभी मुंह खोला ही था कि खूबसूरती से सजे ड्राईंगरूम में प्रविष्ट होते हुए एक नौकर ने उन्हें पुकारा– ''मालिक।''

''क्या बात है?''

दूध से भरा गिलास हाथ में लिए नौकर ने बताया– ''रानी बिटिया का दूध पीने का टाइम हो गया है मालिक। सारी हवेली में ढूंढ़ चुका हूं। मिलती ही नहीं है।''

''अरे जाएगी कहां। यहीं-कहीं होगी, ड्राइवर से पूछ।''

''सबसे पूछ चुका हूं मालिक। ड्राइवर का कहना है कि काफी देर पहले उसने रानी बिटिया को हवेली से बाहर जाते देखा था।''

''ओह?'' भवानी के चेहरे पर चिंता के साथ-साथ गुस्से के भाव भी उभर आए– ''लगता है यह लड़की मुझे शतरंज के मशगूल होता देख एक बार फिर मौका लगते ही उस सपेरे के गंदे लड़के के साथ खेलने चली गई है।''

''ये बात आज तक मेरी समझ में नहीं आई।'' भैरो बोला– ''मैंने तुझे प्यार से, डांट से, सब तरह से रानी को समझाते देखा है, कई बार तो गुस्से में तूने रानी को मारा भी है, लेकिन वह सपेरे के उस गंदे और करीब लड़के का साथ नहीं छोड़ती। सारी बस्ती में उसी के साथ घूमती-फिरती है।''

''पता नहीं उस कमबख्त ने क्या जादू कर दिया है रानी पर।''

''अब तुझे पता लगेगा कि जिन्हें तू गरीब कहता है, वे कितने जाहिल होते हैं?''

''क्या मतलब?'' भवानी ने चौंककर भैरो की तरफ देखा।

''रानी बारह साल की हो चुकी है। जिस आदत को तू आज तक नहीं छुड़ा सका, मेरी समझ में नहीं आता कि तू आगे भी कैसे छुड़ा सकेगा। तीन-चार साल बाद रानी जवान हो जाएगी तब।''

''भैरो!'' भवानी गुर्राया।

''चीखने से नहीं दोस्त, हल सोचने से ही समस्या हल होती है।''

''आने दे आज इस रानी की बच्ची को। आज मैं उसकी चमड़ी उधेड़कर रख दूंगा। ऐसी सजा दूंगा कि फिर कभी उस जाहिल लड़के के बारे में कुछ सोच भी न सके।''

रहस्यमयी मुस्कान के साथ भैरो ने कहा– ''बार-बार रानी को मारने-पीटने से तो यह समस्या हल होने से रही। तुझे कोई और ही रास्ता सोचना चाहिए।''

''कैसा रास्ता?''

''अच्छा तू छोड़।'' भैरो ने कहा– ''उस लड़के से रानी का पीछा मैं छुड़वा दूंगा।''

''कैसे?''

''मेरा रंगमहल बनेगा और उसके लिए जरूरी है बाड़े वाली जमीन। चाहे जैसे भी हो, उस जमीन पर रंगमहल बनकर रहेगा। जब रंगमहल बनेगा तो वह झोंपड़ी वहां नहीं रहेगी। मजबूरन सपेरे की बीवी और इस लड़के को गांव छोड़ना ही पड़ेगा। तब, उससे रानी का पिंड खुद-ब-खुद ही हमेशा के लिए छूट जाएगा।''

भवानी प्रसाद भैरोसिंह के चहरे की तरफ देखते रह गए, जबकि भैरो बोला– ''चाल चल।''

बस्ती और गंगा के बीच एक छोटा-सा जंगल पड़ता था। वैसे जंगल बिल्कुल भी खतरनाक नहीं था। सारे दिन ग्वाले जंगल में जानवरों को चराया करते थे। बाली और रानी ने तो इस जंगल का चप्पा-चप्पा देख

रहा था। यूं ही सारे जंगल में खेलते फिरा करते थे वे। इस वक्त भी हाथ पकड़े वे उछलते-कूदते कभी दौड़ते कभी रुकते जंगल से गुजर रहे थे। बाली के बदन पर वही अपने मरहम पिता की कमीज थी। वह ढीली-ढाली और झोले जैसी कमीज सचमुच उसके जिस्म पर अजीब-सी लगती थी, कमीज इतनी लंबी थी कि जीन का नीला नेकर भी उसके नीचे छुपा रहता था। सारे दिन धूल-मिट्टी में खेलने के कारण उसके हाथ-पैर गंदे रहते थे।

बाली के सिर पर छोटे-छोटे बाल थे।

काले रंग, छोटी आंखों और पतले होठ वाला यह बालक दरअसल गोरी-चिट्टी, बेहद सुंदर और साफ रहने वाली रानी से जरा भी मेल नहीं खाता था। तब भी वे हमेशा साथ रहते थे।

जब वे लौट रहे थे तो रास्ते में उन्होंने एक गाय को तेजी से रंभाते हुए इधर-उधर भागते देखा। ऐसा लगता था कि जैसे वह बड़ी बेचैनी के साथ सारे जंगल में किसी को तलाश रही हो।

उसे देखकर रानी कह उठी– ''अरे! ये तो ठाकुर अंकल की गाय है।''

''मगर इसे हुआ क्या है रानी?''

''पता नहीं।'' रानी झोंक में कह गई, फिर एकदम चौंकी। जैसे उसे कुछ याद आया हो, बोली– ''ओह। अब समझ में आया कि ये किसे तलाश कर रही है?''

''किसे?''

''अपने बछड़े को।''

तभी हाथ में लाठी लिए भागता हुआ एक ग्वाला उनके नजदीक आया, बोला– ''अरे बाली। इस तरफ तुमने कोई बछड़ा देखा था क्या?''

''बछड़ा। नहीं तो, क्यों?''

''ओफ्फो।'' ग्वाला परेशान-सा होता हुआ बोला– ''पता नहीं

साला कहां चला गया। ठाकुर साहब की गाय उसके लिए बिगड़ रही है। अगर बछड़ा नहीं मिला तो ठाकुर साहब से पहले यह गाय ही मुझे मार डालेगी।'' कहने के साथ ही ग्वाला एक अन्य दिशा में भागता चला गया।

बाली टगा-सा खड़ा रह गया, जबकि उसे अंगूठा दिखाती हुई रानी ने चिढ़ाया– ''घोंचू।''

''अभी बताता हूं तुझे।'' कहने के साथ ही बाली घूंसा तानकर लपका।

खिलखिलाती हुई रानी उसके आगे-आगे दौड़ी। यूं ही खेलते-कूदते वे बस्ती की तरफ जा रहे थे कि एक स्थान से हल्की-सी आवाज सुनकर बाली ठिठक गया। आगे भागती हुई रानी से बोला– ''जरा रुक रानी।''

''क्या है?''

आवाज को सुनने की चेष्टा करता हुआ बाली बोला– ''कुछ आवाज आ रही है।''

''अरे छोड़ भी। इतनी देर तो पहले ही हो गई है। आज तू मुझे जरूर मरवाएगा।''

परंतु। बाली ने उसकी बात पर ध्यान नहीं दिया। कान लगाए वह उस तरफ बढ़ा जिधर से आवाज आ रही थी। रानी भी वापस लौटी। समीप आई। आवाज उसे भी आने लगी। आवाज उनके आसपास ही कहीं से आ रही थी, लेकिन वे समझ नहीं पा रहे थे कि आवाज आ कहां से रही है?

रानी कह उठी– ''ये तो बछड़े की आवाज है।''

''है तो सही। लेकिन बछड़ा आखिर है कहां?''

वे आसपास चारों तरफ घूम-घूम कर देखने लगे। तभी, कहीं पास ही से गाय के दौड़ने और जोर से रंभाने की आवाज सुनाई दी। जवाब में बछड़ा भी अपनी पूरी ताकत से रंभाया। फिर भी उसकी आवाज में

इतना दम तो नहीं था कि गाय तक पहुंच सकती किंतु रानी और बाली को जरूर पता लग गया कि बछड़ा कहां है।

दरअसल वह एक खोह थी। छोटी-सी खोह। ऐसी कि जिसका मुंह जंगल में से गुजरते किसी भी व्यक्ति को आसानी से नजर नहीं आ सकता था। जाने कैसे बछड़ा इस 'खोह' में दाखिल हो गया था, लेकिन अब इस खोह में से उससे निकला नहीं जा रहा था।

''अरे।'' रानी बोली– ''यह यहां कैसे फंस गया?''

''मैं निकालता हूं इसे। बेचारा निकलने के लिए ही कराह रहा था।'' कहने के बाद तेजी से लपककर बाली खोह के अंदर घुस गया। काफी मेहनत करनी पड़ी, परंतु अंत में बछड़े को निकाल ही दिया उसने। निकलते ही बछड़ा जोर से रंभाया। जवाब में कहीं दूर से गाय के रंभाने की आवाज आई।

जवाब में रंभाकर बछड़ा गाय की दिशा में भागा।

उधर से गाय के रंभाने और भागते कदमों की नजदीक आती आवाज।

सारा जंगल गाय और बछड़े के रंभाने और दौड़ने से गूंज उठा। फिर रानी और बाली के देखते-ही-देखते गाय और बछड़ा एक-दूसरे के आमने-सामने आ गए। बछड़ा गाय से लिपट गया, जबकि गाय आतुर-सी होकर उसे बार-बार अपनी जीभ से चाटने लगी। इस अजीब से मिलन को बाली देखता रह गया।

खोह के भीतर खड़े बाली ने कहा– ''ये खोह भी अजीब है रानी। हम कितने दिन से जंगल में खेलते हैं। छुपा-छुपाई खेलते हुए जंगल में छुपने की जगह की तलाश करते फिरते हैं। ये जगह छुपने के लिए कितनी अच्छी है, 'चोर' आस-पास ढूंढ़ता रहे, लेकिन फिर भी इसमें छुपा खिलाड़ी उसे चमक नहीं सकता।''

''अब तू यहां छुपा-छुपाई ही खेलता रहेगा या चलेगा भी?''

''चल।'' खोह के बार निकलते हुए बाली ने कहा।

एक सुबह। अपनी झोंपड़ी में पड़ा बाली दीवार पर टंगी अपने पिता की 'बीन' को देख रहा था। एक ऐसी टूटी-फूटी और 'झटोला' सी खाट पर लेटा था वह, जिसके न केवल बान ही टूटकर झोंपड़ी की जमीन को चूम रहे थे, बल्कि 'अदवायन' भी टूट चुकी थी। अच्छा-खासा झूला-सा बन गई थी वह खाट।

झोंपड़ी के आंगन में बूढ़ी मां 'सरकंडों' से चूल्हा जलाए 'एल्युमीनियम' की टूटी-फूटी एवं मुड़ी-तुड़ी-सी पतीली में उसके लिए चाय बनाने की कोशिश कर रही थी, अचानक ही झोंपड़ी के बाहर से बाली ने एक अजीब-से शोर को उभरते सुना। इच्छा हुई कि झोंपड़ी के बाहर निकलकर इस शोर का कारण जाने परंतु उसका मन न हुआ। सुस्त-सा पड़ा बीन और उसे बजाने वाले अपने पिता के बारे में सोचता रहा।

एकाएक किसी काम से मां अंदर आई तो उसने पूछा– ''क्या हुआ मां। बाहर ये शोर कैसे है?''

''सुना है कि पंडित की हवेली में कोई सांप है।'' मां ने बताया– ''उसी को पकड़ने के लिए पंडित ने किसी दूसरे गांव से सपेरे को बुलाया है। हवेली के बाहर बैठा सपेरा सांप को उसके छुपे हुए स्थान से बाहर निकालने के लिए 'बीन' बजा रहा है। यह सारे गांव को एक खेल-सा लग रहा है। सभी उस तरफ दौड़े जा रहे हैं।''

''क्या कहां मां। पंडित चाचा की हवेली में सांप?'' बाली उछलकर खड़ा हो गया।

''हां, बेटे।''

''मैं अभी आता हूं मां।'' कहने के बाद आंधी-तूफान की तरह भागता हुआ बाली झोंपड़ी से बाहर निकल पड़ा।

''अरे-अरे सुन तो बाली।'' मां कहती ही रह गई– ''अजीब लड़का है ये।''

पंडित भवानीप्रसाद की हवेली के बाहर सारा गांव इकट्ठा हो गया था। गांव के निवासियों ने सपेरे के चारों तरफ एक वृत्त-सा बना लिया था। वृत्त के बीचों-बीच सपेरा बैठा था। निरंतर बीन बजा रहा था वह। गांव के निवासियों की भीड़ से बने वृत्त के बीच का दृश्य बेहद अजीब भयानक और रोंगटे खड़े कर देने वाला था।

ऐसा खतरनाक। इतनी अजीब कि देखने वालों की सांसें तक रुकी हुई थीं। आतंक के चिंह थे सभी चेहरों पर, हवाइयां उड़ रही थीं।

भीड़ को चीरकर जब बाली ने वह दृश्य देखा तो दंग रह गया।

सपेरा बीन बजा रहा था। सुनहरे रंग का एक चमकदार नाग सपेरे के सिर पर बंधी मैली पगड़ी के ऊपर कुंडली मारे बैठा था। फन उठाए बीन की मधुर धुन पर झूम रहा था वह।

''अरे!'' बाली के मुंह से बरबस ही आवाज निकल पड़ी– ''यह क्या?''

''बाली तू।'' पास खड़े व्यक्ति ने कहा– ''तू सपेरे को बेटा। तू ही कुछ कर।''

''लेकिन ये हुआ क्या है ताऊ?''

''इस सपेरे ने सांप को बुलाने के लिए बीन बजानी शुरू की कि पंद्रह मिनट बाद ही लोगों ने सांप को इसके सिर पर देखा, सपेरे को भी पता नहीं लगा और जाने कहां से निकलकर सांप उसके सिर पर पहुंच गया है। उसके सिर पर बैठा फन फैलाए बीन की धुन पर झूम रहा है। लेकिन सांप को वह पकड़े कैसे और लगातार बीन इसलिए बजाए चला जा रहा है क्योंकि बीन के बंद होते ही सांप गुस्से में उसे डस लेगा।''

''लेकिन सपेरा बीन भी कब तक बजा सकता है ताऊ?''

''यही तो सवाल है। बेचारा सपेरा। सुबह-सुबह अच्छा आया यहां

सांप पकड़ने। कैसी अजीब मुसीबत में फंस गया है। सिर पर साक्षात् मौत नाच रही है उसके। पकड़ सकता नहीं और जिस क्षण उसने बीन मुंह से हटाई उसी क्षण सांप उसे डस लेगा। देखो तो सही, कैसी दुविधा में फंस गया है वह?''

सपेरे की आंखों में याचना और मदद के भाव थे। पंडित भवानीप्रसाद अपनी हवेली की बॉलकनी में खड़े इस दृश्य को देख रहे थे।

उनके समीप ही रानी खड़ी थी।

बाली जल्दी से भीड़ चीरकर वृत्त से बाहर निकला। फिर भीड़ से घने वृत्त के बाहर-ही-बाहर वह दूसरी तरफ पहुंचा। वहां की भीड़ को चीरकर वृत्त के अंदर। अब, बाली की ओर सपेरे की पीठ थी। नाग के फन का भी पिछला ही भाग था इस तरफ। बीन लगातार बज रही थी।

नाग झूम रहा था।

पंद्रह वर्षीय बाली दबे पांव सांप की तरफ बढ़ा। देखने वालों ने देखा। नन्हें बाली का इरादा भांपते ही देखने वालों की धड़कनें बंद हो गईं, जब वह सपेरे के काफी नजदीक पहुंच गया था तो।

बॉकलकनी में खड़ी रानी अपनी पूरी ताकत से चीख पड़ी– ''नहीं रे बाली। ये तुझे काट ले . . .।''

उसका वाक्य पूरा होने से पहले ही भवानी ने रानी का मुंह भींच लिया।

बाली ठिठका। गर्दन उठाकर एक बार बॉलकनी की तरफ देखा। भवानी की गिरफ्त में फड़फड़ा रही, बोलने से लाचार, रानी ने उसे इशारे से आगे बढ़ने से मना किया। गंदे और काले-कलूटे बाली के पतले होठों पर अजीब-सी मुस्कान दौड़ गई। रानी की तरफ से ध्यान हटाकर वह दबे पांव सपेरे की तरफ बढ़ा।

बाली सपेरे के पीछे। एकदम बहुत करीब पहुंच गया और उस वक्त तो देखने वाले एक-एक व्यक्ति के कंठ से चीख ही उबल पड़ी जब नन्हें बाली ने किसी गोरिल्ले की तरह झपटकर छलांग लगाई।

सपेरे के सिर के ऊपर से होता हुआ वह सपेरे के सामने जमीन पर लुढ़कता चला गया। मगर नाग उसके हाथों में था।

बाली की दाईं मुट्ठी में नाग का फन था और बाईं में उसकी पूंछ।

अत्यंत ही क्रोधित अंदाज में नाग ने अपना जबड़ा फाड़ रखा था। उसके हाथों में कसमसाकर अपने जिस्म को अजीब-सी ऐंठन देता हुआ नाग उसके चंगुल से निकलने की भरपूर कोशिश कर रहा था। जबकि दोनों हाथों को यूं ही फैलाए बाली जमीन से खड़ा हुआ, नाग जबड़ा फाड़े अपनी गर्दन को बाली की मुट्ठी की तरफ मोड़ने की कोशिश कर रहा था, परंतु बाली उसकी गर्दन को मुड़ने नहीं दे रहा था।

हक्का-बक्का-सा रह गया सपेरा।

अजीब ढंग से उसने बौखलाहट में सबसे पहले बीन दूर फेंकी। हड़बड़ाकर उठ बैठा और जब उसने एक नन्हें बालक की गिरफ्त में सांप को मचलते देखा तो दंग रह गया।

''जल्दी से टोकरी खोलो।'' बाली बोला।

⅄

''ओह।'' उसकी झोंपड़ी में बैठे सपेरे ने कहा– ''तो तुम हरवंश गुरु के बेटे हो?''

''हां। क्या आप मेरे पिताजी को जानते हैं?''

''जानता हूं?'' सपेरा आश्चर्य के साथ कह उठा– ''सिर्फ जानता ही नहीं हूं, बल्कि चेला हूं उनका। बल्कि अगर यह कहूं कि इस पेशे में मुझे लाए ही वे थे, तो गलत नहीं होगा। जितने भी गुर मुझे आते हैं, वे सभी उन्होंने सिखाए थे। वाह, क्या बात थी उस्ताद की। दूर-दूर तक भी उनके जैसा सपेरा नहीं था। अक्सर सपेरे अपने सांपों के जहरीले दांत तोड़ दिया करते हैं, मगर उन्होंने कभी ऐसा नहीं किया। वे कहते थे कि सांप को अगर दांत तोड़कर पाला तो पालना ही क्या हुआ। बात तो तब है कि उसके दांत भी रहें और आपको काटे भी कभी नहीं। वे

तो ऐसा कहा करते थे कि सांप सबसे वफादार जानवर है, कुत्ते से भी ज्यादा वफादार, मालिक के इशारों पर नाचा करता है सांप। वक्त पड़ने पर अपने मालिक के लिए प्राणों की बाजी भी लगा सकता है।''

''मैं भी कभी इस सांप के दांत नहीं तोड़ूंगा।''

''क्या?'' सपेरे का मुंह हैरत से खुला रह गया।

जबकि बाली की मां बोली– ''तू पागल हो गया है रे क्या?''

''क्यों मां?''

''जानता भी है कि तू क्या कह रहा है?''

''इसमें न जानने की कौन-सी बात है मां?''

''तू अभी बच्चा है बेटे।'' सपेरे ने समझाया– ''तू अभी जानता नहीं है कि जिस सांप को तूने पकड़ा है, वह कितना खतरनाक है। 'ताखी' सर्प कहते हैं इसे। इसकी उम्र हजारों साल होती है। इसके काटे का दुनिया में अभी तक इलाज नहीं है। केवल दो मिनट तड़पता है इसका शिकार। फिर, सारा जिस्म नीले कांच की तरह नीला पड़ जाता है।''

''मैं जानता हूं 'ताखी' 'इलोगिडी' जाति का सबसे खूंखार नाग होता है।''

''अरे?'' सपेरे को पुनः आश्चर्य हुआ– ''तू ये सर्पों की जाति के बारे में कैसे जानता है?''

''जिस गुरु के तुम चेले हो चाचा, मैं उसी गुरु का बेटा हूं। सबकुछ तो नहीं लेकिन हां, इतना जरूर कह सकता हमें कि पिताजी ने मुझे सांपों के बारे में बहुत कुछ बताया है। उन्हें मेरे अभी एक ही साल हुआ है। आप तो जानते ही हैं कि वे किसी भी सांप के दांत नहीं तोड़ते थे और मैं पैदा होने से लेकर नौ साल तक उन्हीं सापों के बीच खेला-कूदा हूं। मां से पूछो। इस झोंपड़ी में सांप टोकरी में नहीं रहते थे। हम सबकी तरह ही आजादी के साथ घूमते-फिरा करते थे।''

''क्यां बहन?''

‘‘हां।’’ बाली की मां ने कहा– ‘‘लेकिन . . .।’’

‘‘ओह। तभी तो मैं कहूं कि इस छोटे-से बच्चे ने ताखी को इतनी सफाई से कैसे पकड़ लिया?’’

‘‘मगर भइया। तुम इस सांप को यहां से ले जाओ। ये कम्बखत।’’

‘‘नहीं मां।’’ कहने के साथ ही बाली ने झपटकर टोकरी उठा ली, बोला– ‘‘मैं अपने ताखी को इन्हें बिल्कुल नहीं दूंगा ताखी मेरा है। इसे मैंने पकड़ा है।’’

‘‘पकड़ा तो है बेटे। मगर तू इसका करेगा क्या?’’

‘‘पालूंगा इसे। दोस्त बनाऊंगा अपना।’’

मां ने और साथ ही सपेरे ने भी बहुत समझाया उसे।

मगर। बाली जिद्दी था। नहीं माना।

सपेरे ने जब उससे पूछा कि क्या वह बीन बजानी जानता है तो उसे पता लगा कि बाली केवल बीन ही बजानी नहीं जानता, बल्कि सांपों के बारे में उससे बहुत ज्यादा जानता है। मन-ही-मन सपेरे ने गुरु मान लिया उसे।

‘‘देख रानी। मैं तुझे अपनी ‘ताखी’ का खेल दिखाता हूं।’’

‘‘ना बाबा ना।’’ रानी एकदम पीछे हटती हुई बोली–‘‘मुझे नहीं देखना तेरा खेल-वेल।’’

‘‘क्यों?’’

‘‘मुझे तो डर लगता है।’’

‘‘पगली।’’ कहकर हंस पड़ा बाली–‘‘ताखी डरने की चीज नहीं होता। बहुत ही मजेदार और दिलचस्प सांप है ये। इसमें शक नहीं कि इसके काटे का कोई इलाज नहीं है। मगर ये आसानी से काटता नहीं है। उस समय तक नहीं काटता है, जब तक कि इसे कोई जरूरत से ज्यादा ही परेशान न करे या इस पर कोई पैर ही न रख दे। यही तो इसकी

खासियत है कि वह काटता बहुत कम है, लेकिन यदि किसी एक को काट ले तो फिर इस पर खून सवार हो जाता है, इसके मुंह आदमी का खून लगना ही बुरा है, क्योंकि एक बार अगर इसे आदमी का खून मुंह लग जाए तो फिर जो भी आदमी इसके सामने आता है, यह उसी को काट लेता है।''

''इस पर भी तू कहता है कि यह बहुत सीधा सांप है?''

''हां रानी। इलोगिडी जाति में यह सांप सबसे सीधा और खतरनाक है और फिर जब कोई किसी को मारने ही लगे तो बचाव में जो कुछ कर सकता है वह तो करता ही है। ताखी को सबसे सीधा सांप इसलिए कहा जाता है, क्योंकि आसानी से किसी को काटता नहीं है और खतरनाक इसीलिए क्यों गिर एक बार इंसानी खून इसके मुंह लग जाए तो फिर छोड़ता नहीं है। कोशिश यह करनी चाहिए कि इंसानी, खून इसके मुंह ही न लगे।''

रानी चिढ़कर बोली–''मैं तुमसे यहां 'ताखी' की हिस्ट्री सुनने तो आई नहीं थी।''

''फिर क्यों आई थी?''

''खेलने।''

''तो देख खेल।'' कहने के साथ ही बाली ने टोकरी का ढक्कन उठा लिया। यही क्षण था जबकि सुनहरे रंग का चमकदार ताखी फुंफकार कर उठा– ''रानी चीखकर बाली से लिपट गई। रानी को डरता देखकर बाली ठहाका लगा उठा। टोकरी में फन फैलाए खड़ा ताखी अपनी गोल-गोल आंखों से उन्हें देख रहा था।''

बाली ने अपने पिता की बीन मुंह से लगाई। जब बजी तो, ताखी उसकी 'लय' पर झूमने लगा। रानी अभी तक सहमी-सी कसकर बाली का कंधा पकड़े ताखी कर तरफ देख रही थी। देखते-ही-देखते पूरी तरह मस्त होकर ताखी बीन की धुन पर झूमने लगा। समय के साथ रानी का डर कम हुआ। बाली के कंधे पर उसके हाथों की पकड़

स्वयं ही कमजोर पड़ गई। अब तो रानी के होठों पर मुस्कान भी उभरने लगी थी, क्योंकि बीन की धुन पर ताखी बड़े मजेदार ठुमके लगा रहा था।

''ये जमीन तुझे बेचनी तो पड़ेगी ही बुढ़िया।''

''कोई जबर्दस्ती है ठाकुर?''

''हां। घी जब सीधी उंगली से न निकले तो प्रत्येक समझदार को उंगली टेढ़ी करनी ही पड़ती है।''

बाली की मां ने एक बार भैरोसिंह को ऊपर से नीचे तक देखा। फिर उन बाशिंदों को देखा, जो उसके किसी भी आदेश का पालन करने के लिए हाथ में लाठियां लिए खड़े थे। बाली की मां डरी नहीं, बोली–''अरे जा-जा ठाकुर, तुम जैसे टेढ़ी उंगली करने वाले बहुत देखे हैं। जमीन मेरी है। मैं नहीं बेचती।''

''हम जानते थे कि तू यही कहेगी।''

''तो फिर आया ही क्यों था यहां?''

''वह देख उधर।'' ठाकुर ने एक तरफ उंगली उठाई।

बाली की मां ने जब उधर देखा तो पहाड़ जैसी एक मशीन पर उसकी नजर पड़ी, बोली–''वह क्या है?''

''उसे बुलडोजर कहते हैं। एक ही मिनट में वह तेरी इस झोंपड़ी का नामो-निशान मिटा देगा।''

''नहीं-नहीं ठाकुर! तू ऐसा नहीं करेगा।'' कहकर झोंपड़ी की दीवार से लिपट गई वह।

''हा-हा-हा।'' बहुत ही जोर से ठहाका लगाकर हंस पड़ा ठाकुर, बोला– ''तेरे पास अब भी मौका है बुढ़िया। हम आखिरी बार कहते हैं, इस जमीन की चार गुनी कीमत देंगे हम तुझे। यदि तू सीधी तरह नहीं बेचेगी तो जबर्दस्ती।''

‘‘नहीं ठाकुर, नहीं।’’

‘‘बोल, बेचती है कि नहीं?’’

‘‘ये मेरे पति की आखिरी निशानी है ठाकुर।’’

बुलडोजर की तरफ हाथ उठाकर ठाकुर ने इशारा किया। इशारे के साथ ही बुलडोजर का भारी इंजन गड़गड़ा उठा। बुलडोजर की भारी बॉडी झनझनाने लगी। भारी पहिए उसे खींचकर झोंपड़ी की तरफ ला रहे थे। झोंपड़ी की दीवार से चिपकी बाली की मां बुलडोजर के सामने सीना ताने खड़ी थी।

⋏

बाली के हाथों में वह टोकरी थी, जिसमें ताखी रहता था। उसे संभाले हैरत में डूबा वह उस स्थान को देख रहा था, जहां सुबह वह अपनी झोंपड़ी छोड़कर गया था। अब वहां झोंपड़ी नहीं थी। वाड़े की लंबी-चौड़ी जमीन में झोंपड़ी के अवशेष पड़े थे और उन्हीं अवशेषों के बीच पड़ी थी बाली की मां की मृत देह। बांडे के उस पार सूर्य जमीन में गड़ने जा रहा था।

‘‘मां।’’ नन्हा बाली पूरी ताकत से चीख पड़ा। टोकरी वहीं रखी उसने और फिर पागलों के समान चीखता-चिंघाड़ता मां की मृत देह की तरफ दौड़ा। समीप पहुंचा।

खून से लथपथ मां की मृत देह के समीप ठिठका वह। दृष्टि लाश पर टिक गई। काले लड़के का चेहरा कुछ ज्यादा ही काला हो गया। गंदे और पीले दांत एक-दूसरे पर जम गए। छोटी-छोटी आंखों में चिंगारियां-सी नाच उठीं। लड़का बड़बड़ाया–‘‘किसने किया है मां। ये किसने किया है?’’

⋏

मां की मृत देह का दाह-संस्कार कर चुका था बाली। गांव के एक-एक

आदमी से उसने पूछा था कि सह सबकुछ किसने किया है, परन्तु उसे किसी ने भी नहीं बताया, सभी ने अनभिज्ञता जाहिर की। नन्हा बाली समझ गया था कि पता सबको है, लेकिन ऐसा जिसने भी किया है, उसके डर से कोई बता नहीं रहा है। वह अनुमान लगा रहा था कि या तो यह काम गांव के ठाकुर का है या पंडित का।

बाड़े की जमीन में ही उसने मां की चिता तैयार कराई थी।

पूरी चिता और साथ ही उसकी बूढ़ी मां की मृत देह अभी जलकर राख हो गई थी। वे चंद बड़े-बड़े लक्कड़, जो अभी तक पूरे नहीं जले थे, सुलग रहे थे। ढेर हुई चिता में नन्हीं-नन्हीं चिंगारियां चमक रही थीं। बीन की अगली नोक से बाली चिता के समीप बैठा राख में छुपी चिंगारियों को कुरेद रहा था। उसके समीप ही टोकरी रखी थी, वह टोकरी, जिसमें ताखी इस वक्त शायद सो रहा था। जनवरी का महीना था वह। अंधेरी रात। ग्यारह बज चुके थे। सारा गांव सो चुका था। बस्ती में दूर-दूर तक सन्नाटा था। कभी-कभी आवारा कुत्ते के भौंकने की आवाज आ जाती थी। ऐसे वातावरण में खुले आकाश के नीचे। कच्ची जमीन पर बैठा पंद्रह वर्षीय बालक बीन की नोक से अपनी मां की चिता की राख में दबी चिंगारियों को कुरेद रहा था। उसके जिस्म पर वही थैले जैसी कमीज और नीली जीन का नेकर था। कड़ाके की ठंड पड़ रही थी। धीमे-धीमे बहती हवा किसी भी इंसान की हड्डियों तक को कंपकंपा सकती थी। तारों भरे आकाश के नीचे ओस और कोहरे में बैठा बाली थर थर कांप रहा था। रह-रहकर दांत बज उठते थे उसके।

''बाली।'' कहीं समीप ही से किसी का कंपित लहजा उभरा।

बाली ने चौंककर चेहरा ऊपर उठाया। एक छोटी-सी छाया दबे पांव उसकी तरफ आ रही थी। उसके समीप आते-आते बाली कह उठा–''रानी। तुम यहां क्यों आ गई?''

छाया धीमे से फुसफुसाई–''तुझसे मिलने मैं वहीं तो आऊंगी, जहां तू होगा।''

''तू सोई नहीं अभी तक?''

''कैसे सोती, मुझे नींद नहीं आई।'' कहने के साथ ही नन्हीं छाया ने एक बड़ा और भारी-सा कपड़ा बाली के शरीर पर डाल दिया, चौंककर पूछा बाली ने–''ये क्या है रानी?''

''कंबल लाई हूं तेरे लिए।'' छाया के दांत बज उठे।

''कंबल। मगर मेरे लिए कंबल क्यों लाई है तू?''

''क्यों?'' उसके समीप ही बैठती हुई छाया बोली–''तुझे जाड़ा नहीं लग रहा है क्या?''

''अरे तू तो कांप रही है।''

सचमुच नन्हीं रानी थर-थर कांप रही थी, मगर बोली–''कहां रे। मैंने तो स्वेटर पहन रखा है।''

''झूठ बोलती है। ले तू भी कंबल में आ जा।''

फिर वे दोनों नन्हें बच्चे एक ही कंबल में लिपटकर चिता के समीप बैठ गए। बाली पुनः बीन की नोक से राख में दबी चिंगारियों को कुरेदने लगा। दोनों के बीच मौन छा गया था। जब यह चुप्पी काफी लंबी हो गई तो रानी बोली–''शायद मैं ही पागल हूं बाली . . .।''

''क्यों, ऐसा क्यों कहती तू?''

''सबसे छुपकर। चुपके से अपने कमरे की खिड़की से कूदकर यहां तुझसे बात करने आई थी मैं और एक तू है कि बस चुपचाप बैठा है। कुछ बात क्यों नहीं करता?''

''सोच रहा हूं रानी।''

''क्या?''

''यही कि जो सारे गांव से पूछ चुका हूं, वह तुझसे भी पूछूं या नहीं?''

''बोल। क्या पूछना चाहता है?''

एक क्षण सोचा बाली ने, फिर बोला–''देख। तू बुरा तो नहीं मानेगी?''

''तू घोंचू है न। रानी को समझा नहीं अब तक।''

''तो बता ये सब किसने किया है? मुझे दो आदमियों पर शक है। पंडित चाचा और ठाकुर पर। सच रानी, मैं इसका बदला जरूर लूंगा। भले ही यह तेरे बाप ने किया हो।''

बेहिचक बता दिया रानी ने–''यह सब ठाकुर अंकल ने किया है।''

मुट्ठियां कस गईं लड़के की। उत्तेजनावश कांपता हुआ बोला–''ठाकुर ने। क्यों?''

''यहां, बाड़े मी जमीन में उसका रंगमहल बनेगा। तेरी मां से ठाकुर अंकल ने यह जमीन खरीदने की बहुत कोशिश की। लेकिन तेरी मां ने इसे बेचा ही नहीं। ठाकुर अंकल ने जबर्दस्ती बुलडोजर चलवाकर . . .।''

उसकी बात अधूरी ही छोड़कर बाली उठ खड़ा हुआ। कंबल से बाहर निकलकर कांपते हुए बाली ने अभी दो कदम ही बढ़ाए थे कि रानी कह उठी–''अरे कहां जाता है?''

लड़का ठिठककर बोला–''ठाकुर की हवेली पर।''

''वहां क्या करेगा?''

''बदला लूंगा उससे।''

''रहेगा तू घोंचू ही।'' कहने के साथ ही रानी उसके करीब पहुंची, बोली–''खुद भी मरेगा और मुझे भी मरवाएगा।''

''क्या मतलब?''

''अगर तू इस तरह ठाकुर अंकल से बदला लेने जाएगा तो, बदला-वदला कुछ नहीं ले सकेगा। उल्टा तू फंस जाएगा। ठाकुर अंकल बहुत ताकतवर हैं। उनके पास गुंडे हैं। वह एक ही मिनट में।''

''मगर मैं उससे बदला जरूर लूंगा।''

''मैंने कब कहा कि तू बदला न ले?''

''फिर?''

"लेकिन बदला कुछ ऐसी तरकीब से ले कि वह तेरा कुछ बिगाड़ भी न सके।"

"ऐसी क्या तरकीब है?"

"दिमाग में तभी तो आएगी बुद्धू जब तू सोचेगा?"

"कह तो तू ठीक ही रही है।"

फिर दोनों नन्हें बच्चे पुनः कंबल में आ बैठे। कंबल में सिमट से गए। एक-दूसरे से बिल्कुल सटकर बैठे थे वे। अंधेरे में डूबी अत्यधिक सर्द रात में तारों से भरे खुले आकाश के नीचे कोहरे और ओस के बीच बदला लेने की कोई योजना बना रहे थे वे नन्हें बच्चे। बहुत देर तक बातें करते रहे, किंतु कोई योजना न बन सकी। दो बज गए। बाली की जिद पर रानी अपनी हवेली की तरफ लौट गई। अपनी जिद पर रानी कंबल उसी को दे गई थी। कंबल में लिपटा, एक गठरी के समान चिता के समीन पड़ा बाली अब भी ठाकुर भैरोसिंह की हत्या करने के बारे में सोच रहा था।

बिलासपुर से कोई चार कोस दूर एक छोटा-सा कस्बा था वह, जिसके एक फुटपाथ पर बैठा गंदा बाली पूरी तन्मयता के साथ बीन बजा रहा था और बीन के ठीक सामने एक गज लंबा सुनहरे और चमकदार रंगा का ताखी बीन की धुन पर मस्त होकर नाच रहा था। ताखी और बाली के चारों तरफ लोगों की भीड़ लग गई थी।

खेल का आनंद ले रहे थे दर्शक।

बच्चे बार-बार खुश होकर तालियां बजा उठते थे। ताखी सचमुच बहुत ही अच्छा नाच रहा था। बीन की धुन पर जमीन से ऊपर उठता हुआ उसका फन ऊंचा और ऊंचा होता चला गया, अंत ये कि ताखी अपने जिस्म के अंतिम सिरे पर ठीक इस तरह सीधा खड़ा हो गया, जैसे जमीन पर हॉकी खड़ी हो।

जब वह जमीन पर बिल्कुल सीधा खड़ा होकर बीन की धुन पर लहराने लगा तो बच्चे खुश होकर जोर-जोर से तालियां बजाने लगे। चारों तरफ खड़ी भीड़ ताखी के खेल पर खुश होकर उसके आसपास सिक्के फेंकने लगी। बाली की तरफ किसी का भी ध्यान नहीं था। उस बाली की तरफ, बीन बजाते समय जिसकी आंखों में आंसू बह रहे थे।

⁂

''ये फावड़ा उनतीस रुपए तीस पैसे का है न?''

''तू सुबह भी इसकी कीमत पूछ गया था।'' दुकानदार ने उसे झिड़कने के से अंदाज से कहा–''मगर ले नहीं गया। अच्छा ला यदि तुझे फावड़ा लेना ही है तो उनतीस रुपए निकाल।''

''सुबह मेरे पास पैसे नहीं थे।'' बाली बोला–''इस वक्त हैं। लो उनतीस रुपए तीस पैसे।''

इस तरह बाली कस्बे की उस दुकान से फावड़ा लेकर निकला। फिर एक फुटपाथ पर बैठकर उसने एक कुल्हड़ में ताखी को दूध पिलाया। थैले से निकालकर वे रोटियां खाईं, जो उसके खेल से खुश होकर छोटे-छोटे बच्चों ने उसे लाकर दी थीं। खाने के बाद वह उठा, एक हाथ में 'ताखी' की टोकरी और दूसरे में फावड़ा संभाले गांव की तरफ चल दिया। सारे रास्ते उसका नन्हा दिमाग अपनी योजना के बारे में सोचता रहा।

⁂

''खट्-खट्।'' एक निश्चित अंतराल से बाड़े में यह आवाज गूंज रही थी। चारों तरफ अंधेरा था। गहरे सन्नाटे को चीरती हुई खट्-खट् की यह आवाज दूर-दूर तक जा रही थी। यह रात भी अंधेरी थी। आकाश

पार तारे टिमटिमा रहे थे। सर्दी पिछली रात से भी कहीं ज्यादा ही तेज थी। मगर, ऐसी सर्दी में भी नन्हें बाली का सारा जिस्म पसीने से लथपथ था। पिछले एक घंटे से वह लगातार बाड़े के बीचो-बीच एक गड्ढा खोदने में व्यस्त था। इस कठिन परिश्रम के कारण ही वह पसीने से नहा गया था।

सारा बिलासपुर गहरी नींद में सोया पड़ा था। इस एक घंटे में बाली आधे फुट के करीब गड्ढा खोद चुका था। हाथ थक गए थे उसके, परंतु परवाह किए बिना वह अपने कार्य में मशगूल रहा।

''ये तू क्या कर रहा है बाली।'' एकाएक इस आवाज को सुनकर वह चौंक पड़ा।

वह घूमा। मुश्किल से एक गज दूर नन्हीं छाया खड़ी थी, बोली– ''तूने तो मुझे डरा ही दिया था रानी।''

''मुझसे डर गया तू?''

''मैं समझा कि कोई और है।''

''कोई और भी होता तो इसमें डरने की क्या बात थी?''

''कुछ भी नहीं।''

''तूने बताया नहीं ये गड्ढा क्यों खोद रहा है तू?''

''अपनी मां की चिता की राख दबाऊंगा इसमें।'' बाली ने झूठ बोला।

''जाने क्या-क्या सोचता रहता है तू खैर, ये बता ठाकुर अंकल से बदला लेने के बारे में तूने क्या सोचा?''

बाली ने पुनः झूठ बोला–''अभी कोई तरकीब नहीं सूझी है।''

''तो कब सोचेगा?''

''पहले इस काम से निपट लू। तब सोचूंगा।''

''अच्छा ले। मैं तेरे लिए छुपाकर रोटी और ताखी के लिए दूध लाई हूं। तेरा ताखी रोटी नहीं खाता ना?''

''तू रोटी क्यों लाई है?''

''क्यों, भूखा नहीं होगा तू। अब क्या तेरी मां है, जो दिन में तुझे बनाकर खिलाया करती थी?''

गंभीर हो गया बाली, बोला–''मैंने रोटी खा ली है।''

''झूठ बोलता है। रोटी कहां से आएगी तेरे पास?''

जवाब में बाली ने सबकुछ बता दिया। सुनकर रानी बोली–''तू तो बड़ा वो है रे बाली। मैंने तो सोचा कि तू भूखा ही होगा। इसलिए मैंने भी नहीं खाया। सोचा कि दोनों साथ बैठकर खाएंगे।''

''तू कांप रही है। कंबल ओढ़कर बैठ जा और अपनी रोटी खा ले।''

''तू नहीं बैठेगा?''

''मैं गड्ढा खोद रहा हूं।''

''तू तो मेरी बिल्कुल चिंता नहीं करता। बाद में खोद लियो न गड्ढा। आ, पहले मेरे साथ रोटी खा ले।''

''बक-बक मत कर रानी। मुझे बिल्कुल पसंद नहीं है।'' कहने के बाद वह मुड़ा और पुनः गड्ढा खोदने में व्यस्त हो गया। कुछ देर तक रानी उसे देखती रही, फिर आगे बढ़कर कंबल में बैठ गई। खाना नहीं खाया, उसने, हां टुकर-टुकर बाली को देखती हुई उस क्षण का इंतजार जरूर करती रही, जबकि वह गड्ढा खोदना छोड़कर उसकी तरफ देखे। मगर, वह क्षण आया नहीं और दूर किसी घड़ियाल ने रात के दो बजा दिए।

⅄

कस्बे की एक दुकान से बाली ने पंद्रह गज लंबी एक मोटी और मजबूत रस्सी खरीदी। जितने पैसे आज सारे दिन उसने कस्बे में ताखी का खेल दिखाकर कमाए थे, रस्सी उनके आधे पैसों में ही आ गई। एक हाथ में रस्सी और दूसरे हाथ में ताखी की टोकरी संभाले वह दुकान के बाहर निकला। सड़क पार करके एक लोहे की दुकान पर पहुंचा। एक कनस्तर

में रखी 'बताशे' की लंबी-लंबी मजबूत और नुकीली कीलों को छेड़ता हुआ दुकानदार से बोला–''ये कीलें कैसे दी हैं भइया?''

''दस रुपए किलो।''

''एक किलो में गिनती की कितनी कीलें आ जाएंगी?''

दुकानदार ने बुरा-सा मुंह बनाकर जवाब दिया–''यही कोई पच्चीस-तीस।''

''अच्छा।'' कहकर मन-ही-मन बाली जाने क्या हिसाब लगाने लगा। कुछ देर तक तो दुकानदार बाली को देखता रहा, फिर झुंझलाए-से स्वर में बोला–''तुझे कितनी चाहिए?''

''आज तो सिर्फ एक कील।''

''एक कील?''

''बाकी कल लूंगा। मुझे पांच किलो कील चाहिए। कल भी पैसे पूरे न हुए तो परसों लूंगा।''

⅄

जंगल में खोह के समीप पहुंचकर उसने चारों तरफ का निरीक्षण किया। जब यकीन हो गया कि उसे कोई देख नहीं रहा है तो जल्दी से मुंह पार करके 'खोह' में दाखिल हो गया। खोह में अंधेरा था। उसने एक मोमबत्ती जलाई। खोह में कांपती लौ का हल्का-हल्का-सा पीला प्रकाश फैल गया। खोह में पहले से ही फावड़ा रखा था।

रस्सी, बताशे की कील और ताखी की टोकरी एक तरफ रखकर वह आराम से लेट गया।

सूरज डूब चुका था। अब उसे रात के दस बजे तक इसी खोह में रहना था। अपने नन्हें से दिमाग की योजना के अनुसार उसे ठीक दस बजे यहां से अपनी बाड़े वाली जमीन पर जाना था। सुबह के चार बजे तक गड्ढा खोदकर वापस इसी खोह में आना था और दिन के दस बजते ही पुनः पिछले दो दिन की भांति कस्बे में चला जाना था।

गड्ढे के समीप पहुंचते ही बाली ने गड्ढे के मुंह को छुपाए झोंपड़ी की घास-फूंस सावधानी के साथ हटाए। दो गज व्यास वाला यह गड्ढा डेढ़ फुट गहरा था। अपनी झोंपड़ी की घास-फूंस उसने एक तरफ डाली। गड्ढे के एक किनारे से कोई पांच गज दूर जाकर ईंट से उसने बताशे की कील बाड़े की जमीन में गाड़ दी।

पंद्रह फुट लंबी रस्सी का एक सिरा कील में बांधा। दूसरा गड्ढे में लटका दिया।

फिर, फावड़ा लेकर वह गड्ढे में कूद गया। फावड़ा हाथ में लिए वह गड्ढे को गहरा करने में जुट गया। रात के सन्नाटे में पुनः खट्-खट् की आवाज गूंजने लगी। एक ही अंतराल से निरंतर यह आवाज एक घंटे ते गूंजती रही। बाली के नन्हें हाथों में छाले पड़ गए थे, मगर, इन छालों की परवाह नहीं की उसने।

गड्ढा गहरा होता चला गया।

जिस वक्त दो गज व्यास के और दो गज गहरे गड्ढे में छुपा बाली दनादन गड्ढे को गहरा और ज्यादा गहरा करने में व्यस्त था ठीक उसी समय वहां पहुंचकर रानी ने कहा–''अरे। तू आज भी खोद रहा है?''

बाली के हाथ रुके। हांफ रहा था वह। उसने ऊपर देखा, गड्ढे के बाहर, ऊपर किनारे पर एक छाया खड़ी थी, बाली ने कहा–''कल मैंने तुझसे बात नहीं की थी फिर भी, आज फिर आ गई तू?''

''क्यों, मेरा आना तुझे अच्छा नहीं लगता?''

''तू यहां आती ही क्यों है? मुझे मेरा काम क्यों नहीं करने देती?''

''ये क्या कर रहा है तू?''

''कल तो बताया ही था तुझे।''

''तूने तो यह बताया था कि मां की राख को दबाने के लिए गड्ढा खोद रहा है।''

''तो इस वक्त क्या करता नजर आ रहा हूं मैं तुझे।''

''गड्ढा नहीं, बल्कि ये तो कुआं खोद रहा है तू। मां की राख को दबाने के लिए तो छोटा-सा गड्ढा काफी होता।''

''तू नहीं समझेगी।''

''इतनी बुद्धू मत समझ मुझे। मैं सब समझती हूं।''

हकला गया बाली–''क-क्या समझती है तू?''

''यही कि इसमें राख-वाख कुछ नहीं दबाएगा तू। शायद कुछ और ही सोच रहा है। दिन में मैं इस तरफ से गुजरी थी, तब देखा था कि इसके मुंह पर झोंपड़ी की घास-फूंस तूने इस ढंग से रखी थी कि देखने पर किसी को यह भी पता नहीं लग सकता था कि यहां कोई गड्ढा है। इसका मतलब ये हुआ कि तू सब लोगों की नजर से इस गड्ढे को छुपाना चाहता है। बोल, यही बात है न।''

पसीने से तर-बतर बाली ने जल्दी से पूछा–''तूने किसी को बताया तो नहीं?''

''अगर मैं किसी को बताती तो मुझसे यह भी तो पूछता कि यह सबकुछ मुझे कैसे मालूम है?''

''किसी को बताइयो भी नहीं।''

''नहीं बताऊंगी। लेकिन एक शर्त है।''

''कैसी शर्त?''

''मुझे तू ये बता कि आखिर ये कुआं खोदकर तू करना क्या चाहता है?''

''कुछ भी नहीं।''

''जरूर तेरे दिमाग में ठाकुर साहब से बदला लेने की कोई तरकीब आ गई है और तू उस तरकीब को मुझे बता नहीं रहा है। तू मुझे बता दे। तेरी कसम बाली, मैं किसी से भी कुछ नहीं कहूंगी।''

''तू फिर बक-बक करने लगी।'' कहने के बाद उसने रानी की तरफ से ध्यान हटाया और पुनः अपने काम में जुट गया। रानी को खड़े-खड़े

जब काफी देर हो गई तो पैर पटककर बोली–''तू तो कुआं ही खोदता रह बस। मैं जा रही हूं।''

सुबह के चार बजते-बजते बाली के कठोर परिश्रम के परिणामस्वरूप गड्ढा तीन गज गहरा हो गया। तीन गज का अर्थ है करीब नौ फुट गहरा। दो गज व्यास वाले इस गड्ढे के अंदर था बाली। जब उसे घड़ियाल ने चार बजने का संदेश दिया तो, फावड़ा संभाले वह गड्ढे में लटकी रस्सी पर झूल गया।

फिर, किसी बंदर के समान देखते-ही-देखते रस्सी पर चढ़कर गड्ढे से बाहर आ गया।

फावड़ा एक स्थान पर रखकर गड्ढे से करीब बीस फुट दूर पहुंचा। वहां पहुंचकर घूमा और फिर बहुत तेजी से दौड़ता हुआ गड्ढे की तरफ आया। गड्ढे के एक किनारे पर पहुंचते ही हवा में एक जम्प ली और गड्ढे के ऊपर से तैरता हुआ ठीक गड्ढे के पार जा गिरा।

इस प्रकार, एक ही छलांग में वह दो गज व्यास के गड्ढे को पार कर गया था।

उठकर पुनः गड्ढे के बीस फुट दूर पहुंचा और पुनः दौड़कर आया। जम्प ली और गड्ढे के पार।

ऐसा उसने कम-से-कम दस बार किया।

जब उसे यकीन हो गया कि वह निश्चित रूप से एक ही जम्प में गड्ढे के मुंह को सरलता से पार कर लेगा तो झोंपड़ी की घास-फूंस से गड्ढे के मुंह को ढकना शुरू कर दिया। इस काम में उसे पूरे तीस मिनट लगे।

जमीन से बताशे की कील उखाड़ी उसने। रस्सी की एक गुच्छी बनाई। गुच्छी कंधे पर डाली और दूसरे हाथ में फावड़ा लिए खोह की तरफ बढ़ गया।

बस्ती में अभी तक जाग नहीं हो पाई थी।

⅄

''ओफ्फो, गाय को भला कौन ले जाएगा?'' सामने खड़े नौकर पर भैरोसिंह गुर्राया–''उसे 'खूंटे' से बांधने की तमीज तक तो है नहीं तुम्हें। खुलकर कहीं चली गई होगीद्। ढूंढो उसे हवेली के बाहर आसपास ही कहीं होगी। इतनी-सी बात के लिए दौड़े चले आ रहे हैं मेरे पास। गाय भाग गई, हुंह।''

''सरकार।'' नौकर ने हिचकते हुए कहा।

''बक। क्या बकना है तुझे?''

''गाय अपने आप खुलकर कहीं नहीं गई है। कोई चोर 'खूंटे' से उसे खोलकर ले गया है।''

जल-भुनकर गुर्राया भैरोसिंह–''क्यों तुझे ख्वाब चमका था क्या?''

''नहीं सरकार।''

''फिर?''

''दरअसल गाय का बछड़ा भी गायब है।''

इस बार भैरोसिंह चौंका–''बछड़ा भी गायब है?''

''हां सरकार।'' नौकर उत्साहित-सा हुआ–''तभी तो मैं कहता हूं कि गाय-बछड़े को किसी चोर ने चोरी किया है।''

''इस हवेली के चारों तरफ कम-से-कम दस मील दूर तक रहने वाले किसी व्यक्ति में तो इतना साहस है नहीं कि भैरोसिंह की हवेली में घुसकर गाय-बछड़े चुराने की बात सोच भी सके और दस मील से बाहर का आदमी तो बिलासपुर में घुसने तक का साहस नहीं कर सकता। जा मूड खराब न कर। बछड़े के बंधन ढीले रह गए होंगे। खूंटे से खुलकर वह भागा होगा तो गाय भी भागी होगी, जा जाकर आसपास तलाश कर दोनों को।''

''सरकार।''

''अब तू यहां से जाता है कि नहीं?''

नौकर मुंह लटकाए मुड़ा और हॉलनुमा विशाल ड्राइंगरूम से बाहर निकल गया। उसके निकलने के बाद भैरोसिंह ने बुरा-सा मुंह बनाया और मेज पर शराब से भरा गिलास उठाकर मुंह से लगा लिया। कुछ देर बाद गिलास को वापस रखकर वह कड़वा-सा मुंह बना ही रहा था कि हॉल में रानी प्रविष्ट हुई। भैरोसिंह एकदम बोला–''अरे रानी बिटिया तू?''

''हां अंकल।'' वह बेहिचक भैरोसिंह के पास आ गई।

भैरोसिंह ने दीवार पर टंगे आदम जमाने के घंटे पर नजर डाली। घंटा रात के दस बजने की सूचना दे रहा था, बोला–''रात के इस समय?''

''काम ही ऐसा था अंकल। आना पड़ा।''

''बोल, ऐसा क्या काम आ पड़ा?''

''वो।'' थोड़ी हिचकती हुई-सी रानी ने कह दिया–''आपके पास एक हजार रुपए हैं अंकल?''

''एक हजार रुपए?'' भैरोसिंह चौका–''क्यों। तुझे क्यों चाहिए?''

''आपको तो मालूम ही है कि डैडी आज शहर गए हैं। वे कल सुबह आएंगे। मगर, मुझे एक हजार रुपए बिल्कुल अभी चाहिए। सुबह मैं डैडी से लेकर आपको दे दूंगी।''

''वह तो ठीक है, लेकिन तुझे एक हजार चाहिए और वे भी इसी समय। क्यों?''

''बस चाहिए मुझे, आप दे दीजिए।''

भैरोसिंह उसके नजदीक पहुंचा। स्नेहवश उसके सिर पर हाथ फेरकर बोला–''हमें बता तो सही बेटी कि आखिर तुझे इसी वक्त इतने सारे पैसे क्यों चाहिए?''

रानी ने मासूम अंदाज में कहा–''उसने अपना नाम बताने के लिए मना किया था अंकल।''

''किसने?''

''बाली ने।'' एक झटके से कह गई रानी और फिर अगले ही पल उसने कुछ ऐसे अंदाज में मुंह पर हाथ रख लिया, जैसे कि यह नाम मुंह से निकालकर उसने बहुत बड़ी गलती की हो, फिर जल्दी-से संभलकर बोली–''नहीं-नहीं अंकल। बाली नहीं एक और दोस्त है मेरा।''

बाली का नाम सुनते ही भैरोसिंह की भृकुटी तन गई थी। आंखें सुर्ख हो गई थीं उसकी। मगर खुद को सामान्य दर्शाकर बोला–''ओफ्फो। अरे अगर बाली को ही जरूरत है तो इसमें हिचकने की क्या बात है बेटी। आखिर वह भी तो तुम्हारा दोस्त है, लेकिन उसे रात में इतने पैसों की जरूरत क्यों पड़ गई?''

''आप बाली के नाम से नहीं चिढ़ते हैं अंकल?''

''क्यों बेटे। तेरे दोस्त के नाम से क्यों चिढ़ेंगे हम?''

''आप बहुत अच्छे हैं ठाकुर अंकल। पापा गंदे हैं। इस सारे गांव में बाली ही तो एक मेरा दोस्त है और वे उसी के साथ खेलने-कूदने और घूमने-फिरने के लिए मुझे मना करते हैं। डांटते और मारते भी हैं।''

''पंडित तो गधा है। बाली तो बहुत अच्छा लड़का है।''

''हां।'' आंखें फैलाकर रानी ने कहा–''यही तो पापा से मैं भी कहती हूं अंकल, लेकिन पापा।''

''बाली को पैसों की क्या जरूरत पड़ गई?''

''आप पापा से तो बाली के बारे में कुछ नहीं कहेंगे न?''

''नही बेटी। तू बोल।''

रहस्यमय स्वर में रानी उसके समीप पहुंचकर बोली–''अब इस गांव में उसका कुछ रहा तो है नहीं। झोंपड़ी और मां खत्म हो चुकी है। बाड़े की जमीन भी उसकी नहीं रही है। अब वह हमेशा के लिए इस गांव से जाना चाहता है। शहर में कहीं रहेगा। कहने लगा कि रानी पता नहीं शहर में कोई काम तलाश करने में कितने दिन लग जाएं। तब तक के लिए तू मुझे एक हजार रुपए दे दे।''

''हूं।'' भैरोसिंह के चेहरे पर नफरत बिखर गई–''फिर तूने क्या कहा?''

''मैंने कहा कि बाली देख, मैं तेरी दोस्त हूं। ऐसे समय पर मैं तेरी मदद जरूर करती, मगर दिक्कत की बात तो ये है कि आज पापा हवेली में नहीं हैं, शहर गए हैं।''

''फिर उसने क्या कहा?''

''कहने लगा कि मैं जानता हूं कि वे इस वक्त घर पर नहीं हैं, तभी तो मांग रहा हूं।''

''क्या मतलब?'' मैंने पूछा।

''फिर?''

''कहने लगा कि अगर तू पंडित चाचा से मेरा नाम लेगी तो वे एक पाई भी नहीं देंगे। तू ऐसा कर कि सेफ से चुपके से एक हजार रुपए निकालकर मुझे ला दे।''

''फिर तूने क्या किया?''

''मुझे उसकी बात सच लगी अंकल। मैंने भी सोचा कि सचमुच बाली के नाम पर तो पापा मुझे एक पैसा भी नहीं देंगे। अतः मैं हवेली पहुंची। मैंने पापा की रुपयों वाली सेफ की चाबी बहुत तलाश की, लेकिन मिली ही नहीं। शायद चाबी भी वे अपने साथ शहर ले गए हैं।''

''वह तुझे कहां मिलेगा?''

''बाड़े में।''

''कब तक?''

''उसने कहा है कि वह बारह बजे तक मेरा इंतजार करेगा। बारह बजे के बाद वह चला जाएगा।''

''ओह।'' भैरोसिंह की आंखें सिकुड़ गईं, संभलकर प्यार से बोला वह–''अच्छा तू जा बेटी। अपनी हवेली पर जा, हम कुछ ही देर से अपने किसी नौकर के हाथ तेरे पास एक हजार रुपए भिजवा रहे हैं।

बस तू उसे बाड़े में जाकर दे देना। बुरे वक्त में दोस्त ही तो काम आते हैं बेटी।''

''सेफ से निकालकर रुपए अभी दे दीजिए ना।''

''वह बेटी।'' एक क्षण के लिए तो बौखला गया भैरोसिंह, फिर संभलकर बोला–''बात ये है कि हमारी गाय और बछड़ा जाने कहां चले गए हैं। बिहारी उन्हीं को देखने गया है और वह क्या है कि सेब की चाबी उसी के पास है। जैसे ही वह लौटकर आएगा, मैं रुपए निकालकर तेरे पास भिजवा दूंगा।''

खुश होती हुई रानी ने कहा–''प्रॉमिस अंकल?''

''प्रॉमिस बेटी।''

''ठीक है, तो मैं चलती हूं।'' कहने के साथ ही वह दरवाजे की तरफ घूम गई।

भैरोसिंह ने कहा–''यहां से सीधी हवेली में ही जाना बेटी। मैं नौकर को वहीं भेजूंगा।''

''मैं वहीं मिलूंगी अंकल। ओ. के. गुड नाइट।'' कहकर वह हॉल से बाहर चली गई।

भैरोसिंह ने झपटकर एक और पैग बनाया। एक ही झटके में कंठ से नीचे उतारकर गिलास मेज पर पटकता हुआ बड़बड़ाया–''साला सपेरे का सांप। रानी को ठगता है। चोरी से एक हजार रुपए मंगवाता है। मैं आ रहा हूं हरामखोर। आज मैं देखूंगा तुझे, मैं दूंगा हजार रुपए।''

▲

चांदी के थाल जैसा चंद्रमा आज आकाश-पथ का पथिक था। झिलमिलाते तारों के बीच वह निरंतर अपने लक्ष्य की ओर बढ़ रहा था और उसी के कारण धरा पर चांदी की रश्मियां चारों तरफ बिखर पड़ रही थीं। चांदनी के कारण उस सर्द रात्रि में किसी दूर खड़े व्यक्ति

को भी काले साए के रूप में स्पष्ट देखा जा सकता था। बाड़े की जमीन के एक किनारे पर पहुंचकर भैरोसिंह ठिठका। बाड़े की लंबी-चौड़ी जमीन को दूर-दूर तक देखा उसने। काफी दूर उसे एक गाय का साया नजर आया। उसके दिमाग में तुरंत यह विचार उठा कि कहीं वह उसी की गाय तो नहीं है?

एकाएक उसके अत्यंत समीप से आवाज उभरी–"कहिए ठाकुर साहब।"

"तुम?" भैरोसिंह उस तरफ मुड़ा।

"इस बाड़े की जमीन में तुम मुझे ही तलाश कर रहे थे न?"

मुश्किल से दस कदम दूर नन्हें बाली की परछाई को भैरोसिंह ने घूरा। बाली के खड़े होने के अंदाज और उसके बात करने के ढंग ने भैरोसिंह को तिलमिला कर रख दिया, वह गर्जा–"तूने रानी को यहां क्यों बुलाया था गधे के बच्चे?"

"रानी को नहीं ठाकुर साहब। मैंने तुम को ही बुलाया था यहां।"

"हमें, क्यों?"

"तुमसे बदला लेने के लिए, अपनी मां की मौत का बदला। तुमने मेरी झोंपड़ी तोड़ दी ठाकुर। मेरी मां को मार डाला तुमने। बाड़े की इस जमीन पर तुम अपना रंगमहल बनाना चाहते थे न।"

गुस्से में उफन पड़ा भैरोसिंह–"क्या बक रहा है हरामजादे?"

"हा-हा-हा।" छोटा-सा गंदा लड़का खिलखिलाकर हंस पड़ा। बाड़े में दूर-दूर तक उसकी खिलखिलाहट गूंज उठी, बोला–"अब मैं तुझे इस बाड़े से जिंदा नहीं जाने दूंगा ठाकुर।"

"हम तुझे अभी बताते हैं हरामखोर।" कहने के साथ ही गुस्से से उफनता हुआ भैरोसिंह उस पर लपका। यही वह क्षण था, जबकि बिजली की-सी गति से बाली की दायां हाथ चला और किसी गोली की तरह सन्नाकर किसी ईंट का टुकड़ा भैरोसिंह के माथे से टकराया।

भैरों के कंठ से चीख निकल गई।

फिर गुस्से से पागल-सा होकर बाली की तरफ दौड़ा वह। बाड़े की जमीन पर बाली बाली भागता ही चला गया। गंदी-गंदी गालियां बकता हुआ भैरोसिंह उसके पीछे था। बीच-बीच में बाली मुड़कर देख लेता कि ठाकुर उसके पीछे है या नहीं ओर जब देखता कि वह भागा चला आ रहा है तो उसे अपने पीछे और तेजी से दौड़कर आने के लिए उकसाकर अपनी पूरी ताकत से दौड़ने लगता।

फिर, बाड़े में पड़े झोंपड़ी के घास-फूस रूपी मलबे को बाली एक ही जम्प में पर कर गया, जबकि उसके पीछे दौड़ते गुस्से से उफनते भैरोसिंह ने उसकी जम्प पर ध्यान नहीं दिया। वह तो बाली को पकड़ने के लिए पागलों के समान दौड़ रहा था कि पैर झोंपड़ी के मलबे पर पड़ा।

भैरोसिंह की खोपड़ी घूम गई।

एक पल, केवल एक पल के लिए उसने अपने जिस्म को हवा में तैरता हुआ-सा महसूस किया और अगले ही पल उसके हलक से एक हृदय विदारक चीख उबल पड़ी।

बाली तो कुएं के मुंह के दूसरे तरफ कूद ही चुका था। उसने ठाकुर को कुएं में गिरते देखा, परंतु उसका अंजाम जानने के लिए बाली एक पल के लिए भी ठिठका नहीं। उस तरफ भागा जिस तरफ गाय बंधी हुई थी।

कुएं से ठाकुर की चीख उभरी। इधर गाय रंभाई।

जवाब में कुएं के दूसरी तरफ बंधा बछड़ा रंभाया। गाय और बछड़ा उस कुएं के आर-पार बंधे हुए थे, जिसमें अभी-अभी ठाकुर गिरा था। बाली दौड़ता हुआ गाय के समीप पहुंचा।

जमीन में गड़ी बताशे की कील से गाय की रस्सी खोली।

रस्सी खुलते ही रंभाती हुई गाय बड़ी तेजी से बछड़े की तरफ भागी। आंखों में चमक लिए गंदा लड़का अपने स्थान पर खड़ा भागती गाय

को देख रहा था। वह क्षण भी आ गया, जबकि बुरी तरह रंभाती हुई गाय कुएं में जा गिरी।

गाय और भैरोसिंह की संयुक्त चीखें गूंज उठीं।

बाली लपककर दौड़ता हुआ कुएं के किनारे पर पहुंचा। नीचे झांका उसने। कुएं में चांदनी छिटक रही थी। कुआं लगभग पांच गज गहरा था। यानी पंद्रह फुट नीचे कुएं के फर्श पर निर्जीव-सी पड़ी गाय नजर आ रही थी। न तो गाय के जिस्म में कोई हलचल थी औ न ही उसके मुंह से कोई आवाज निकल रही थी।

हां, कुएं की तरफ मुंह करके बाली पागलों के समान अवश्य चीखा–''जहां मैंने यह कुआं खोदा है ठाकुर। बाड़े की जमीन पर ठीक यहीं मुझे मेरी मां की लाश पड़ी मिली थी। जिस झोंपड़ी पर तूने बुलडोजर चला दिया था, उस झोंपड़ी की घास-फूस पर इस वक्त तेरी लाश के चारों तरफ बिखरी पड़ी होगी।''

जवाब में, कुएं में गूंजने के बाद उसी के शब्द उसके कानों में पड़े।

जिस वक्त वह दौड़ता हुआ बाड़े की जमीन से बाहर निकला, उसी वक़्त उसे किसी ने पुकारा–''बाली।''

बाली हड़बड़ाकर घूम गया। छोटी-सी दीवार के साए में छुपी रानी उसके सामने आ गई, नन्हीं-सी यह बच्ची इस वक्त थर-थर कांप रही थी। स्वयं बाली भी पसीने से तरबतर था, बोला–''तू यहां खड़ी क्या कर रही है?''

''क्या तूने ठाकुर अंकल को जान से मार दिया बाली?''

उत्तेजनावश कांपता हुआ बाली गुर्राया–''उसने भी तो मेरी मां को मार दिया था।''

''लेकिन बाली।''

''क्या लेकिन-वेकिन बक रही है?'' बाली झुंझलाया–''जब मैंने

तुझसे यह कहा था कि ठाकुर की हवेली से तू सीधी अपने घर जाइयो तो तू यहां क्यों आई। यहां, इस दीवार के पीछे छुपकर खड़ी तू क्या कर रही थी?''

''मैं देखना चाहती थी कि तू ठाकुर अंकल से किस तरह बदला लेता है।''

''देख लिया?''

''मगर तूने तो ठाकुर अंकल को जान ही से मार डाला बाली। अगर मुझे पता होता कि तू ये करेगा तो।''

''हां-हां। मैं जानता था कि अगर तुझे यह पता होता कि बाड़े में बुलाकर मैं ठाकुर को जान से मारने वाला हूं तो तू कभी मेरे कहने से ठाकुर की हवेली पर न जाती। ठाकुर से कभी वह बातें न करती, जो मैंने तुझे समझाई थीं। जिनहें सुनकर ठाकुर गुस्से में उफनता हुआ यहां आया था। तूने मुझसे बहुत पूछा कि मैं ये गड्ढा क्यों खोद रहा हूं। ठाकुर की गाय और बछड़ा चुराकर बाड़े में क्यों लाया हूं। बस यही कहता रहा कि ठाकुर से अपनी मां की मौत का बदला लेना चाहता हूं मैं, तू नहीं समझी कि वह बदला मैं किस ढंग से और किस रूप में लूंगा। ये तेरी बेवकूफी है।''

''तूने मुझे कुछ भी नहीं बताया था बाली।''

''मगर अब, ठाकुर मर चुका है। सुबह होते ही यह बात सारे गांव को पता लग जाएगी। यदि तूने किसी को यह बताया कि ठाकुर को मैंने मारा है तो तू भी फंसेगी रानी। तू कहेगी कि तुझे यह नहीं मालूम था कि बाली ठाकुर से इतना खतरनाक बदला लेने के चक्कर में है, लेकिन तेरी इस बात पर कोई यकीन नहीं करेगा। सब यही सोचेंगे कि ठाकुर की हत्या करने में तूने भी मेरी पूरी मदद की है।''

यू कहा रानी ने–''अपने बारे में नहीं पागल। मैं तो तेरे बारे में सोच रही हूं।''

''मेरे बारे में?''

''हां।''

''क्या?''

''यही कि अब तेरा क्या होगा। खून कर दिया है तूने। पुलिस अब तुझे नहीं छोड़ेगी बाली, पुलिस तुझे पकड़कर जेल में बंद कर देगी। वहां तू कैसे रहेगा रे? सुना है पुलिस तो बहुत मारती है बाली।''

''अरे, तू तो रो रही है?''

सुबकती हुई रानी ने कहा–''ये तूने क्या कर दिया पागल। भला तुणे इस तरह भी कहीं बदला लेने चाहिए था। यदि तू मुझे पहले बता देता तो मैं तुझे कभी ऐसा गंदा काम नहीं करने देती।''

''मैंने कोई गंदा काम नहीं किया है।'' गुस्से में थरथराता हुआ बाली चीख पड़ा–''उसने मेरी झोंपड़ी तोड़ी। मेरी मां को मारा था उसने। मेरी जमीन पर रंगमहल बनाना चाहता था। मैंने उसे मार दिया। तू जा, अपनी हवेली पर जाकर आराम से सो। मुझे कुछ नहीं होगा। किसी को पता भी नहीं चलेगा कि ठाकुर को मैंने मारा है। सिर्फ मुझे और तुझे पता है और मैं जानता हूं कि तू किसी को नहीं बताएगी।''

''मैं तो नहीं बताऊंगी लेकिन . . .।''

''लेकिन क्या?''

''अगर पुलिस को फिर भी पता लग गया तो?''

''तब तो कुछ नहीं होगा। मैं पुलिस को मिलूंगा ही नहीं।''

''क्यों! कहां चला जाएगा तू?''

''जंगल में। उसी खोह में छुप जाऊंगा।''

बाड़े मी जमीन के बीचों-बीच गांव के लोगों का एक वृत्त-सा बन गया था। इस वृत्त के बीच था, गोल कुआं और कुएं के आसपास बहुत-से पुलिसमैन मौजूद थे। उन्हीं पुलिसमैनों के बीच पंडित भवानीप्रसाद भी थे। शहर से अभी कोई तीस मिनट पहले ही गांव लौटे थे वे। गांव में

घुसते ही उन्हें यह दुखद समाचार सुनने को मिला था कि सपेरे के बाड़े की जमीन में एक कुएं जैसे गड्ढे में ठाकुर और उसकी गाय की लाश पड़ी है।

सुनकर भवानी प्रसाद धक से रह गए थे।

इस वक्त एक इंस्पेक्टर के साथ थे वे।

पंद्रह फुट गहरे कुएं से थोड़ी दूर जमीन में गड़ी बताशे की एक कील के साथ बंधे बछड़े की लाश पड़ी थी। कदाचित अत्यधिक सर्दी के कारण वह मर गया था।

आंखों में आंसू भरे भवानीप्रसाद ने कुएं में झांका। कुएं के तल पर भारी-भरकम देह वाली गाय मरी पड़ी थी। उसकी देह के नीचे ठाकुर की लाश थी। ठाकुर के जिस्म का अधिकांश भाग गाय के नीचे दबा हुआ था।

उसके जिस्म का एक हाथ और केवल एक पैर ही कुएं में ऊपर से चमक रहा था।

उसी स्थिति में कुएं के भीतरी भाग के फोटो लिए गए, चारों तरफ अपार भीड़ होने के बावजूद भी गहरा सन्नाटा छाया था। रस्सी की मदद से कई आदमी कुएं में उतरे। गाय की मृत देह को रस्सियों से बांधकर बड़ी मुश्किल से खींचा गया। जब गाय को खींचकर कुएं से बाहर निकाल लिया गया तो पंडित भवानीप्रसाद ने एक बार पुनः कुएं में झांककर देखा। इस बार तो घुटी-घुटी-सी चीख निकल गई उनके हलक से।

कुएं के तल का दृश्य ही ऐसा था। अत्यंत ही वीभत्स।

कुएं के तल के चप्पे-चप्पे पर 'बताशे' की लंबी-लंबी और नुकीली कीलें गड़ी हुई थीं। कीलें उल्टी गाड़ी गईं थीं। यानी उनका अग्रिम भाग कुएं के तल में गड़ा हुआ था और नुकीला पृष्ठ भाग आसमान को ताक रहा था। उन्हीं कीलों पर ठाकुर की लाश पड़ी थी। खून से लथपथ। कीलें उसके सारे जिस्म में धंस गई थीं। कई कीलों की नोकें

तो उसके जिस्म के आर-पार होकर खून में सनीं अब भी आकाश को देख रही थीं।

उसी स्थिति में विभिन्न कोणों से फोटो लिए गए।

फिर ठाकुर की वीभत्स लाश को कुएं से बाहर निकालने की तैयारियां की जाने लगीं। इंस्पेक्टर अपनी पैनी निगाहें से आसपास का निरीक्षण कर रहा था। घटनास्थल से एक फावड़ा मिला था उसे। एक पंद्रह फुट लंबी रस्सी और इस वक्त वह बाड़े की जमीन में गड़ी उस कील को देख रहा था जो कि कुएं के इस तरफ ठीक बछड़े की लाश के सामने गड़ी हुई थी। इंस्पेक्टर सारी स्थिति को समझने की कोशिश कर रहा था।

''मेरा ख्याल ये है कि किसी बहुत ही तेज दिमाग वाले अपराधी ने पूरी तरह योजना बनाने के बाद ठाकुर साहब की हत्या इस अजीबो-गरीब तरीके से की है।'' ठाकुर की हवेली के ड्राइंगहॉल में बैठे पुलिस इंस्पेक्टर ने भवानीप्रसाद से कहा–''वहां की स्थिति देखकर फिलहाल तो मैं केवल इतना ही समझ सका हूं कि मुजरिम ने पांच या छः दिन की लगातार मेहनत के बाद पंद्रह फुट गहरा गड्ढा या कुआं कहो, खोदा। उसके तल पर बताशे की लंबी-लंबी उल्टी कीलें गाड़ीं। कुएं के मुंह को घास-फूस से ढका। मुजरिम ने ठाकुर साहब के गाय-बछड़ा चुराए। कुएं के आर-पार बांधा उन्हें। गाय-बछड़े की तलाश में ठाकुर साहब बाड़े में पहुंचे। फिर किसी तरह अपराधी उन्हें झोंपड़ी के मलबे तक ले गया। ठाकुर साहब को नहीं पता होगा कि वहां कुआं है। वे धोखे में फंसकर कुएं में गिरे। कुएं के तल पर गड़ी उल्टी कीलों की नोकों से टकराए।''

''लेकिन फिर गाय को कुएं में क्यों डाला गया?''

''इसीलिए तो मेरा ख्याल है कि अपराधी ने काफी दिमाग से काम

लिया है। जरूरी नहीं था कि पंद्रह फुट ऊपर से नुकीली कीलों पर गिरकर ठाकुर साहब मर ही जाते, केवल जख्मी होकर भी रह सकते थे वे, परंतु अपराधी उन्हें किसी भी कीमत पर जीवित नहीं रहने देना चाहता था। इसलिए उसने गाय-बछड़े को कुएं के आर-पार बांधा। ठाकुर साहब के कुएं में गिरने के बाद गाय को खोल दिया उसने। स्वाभाविक रूप से गाय खुलते ही अपने बछड़े की तरफ भागी होगी। बीच में कुआं था ही। आप स्वयं ही सोच सकते हैं कि कीलों की नोक पर पड़े जख्मी ठाकुर साहब के ऊपर जब भारी-भरकम देह गिरी होगी तो उनके जीवित रह जाने का सवाल ही नहीं उठता है। वे ढेर सारी कीलों में गड़ गए।''

भभकते स्वर में कह उठे भवानीप्रसाद–''ऐसा किसने किया है?''

''एक बात ने मुझे हैरत में डाल दिया है।''

''किस बात ने?''

''कुएं के आसपास ठाकुर साहब की जूतियों के अलावा केवल एक अन्य किस्म के पदचिंह और मिले हैं। ये पदचिंह अत्यंत ही छोटे हैं। ऐसा प्रतीत होता है कि जैसे किसी बच्चे के रहे हों।''

''बच्चे के?'' भवानीप्रसाद बड़बड़ा उठे।

''जी हां।'' इंस्पेक्टर अपनी ही धुन में कहता चला गया–''यही तो हैरत की बात है, हत्या का यह विचित्र तरीका किसी खतरनाक दिमाग की देन है, जबकि वहां केवल एक बच्चे के पदचिंह हैं, दोनों बातें कुछ मेल नहीं खा रही हैं। खैर, घटनास्थल से प्राप्त फावड़ा, रस्सी और कीलें बिल्कुल नई हैं, यानी इन्हें किसी दुकान से हाल ही में खरीदा गया है। मैं पास के कस्बे की दुकानों से पूछताछ करूंगा। शायद कुछ पता लग सके। इन तीनों ही चीजों से फिंगर प्रिंट्स भी उठवाऊंगा मैं।''

''ठीक है, कार्यवाही कीजिए। ठाकुर का हत्यारा पकड़ में आना ही चाहिए इंस्पेक्टर। उसके बाद उसे फांसी के तख्ते पर पहुंचाना मेरा काम है।''

''मेरे ख्याल से मैं कामयाब हो जाऊंगा।'' कहकर इंस्पेक्टर उठ खड़ा हुआ।

इंस्पेक्टर चला गया। भवानीप्रसाद अपने स्थान पर ठगे से खड़े रह गए थे। उनके मस्तिष्क में रह-रह कर इंस्पेक्टर का एक ही वाक्य गूंज रहा था–'वहां किसी बच्चे के पदचिंह मिले हैं।'

जाने क्यों गंदा बाली रह-रह कर उनकी आंखों के सामने चकरा रहा था।

भवानीप्रसाद खड़े-खड़े रानी को घूरते रहे। उनके इस तरह घूरने पर रानी सहम-सी गई। कांपते हुए से स्वर में उसने पूछा–''आप मुणे इस तरह क्यों घूर रहे हैं पापा?''

''बाली कहां है?'' उन्होंने एक झटके से पूछा।

''बाली। मुझे क्या पता पापा?''

''झूठ बोलती है तू। तुझे पता है कि बाली कहां है, बोल बता हमें?''

''मुझे नहीं पता पापा। सच, अब तो मैं उससे बिल्कुल भी नहीं मिलती हूं।''

कुछ बोले नहीं भवानीप्रसाद। अपनी आग उगलती लाल सुर्ख आंखों से रानी के मासूम चेहरे को देखते रहे। मासूम चेहरे पर डर था। एक अजीब-सा खौफ। भवानीप्रसाद ने सोचा, रानी एकाएक उनके गर्जने के कारण डर गई है, अतः बोले–''तू उस गंदे लड़के से कब से नहीं मिली?''

''सात दिन हो गए पापा।''

''तू सच कह रही है?''

''आपकी कसम पापा। वह बहुत गंदा है। अब मैं उससे बिल्कुल नहीं मिलती हूं।''

भवानीप्रसाद उसके भोले चेहरे पर मौजूद भावों को ठीक से नहीं पढ़ सके।

रात के आठ बजे थे। ठाकुर की हवेली में तो मातम छाया हुआ था ही, साथ ही पंडित की हवेली भी सन्नाटे में डूबी हुई थी। अपने दोस्त का दाह-संस्कार करने के बाद इस वक्त वे अपने ड्राइंग-रूम में बैठे थे। उनके सामने वाले सोफे पर ही रानी भी थी। एकाएक ड्राइंगरूम के खुले दरवाजे पर दस्तक हुई।

भवानीप्रसाद के साथ-साथ रानी ने भी उस तरफ देखा।

यह दस्तक अपने हाथ में दबे रूल से इंस्पेक्टर ने दी थी। पुलिस को देखते ही रानी डर गई, जबकि भवानीप्रसाद ने मरे हुए स्वर में कहा–''आओ इंस्पेक्टर।''

इंस्पेक्टर अंदर आ गया। उसके बैठने के बाद भवानी ने पूछा–''कुछ पता लगा?''

''बहुत कुछ।''

''क्या?'' भवानीप्रसाद एकदम सचेत हो गए–''क्या पता लगा?''

''यह हत्या बाली नामक लड़के ने की है।''

रानी धक्क से रह गई जबकि भवानीप्रसाद बुरी तरह उछल पड़े–''बाली ने?''

''जी हां।''

''यह आप कैसे कह सकते हैं?''

''मैं नहीं, सबूत कह रहे हैं और जो कुछ सबूत कह रहे हैं, उसे महसूस करके मैं खुद हैरत में डूब गया हूं।''

''हम समझे नहीं।''

''कस्बे की दुकानों से पूछताछ करने पर पता लगा कि रस्सी, कीलें और फावड़ा खरीदने वाला पंद्रह वर्षीय एक गंदा-सा लड़का था। उसके

एक हाथ में बीन और दूसरे हाथ में एक टोकरी रहती थी। बीन की वजह से दुकानदारों का ख्याल था कि उस टोकरी में शायद कोई सांप था। पता लगाने पर यह भी पता लग गया कि एक पंद्रह वर्षीय लड़का पिछले कई दिनों से कस्बे के फुटपाथों पर सांप का खेल दिखाकर पैसा कमाते देखा गया। इसी पैसे से उसने फावड़ा, रस्सी औ कीलें खरीदीं। इन तीनों चीजों पर से भी किसी बच्चे की उंगलियों के ही निशान मिले हैं। गांव में जब मैंने इस हुलिए के लड़के की जानकारी के बारे में बातें की तो सबने यही कहा कि यह हुलिया बाली का है और बाली के पास एक 'ताखी' भी है। यह भी पता लगा कि ठाकुर साहब ने उसकी झोंपड़ी और मां को खत्म करके जबर्दस्ती उसकी बाड़े की जमीन पर कब्जा करना चाहा था। बाली के लिए ठाकुर साहब की हत्या कर देने का यह पर्याप्त कारण है।''

''बाली आपको कहीं मिला?''

''जी नहीं।''

''मगर क्या पंद्रह वर्ष का लड़का इतना सबकुछ कर सकता है इंस्पेक्टर?''

''हैरत की बात जरूर है, किंतु केवल यह कि हत्या करने की ऐसी अजीब तरकीब उसके दिमाग़ में आई कैसे होगी। बाकी जो कुछ उसने किया है, वह बहुत ज्यादा मुश्किल नहीं था। अपनी मां की मौत का बदला लेने के लिए पंद्रह वर्ष का बच्चा जोश में गड्ढा खोद सकता है। उसमें कीलें गाड़ सकता है। यानी ठाकुर साहब को मारने के लिए जो शारीरिक श्रम किया गया है, वह तो जोश में बच्चा कर सकता है किंतु हैरत की बात ये है कि हत्या करने की यह योजना उसके दिमाग में जन्मी कैसे होगी?''

''उसे ढूंढो इंस्पेक्टर। अगर वह पाताल में भी छुप गया हो तो उसे खोजकर लाओ। हम तुम्हें मुंह मांगा इनाम देंगे।''

''मैंने सुना है कि वह ज्यादातर आपकी बेटी के साथ रहता था।''

भवानीप्रसाद ने संक्षिप्त-सा उत्तर दिया– ''जी हां।''

रानी का चेहरा किसी निचुड़े हुए कपड़े के समान फक्क पड़ गया। इंस्पेक्टर ने जब उसकी तरफ देखा तो वह बुरी तरह घबरा गई, इंस्पेक्टर ने पूछा– ''बाली तुम्हारा दोस्त था क्या रानी बिटिया?''

चाहकर भी बोल नहीं सकी रानी, केवल स्वीकारात्मक अंदाज में गर्दन हिलाकर रह गई।

''तुम्हें मालूम है कि इस वक्त वह कहां है?''

''मेरे पापा मुझे उसके साथ रहने से डांटते थे इसलिए मैंने उससे मिलना छोड़ दिया।''

स्नेहपूर्वक रानी से दो-चार सवाल और किए उसने। मगर यह न समझ सका कि रानी को बाली का पता मालूम है। जब वह उठकर जाने लगा तो भवानीप्रसाद ने पुनः कहा– ''उस हत्यारे को तलाश करो इंस्पेक्टर।''

''तलाश तो हम उसे कर ही लेंगे, लेकिन।''

''लेकिन क्या?''

''यदि सचमुच हत्या का यह तरीका उस पंद्रह वर्षीय दिमाग की देन है तो मैं दावे के साथ कह सकता हूं कि बड़ा होने पर वह बहुत ही चालाक और खूंखार मुजरिम बनेगा। मेरे विचार से उसे 'क्रिमनल माइंडेड' होना चाहिए।''

खोह के अंदर अंधेरे में लेटा था बाली। उसने रानी का दिया हुआ कंबल ओढ़ रखा था। समीप ही वह टोकरी रखी थी, जिसमें ताखी शायद सोया पड़ा था। टोकरी के ऊपर बीन रखी थी। खोह के बाहर सारे जंगल में चांदनी बिखरी हुई थी। एकाएक किसी ने फुस-फुसाकर उसे पुकारा– ''बाली-बाली।''

उछलकर खड़ा हो गया वह।

चांदनी में नहाई छोटी-सी परछाई खोह के मुंह की तरफ आ रही थी।

''रानी तू।'' बाली चीख पड़ा– ''तू यहां क्यों आई है?''

''तेरे लिए रोटी और ताखी के लिए दूध लाई हूं।''

बाली गुर्रा उठा– ''किसने कहा था तुझसे?''

''मुझे पता लग गया था कि आज तू ताखी का खेल दिखाने कस्बे में नहीं गया। मैंने सोचा कि जब तू कस्बे में ही नहीं गया है तो तेरे लिए रोटी और ताखी के लिए दूध कहां से आया होगा। मैंने सोचा कि तुम दोनों भूखे होगे। इसलिए चुपके से दूध और रोटी।''

''तू जरूर मरवाएगी मुझे।'' बाली झुंझला उठा।

रानी खोह में पहुंची। दूध और रोटी जमीन पर रखती हुई बोली– ''क्यों?''

''अगर तेरे पीछे-पीछे कोई और यहां आ गया तो?''

''मैं सारे रास्ते देखती हुई आई हूं। मेरे पीछे कोई नहीं था।''

झुंझलाए से अंदाज में उसकी नकल उतारते हुए बाली ने कहा– ''मेरे पीछे कोई नहीं था। जैसे कि इस दुनिया में सबसे बड़ी होशियार तू ही है, कान खोलकर सुन ले रानी, अगर तू अब यहां दुबारा आई तो तुझे जान से मार दूंगा मैं।''

रुआंसी-सी होकर बोली रानी–''ऐसा क्यों कहता है तू?''

''और नहीं तो क्या कहूं। तेरी वजह से क्या मरना है मुझे?''

''मैं तो तुझे बात बताने आई थी।''

''क्या?''

''सारे गांव को। पापा और पुलिस को भी पता लग गया है कि अंकल को तूने मारा है।''

''कैसे-कैसे पता लग गया?'' चीखने के साथ ही बाली ने झपटकर रानी की गर्दन पकड़ ली–''जरूर तूने ही बताया होगा। तुझे ही सबकुछ पता था। बोल, क्यों बताया तूने?''

''नहीं-नहीं, मैंने नहीं बताया बाली।''

गंदा लड़का गुर्राया–''फिर कैसे पता लगा?''

''मेरा गला तो छोड़, तभी तो बताऊं।'' आंखों में आंसू भरे रानी कह उठी।

गुस्से में उफनते हुए रानी को एक धक्का-सा देकर उसने गर्दन छोड़ी। लड़खड़ा गई रानी। उसका सिर खोह की दीवार से टकराया। रानी के कंठ से हल्की-सी चीख निकल गई। बाली को उस पर जरा भी रहम नहीं आया, जबकि रानी बोली–''अरे तू मुझसे इस तरह नाराज क्यों है बाली?''

एक ही सांस में रानी उसे जल्दी-जल्दी सबकुछ बता गई। सुनने के बाद तो बाली को और तगड़ा गुस्सा चढ़ गया, झपटकर उसने रानी का गिरेबान पकड़ा और बोला–''पंडित चाचा और उस पुलिस वाले को भी शक है कि मुझे पता है कि मैं कहां हूं, फिर भी तू यहां आ गई, क्या बिल्कुल ही मरवाएगी मुझे?''

''मैं क्या करती। मैंने सोचा कि तू भूखा।''

''चटाक!'' बाली ने बहुत जोर से थप्पड़ मारा रानी के गाल पर और चीखा–''तूने मेरी भूख की चिंता करो, ये नहीं सोचा कि बेवकूफ तेरे चक्कर में मैं मर भी सकता हूं।''

रो पड़ी रानी–''तू मुझे मारता क्यों है बाली?''

''मारूं नहीं तो क्या करूं तेरा?'' बाली झुंझला उठा।

''तुझे क्या हो गया है। बात-बात पर इस तरह गुस्सा क्यों हो रहा है तू। मेरा मन नहीं माना। अब तुझे अच्छा नहीं लगता तो नहीं आऊंगी।''

''हां।'' बाली ने डांटा–''कान खोलकर सुन ले, तुझे यहां बिल्कुल नहीं आना है।''

''पापा ठीक ही कहते थे। तू तो बहुत गंदा है रे बाली। मैं तेरे लिए खाना लाई और तू मुझे मारता है।''

''हां-हां, मैं गंदा हूं।'' बाली चीख पड़ा–''मुझसे मत मिला कर तू।

मुझसे मत बोला कर। उठा, चल उठा ले अपना खाना और यहां से चलती बन, फिर कभी यहां आई तो . . .।''

''जाती हूं। तेरे पास थूकने भी नहीं आऊंगी मैं अब।'' कहकर रोती हुई रानी खोह से बाहर निकल गई। बाली अपने स्थान पर खड़ा उसे देखता रहा। उत्तेजना और गुस्से के कारण वह अभी तक थर-थर कांप रहा था। यह व्यवहार जो इस वक्त उसने रानी के साथ किया, रानी के प्रति बाली का व्यवहार नहीं था, बल्कि एक हत्यारे का व्यवहार था। ऐसे हत्यारे का, जिसे पता हो कि पुलिस उसे ढूंढ़ रही है। हत्या करने के बाद किसी चूहे के समान बिल में छुपे हत्यारे पर चिड़चिड़ाहट और झुंझलाहट हावी रहती है। ऐसे हत्यारे की मानसिक स्थिति उसे यह नहीं सोचने देतल कि उसे कौन कितना प्यार करता है?

रानी चली गई उसका ध्यान उन रोटियों और दूध पर गया, जो कि वह लाई थी। उसके डांटने पर भी रानी वह सामान उठाकर नहीं ले गई थी। जाने क्यों गंदे लड़के के दिल में एक हूक-सी उठी, जो व्यवहार उसने कुछ ही क्षण पहले रानी के साथ किया था, जाने क्यों अपने इस व्यवहार को याद करके उसे खुद से ही नफरता-सी हुई।

उसके दिल में छुपे बाली ने सरगोशी की–'क्यों तूने क्यों डांटा उसे, उसने क्या बिगाड़ा था तेरा क्या तूने उसे इसलिए मारा ताकि वह फिर कभी इधर न आए, उसका पीछा करता हुआ कोई भी इस खोह तक पहुंच सकता है।'

'नहीं।' बाली चीख पड़ा–'रानी ऐसा नहीं कर सकती।'

'तो फिर?' बाली डर गया–'मैं क्या करूं?'

'तुझे उसके पीछे जाना चाहिए।' हत्यारे ने सलाह दी–'रानी तुझसे लड़कर गई है। इस वक्त तू यहां, इस खोह में सुरक्षित नहीं है। कम-से-कम उस वक्त तक तो बिल्कुल भी नहीं जब तक कि तू अपनी आंखों

से उसे, बिना किसी से मिले उसके कमरे तक जाता न देख ले।'

'मैं क्या करूं?'

''उसका पीछा कर, देख कि वह किसी से मिलती है कि नहीं। किसी को तेरा पता तो नहीं बताती है।''

बाली एकदम सतर्क हो गया। ताखी की टोकरी और बीन उठाकर खोह से बाहर लपका वह। रोटी और दूध वहीं रखा रह गया। अचानक ही उसे लगने लगा था कि खोह उसके लिए सुरक्षित स्थान नहीं है। ऐसा बाली को नहीं, बल्कि उसके अंदर छुपे हत्यारे को लग रहा था।

बस्ती की तरफ काफी तेजी से बढ़ा हत्यारा।

कुछ ही देर बाद उसे दूर ही से रानी नजर आ गई। वह बस्ती की तरफ जा रही थी। गंदा लड़का छुपकर अपनी उस वफादार दोस्त का पीछा करने लगा। अपराधी जो था वह हत्यारा।

चुपके से, अपने कमरे की खुली खिड़की पर चढ़ी रानी और फिर कमरे में कूद गई। कमरे में कूदते ही सन्न रह गई वह। ऊपर से नीचे तक कांप उठी। जिस्म के सभी मसामों ने एक साथ ढेर सारा पसीना उगल दिया। मासूम आंखें अपने पापा पर स्थिर थीं। उन पर, जो कि इस वक्त उसके पलंग पर बैठे थे।

भवानीप्रसाद के चेहरे पर कठोरता थी। जबड़े कसकर भींच रखे थे उन्होंने। आंखें आग उगल रही थीं। वे खड़े हुए, साथ ही गुर्राए–''क्या अब भी तू नहीं बताएगी कि बाली कहां है?''

''पापा।''

''जवाब दे, कहां है बाली?''

''मुझे नहीं पता पापा।'' मासूम रानी की आंखों में आंसू तैर गए।

गुस्से में उफनते हुए भवानीप्रसाद लपके और उनका भारी-भरकम हाथ भरपूर ताकत से रानी के गाल पर पड़ा। एक चीख के साथ हवा

में लहराती हुई नन्हीं रानी दूर जा गिरी, जबकि भवानीप्रसाद गुर्राए–''बोल, कहां बाली? बता दे वर्ना हम तेरी चमड़ी उधेड़ देंगे।''

''सच पापा।''

लेकिन, कुछ भी कहने का अवसर दिए बिना भवानी ने उसके बाल पकड़े। इस वक्त उन्हें ऐसा बिल्कुल नहीं लग रहा था, जैसे उन्हें अपनी नन्हीं बेटी से कोई प्यार हो। बेरहमी के साथ उसे झंझोड़ते हुए किसी जुनूनी के समान गुर्राए–''रात के इस वक्त कहां गई थी तू?''

''घूमने।''

''हूं, रोटियां और दूध लेकर। कहां छोड़ आई उन्हें?''

''मैंने खा लिए।''

''तड़ाकू-तड़ाकू-तड़ाकू।'' बेरहमी के साथ भवानीप्रसाद उसे मारते ही चले गए। कमरे में रानी की चीखें गूंजने लगीं। होंठ फट गए थे उसके। सारा मुंह खून से लथपथ हो गया। भवानीप्रसाद बोले–''अब तेरा कोई भी झूठ नहीं चलेगा रानी। हम समझ चुके हैं कि वह कहीं छुपा हुआ है। तुझे मालूम है। तू उसके लिए रोटियां और उसके सांप के लिए दूध लेकर गई थी, बोल गई थी न?''

''नहीं।''

रानी के इस जवाब पर तो भवानीप्रसाद जैसे पागल ही हो गए। दनादन रानी को मारते ही चले गए थे वे। रानी रोती रही। चीखती रही। भवानीप्रसाद थक गए। मेज की दराज से लकड़ी का एक मोटा रूल निकाल लिया उन्होंने। रानी के पास आए, हांफते हुए बोले–''हमें नहीं पता था रानी कि उस गंदे लड़के की सोहबत ने तुझे इतना जिद्दी, जाहिल और बदतमीज बना दिया है। हमें तो अब ऐसा लगने लगा कि हमारे दोस्त को मारने में तूने उसकी पूरी-पूरी मदद की है। मगर हम भी तेरे बाप हैं। तुझे छोड़ेंगे नहीं। उस वक्त तक मारते रहेंगे, जब तक तू हमें उस कमीने का पता नहीं बताएगी।''

रानी सुबकती रही।

भवानीप्रसाद रूल तानकर गर्जे–"बोल?"

"सच, मुझे नहीं पता पापा।"

"सड़ाक्-सड़ाक्-सड़ाक्।" एक के बाद एक भवानीप्रसाद उस लड़की पर इस तरह वार करते चले गए, जैसे वह हाड़-मांस की नहीं बल्कि रुई की बनी हो, मर्मान्तक चीखें निकल रही थीं उसके मुंह से।

⅄

लॉन के एक अंधेरे कोने में छुपकर खड़ा बाली रानी के कमरे का दृश्य देख रहा था। भवानीप्रसाद रूल से पागलों की भांति अपनी नन्हीं बेटी को मारते चले जा रहे थे। रानी की चीखें पिघले हुए सीसे के समान बाली के कानों में उतरती चली जा रही थीं। थर-थर कांप रहा था वह। रूल की प्रत्येक चोट उस गंदे लड़के को अपने जिसम पर पड़ती महसूस हो रही थी। मन धिक्कार रहा था उसे।

'थू! बाली थू है तुझ पर। तूने रानी पर शक किया इस रानी पर?'

उधर पिटती हुई रानी अधमरी-सी हो गई। आंखें मिंचने लगीं उसकी। बाली ने देखा और देखते हुए बाली को यूं लगा कि जैसे उसकी रानी बेहोश होने वाली है। कसाई के समान भवानीप्रसाद ने अपनी जख्मी बेटी के बाल पकड़कर उठाया। क्रोध और झुंझलाहट भरे स्वर में पूछा–"बोल, अब भी बता दे जाहिल लड़की कि वह हत्यारा कहां है। बोल, रानी बोल?"

"नहीं पापा। मुझे नहीं पता।" यह अंतिम वाक्य कहकर रानी बेहोश हो गई।

निर्जीव-सी जख्मी बच्ची भवानीप्रसाद के हाथ में झूल गई। ऐसा देखकर भवानीप्रसाद ने उसे एकदम छोड़ दिया। 'धम्म' की आवाज के साथ रानी कमरे के फर्श पर नहीं, बल्कि लॉन के अंधेरे में खड़े बाली के सीने पर गिरी। जैसे ठगा-सा खड़ा रह गया था बाली।

'उफ।' भवानीप्रसाद ने झुंझलाकर दाएं हाथ की मुट्ठी अपने बाएं

हाथ पर मारी–'इस लड़की को क्या हो गया है भगवान उस सपेरे के लड़के ने कैसा जादू कर दिया इस पर ये हमारी बेटी है। हम किसी से यह भी तो नहीं कह सकते कि हमारे दोस्त के हत्यारे का पता हमारी बेटी जानती है। दोस्त के बाद हम अपनी इस जिद्दी बेटी को भी तो नहीं खो सकते भगवान। उफ, कहीं सचमुच ऐसा ही तो नहीं हुआ है कि इसने भी उसकी मदद की हो। हमारी बेटी भी ठाकुर की हत्यारी हो, नहीं, हम किसी से नहीं कह सकते कि हमारी बेटी हत्यारे का पता जानती है।'

भवानीप्रसाद तड़प रहे थे।

बाली के काले और पतले होठों पर मुस्कान उभरी। लॉन की दीवार फांदकर वह हवेली की सीमा से बाहर आ गया। जंगल की तरफ बढ़ा। एकाएक उसके अंदर छुपे हत्यारे ने पूछा–'कहां जा रहे हो?'

'खोह में।' बाली बड़बड़ाया।

'तुम बेवकूफ हो क्या, या मरने चाहते हो?'

बाली ने दृढ़तापूर्वक कहा–'मेरी रानी खोह का पता किसी को नहीं बताएगी।'

'मान लिया, लेकिन फिर भी, खोह अब तेरे लिए सुरक्षित नहीं है।'

'क्यों?'

'रानी तुझसे मिलने आए बिना बाज नहीं आएगी। अब उसके बाप को अच्छी तरह पता लग गया है कि वह रात को तुझसे मिलती है। पंडित चाचा किसी भी रात उसका पीछा करके खोह तक पहुंच सकते हैं।'

बाली ठिठक गया, बड़बड़ाया–'फिर क्या करूं मैं?'

'भाग जा। भाग जा यहां से।'

'कहां?'

'कहीं भी। इस गांव से दूर। बिलासपुर से दूर।'

'मगर।'

'हिचक क्यों रहा है मूर्ख?' हत्यारा दहाड़ा–'यहां, इस बस्ती में, इस गांव में अब तेरा रहा ही क्या है। मां खत्म हो गई, झोंपड़ी खत्म हो गई, बाड़े की जमीन है, उसका तू कर क्या सकेगा। सारा गांव जान गया है कि तूने ही ठाकुर को मारा है। पुलिस तेरे पीछे है। सामने आते ही पकड़ा जाएगा। खोह में तू कब तक छुपा रह सकता है, कब तक बचेगा। भाग जा बाली, भाग जा यहां से।'

'रानी।'

'रानी के चक्कर में पड़ेगा तो मारा जाएगा।'

'मगर रानी भी तो मेरे लिए इतनी।'

'अपने बारे में सोच, अपने बारे में।' स्वार्थी हत्यारा चीखा–'रानी के बारे में सोचेगा तो मारा जाएगा। पुलिस पकड़ लेगी तुझे। तू हत्यारा है, फांसी पर लटका दिया जाएगा। तू भाग। समझदार वे होते हैं, जो अपने बारे में सोचते हैं, दूसरों के बारे में सोचने वाला मूर्ख होता है। वैसी ही मूर्ख रानी भी है। देखा तूने, देखा कि उसे कैसी मुसीबत से गुजरना पड़ा। यदि तू उसके चक्कर में रहा तो तू सीधा फांसी के फंदे तक पहुंच जाएगा। भाग बाली। अभी तो मौका है। तू भाग जा यहां से।'

बाली ठिठका खड़ा था। एक खोह की तरफ जाने वाला रास्ता था, दूसरा रेलवे स्टेशन की तरफ। उसके अंदर छुपा हत्यारा बार-बार चीख-चीख कर उससे भाग जाने के लिए कह रहा था। फिर वह सचमुच भागने लगा।

एक हाथ में ताखी की टोकरी थी। दूसरे में बीन। जिस्म पर रानी का दिया हुआ कंबल लपेटे वह गंदा लड़का सचमुच रेलवे स्टेशन की तरफ भाग लिया। वह, जो सचमुच एक गंदा लड़का ही साबित हुआ था।

अगली रात। दो बजे।

खोह के समीप पहुंचकर रानी ने मुड़कर देखा, मगर उसे कोई नजर

नहीं आया। आता तो कैसे। ठीक उसी वक्त उसका पीछा करते हुए भवानीप्रसाद एक पेड़ की आड़ में छुप गए थे।

आश्वस्त होकर रानी खोह के मुंह पर पहुंची, धीमे-से फुसफुसाई– ''बाली।''

जवाब में खोह की तरफ सन्नाटा छाया रहा।

दूर खड़े भवानीप्रसाद अपनी बेटी को देख भी रहे थे और उसकी आवाज भी सुन रहे थे। वह बार-बार बाली को उसका नाम लेकर पुकार रही थी, परंतु प्रत्युत्तर में कोई आवाज न उभरी। वह खोह में दाखिल हो गई।

अंधेरे में टटोलकर माचिस ढूंढ़ी। तीली जलाई और फिर खोह में ही रखी एक मोमबत्ती जला दी। खोह खाली थी। उसकी लाई हुई कल की रोटियां और दूध यों ही रखा था।

रानी का दिल जोर-जोर से धड़कने लगा।

चारों तरफ देखा उसने। न बाली था, न ताखी, न बीन थी, न कंबल, फिर भी उसने पुकारा–''बाली।''

गहरा सन्नाटा।

''बाली-बाली।'' रानी ने फिर आवाज दी। पागलों के समान खोह से बाहर निकली। बिना किसी डर के वह बहुत जोर-से चिल्ला पड़ी– ''बाली-बाली-बाली।''

कुछ ही देर बाद भवानीप्रसाद जंगल के कोने-कोने में गूंजती रानी की आवाज सुन रहे थे–''बाली-बाली-बाली।''

''कान खोलकर सुन लो बाली।'' एक सेठ सरीखे व्यक्ति ने अपने सामने बैठे गोल चेहरे वाले काले युवक से कहा–''अब मैं और ज्यादा सब्र नहीं कर सकता। मैंने तुम्हें क्या सोचकर पैसा दिया था और तुम क्या निकले।''

''अगर मेरे बारे में तुम कोई गलत अनुमान लगा लो तो इसमें मेरी कोई गलती नहीं है सेठ।''

''मगर पैसा लेते समय तुम गिड़गिड़ाए थे। मैं समझा कि जुए में सचमुच तुम्हारा हाथ अच्छा है। किसी-न-किसी दिन तुम मेरी रकम से जीतकर मेरे वारे-न्यारे कर दोगे।''

काला युवक हंस पड़ा, बोला–''चौबेजी चले थे छब्बे जी बनने। दुबेजी बनकर लौट आए।''

''मैं चौबे नहीं हूं बाली। मेरा नाम सेठ धमकीदास है। अकेला तू ही नहीं है, जिसे जुआ खेलने के लिए मैंने पैसा दिया हो। यही धंधा करता हूं। हाथ के कलाकारों को पैसा देकर जुआ खिलाता हूं उन्हें। जीत में से फिफ्टी मेरा और फिफ्टी हाथ के कलाकार का। हार गए तो कलाकार पर मेरा पैसा उधार।''

''तुम्हारे धंधे में नुकसान नहीं है सेठ।''

''मेरा मरहूम बाप मुझे नुकसान से सख्त नफरत करनी सिखा गया है। यही वजह है कि आजतक कोई मेरी एक पाई भी नहीं मार सका है। धमकीदास ने बड़े-बड़े तीसमार खां देखे है।''

''तो मैंने ही कब कहा सेठ कि मैं तुम्हारी रकम नहीं दूंगा?''

''तो निकाल। तेरे झांसे में आकर, तुझे कलाकार समझकर पूरे पचास हजार दे चुका हूं।''

''दूंगा तो तभी न जब होंगे।''

''इस तरह की गोल-मोल बातों से काम नहीं चलेगा बाली। मैं तो सीधी कहता और सीधी सुनता हूं। सीधी बात ये है कि कल शाम तक मुझे पचास हजार मिल जाने चाहिए वर्ना।''

''तुम मुझे धमी दे रहे हो सेठ।''

''नाम ही धमकीदास है।'' कहने के साथ ही वह उठ गया– ''इसलिए कुछ करने से पहले एक बार धमकी जरूर दे दिया करता हूं। मेरे ख्याल से अपनी जिंदगी को तू पचास हजार से कहीं ज्यादा कीमती समझता होगा।'' धमकीदास चला गया।

दरवाजा ढुका लिया बाली ने। छोटा-सा कमरा था। कोई विशेष सामान नहीं एक पलंग, एक मेज और दो कुर्सियां, एक कोने में ड्रेसिंग टेबल रखी थी और उसके ऊपर खूंटी पर लटक रही थी एक बीन। पलंग के नीचे एक टोकरी रखी थी। वह टोकरी जिसमें शायद इस वक्त भी ताखी सो रहा था।

बाली अब पच्चीस के आस-पास का युवक था। वही काला रंग, पतले होंठ, छोटी-छोटी आंखें, गोल चेहरा और छोटे-छोटे बाल। वह आकर्षक लगता था। उसके काले रंग में एक अजीब-सा खिंचाव था। इस वक्त जिस्म पर स्लेटी रंग का सूट और पैरों में जूते थे। यह दूसरी बात है कि सूट किसी ड्राइक्लीन की दुकान का मोहताज और जूते पालिश मांग रहे थे।

वह पलंग की तरफ बढ़ा। पलंग के नीचे-से टोकरी निकालकर बिस्तर पर रखी। ढक्कन हटाते ही सुनहरे रंग का चमकदार 'ताखी' एक हल्की-सी फुंफकार के साथ फन फैलाकर खड़ा हो गया।

''तूने सुना दोस्त।'' बाली बोला–''सुना तूने कि यह धमकीदास कैसे प्यारी धमकी दे गया है मुझे। साला तेरे यार को रसगुल्ला समझता है, ऐसा कि जिसे जबान पर रखते ही हजम कर जाएगा।''

बेजबान ताखी आपी गोल आंखों से उसे देखता रहा। रह-रह कर वह अपनी दो सिरों वाली जीभ बाहर निकाल देता था। बाली के वाक्य के जवाब में उसने इस तरह फन हिलाया, जैसे सबकुछ समझ गया हो।

''अखबार।'' दरवाजे से आवाज उभरी।

बाली का ध्यान भंग हुआ। उसने दरवाजे के पास फर्श पर पड़े अखबार की तरफ देखा, जिसे अखबार वाले ने किवाड़ों के नीचे से अंदर की तरफ सरका दिया था, वह उठा, अखबार के नजदीक पहुंचा।

एक शीर्षक पढ़ते ही बाली चौंक पड़ा।

शीर्षक था–''सुरक्षित बैंक ऑफ इंडिया का लॉकर रूम ध्वस्त।''

झपटने के से अंदाज से उसने अखबार उठाया। पढ़ता हुआ कुर्सी

तक आया। अखबार पर ही आंखें गड़ाए कुर्सी पर बैठ गया वह। जिस समय वह सुरक्षित बैंक से संबंधित विस्तृत समाचार को पढ़ रहा था, उस समय 'ताखी' अपनी टोकरी से निकला। पलंग पर सरसराया, फर्श पर कूदा। कुर्सी पर, कुर्सी से बाली के जिस्म पर रेंगता हुआ गले में मफलर के समान लिपट गया। गले में फन फैलाए ताखी कुछ ऐसे अंदाज में अखबार की तरफ देख रहा था, जैसे वह स्वयं भी अखबार पढ़ रहा हो।

पूरा समाचार पढ़ने के बाद बाली की छोटी-छोटी आंखों में जाने क्यों एक अद्भुत-सी चमक उभर आई। अखबार मेज पर फेंका उसने। आंखें बंद कर लीं। यही समय था जब कि ताखी जोर-जोर से फुंफकारा।

बाली ने आंखें खोलकर पूछा–"क्या बात है ताखी?"

फन बाली के चेहरे की तरफ घुमाकर उसने अजीब से अंदाज में हिलाया। जवाब में धीमे-से मुस्कराया बाली, बोला–"अभी कोई निर्णय नहीं कर पाया हूं, सोचने दे।"

ताखी ने फन सिमेटा।

बाली के गले में इस तरह लिपटकर आंखें बंद कर लीं, जैसे सो गया हो। कुर्सी की पुश्त से सिर टिकाकर स्वयं बाली ने भी आंखें बंद कर ली थीं। फिर मुश्किल से दो मिनट बाद ही वह एक झटके के साथ कुर्सी से खड़ा हो गया था। आंखों में इस बार विशेष चमक थी। ताखी भी सचेत नजर आने लगा था।

बाली ने उसी से कहा–"तुम अपने केबिन में पहुंच जाओ दोस्त।"

आदेश मिलते ही ताखी गले से सरका। कोट पर रेंगता हुआ बाहरी जेब की तरफ बढ़ा फिर सरसराता हुआ उसका संपूर्ण जिस्म जेब में समा गया।

कदाचित यही ताखी का केबिन था।

चुपचाप जेब में जाकर ताखी मानो वहीं सो गया। जबकि बाली

ड्रेसिंग टेबल के सामने पहुंचा। खुद को बहुत ध्यान से देखा उसने, विशेष रूप से अपने हुलिए को।

△

दोपहर, ठीक सवा दो बजे बाली एक पब्लिक टेलीफोन बूथ में घुसा।

जिस वक्त दूसरी तरफ बैल जा रही थी, उस वक्त बाली ने रुमाल माउथपीस पर डाल दिया। दूसरी तरफ से रिसीवर उठाने के साथ ही कहा गया–''हैलो।''

''आप कौन बोल रहे हैं?'' बाली ने पूछा।

''संगठन बैंक की मालवीय नगर शाखा से मैनेजर।''

''नाम?''

''जगत मेहता।''

''मुझे आप ही से बात करनी है।''

''कहिए।''

''अब से ठीक उनतीस मिनट बाद एक व्यक्ति आपके बैंक में दाखिल होगा। उम्र पच्चीस के आसपास, काला रंग, छोटी आंखें, पतले होंठ और छोटे बालों वाले इस व्यक्ति के जिस्म पर गंदा स्लेटी रंग का कोट और पैरों में पॉलिश के मोहताज जूते होंगे। हाथ में काले रंग का एक ब्रीफकेस।'

''जी आप कौन?''

जगत मेहता की कोई भी बात सुने बिना बाली कहता ही चला गया–''परसों जो कुछ सुरक्षित बैंक की शास्त्रीनगर शाखा में हुआ, वह तुम्हें अच्छी तरह पता होगा, इसलिए, मैं तुम्हें यह बताए जाने की जरूरत महसूस नहीं करता कि उस काले ब्रीफकेस का तुम्हें क्या करना है?''

बस। इतना कहकर उसने रिसीवर हैंगर पर लटका दिया। फिर रुमाल

से रिसीवर पर बने अपनी उंगलियों के निशान साफ करके बूथ से बाहर आया। इलाका भीड़ भरा था, अतः बाली भीड़ में खो गया।

पुनः वही सबकुछ। वही हंगामा।

पी. एम. हाउस से लेकर सी. बी. आई., रॉ, पुलिस कमिश्नर, पी. ए. सी., सी. आर. पी. और क्रमवार 'संगठन बैंक' के जनरल मैनेजर तक के फोन की घंटियां टनटना उठीं। प्रशासन हरकत में आ गया।

बैंक अधिकारी थरथरा उठे।

सशस्त्र जवानों से भरे ट्रक। बड़े-बड़े अधिकारियों की चमचमाती कारें और कर्मठ गुप्तचरों के भिन्न वाहन मालवीय नगर की तरफ दौड़ पड़े। देखते-ही-देखते बैंक के अंदर-बाहर खाकी वर्दियां नजर आने लगीं।

अपने ऑफिस में बैठे हुए मिस्टर राव को जब सूचना मिली तो हक्के-बक्के रह गए थे। एक पल तक तो वे कुछ बोल ही न सके। उन्हें फोन करने वाले पी. एम. के सचिव ने कहा–''आप क्या सोचने लगे मिस्टर राव?''

''कुछ नहीं।'' राव ने स्वयं को संभाला, फिर बोले–''फोर्स को आदेश दीजिए कि वह लॉकर रूम में टाइम बम तलाश करें। मुमकिन है कि टाइम बम लॉकर में नहीं, बल्कि यूं ही कहीं लॉकर रूम में फिट कर दिया जाता हो।''

''ओ. के.।''

''आज सुबह से जितने लोग भी लॉकर खोलने आए हैं अगर संभव हो सके तो उन्हें तुरंत इसी वक्त लॉकर की चाबी के साथ बैंक बुलाया जाए। उनके सामने, उनके लॉकर खोलकर चैक किए जाएं।''

''समय कम है काम मुश्किल है, लेकिन फिर भी हम उतना करेंगे, जितना किया जा सकता है।''

''हम स्वयं भी वहां पहुंच रहे हैं।'' कहने के साथ ही मिस्टर राव ने संबंध-विच्छेद कर दिया, परंतु कुर्सी से उठे नहीं वे। इंटरकॉम का स्विच दबाया।

दूसरी तरफ मक्खी-सी भिनभिनाई।

रिसीवर के उठते ही मिस्टर राव ने कहा–''एजेंट ट्रिपल एक्स को फौरन भेजो, क्विक।''

रिसीवर रखते हुए मिस्टर राव ने अपने सामने की दीवार पर नियुक्त एक खूबसूरत 'बैल' को देखा। दो बजकर बीस मिनट हुए थे। वे बेचैनी के साथ अपने साउंड प्रूफ ऑफिस के दरवाजे को देखने लगे। दरवाजा एक झटके से खुला।

एक लंबा, करीब साढ़े छह फुटा युवक ऑफिस में दाखिल हुआ। युवक गोरा था, कसरती जिस्म वाले इस युवक के हाथों की नसें स्पष्ट चमक रहीं थीं। उसके जिस्म पर कत्थई रंग का शानदार सूट था। सुनहरे बालों वाले इस युवक ने मिस्टर राव को अभिवादन किया।

''बैठो जिम।'' राव बोले।

वह ठीक उनके सामने वाली कुर्सी पर बैठ गया।

उसके चेहरे पर दृष्टि टिकाए मिस्टर राव बोले–''मिस्टर जिम।''

''यस सर।'' जिम ने जब मुस्तैदी के साथ कहा तो उसका चौड़ा सीना स्पष्ट उभर आया।

''हमारी नजर में तुमर 'रॉ' की स्पेशल टीम के सबसे बेहतरीन 'ओपनर' हो। हम हर तरह से तुम्हें सर्वाधिक योग्य, कर्मठ और चतुर समझते हैं बल्कि अगर यूं कहा जाए कि हमें तुम पर नाज है तो कोई अतिशयोक्ति नहीं होगी। हमारी सीट पर बैठकर 'रॉ' के किसी भी तुम जैसे एजेंट पर कोई भी फख्र कर सकता है।''

''प्रशंसा किसी भी व्यक्ति को नकारा बना सकती है।'' जिम का ठंडा स्वर उभरा।

‘‘गुड।’’ मिस्टर राव धीमे से मुस्कराए–‘‘प्रशंसा के लिए हमारे पास भी समय नहीं है।’’

‘‘काम बोलिए।’’

‘‘जैसा फोन परसों सुरक्षित बैंक की शास्त्रीनगर शाखा में आया था, वैसा ही आज ठीक उसी टाइम पर ‘संगठन बैंक’ की मालवीय नगर शाखा में आया है।’’

‘‘ओह।’’ जिम की पूरी आंखें सिकुड़ गईं। मिस्टर राव के इस एक ही वाक्य से वह पूरी स्थिति को अच्छी तरह समझ गया था। अभी वह कुछ कह भी नहीं पाया था कि मिस्टर राव कह उठे–‘‘अगर यह सिलसिला जारी रहा तो सबकुछ गड़बड़ हो जाएगा। मुल्क की अर्थव्यवस्था में एक अजीब-सी उथल-पुथल मच जाएगी। किसी भी नागरिक का बैंकों से और साथ ही प्रशासन से भी विश्वास खत्म हो जाएगा। अब तक जो कुछ हुआ है उससे जाहिर है कि मुजरिम ने केवल बेहद चालाक है और बुद्धिमान ही है, बल्कि गजब का दुस्साहसी भी है। परसों ही उसकी जो योजना एक प्रकार से नाकामयाब हुई है आज फिर, इतनी जल्दी वह अपनी योजना पर अमल करने का दुस्साहस कर बैठा।’’

‘‘अगर देखा जाए तो परसों भी उसकी योजना नाकामयाब नहीं हुई थी।’’

‘‘यह केस हम तुम्हारे सुपुर्द करते हैं जिम। मुजरिम तक तुम्हें बहुत तेजी से पहुंचना है।’’

अपनी रिस्टवॉच पर नजर डालते हुए जिम ने पूछा–‘‘आज भी कोई व्यक्ति ठीक पौने तीन बजे बैंक में आकर यह धमकी देगा कि लॉकर-रूम के किसी लॉकर में टाइम बम है।’’

‘‘ऐसा ही लगता है।’’

‘‘जवाब में आप क्या करने का विचार रखते हैं?’’

‘‘यह तो प्रश्न ही नहीं उठता कि बैंक ब्लैकमेल हो जाए।’’

''अगर बैंक ब्लैकमेल नहीं होगा तो पुनः लॉकर-रूम उड़ जाएगा।'' तेजी के साथ जिम कहता ही चला गया– ''उसके बाद पता लगेगा कि जो व्यक्ति बैंक में आया है, उसका असल मुजरिम से कोई संबंध नहीं है। वह तो केवल मोहरा है और हमें चक्रेश की तरह उसको भी छोड़ देना होगा।''

''फिर-फिर?''

''अगर सचमुच आज भी लॉकर-रूम उड़ गया तो जनता विद्रोह पर आमादा हो जाएगी और जिस नीति पर कल हम चले थे, उस नीति पर चलकर शायद हम उससे ज्यादा कुछ भी नहीं कर पाएंगे, जितना कल किया है।''

''तुम क्या चाहते हो?''

''बैंक को ब्लैकमेल हो जाना चाहिए।''

''कैसी बात कर रहे ही जिम। यदि मुल्क के बैंक ही ब्लैकमेल होने लगे तो?''

''लाभ इसी में है सर–पहला ये कि जनता में यह भावना फैलेगी कि बैंक को अपने पैसों से ज्यादा पब्लिक के पैसे का ख्याल है–दूसरा ये कि पब्लिक के दिमाग में यह बात आएगी कि प्रशासन भी कुछ कर रहा है–तीसरा और सबसे महत्वपूर्ण लाभ यह है कि हमें कुछ करने का, आगे बढ़ने का मौका मिलेगा। देखें तो सही कि आगंतुक दौलत को कहां ले जाता है? उसका क्या करता है या दौलत प्राप्त करने के लिए उससे कौन मिलता है?''

''हमें तुम्हारी बात जम रही है जिम।''

''हम अभी आते हैं।'' बाली ने कहा– ''तुम यहीं इंतजार करो।''

चाहकर भी टैक्सी ड्राइवर कुछ नहीं कह सका। जबान तालू से चिपककर रह गई थी उसकी। उसने देख लिया था कि रुकते ही उसकी

टैक्सी को ढेर सारे सशस्त्र सैनिकों ने घेर लिया है। बाली दरवाजा खोलकर आराम से बाहर निकला। हाथ में काला ब्रीफकेस था। सशस्त्र सैनिकों ने घेर लिया उसे।

बैंक के द्वार की तरफ ले जाया गया। बाली ने इस वक्त अपना चेहरा बिल्कुल भावहीन बना लिया था। दिमाग में उन बातों को अच्छी तरह सेट करता हुआ, जो उसे मैनेजर के कमरे में पहुंचने पर वहां मौजूद लोगों से करनी हैं, आगे बढ़ता रहा।

प्रत्येक की दृष्टि उस पर और केवल उसी पर केंद्रित थी।

यह बढ़ता चला गया। मैनेजर के कक्ष के द्वार पर खड़े सशस्त्र सैनिकों ने उसके लिए द्वार खोला। अंदर प्रविष्ट होते ही बाली ने गंभीर स्वर में कहा– ''गुड आफ्टर नून ऐवरी बॉडी।''

सिर्फ मिस्टर राव कह सके– ''गुड आफ्टर नून।''

टैक्सी वाले का चेहरा जर्द पड़ा हुआ था। ऐसा कि काटो तो खून नहीं। अब भी उसकी टैक्सी को घेरे सशस्त्र जवान खड़े थे। ड्राइवर अपनी सीट से चिपककर रह गया था, तीव्र इच्छा होने के बावजूद भी वह हिल तक नहीं सका। एकाएक साढ़े छह फुट लंबा किसी अंग्रेज के समान गोरा एवं लाल सुर्ख, भूरी आंखों वाला तंदुरुस्त युवक टैक्सी के नजदीक पहुंचा। एक झटके से उसने टैक्सी का अगला दरवाजा खोला और बोला– ''बाहर निकलो मिस्टर।''

जिम का कठोर स्वर सुनते ही ड्राइवर पसीने-पसीने हो गया। उसकी रीढ़ की हड्डी में ठंडी-सी लहर दौड़ गई। यंत्र-चालित-सा वह बाहर निकला। जिम के सामने खड़ा वह स्वयं को कांपने से रोकने की भरपूर चेष्टा के बावजूद कांप रहा था। यह था जिम के व्यक्तित्व का प्रभाव।

''कहां से लाए थे उसे?'' जिम ने पूछा।

''कश्मीरी गेट से साहब।''

''डरो नहीं।'' उसके कांपते हुए जिस्म को देखकर जिम ने कहा– ''हम जानते हैं कि तुम्हारा कोई दोष नहीं। हमारे पीछे आओ तुम, यहां से आगे इस टैक्सी को तुम नहीं, हम चलाएंगे।''

ड्राइवर जिम के पीछे हो लिया।

राव ने पूछा– ''क्या नाम है तुम्हारा?''

''बाली।''

''कहां रहते हो?''

''किशनगंज फाइव बटा डबल ऐट।''

''यहां क्यों आए हो?''

बाली ने गजब का अभिनय किया। आंखें भर आईं उसकी। भर्राए गले से बोला– ''मेरी बहन को बचा लीजिए। उसे आप ही बचा सकते हैं। अगर आपने यह काला बैग नोटों से नहीं भरा तो वह मेरी बहन को मार डालेगा। मैंने अखबार में पढ़ा, परसों जो आदमी आपके पास आया था, उसने उसकी बीवी को मार डाला था। इस बैग को भर दीजिए साब।''

''क्या आज भी इस बैंक के लॉकर रूम में टाइम बम रखा है?''

''उसने मुझे आपसे यही कहने के लिए कहा था।''

''किसने?''

''सफेद नकाब था उसके चेहरे पर।''

''क्या उसने यह नहीं कहा था कि तुम्हें हम पर यह जाहिर नहीं होने देना है कि उसके कब्जे में तुम्हारी बहन है।''

''जी नहीं।''

राव के होठों पर मुस्कान दौड़ गई। स्वयं ही बड़बड़ाए– 'आज उसने तुमसे एक्टिंग कराने की जरूरत महसूस न की होगी, क्योंकि

पहले मोहरे से कराई गई उसकी एक्टिंग भी बेकार गई। खैर ये बताओ टाइम बम कब फटेगा?'

अपनी रिस्ट-वॉच की तरफ देखते हुए बाली ने बताया– ''बीस मिनट के बाद।''

''अगर हम तुम्हारा ब्रीफकेस नोटों से भर दें तो हमें टाइम बम से छुटकारा कैसे मिलेगा?''

''मेरे जाने के पांच मिनट बाद आपके पास उसका फोन आएगा।'' बाली ने बताया।

मिस्टर राव ने बैंक मेनेजर से कहा– ''इस ब्रीफकेस को भरवा दीजिए।''

''जी-जी।''

''जल्दी, वह कीजिए, जो हम कह रहे हैं।''

जनरल मैनेजर ने शाखा के मैनेजर जगत मेहता को संकेत किया। मैनेजर ब्रीफकेस लेकर कक्ष से बाहर निकल गया। राव ने झुककर बाली से पूछा– ''यहां से तुम्हें कहां जाना है?''

''उसने बताने से इंकार किया था साब।''

''अगर नहीं बताओगे, तो हम तुम्हारा ब्रीफकेस नहीं भरेंगे।''

''वह मेरी बहन को मार डालेगा साब। आप ब्रीफकेस नहीं भरेंगे तब भीऔर यदि मैंने आपको कोई ऐसी बात बताई, जो उसने मना किया है, तब भी।''

एकाएक मेज पर रखे फोन की घंटी घनघना उठी। मिस्टर राव ने लपककर रिसीवर उठाया। उनके रिसीवर उठाते ही दूसरी तरफ से कहा गया– ''केवल पंद्रह मिनट रह गए हैं।''

''हम तुम्हारे मोहरे को नोटों के साथ विदा करने वाले हैं।'' मिस्टर राव बोले– ''तुम हमें उस लॉकर की चाबी का पता बताओ।''

''उसके बैंक से निकलने के बाद।'' कहने के साथ ही संबंध-विच्छेद कर दिया गया।

दूसरी तरफ से कौन बोल रहा था, उस तरफ से क्या कहा गया, यह तो बाली ने सुन सका, परंतु मिस्टर राव का वाक्य जरूर सुन लिया था उसने और उसके वाक्य को सुनकर मन-ही-मन चौंक पड़ा। चौंकने की बात भी थी। अभी वह ठीक से कुछ समझ भी नहीं पाया था कि रिसीवर रखते हुए मिस्टर राव ने कहा– ''लीजिए मिस्टर बाली, उस सफेद नकाबपोश को भी खुशखबरी दे दी गई है।''

बाली की खोपड़ी झनझना गई। उसकी समझ में नहीं आया कि सफेद नकाबपोश बनकर यह फोन किसने किया है। अपनी योजना के मुताबिक वह अकेला ही था, किसी को उसकी प्लानिंग का पता नहीं था। मिस्टर राव के जवाब में वह कुछ बोला नहीं। ब्रीफकेस आ गया।

बाली लपकने के-से अंदाज में उस पर झपटा। ब्रीफकेस लिया, खोलकर देखा, सारा ब्रीफकेस नोटों से अटा पड़ा था। बाली के चेहरे पर खुशी नाच उठी। ब्रीफकेस बंद करते हुए उसने विशेष रूप से मिस्टर राव से कहा– ''धन्यवाद साब।'' आपने मेरी बहन की जान बचा ली।''

ब्रीफकेस लिए बाली बैंक से बाहर निकला।

अब पूरी तरह चौकस रहना था उसे। वही हुआ था, जो उसने अखबार में पढ़ते ही सोचा था किंतु वह फोन, किसका फोन था वह। फोन उसके मस्तिष्क को बुरी तरह झकझोर रहा था, यह भी बाली समझ रहा था कि प्रशासन बैंक से बाहर निकलने पर उसे इतनी आसानी से अपनी आंखों से ओझल नहीं होने देगा। निश्चित रूप से उसके चारों तरफ जासूसों का जाल बिछा होगा।

समीप पहुंचकर टैक्सी का दरवाजा खोला उसने।

ड्राइवर गर्दन झुकाए अपनी सीट पर बैठा था। कैप को उसने अपने

चेहरे पर आवश्यकता से कुछ अधिक ही झुका रखा था। बाली देखते ही समझ गया कि टैक्सी ड्राइवर बदल गया है।

मगर चेहरे से अपनी जानकारी उसने ड्राइवर पर जाहिर नहीं की।

सामान्य स्वर से बोला– ‘‘चलो।’’

‘‘किधर साब?’’

‘‘मुगल होटल।’’

टैक्सी स्टार्ट होकर आगे बढ़ गई, जिम यह जानने की कोशिश कर रहा था कि बाली ने कुछ नोट किया है या नहीं, जबकि गंदा लड़का आंखें बंद किए सीट पर पड़ा था।

रास्ते में जिम ने कई बार बैक मिरर में पिछली सीट पर मौजूद बाली को देखा था। वह उसी प्रकार आंखें बंद किए अधलेटी-सी अवस्था में पड़ा रहा।

गंदे जूतों वाला युवक सो नहीं रहा था, बल्कि अपनी उस कार्यवाही के बारे में सोच रहा था जो कि आने वाले क्षणों में उसे करनी थी। बेहिचक आंखें बंद इसलिए कर ली थीं उसने, क्योंकि वह जानता था कि यह सरकारी जासूस उस पर किसी किस्म का आक्रमण करने की बेवकूफी नहीं करेगा।

अचानक वह तब चौंका जबकि टैक्सी रुकी।

बाली ने आंखें खोलीं। टैक्सी ‘मुगल होटल’ के बाहर खड़ी थी। ब्रीफकेस संभाले दरवाजा खोलकर वह बाहर निकला मीटर चैक किया। टैक्सी ड्राइवर की तरफ कोई विशेष ध्यान न देकर बिल अदा किया और पांच मंजिले शानदार होटल के मुख्य द्वार की तरफ बढ़ गया।

47

मैनेजर जगत मेहता की मेज पर इस वक्त एक विराम घड़ी रखी थी। विराम घड़ी में दो सुइयां थी एक हरी और दूसरी लाल। हरी सुई दिशा बताती थी तथा लाल दूरी। विशेष रूप से मिस्टर राव उन दोनों सुइयों का अध्ययन कर रहे थे।

उनके सामने ही मेज पर एक ऑन वायरलैस मौजूद था।

विराम घड़ी का अध्ययन करते हुए वे रॉ के विभिन्न जासूसों को भिन्न-भिन्न आदेश दे रहे थे।

अचानक मिस्टर राव की उंगली में पड़ी चौड़े नग वाली अंगूठी स्पार्क करने लगी।

मिस्टर राव ने फुर्ती के साथ अंगूठी में छुपा नन्हा परंतु शक्तिशाली ट्रांसमीटर ऑन किया, बोले– ''हैलो, राव डियर ओवर।''

''वह मुगल होटल के अंदर चला गया है सर, ओवर।''

''विराम घड़ी बता रही है, ओवर?''

''शेष लोग कहां हैं, ओवर?''

''वे सभी विभिन्न दिशाओं से वहां पहुंच रहे हैं, ओवर।''

दूसरी तरफ से शायद अभी कुछ कहने की तैयारी की जा रही थी कि मैनेजर की मेज पर रखे फोन की घंटी घनघना उठी, मिस्टर राव ने ट्रांसमीटर पर कहा– ''एक मिनट जिम।''

जल्दी से रिसीवर उठाया।

दूसरी तरफ से आवाज उभरी– ''टाइम बम फटने में केवल दस मिनट रह गए हैं।''

''चाबी बताओ।'' मिस्टर राव बोले– ''बाली नोट लेकर बैंक से निकल चुका है।''

दूसरी तरफ वाला हल्के से हंसा, बोले– ''लेकिन हम जानते हैं कि इस वक्त भी उसके चारों तरफ सरकारी कुत्ते मंडरा रहे हैं, जब तक वे नहीं हट जाएंगे, तब तक चाबी का पता नहीं बताया जाएगा। अभी

पांच मिनट हैं मिस्टर राव, अगर आप चाहें तो वायलैस पर बाली के चारों तरफ से जासूसों को हटा लेने की सूचना जारी करके लॉकर रूम को बचा सकते हैं।''

इस आवाज को सुनकर एक पल के लिए मिस्टर राव के दिलो-दिमाग पर सन्नाटा-सा खिंच गया। वे सब चौंके जबकि दूसरी तरफ से लाइन कनेक्शन कट जाने की आवाज उभरी। उन्होंने जल्दी से रिसीवर रखा और अंगूठी रूपी ट्रांसमीटर पर जिम सब बोले– ''उसी का फोन था जिम, ओवर।''

''क्या कहता है सर, ओवर?''

''वह कहता है कि हमारे जासूसों का जाल बाली के चारों तरफ फैला हुआ है उसका कहना है कि अगर तुरंत ही बाली के चारों तरफ से जासूर हटा लिए गए तो वह उस लॉकर की चाबी के बारे में बताएगा, जिसमें बम है और यदि हमने उसके आदेश का पालन नहीं किया तो लॉकर रूम उड़ जाएगा ओवर।''

दूसरी तरफ सन्नाटा खिंच गया। ऐसा कि जैसे इस धमकी ने जिम को भी धर्मसंकट में डाल दिया हो। मिस्टर राव बोले– ''तुम क्या सोचने लगे जिम, ओवर।''

''सोच रहा हूं सर कि क्या किया जाए, ओवर?''

''समय कम है जिम, जल्दी फैसला करो।''

जिम की आवाज उभरी– ''इतना सबकुछ हमने लॉकर्स को बचाने के लिए ही किया है सर, लेकिन स्थिति वही है, अगर अब भी लॉकर रूम उड़ गया तो हमारी अब तक की सारी मेहनत पर पानी फिर जाएगा। हम अपने जासूस हटा लेते हैं। गुप्त रूप से सिर्फ मैं उसकी निगरानी करता हूं। इस तरह अगर हम ज्यादा कुछ न कर सके तो, कम-से-कम इतना तो कर ही सकेंगे कि लॉकर को बचा लें। ऐसा करने से यह भी पता लग जाएगा कि बम किसके लॉकर में है। शायद आगे बढ़ने के लिए हमें कोई रास्ता मिले।''

''फिलहाल की स्थिति में हम इसके अलावा कुछ कर भी नहीं सकते, ओवर।''

''ऐसा ही कीजिए सर, शेष सभी जासूसों को हटा लीजिए।''

''ओ. के.। ओवर एंड ऑल।'' कहकर मिस्टर राव ने ट्रांसमीटर ऑफ किया और वायरलैस पर झुक गए।

''ये मैं बोल रहा हूं सेठजी। बाली।''

''कहो।'' दूसरी तरफ से आवाज उभरी–''कहां से?''

''मुगल होटल। दूसरी मंजिल कमरा नंबर सेवेंटी फाइव।''

''तुम?'' धमकीदास का चकित स्वर–''मुगल होटल से। उसके किसी कमरे से तुम्हारा क्या मतलब?''

धीरे से हंसा बाली, बोला—''अगर आपको आपकी मरी हुई रकम चाहिए तो इसी वक्त, केवल पांच मिनट के अंदर यहां पहुंच जाइए।''

''अरे रकम के लिए तो धमकीदास जहन्नुम में भी पहुंच सकता है।''

''केवल पांच मिनट के अंदर, पांच मिनट बाद शायद मैं तुम्हें कभी कहीं न मिलूं।''

''लेकिन, आखिर तुम्हें ऐसा कैसा खजाना . . .।''

परंतु दूसरी तरफ से बोलने वाले धमकीदास की पूरी बात सुने बिना ही बाली ने रिसीवर रख दिया। उस काले लड़के के पतले होठों पर बड़ी ही जबर्दस्त मुस्कान उभरी। कोट की बाहरी जेब को थपथपाया तो उसमें अभी तक चुपचाप सोए 'ताखी ने फन बाहर निकाला।'

प्यार से उसके फन पर हाथ फेरते हुए बाली ने पूछा–''कहो दोस्त, अपने यार के दिमाग को मानते हो या नहीं?''

ऐसे अंदाज में फन हिलाया ताखी ने जैसे कह रहा हो–'क्यों नहीं?'

''अब जरा धमकीदास के पचास हजार अलग कर लूं।'' कहने

के साथ ही बाली बेड पर लापरवाही के साथ पड़े काले ब्रीफकेस की तरफ बढ़ गया।

⅄

जिस ढंग से वह चमचमाती हुई मर्सडीज मुगल होटल के पार्किंग में रुकी, उसमें से एक सेठ सरीखा व्यक्ति लपककर बाहर निकला और मुगल होटल के मुख्य द्वार की तरफ बढ़ा, उसी ने जिस को शंकित कर दिया था। वह तेजी से उस सेठ सरीखे व्यक्ति के पीछे लपका। अब स्थिति अकेले जिम को ही संभालनी थी। काउंटर क्लर्क से वह यह मालूम कर चुका था कि बाली को सेकेंड स्टोरी पर कमरा नंबर सेवेंटी फाइव मिला है।

वह सेठ के पीछे हॉल में पहुंचा।

सेठ सीधा लिफ्ट की तरफ लपका था। जिम ने ये भी देखा कि सेठ को लेकर लिफ्ट दूसरी मंजिल की तरफ बढ़ गई। वह हॉल ही में, एक कोने की सीट पर जा बैठा। उसकी भूरी आंखें लिफ्ट और सीढ़ियों की निगरानी कर रही थीं। जाने क्यों उसे लग रहा था कि यह सेठ बाली के कमरे में गया है।

⅄

''लेकिन, सुबह तो तेरे पास एक पैसा भी नहीं था। धमकीदास ने काले ब्रीफकेस में भरे रुपयों को देखते हुए चकित भाव से पूछा–''फिर अचानक ही ये खजाना तेरे हाथ कहां से लग गया?''

''पेड़ गिनने वालों को दुनिया मूर्ख कहती है सेठ। समझदार वे होते हैं जो आम खाते हैं और मेरी डायरी में तुम्हारा नाम समझदार आदमियों में लिखा है। ऐसा कुछ मत कहो कि मैं तुम्हारा नाम मूर्खों की पंक्ति में लिखने के लिए मजबूर हो जाऊं।''

‘‘कमाल है।’’ धमकीदास ने ब्रीफकेस उठाया और दरवाजे की तरफ बढ़ गया।

काले लड़के के पतले होठों पर नाचने वाली मुस्कान ग़हरी हो गई।

⅄

जिम की उंगली में जो चौड़े नग वाली अंगूठी थी, उसमें से मिस्टर राव की बारीक-सी आवाज उभरी–‘‘हम अपनी विराम घड़ी पर परिवर्तन देख रहे हैं जिम, शायद वह अपने कमरे से निकल गया है।’’

उसी क्षण जिम की दृष्टि सीढ़ियों से उतरते सेठ पर पड़ी। उसके दाएं हाथ में दबे ब्रीफकेस को देखते ही जिम ने पहचान लिया। अंगूठी को अपने मुंह के पास लाकर धीमे से बोला–‘‘मैं इस समय वही ब्रीफकेस एक सेठ सरीखे व्यक्ति के हाथ में देख रहा हूं सर। वह होटल से बाहर जा रहा है, ओवर।’’

‘‘क्या बाली उसके साथ नहीं है?’’

‘‘जी नहीं।’’

‘‘ओह, या तो यह सेठ ही असल मुजरिम है या फिर इस ब्रीफकेस को असल मुजरिम तक पहुंचाने वाला दूसरा मोहरा। तुम इसका पीछा करो जिम, लगता है कि बाली का काम खत्म हो गया है।’’

‘‘क्या मुजरिम ने आपको अभी तक चाबी का पता नहीं दिया?’’

‘‘अभी तक नहीं।’’

‘‘कमाल है।’’ जिम ने रिस्ट-वॉच पर नजर गड़ाकर कहा–‘‘केवल तीन मिनट रह गए हैं।’’

‘‘तुम ब्रीफकेस वाले का पीछा करो जिम। देखो कि इस ब्रीफकेस को लेकर वह कहां जाता है। हम वायरलैस पर एजेंट एक्स को सावधानी से बाली पर नजर रखने के लिए कहते हैं।’’

‘‘ओ. के.।’’ कहते ही जिस सेठ के पीछे लपका।

बाली पिचहत्तर नंबर कमरे की उस खिड़की पर खड़ा था जिससे कि होटल का मुख्य द्वार स्पष्ट चमकता था। खिड़की के किवाड़ों में हल्की-सी दरार कर ली थी उसने, ऐसी कि दूसरी तरफ से यह खिड़की बंद नजर आए। उसी दरार से बाली ने सेठ धमकीदास की मर्सडीज और उसके पीछे उसी टैक्सी को जाते देखा, जिसमें उसने यहां तक का सफर किया था। देखते ही वह घूमा, होठों पर विजयी चमक लिए बिस्तर की तरफ बढ़ा। फुर्ती के साथ तकिए से उसका 'गिलाफ' अलग किया। डबल बैड के नीचे पड़ी नोटों की शेष गड्डियों को उसमें भरा और दरवाजे की तरफ लपक पड़ा। चटकनी खोलकर अभी वह बाहर निकलने वाला ही था कि ठिठक गया।

हाथ में रिवॉल्वर लिए सामने एक अधेड़ आयु का व्यक्ति खड़ा था।

''कहिए।'' बाली ने बहुत शीघ्र स्वयं को संभाल लिया।

''मैं दुश्मन नहीं दोस्त हूं।'' कहने के साथ ही वह कमरे में प्रविष्ट हो गया।

''दोस्तों की वार्ता के बीच यह तमंचा नहीं होता।''

''कभी-कभी इस तमंचे को बीच में इसलिए रखना पड़ता है कि दोस्त कहीं दोसत को दुश्मन समझकर उसकी बातों पर यकीन करने में इतनी देर न लगा दे कि सचमुच के दुश्मनों को उन्हें घेरने का अवसर मिल जाए।''

''मैं समझा नहीं।''

''इस वक्त तुम्हारे दुश्मन दो किस्म के हो सकते हैं, पहले सरकारी जासूस और दूसरे वे मुजरिम जो तुम्हारे दिमाग की इस कमाई को छीनना चाहें, मैं उनमें से कोई भी नहीं हूं।''

''फिर।''

''मैं वह हूं, जिसने सुरक्षित बैंक के लॉकर में टाइम बम रखा था, जिसकी स्कीम का बड़ी खूबसूरती से लाभ तुमने उठाया है या जिसने

कुछ ही देर पहले संगठन बैंक के फोन पर मिस्टर राव से बात की थी।''

''ओह।'' बाली की छोटी-छोटी आंखें सिकुड़ गईं–''मुझसे क्या चाहते हो?''

''किसी स्थान पर आराम से बैठकर चंद बातें करनी।''

''कैसी बातें?''

''मुझे तुम्हारे दिमाग ने प्रभावित किया है। मेरे पास एक काम है, मोटा काम, तुम्हें भी काफी लाभ होगा। फिलहाल यह जगह बातें करने के लिए सुरक्षित नहीं है। मैं तुम्हारी इस दौलत को हाथ भी नहीं लगाऊंगा। केवल इतना चाहता हूं कि तुम मेरे साथ चलो।''

''कहां?''

''जहां मैं ले चलूं। सुरक्षित जगह पर, जहां हम आराम से बैठकर एक-दूसरे के लाभ की बात कर सकें।''

चुप रह गया बाली। एक क्षण के लिए उसके चेहरे पर कुछ सोचने के-से भाव उभरे। यही वह क्षण था, जबकि उसके कोट की बाहरी जेब में पड़े ताखी ने एक विशेष अंदाज में उसे फन मारा। जवाब में जेब को बड़े ही प्यार से थपथपाते हुए बाली ने कहा–''नहीं दोस्त, ये आदमी सच्चा लगता है।''

अधेड़ ने चकित भाव से जेब की तरफ देखा। फूली हुई जेब में हल्की-सी हलचल महसूस करके वह चकरा उठा, पूछने लगा–''तुम किससे बात कर रहे हो बाली?''

''अपने दोस्त से।''

''दोस्त?''

'ताखी' से संबोधित होकर बाली बोला–''इसे अपनी शक्ल दिखा दो दोस्त।''

अधेड़ की चकित निगाहें बाली की जेब पर ही जमी हुई थीं जबकि बाली का हुक्म होते ही ताखी ने अपना फन कोट की जेब से बाहर निकालकर अधेड़ को घूरा। अधेड़ हक्का-बक्का रह गया। सच तो ये

है कि उसका रिवॉल्वर वाला हाथ कांप उठा। अभी वह कुछ बोल भी नहीं पाया था कि बाली ने कहा–''अब चलो कहां चलना है?''

''आओ।'' रिवॉल्वर जेब में रखकर अधेड़ मुड़ा।

अपना फन समेटकर ताखी जेब में सो गया। बाली अधेड़ के पीछे था। कॉरीडोर पार करके वे एक खिड़की तक पहुंचे। खिड़की होटल के पीछे एक पतली गली में खुलती थी। अधेड़ खिड़की के समीप से गुजरने वाले गंदे पानी के एक पाइप पर झूल गया। खिड़की से झांककर बाली ने देखा, गली के एक सिरे पर पीली अंबेसडर खड़ी थी।

''कमाल है, कोई फोन नहीं आया। समय गुजर चुका है।'' ट्रांसमीटर पर मिस्टर राव जिम से बात कर रहे थे–''लॉकर-रूम में कोई विस्फोट भी नहीं हुआ है। सबकुछ सामान्य है।''

''ओह।'' जिम का निराश स्वर–''लगता है सर कि इस बार मुजरिम हमें ब्लफ दे गया।''

''क्या मतलब?''

''संगठन बैंक के लॉकर-रूम में कहीं बम नहीं रखा गया बल्कि मुजरिम अपने द्वारा तैयार किए गए पहले वातावरण का लाभ उठा गया। हम चूक गए सर, जो दहशत, जो आतंक उसने सुरक्षित बैंक के लॉकर रूम को उड़ाकर तैयार किया था, आज उसी का लाभ उठाकर वह बिना किसी टाइम बम के अपना काम कर ले गया।''

''वह सेठ कहां है?''

''मुझसे आगे, अपनी मर्सडीज में जा रहा है।''

''तुम उसे इसी वक्त गिरफ्तार कर लो जिम। हम शेष एजेंटों को बाली को गिरफ्तार करने के आदेश देते हैं।'' कहने के साथ ही उन्होंने ट्रांसमीटर पर संबंध-विच्छेद करके वायरलैस संभाला।

एजेंट एक्स को आदेश दिया कि वह तत्काल कमरा नंबर पिचहत्तर में से बाली को गिरफ्तार कर ले।

उसके बाद मिस्टर राव बड़ी बेचैनी के साथ दोनों तरफ से मिलने वाली रिपोर्टों की प्रतीक्षा करने लगे। एजेंट एक्स की तरफ से जब यह सूचना मिली कि बाली कमरे में नहीं है तो वे बौखला गए। चीख-चीख कर वे एक्स को डांट रहे थे कि ट्रांसमीटर पर जिम ने बताया–''सेठ को गिरफ्तार कर लिया गया है सर लेकिन . . .।''

''लेकिन?''

''बड़ा अजीब-सा बयान दे रहा है वह।''

''क्या?''

''कहता है कि बाली पर उसके पचास हजार रुपए उधार थे, वह उन्हीं को लेकर लौट रहा है।''

''ओफ्फो।'' मिस्टर राव की इच्छा हुई कि वे अपने बाल नोच लें, बोले–''उस हरामजादे को पकड़कर अपने टॉर्चर रूम में ले जाओ। हम भी वहीं पहुंच रहे हैं।''

''ओ. के. सर।''

मिस्टर राव ने संबंध-विच्छेद किया। दोनों कोहनियां मेज पर टिका दीं उन्होंने और हथेलियों से अपना सिर भींचने लगे। यही वह क्षण था जबकि 'संगठन बैंक' के जनरल मैनेजर ने निम्न सवाल करके उसके तन-बदन में आग लगा दी–''मुख्य मुजरिम के बारे में कुछ पता लगा राव साहब?''

वह एक सामान्य कमरा था। न ज्यादा बड़ा, न अधिक छोटा। कमरे में पांच कुर्सियां पड़ी थीं। पांच में से तीन भरी हुई थीं। एक पर बाली, दूसरी पर अधेड़ और तीसरी पर चक्रेश बैठा हुआ था। बाली उसे देखते ही पहचान गया, क्योंकि उसका चित्र उसने अखबार में देखा

था। अधेड़ को ध्यान से देखने पर बाली समझ गया था कि अधेड़ अपनी जो सूरत दिखा रहा है वह उसकी वास्तविक सूरत नहीं है। उसके वास्तविक चेहरे को एक फेसमास्क ने छुपा रखा था और सिर पर भी नकली बालों की एक विग थी।

बाली ने कह भी दिया–''जो तुम दिखा रहे हो वह तुम्हारी वास्तविक सूरत नहीं है।''

''यकीनन।'' अधेड़ ने बिना किसी हील-हुज्जत के यह बात स्वीकार कर ली–''जब चक्रेश ने मुझे ध्यान से देखा था तो इस बात को वह भी ताड़ गया था।''

''जब तुम्हारे इस घटिया फेसमास्क और थर्ड क्लास विग को देखकर कोई भी समझ सकता है कि यह सब अड़ंगा नकली है तो तुम इन चीजों का प्रयोग ही क्यों करते हो?''

''इसलिए नहीं कि कोई मेरी असली सूरत समझे।''

''फिर किसलिए?''

''केवल अपने वास्तविक हुलिए को छुपाने के लिए मैं तुम्हारे सामने इन दोनों चीजों का प्रयोग कर रहा हूं। मैं नहीं चाहता कि तुम लोग मेरे वास्तविक हुलिए से परिचित हो। साथ ही यह भी नहीं चाहता कि तुम इसे मेरा वास्तविक हुलिया समझो।''

''ये बात समझ में नहीं आई कि तुम हमें अपना वास्तविक चेहरा दिखाना भी नहीं चाहते और यह भी जता देना चाहते हो कि यह तुम्हारा वास्तविक चेहरा नहीं है।''

''तुम केवल इतना समझ सकते हो कि यह फेसमास्क और विग में केवल नकाब के रूप में इस्तेमाल कर रहा हूं।''

''मगर अपना वास्तविक चेहरा तुम हमसे छुपाना क्यों चाहते हो?''

''समय आने पर स्वयं पता लग जाएगा।''

''ओ. के.।'' बाली ने लापरवाही के-से अंदाज में कंधे उचकाकर कहा–''अभी तक तुमने अपना नाम भी नहीं बताया है।''

''विक्रम।'' अधेड़ ने बताया–''विक्रम चट्टोपाध्याय।''

''यह नाम भी नकली होगा?''

''बेशक।'' वह मुस्कराया–''लेकिन जब तक मैं तुम्हें अपना वास्तविक नाम नहीं बता देता तब तक तुम मुझे इसी नाम से पुकार सकते हो।''

''खैर, अब अगर हम मतलब की बातों पर आ जाएं तो बेहतर है।''

''जरूर।''

बाली ने एक नजर चक्रेश की तरफ देखा, बोला–''क्या मैं आप लोगों का आपस में संबंध जान सकता हूं?''

''वही संबंध है जितना मुझमें और तुममें है।''

''यानी दोस्त हो?''

''एक बड़े काम में पार्टनर भी।''

''इस दोस्ती या पार्टनरशिप की नींव कैसे रखी गई?''

मुस्कराकर विक्रम ने चक्रेश की तरफ देखा, चक्रेश चुपचाप गर्दन झुकाए अपनी कुर्सी पर बैठा था। विक्रम ने उसी से कहा–''बाली को अपने बारे में संक्षेप में बताओ चक्रेश।''

चक्रेश ने अपना चेहरा ऊपर उठाया। बाली चक्रेश की आंखों में तैरते आंसुओं को देखकर हल्के से चौंका, बोला कुछ नहीं जबकि चक्रेश किसी टेपरिकार्डर के समान चालू हो गया–''आज से तीन साल पहले मंजू से मेरी शादी हुई थी। पिछले पांच साल से मैं ताले बनाने वाली एक फैक्टरी में काम करता हूं। न मां-बाप हैं न भाई-बहन, अकेला हूं अतः मंजू से शादी करने के बाद उसके पिता का घर-जंवाई बन गया। मंजू अपने पिता की इकलौती संतान थी। वह फ्लैट जिसमें मैं इस वक्त भी रहता हूं, दरअसल मंजू के पिता का है। शुरू में, उस फ्लैट में हम तीनों ही रहते थे, मगर मेरी और मंजू के पिता की न बनी। मंजू और मुझमें सचमुच बेहद प्यार था। मैं मंजू से अलग रहने के लिए

कहने लगा। मंजू के पिता ने मुझसे कहा–'तुम मेरी ही वजह से तो अलग रहना चाहते हो, तुम्हें अलग रहने के लिए कहीं भी जाने की जरूरत नहीं है। तीन महीने बाद में रिटायर हो जाऊंगा। गांव में मेरी कुछ जमीन और मकान है। रिटायर होने के बाद मैं गांव में रहकर खेती-बाड़ी करना ही पसंद करूंगा। तुम दोनों इस फ्लैट में आराम से रहना।' मैं इसके लिए तैयार हो गया। रिटायर होने पर अपने वायदे के मुताबिक मंजू के पिता सचमुच गांव चले गए। मैं और मंजू स्वतंत्रपूर्वक फ्लैट में रहने लगे।'' हमारे पड़ोसी इस बात के गवाह हैं कि हम दोनों में कितना प्यार था फिर हमारे जीवन में वह रात आई, जिस रात मैं पागल हो गया था। हां, मैं यही कहूंगा कि मैं पागल हो गया था।'' चक्रेश की आवाज भर्राती चली गई–''तीन दिन पहले शाम को हम घूमने गए। घूमते-घूमते पेंटिंग्स की एक दुकान पर पहुंच गए। मंजू को दुकान पर एक पेंटिंग पसंद आ गई। पेंटिंग में एक बहुत ही खूबसूरत और मासूम बच्चा बना हुआ था। मैं समझ गया कि मंजू ने वह पेंटिंग क्यों पसंद की है। शादी के तीन साल गुजर जाने के बावजूद भी उसकी गोद सूनी थी। उसकी भावनाओं की कद्र करते हुए मैंने वह पेंटिंग खरीद ली, परंतु मैं नहीं जानता था कि वह पेंटिंग इतनी मनहूस है। उस पेंटिंग ने।''

''आओ चक्रेश।'' बेडरूम में पहुंचते ही मंजू ने कहा–''इस पेंटिंग को दीवार पर टांग दें।''

''इस वक्त नहीं मंजू, बहुत थक गया हूं।'' कपड़े और जूते पहने ही मैं पलंग पर लुढ़कता हुआ बोला–''फिलहाल सोते हैं, सुबह टांग देंगे।''

''नहीं चक्रेश, प्लीज इसे अभी टांगते हैं वहां, देखो यहां बहुत खूबसूरत लगेगी यह। अगर हम इसे यहां टांग देंगे तो पेंटिंग बेडरूम से भी चमका करेगी।''

मैंने काफी मना किया। मंजू ही नहीं मानी। उसी कम्बखत को पेंटिंग टांगने की ज्यादा जिद चढ़ गई थी। पराजित होकर मैंने उसे फोल्डिंग

सीढ़ी, एक कील और हथौड़ी लाने के लिए कहा। उसे तो जिद थी न, दौड़कर ले आई। सीढ़ी लगा दी। कील और हथौड़ी लेकर मैं अनमने मन से सीढ़ी पर चढ़ गया। नीचे मंजू पकड़े खड़ी थी। मैंने एक प्वाइंट पर कील का सिरा रख कर पूछा–''यहां?''

''नहीं, थोड़ा दाईं तरफ।'' मंजू ने अपनी इच्छा जाहिर की।

''मैंने कील की नोक थोड़ी दाईं तरफ रखकर झुंझलाए से अंदाज में पूछा–''यहां?''

''ज्यादा ऊपर हो गई। थोड़ी, बस थोड़ी-सी नीचे।''

''ओफ्फो, यहां।''

''हां। बस यहीं गाड़ दो।''

उसके कहते ही मैंने काम जल्दी से निपटाने की गरज से पूरी ताकत से कील के इस सिरे पर हथौड़ी मार दी। किंतु कील पर चोट पड़ते ही दीवार से एक बड़ा सा लोथड़ा उतरकर फर्श पर गिरा। दरअसल उस स्थान पर दीवार थोड़ी पोपली थी। मेरी नजर दीवार पर फंसी चमड़े की एक छोटी-सी थैली पर पड़ी।

मैं चौंक पड़ा।

सीढ़ी पकड़े मंजू ने पूछा–''क्या हुआ?''

''जाने क्या है यहां?'' कहने के साथ ही मैंने जल्दी से वह पोटली बाहर निकाल ली। जहां से पोटली निकाली दीवार में वहां गड्ढा-सा बन गया था। पोटली के ऊपर एक नेफा था और नेफे में रेशम की डोरी पड़ी हुई थी। वैसे ही जैसे पायजामे आदि के नेफे में नाड़ा पड़ा रहता है। रेशम की डोरी से कसकर पोटली का मुंह बंद किया गया था। मैंने कांपते हाथों से पोटली खोली। मुंह चौड़ाकर उसमें झांका तो दंग रह गया।

मेरी आंखें चुंधिया गईं।

मटर के दाने जितने छोटे ढेरे सारे हीरे थे उस पोटली में।

हथौड़ी मेरे हाथ से छूट गई। दिल बहुत जोर-जोर से धड़कने लगा।

पागलों की-सी अवस्था में मैंने वे हीरे अपने बाएं हाथ की हथेली पर उंडेले। इतना ज्यादा उत्तेजित हो गया था मैं कि पोटली हाथ से छूट गई और हीरे पटर-पटर करके कांच की गोलियों के समान मारबल के चिकने फर्श पर बिखरते चले गए। मटर के दानों की तरह लुढ़ककर वे सारे कमरे में फैल गए थे।

यह दृश्य देखकर मंजू भी धक्क से रह गई।

हमारी नजरें मिलीं। अवाक् एवं हतप्रभ से हम एक-दूसरे को देखते रह गए थे। किसी के मुंह से आवाज न निकली। मैं लपककर सीढ़ी से उतरा। पागलों के समान सारे फर्श पर बिखरे मटर के दानों को बीनता हुआ बोला–"हीरे, मंजू ये हीरे हैं। हम-हम बहुत अमीर हो गए हैं। ये हीरे।"

"ओह।" मंजू कहीं खोई-सी बोली–"तो चाचा ने हीरे यहां छुपा दिए थे?"

"क्या मतलब?" मैंने चौंककर पूछा।

"आज से दस साल पहले की बात है चक्रेश। तब मैं छोटी ही थी। मेरे चाचा एक जौहरी के घर पर नौकर थे। चाचा आवारा थे। बुरी संगत के कारण चोर-उचक्के बन गए थे वे। उनके कैरेक्टर से पिताजी के बेदाग चरित्र पर कई बार आंच आई। परेशान होकर, यह सोचकर कि उनका छोटा भाई सुधर जाएगा, पिताजी ने ही उन्हें अपनी जिम्मेदारी और जमानत पर जौहरी के यहां रखवाया था। मगर एक रात वे जौहरी के हीरों की यह पोटली ले भागे। रात को यहां रहे। पिताजी को कुछ नहीं पता था कि चाचा क्या करतूत करके आए हैं। सुबह जब फ्लैट पर पुलिस पहुंची तो चाचा पीछे की तरफ से भाग निकले। बाद में किसी को बिना कुछ बताए वे पुलिस की गोली का निशाना बन गए। इन हीरों के बारे में कभी किसी को कुछ पता नहीं लगा।"

"लगता भी कैसे?" मैं झूमता हुआ बोला–"मेरे नसीब में जो थे ये।"

''इस घटना से मेरे पिता के मान-सम्मान को बड़ी ठेस लगी थी चक्रेश। जौहरी ने उन्हें बहुत बुरा-भला कहा था। तभी पिताजी को पहली बार हार्ट अटैक का दौरा पड़ा था। उसके बाद से ही वे हार्ट के मरीज हो गए हैं। वे अब तक रात में सोते-सोते भी बड़बड़ाया करते हैं।''

मैं फर्श पर बैठा चुपचाप मंजू की तरफ देखता रहा।

''चलो अच्छा हुआ।'' मंजू बोली–''ये हीरे मिल गए। अब पिताजी अपने जीवन के सबसे बड़े कलंक को धो सकेंगे।''

मुझ पर बिजली-सी गिर पड़ी, बोला–''क्या मतलब मंजू?''

''हम ये हीरे पिताजी को सौंप देंगे।''

''क्या?'' मेरा हलक सूख गया।

''ताकि वे अपने जौहरी दोस्त की अमानत उसे लौटा सकें।''

''पागल हो गई हो क्या?'' मैं चीख-सा पड़ा–''इनकी कीमत का अनुमान है तुम्हें?''

''हां, मुझे याद है। जौहरी ने कहा था कि उन हीरों की कीमत दो करोड़ है।''

''दो करोड़।'' मेरी बुद्धि नाच उठी।

''हां। लेकिन क्यों, तुम इस तरह दीवाने से क्यों हो गए चक्रेश?''

''इतनी ढेर सारी दौलत किसी को भी दीवाना बना सकती है मंजू।''

कुछ सोचने के अंदाज में मंजू की आंखें सिकुड़ गईं–''तुम क्या सोच रहे हो चक्रेश। कहीं, कहीं तुम कुछ गलत तो नहीं सोच रहे हो?''

''मैं ठीक सोच रहा हूं मंजू। गलत तुम सोच रही हो।''

''क्या मतलब?'' मंजू की आंखें संदेह से सिकुड़ गई थीं।

''दो करोड़ बहुत होते हैं मंजू। हम सारा जीवन राजा-रानी की तरह रह सकते हैं। अपने होने वाले बच्चों को राजकुमारों की तरह रख सकते हैं। हमारे पास बंबई में जुहू के किनारे एक बंगला होगा मंजू।

नौकरों की एक फौज हमारी खिदमत के लिए होगी। शानदार गाड़ी। तुम पर ढेर सारी साड़ियां।''

मैं पागलों के समान जाने क्या-क्या कहता ही चला जा रहा था कि मंजू ने टोका–''चक्रेश।''

''बोलो मंजू।''

''तुम पागल हो गए हो। अपने आपको संभालो।''

''खुद को संभालने की जरूरत मुझे नहीं डार्लिंग, तुम्हें है। तुम्हारा दिमाग गलत रास्ते पर दौड़ रहा है। किसी का मान-सम्मान दो करोड़ से ज्यादा कीमती नहीं होता। वैसे भी यह बात अब दस साल पुरानी पड़ गई है। इन दस सालों में तो इन हीरों की कीमत बढ़कर दस करोड़ हो गई होगी।''

''मैं कहती हूं, चक्रेश कि तुम संभालो खुद को। दौलत के पीछे पागल मत बनो। दीवानगी छोड़ो।''

मैं गुर्रा उठा–''पागल तुम हो।''

''शटअप!'' मंजू चीखी–''मुझे नहीं पता था कि तुम्हारी नीयत ऐसी है। इतने लालची हो तुम।''

''और मुझे यह नहीं पता था कि अपने बाप की इतनी बड़ी चमची हो।''

''पिताजी के बारे में अपशब्द मत कहो चक्रेश।''

दौलत के नशे में डूबा में चीख पड़ा–''तेरे बाप जैसे मैं सैकड़ों खरीद सकता हूं।''

''चक्रेश।''

''मैं करोड़पति हूं . . . हा-हा-हा करोड़पति हूं मैं।''

''देखती हूं तमु कैसे करोड़पति बनते हो?'' कहने के साथ ही वह दरवाजे की तरफ बढ़ गई।

जाने कहां से आई थी मुझमें इतनी फुर्ती कि मैं झपटकर मंजू और दरवाजे के बीच पहुंच गया, शब्द नहीं, बल्कि मेरे मुंह से भभककर

आग निकली थी–''कहां जा रही हो?''

''पुलिस स्टेशन।''

''क्यों?''

''इन हीरों के बारे में बताने।''

''तुम पागल हो गई हो क्या?''

''रास्ता छोड़ो चक्रेश।''

''तुम नहीं जा सकती। मैं तुम्हें हरगिज-हरगिज नहीं जाने दूंगा।''

''तुम मुझे नहीं रोक सकते चक्रेश।''

''मैं तुम्हें . . .।''

''हटो रास्ते से।'' वह मुझे धक्का देकर दरवाजे की तरफ बढ़ गई– ''लालच में फंसकर न तो मैं खुद ही तुम्हारी बात मानूंगी और न ही तुम्हें इस दलदल में फंसने दूंगी।''

मैं उसके पीछे से चीखा–''मंजू।''

वह ठिठकी, मुड़ी और बोली–''बेहतर ये है कि तुम भी पुलिस स्टेशन चलो।''

''रुक जाओ मंजू, रुक।''

वह दरवाजे की तरफ घूमी। मेरा वाक्य सुनने की कोई भी कोशिश किए बिना दरवाजे की तरफ बढ़ी। जाने क्या हो गया था मुझे। जाने कैसी दीवानगी, कैसा पागलपन और कैसी वहशियत छाई थी मुझ पर कि मैंने झपटकर अपने गले में पड़ा मफलर अपनी बीवी के गले में डाला। फंदा बनाकर कसा और फिर कसता ही चला गया। उस वक्त केवल मटर के दानों जैसे ढेर सारे हीरे मेरी आंखों के सामने चकरा रहे थे। मैं नहीं देख सका कि उसकी आंखें बाहर को उबल पड़ रही हैं जिससे में बेइंतिहा प्यार करता था। नहीं देख सका कि मेरी मंजू की जीभ किसी कुत्ते की तरह लटकती चली जा रही है। चेहरा सुर्ख पड़ गया उसका। मेरे कानों के समीप कुछ इस तेजी से हीरों की खनखनाहट गूंज रही थी कि चीखने के प्रयास में मंजू के कंठ से निकली गों-गों

की आवाज भी मुझे सुनाई न दे सकी। दौलत के प्रति मेरी दीवानगी ने जीती-जागती मंजू को लाश में बदलकर फर्श पर गिरा दिया। जहां वह गिरी, वहां एक हीरा पड़ा था। मंजू के गिरते ही हीरा खनखनाकर लुढ़का और लुढ़ककर डबलबैड के नीचे दौड़ता चला गया।

मैं हक्का-बक्का सा खड़ा था। सारा जिस्म पसीने से भर उठा था मेरा। यह विचार दिमाग में कौंधते ही कि मैंने क्या कर डाला है, मेरे होश उड़ गए। टांगें कांपीं। मैं लड़खड़ा गया। फर्श पर पड़े एक अन्य हीरे से मेरे जूते की नोक टकराई। हीरा बेडरूम और ड्राइंग-रूम के दरवाजे की तरफ लुढ़का। जाने क्यों मेरी नजर उस तेजी से लुढ़कते हुए हीरे का पीछा कर गई।

दरवाजे पर एक जोड़ी जूते से टकराकर हीरा रुका।

मैं सकपकाया। जूतों से मेरी दृष्टि ऊपर उठी। एक मानव जिस्म पर चढ़ती हुई ऐसे व्यक्ति के चेहरे पर स्थिर हो गई, जिसके हाथ में रिवॉल्वर और गले में कैमरा मौजूद था।

''और वह तुम थे मिस्टर विक्रम।'' चक्रेश के सांस लेने के लिए रुकते ही बाली कह उठा।

''यकीनन।'' विक्रम मुस्कराया–''तुम समझदार हो, तुम्हारे दिमाग का हम लोहा मान चुके हैं। यही वजह थी जिसने हमें, तुम्हें मुगल होटल से यहां तक लाने की रिस्की काम करने के लिए मजबूर किया।''

''तुम चक्रेश के फ्लैट में क्या कर रहे थे?''

''चक्रेश बेचारे को इसकी जानकारी नहीं थी कि मैं कई दिन से इसके पीछे लगा हुआ था।''

''क्यों?''

''क्योंकि जो काम मेरे पास है उसमें चक्रेश महत्वपूर्ण भूमिका अदा कर सकता है।''

''कैसा काम? कैसी भूमिका?''

''तसल्ली रखो।'' विक्रम मुस्कराया–''सब पता लग जाएगा। पहले एक बात खत्म हो लेने दो, यानी पहले ये तो सुन लो कि चक्रेश की कहानी में आगे क्या हुआ?''

''हूं'' बाली ने एक लंबे हुंकारे के बाद कहा–''बोलो।''

''तुम समझदार हो बाली। समझ सकते हो कि अपनी बीवी का कत्ल करने के बाद यदि कोई व्यक्ति अपने फ्लैट पर किसी अजनबी को देख ले तो उसकी मानसिक स्थिति क्या हो सकती है। वही स्थिति मुझे वहां देखकर चक्रेश की भी हुई। जो कुछ चक्रेश ने किया था वह सब मेरे गले में लटके कैमरे में कैद हो चुका था। मैंने चक्रेश को समझा दिया कि यदि मैं चाहूं तो इसे पत्नी की हत्या करने के जुर्म में फंसा सकता हूं, मगर मैने ऐसा न करने के लिए कहा। यह भी कहा कि अगर यह (चक्रेश) मेरे साथ एक काम में मेरा पार्टनर बने तो मैं इसे मंजू की इस लाश के झमेले से निकाल सकता हूं।''

''चक्रेश ने तुम्हारी ऑफर स्वीकार कर ली होगी?''

''बेशक।''

''फिर क्या हुआ?''

''हमने मंजू की लाश से छुटकारा पाने के लिए एक योजना बनाई। वह योजना जो कि बैंक रॉबरी की कोशिश में तुम्हारे या सारे भारत के सामने आई।''

''मैं तुम्हारी योजना को विस्तारपूर्वक सुनना चाहूंगा।''

''सबसे पहले फर्श पर बिखरे हीरों को चुना गया। हीरे चुनकर चमड़े की पोटली में डाले। दीवार के जिस भाग से पोटली निकाली थी, उसके ऊपर पेंटिंग टांगी गई। मंजू की लाश को हम दोनों रात के बारह बजे फ्लैट से बाहर लाए। बाहर मेरी पीली अंबेसडर खड़ी थी। लाश को उसकी पिछली सीट पर लिटा दिया गया। वहां से इस लाश को लेकर मैं अकेला ही गया था। चक्रेश को साथ नहीं ले गया।''

''इसलिए क्योंकि तुम चक्रेश को यह पता नहीं लगने देना चाहते थे कि तुम लाश को कहां ले गए हो?''

''गुड . . .।'' विक्रम बोला–''यकीनन यही वजह थी। लाश को मैं अपने निवास स्थान पर ले गया, जिसका पता मैं इस वक्त भी नहीं बताऊंगा। अपने निवास स्थान पर लाश को फ्रिज में रखकर मैं करीब एक बजे तक वापस चक्रेश के फ्लैट पर लौट आया। मेरी आज्ञानुसार चक्रेश अपने बेड पर लेटा मेरी प्रतीक्षा कर रहा था। हमने बाथरूम में जाकर उस मफलर को जलाकर राख किया जिससे मंजू का गला घोंटा गया था। राख को बहाकर 'सीवर' में पहुंचा दिया गया। फोल्डिंग सीढ़ी और हथौड़ी यथास्थान पर पहुंचाई गई। फ्लैट के बाहर निकले, ताला मैंने लगाया और मैंने दस्ताने पहन रखे थे। उसके बाद मैंने चक्रेश को एक खंडहर में छुपाकर रखा। उसे सारी स्कीम समझाई।''

''सुरक्षित बैंक के लॉकर में बम किसने रखा?''

''मैंने।''

''ओह।''

गहरी मुस्कराहट के साथ विक्रम ने कहा–''फिर भी तुम मेरे असली नाम तक नहीं पहुंच सकते, क्यों सुरक्षित बैंक की उस शाखा के लॉकर ग्राहकों की वर्तमान संख्या सात सौ बासठ है और तुम्हारे लिए यह पता लगाना काफी मुश्किल होगा कि मैं उन सात सौ बासठ में से कौन हूं।''

''टाइम बम कहां से आया तुम पर?''

''वह मुझे नहीं बताना चाहिए, क्योंकि वह मेरे अपने 'सोर्सेज' हैं।''

''छोड़ो फिर।''

''ठीक दो सोलह पर एक पब्लिक टेलीफोन बूथ द्वारा शांडिल्य को सूचना दी। चक्रेश को खंडहर से लाकर रेडफोर्ट के पास लालबत्ती पर छोड़ा। योजना के मुताबिक वहां से टैक्सी पकड़कर चक्रेश सीधा बैंक पहुंचा, वहां जो भी कुछ हुआ और चक्रेश ने कहा वही हमारी योजना थी।''

''क्या तुम जानते थे कि बैंक ब्लैकमेल नहीं होगा?''

''पूरी तरह।''

''कैसे, मेरा मतलब तुम्हें इस बात का पक्का यकीन कैसे था कि बैंक ब्लैकमेल नहीं होगा?''

''मैं अच्छी तरह जानता था कि इस तरह बैंक ब्लैकमेल नहीं हो सकता।''

''कैसे जानते थे?''

''इस बात का जवाब तुम्हें उस दिन मिल जाएगा जिस दिन मैं तुम्हें अपना असली परिचय दूंगा।''

''ओ. के.।'' बाली इस बात को भी टाल गया।

''इसमें शक नहीं कि अगर कल बैंक ब्लैकमेल हो जाता तो हमारी सारी योजना ही चौपट हो जाती। मगर यह योजना ही मैंने इसलिए बनाई थी, क्योंकि जानता था कि इस तरह की खोखली धमी से बैंक ब्लैकमेल नहीं हो सकता। वही हुआ, चक्रेश को पकड़ लिया गया। इसने राव आदि को वही कहानी सुनाई जो मैंने समझाई थी। उस कहानी पर प्रशासन या बैंक अधिकारियों को यकीन आने का कोई प्रश्न ही नहीं था। उधर चक्रेश के मुंह से हकीकत उगलवाई जाने के लिए इसे टॉर्चर किया जा रहा था इधर ठीक साढ़े तीन बजे मैंने मंजू की लाश फ्रिज से निकाली, कार में डाली और फिर अशोक विहार फेंक आया। लाश के साथ एक ऐसा पत्र भी छोड़ा, जो पुलिस को दिए गए चक्रेश के बयान की पुष्टि करे। उसके बाद अधिकांश लोगों की सहानुभूति चक्रेश के साथ हो जानी स्वाभाविक ही थी, क्योंकि एक मुजरिम के फंदे में फंसकर इस बेचारे को व्यर्थ ही अपनी पत्नी गंवानी पड़ी थी।''

''मतलब ये कि जो कुछ तुमने किया बैंक रॉबरी के लिए नहीं था, बल्कि ऐसा बताया गया कि किसी मुजरिम ने लॉकर-रूम में टाइम बम रखकर, एक निर्दोष को बैंक से पैसा लाने के लिए मजबूर किया। साथ ही बैंक रॉबरी की असफल कोशिश की गई।''

''किसी को शक नहीं हो सकता कि बैंक को ब्लैकमेल करने की यह कोशिश दिखावटी थी। असल में इस धमाकेदार घटना के पीछे केवल मंजू की लाश को ठिकाने लगा देना और उसकी हत्या के फ्रेम से चक्रेश को बाहर रखना था।''

''निस्संदेह, चक्रेश को बचाने के लिए तुमने काफी मेहनत की है।''

''जाहिर है।''

''इसका मतलब ये कि चक्रेश सचमुच तुम्हारे लिए अत्यंत महत्वपूर्ण है।''

''उतने ही महत्वपूर्ण तुम भी हो।''

बाली ने पूछा–''मैं किस मायने में?''

''यह, मैं नहीं सोच सका कि जो धमकी परसों सच हो चुकी है वही धमकी देकर आज बैंक को ब्लैकमेल किया जा सकता है। यह बात तुम्हारे दिमाग में आई और इससे जाहिर है कि तुम्हारा दिमाग बहुत जल्दी से यानी 'क्विक स्कीम' बनाता है। मुझे अपने काम में तुम जैसे एक पार्टनर की जरूरत थी।''

''इसलिए तुमने मुझसे संबंध स्थापित किया।''

''जिस ढंग से और जितनी जल्दी तुमने यह सब किया, उसके लिए निस्संदेह तुम्हारे दिमाग और साथ ही कार्य-प्रणाली की भी तारीफ करनी होगी, लेकिन . . . .।''

''लेकिन?''

एकदम कुछ नहीं कहा विक्रम ने। सिगरेट में अंतिम कश लगाया। फर्श पर डाली और उसे जूते की नोक से मसलता हुआ बोला–''क्या तुमने सोचा कि अब आगे क्या होगा?''

''आगे से मतलब?''

''धमकीदास पकड़ा जा चुका होगा। उसने सारी स्थिति स्पष्ट बता दी होगी। पुलिस तुम्हारे फ्लैट पर भी पहुंच गई होगी। वहां से उसे यह भी पता लग गया होगा कि तुम्हारी कोई बहन नहीं है। यानी पुलिस

समझ गई होगी कि तुम्हें चक्रेश की तरह किसी ने भेजा नहीं था, बल्कि तुमने कल की घटना का लाभ उठाया है।''

''हालांकि तुम्हारा बचे रहना मुश्किल है, फिर भी अगर यह मान लिया जाए कि तुम बचे रहोगे तब भी तुम समाज में पूरी स्वतंत्रता के साथ नहीं रह सकोगे। इस डर की धारदार तलवार तुम्हारे दिमाग की गर्दन पर हमेशा टंगी रहेगी कि जाने कब कानून के हाथ तुम तक पहुंचकर तुम्हारी गर्दन दबोच लें?''

''यह तो हर मुजरिम की जिंदगी होती है।''

''मगर, मैं तुम्हें एक ऐसा रास्ता सुझा सकता हूं, जिस पर चलकर तुम हमेशा के लिए इस भय से मुक्त हो जाओगे।''

''ऐसा कैसे हो सकता है?''

''मेरे पास तरकीब है।''

''क्या?''

''इसी शहर की किसी सड़क पर तुम और एक लड़की बेहोश अवस्था में पुलिस को पड़े मिलोगे। पुलिस तुम्हें ले जाएगी, तुम उस लड़की को अपनी बहन और वह तुम्हें अपना भाई बताएगी।''

''जब हम बोलेंगे तो पुलिस सोचेगी कि राजा हरिश्चंद्र बोल रहे हैं और तुम्हारे ख्याल से हमारी हर बात पर यकीन कर लेगी।''

''ऐसा नहीं है दोस्त।'' उसके व्यंग्य को समझकर विक्रम मुस्कराया।

''सलाह तो तुम्हारी कुछ ऐसी ही है।''

''पुलिस तो वह चीज है दोस्त कि अगर राजा हरिश्चंद्र की जीवनी भी उनके सामने रख दी जाए तो हरिश्चंद्र का बोला हुआ कोई-न-कोई वाक्य वे ऐसा जरूर निकाल लेंगे, जब उसने झूठ बोला होगा।''

''फिर भी तुम ऐसी सलाह दे रहे हो?''

''पुलिस किसी के बयान पर विश्वास नहीं करती। छानबीन करती है और किसी को सच्चा तब मानती है, जबकि छानबीन में किसी के बयान की पुष्टि करने वाले सबूत मिलें।''

''यह सबूत उन्हें पास-पड़ोस से मिल चुका होगा कि बाली की कोई बहन नहीं है।''

''पास-पड़ोस वालों को क्या पता कि तुम्हारी कोई बहन है या नहीं। तुम्हारी बहन गांव में रहती थी। तुमसे मिलने कभी शहर नहीं आई थी और सफेद नकाबपोश ने उसे गांव ही से किडनैप कर लिया।''

''सफेद नकाबपोश को कैसे पता लगा कि मेरी कोई बहन गांव में रहती है?''

''यह तुम नहीं जानते। इस बारे में तुमने सफेद नकाबपोश से पूछा भी था तो उसने केवल इतना ही कहा कि वह अपने काम के आदमियों का इतिहास अपने पास रखता है।''

बाली की आंखें सोचने के-से अंदाज में सिकुड़ती चली गईं। अभी तक विक्रम की बात को उसने मजाक और लापरवाही के से अंदाज में लिया था, परंतु अब उसे उन बातों में तंत नजर आया जो विक्रम कह रहा था, अतः बोला–''वह लड़की कहां से आएगी?''

''उसका प्रबंध मैं करूंगा।''

''हम दोनों भाई-बहन किस गांव के हैं?''

''यहां से एक सौ बीस मील दूर उत्तरप्रदेश के छोटे से गांव 'बोंदरा' के।''

''पुलिस छानबीन करेगी।''

''यह काम तुम मुझ पर छोड़ दो कि उनकी छानबीन पर तुम्हारा बयान बिल्कुल सच उतरे।''

''वह बयान बताओ जो हमें पुलिस को देना है।''

''उसी बयान पर दृढ़ रहो, तो तुमने पुलिस को दिया है यानी तुम्हारी बहन सफेदपोश की गिरफ्त में थी। उसी के लिए मजबूर होकर तुमने जो भी कुछ किया उसी के इशारे और आदेश पर किया। इसमें शक नहीं कि तुम सेठ धमकीदास के पचास हजार के कर्जदार थे, लेकिन कहोगे कि जाने कैसे यह बात भी सफेद नकाबपोश को पता थी। उसी

ने तुम्हें मुगल होटल का कमरा लेकर वहां धमकीदास को बुलाने और काले ब्रीफकेस में पचास हजार रुपए रखकर देने का हुक्म दिया था। धमकीदास के कमरे से निकल जाने के बाद तुम्हारे कमरे में वही सफदे नकाबपोश आया और अपने आदेश पर वह तुम्हें होटल के गंदे पाइप के द्वारा उतारकर गली में ले गया। गली में पहले से ही कई काले नकाबपोश खड़े थे, जिन्होंने सफेद नकाबपोश के इशारे पर तुम्हारी आंखों पर काली पट्टी बांधी और फिर एक कार में बैठकर जाने कहां ले गए। जिस वक्त तुम कार में सफर कर रहे थे, उस वक्त तुम्हारे सिर पर किसी वजनी वस्तु की ऐसी जबर्दस्त चोट पड़ी कि जिसके बाद तुम बेहोश हो गए। बेहोशी की अवस्था में तुम और तुम्हारी बहन शहर के किसी फुटपाथ पर पड़े पुलिस को मिलोगे ही, सिर पर चोट लगने और होश आने के बीच तुम कहां रहे, तुम पर क्या गुजरी या तुम्हारे एक लाख कहां गए, इस बारे में तुम्हें कोई जानकारी नहीं है।''

''निस्संदेह तुम्हारी योजना बिल्कुल साफ-सुथरी है।''

''तो इस योजना को कार्यान्वित करने के लिए तैयार हो तुम?''

''तैयार तो हूं लेकिन।''

''लेकिन क्या है?''

''जिस वक्त में वहां सबकुछ बखेड़ा कर रहा हूंगा अगर उस वक्त तुम मेरे एक लाख लेकर सचमुच गधे के सींग बन गए तो क्या होगा। मैं तो तुम्हारे बारे में कुछ भी नहीं जानता। कहां ढूंढ़ता फिरूंगा तुम्हें?''

''इतना यकीन तो तुम्हें मुझ पर करना ही चाहिए।''

धीमे से मुस्कराकर कहा बाली ने–''बाली अपने यार के अलावा दुनिया में किसी का यकीन नहीं करता।''

''यार?''

''हां।'' कहने के साथ ही बाली ने धीमे से एक विशेष अंदाज में जेब को थपथपाया और जवाब में ताखी ने फुंफकार कर सबसे पहले अपना फन जेब से बाहर निकाला। विक्रम और चक्रेश पहले ही देख

चुके थे कि यह सांप बाली के आदेशों का गुलाम है। पहले ही काफी आश्चर्य व्यक्त कर चुके थे वे, इसलिए अब नए सिरे से ताखी के बारे में कोई बात नहीं कही। जिस वक्त ताखी उसके कोट पर सरसराता हुआ गले की तरफ बढ़ रहा था, उस वक्त बाली ने कहा– ''मेरा यार वहां रहेगा, जहां एक लाख रहेंगे। मेरे लौटने तक उस दौलत की हिफाजत करेगा ये।''

''क्या से सचमुच हिफाजत कर सकेगा?''

''मुझसे कहीं बेहतर।''

''शायद यह किसी रिवॉल्वर की एक गोली न सह सके।''

बाली इस तरह मुस्कराया जैसे विक्रम ने कोई बचकानी बात कह दी थी, बोला– ''इसके जहर के दांत बरकरार हैं दोस्त। रही गोली या किसी दूसरे हथियार से इसे मारने की बात तो, इस बारे में मैं केवल इतना ही कह सकता हूं कि मेरा ताखी छलावा है और छलावे गोलियों से नहीं मरते, गोलियां तो छू तक नहीं सकतीं इसे। मेरी बातों पर यकीन न हो तो कोशिश करके देख लेना। हां, उस कोशिश में तुम मारे जाओ तो मेरा कोई दोष नहीं होगा।''

''तुम्हारे एक लाख रुपए में मेरी कोई दिलचस्पी नहीं है।''

''न ही रहे तो ज्यादा अच्छा है।'' बाली मुस्कराया– ''अब मैं तुम्हारी योजना पर काम करने के लिए तैयार हूं, अब तुम्हें अपने उस कथित बड़े काम के बारे में बताना चाहिए।''

''काम भी पता लग जाएगा, मगर मैं ये चाहूंगा कि उस काम को जानने से पहले यदि तुम पुलिस के झमेले से निबट आओ तो अच्छा है।''

''जैसी तुम्हारी इच्छा।'' बाली ने लापरवाही के साथ कंधे उचकाए।

''तो मैं तुम्हें तैयार समझूं?''

''बिल्कुल, मगर बेहोश होने से पहले मैं केवल दो मिनट अकेले में अपने यार से बात करना चाहूंगा।''

विक्रम ने एक नजर बाली के गले में लिपटे ताखी को देखा। धीमे से मुस्कराया, बोला– ''शौक से!''

⅄

''सुनो ताखी, गौर से सुनो।'' अकेले कमरे में बाली ने ताखी से कहा– ''ये आदमी, जिसका नकली नाम विक्रम है मुझे किसी लंबे ही झमेले में फंसा नजर आता है, निस्संदेह इसके दिमाग में कोई मोटा काम करने की पूरी योजना है, मैं और चक्रेश उसकी योजना में कहीं फिट होते हैं, इसलिए पहले चक्रेश को और अब मुझे बचाने के लिए इतना सबकुछ कर रहा है। मेरे ख्याल से वह इन एक लाख रुपयों को हथियाने की नीयत नहीं रखता, परंतु तुम्हारी परीक्षा लेने के लिए, यह देखने के लिए कि तुममें कितना दम-खम है, वह रकम पर हाथ डाल सकता है। तुम्हें रकम की सुरक्षा करनी है। ध्यान रहे, तुम्हें काटना नहीं है उसे। किसी भी तरह तुम उसे मारोगे नहीं और फिर भी यह दिखा दोगे कि वह अकेले ही नहीं, बल्कि शस्त्रों से लैस अगर पूरी एक फौज भी उस रकम को प्राप्त करना चाहे तो सफल नहीं हो सकती। समझे?''

गले से लिपटे ताखी ने इस तरह फन हिलाया जैसे सबकुछ समझ गया हो। फिर ताखी फटाक् से कमरे के फर्श पर कूदा। तेजी से दौड़ा और कमरे के एक कोने में रखे तकिए के उस गिलाफ के ऊपर कुंडली मारकर बैठ गया, जिसमें एक लाख रुपए थे। फन फैलाए ताखी पूरी तरह मुस्तैद नजर आ रहा था।

⅄

मिस्टर राव और जिम परेशान थे। जो बयान सेठ धमकीदास ने दिया उसे सुनकर तो उनकी खोपड़ी ही झनझना गई, पहले तो उसके बयान पर उन्होंने यकीन ही नहीं किया, परंतु जब काफी टॉर्चर के बाद भी वह रोता-गिड़गिड़ाता बार-बार एक ही बात दोहराता रहा और राव

के विभिन्न जासूसों ने उसके बयान की पुष्टि करने वाली रिपोर्ट दी तो उनके होश फाख्ता हो गए। बाली के फ्लैट का पता पूछा उन्होंने। धमकीदास ने भी वही पता बताया, जो बाली पहले ही बता चुका था। वे उस पते पर पहुंचे। आस-पड़ोस से बाली के बारे में जानकारी चाही। सबने एक ही बयान दिया, यह कि उसकी कोई बहन नहीं है। किसी को यह नहीं मालूम था कि बाली काम क्या करता है?

वे बाली के फ्लैट से, कार में बाली के बारे में ही बातें करते हुए लौट रहे थे।

राव ने पूछा– ''बाली के बारे में तुम्हारा क्या ख्याल है जिम?''

''ऐसा लगता है कि वह सचमुच चक्रेश की तरह परिस्थितियों में फंसा निर्दोष मोहरा नहीं था, बल्कि असल मुजरिम से मिला हुआ था। आज लॉकर-रूम में टाइम बम भी नहीं रखा था, निश्चय ही मुजरिम अपने द्वारा पहले तैयार किए गए आतंकपूर्ण वातावरण का लाभ उठाकर आज बैंक को ब्लैकमेल करने में कामयाब हो गया।''

इससे पहले कि मिस्टर राव कुछ कहते, उनकी नजर फुटपाथ पर एक तरफ लगी भीड़ पर स्थिर हो गई।

''ये भीड़ कैसी है?'' जिम कह उठा।

मिस्टर राव ने बिना कुछ कहे भीड़ के समीप गाड़ी रोक दी। भीड़ को चीरकर जब उन्होंने भीड़ के पार का दृश्य देखा तो दंग रह गए, फुटपाथ पर बेहोश अवस्था में बाली और उसके समीप ही गांव के लिबास में एक सुंदर लड़की बेहोश पड़ी थी। चौंककर राव ने जिम और जिम ने राव की तरफ देखा।

एक-दूसरे ने देखा कि दोनों के चेहरों पर हवाइयां उड़ रही थीं।

⅄

विक्रम के रिवॉल्वर की नाल पर साइलेंसर फिट था। यही वजह थी कि नाल बेहद लंबी हो गई थी। साइलेंसर अपना चौड़ा मुंह फाड़े ताखी

को देख रहा था और तकिए के गिलाफ पर कुंडली मारे बैठा ताखी फन खड़ा किए अपनी गोल-छोटी एवं चमकदार आंखों से साइलेंसर के मुंह को घूर रहा था।

कमरा बंद था।

विक्रम कह रहा था– ''हट जाओ बेटे, ये एक लाख रुपए अब मेरे हैं।''

ताखी ने फुंफकारकर अपना मुंह फर्श पर मारा।

''तेरे मालिक को उल्टी-सीधी पट्टी पढ़ाकर मैंने पुलिस तक पहुंचा दिया है। वह लड़की उसके खिलाफ बयान देगी और बैंक को ब्लैकमेल करने के जुर्म में तेरे मालिक को कम-से-कम पांच साल की सजा हो जाएगी। अब वह पांच साल से पहले इस कमरे में लौटने वाला नहीं है। क्या तुम पांच साल तक इस रकम पर बैठे रहोगे?''

फुंफकारकर अपना फन कुछ ज्यादा ही ऊंचा उठा लिया ताखी ने।

विक्रम हंसा, हंसकर बोला– ''तेरे मालिक को पुलिस के फंदे में मैंने केवल इस एक लाख रुपए के लिए फंसाया है। जा, यदि तुझे भी कुछ करना ही है और अगर तू सचमुच कुछ कर सकता है तो जाकर पुलिस के फंदे में फंसे अपने मालिक के लिए कुछ कर। इस एक लाख रुपए पर बैठे रहने से कुछ नहीं होगा।''

जवाब में वह बेजुबान चमकदार रंग का ताखी केवल उसे घूरता रहा।

''अब हटता है या नहीं?''

इंकारस्वरूप फन हिलाया ताखी ने।

''तो मरना ही चाहता है तू।'' विक्रम गुर्राया– ''मैं आखिरी चेतावनी देता हूं तुझे, हट जा वर्ना।''

ताखी का फन एक बार पुनः इंकार के लिए हिला ही था कि विक्रम ने ट्रेगर दबा दिया।

विक्रम दंग रह गया। ताखी अपने स्थान पर था ही नहीं। फुंफकार

की आवाज उभरी, विक्रम ने जल्दी से घूमकर उधर देखा। ताखी एक खिड़की की चौखट पर सरसरा रहा था। विक्रम ने पुनः फायर किया। गोली चौखट में धंस गई जबकि ताखी 'पट्ट' से फर्श पर कूद चुका था। फर्श पर रेंगता हुआ विक्रम की तरफ आ रहा था वह। विक्रम हड़बड़ा-सा गया। रिवॉल्वर वाला हाथ कांप उठा। ताखी किसी लाठी के समान फर्श पर रेंगकर उसकी तरफ आ रहा था। सांप इतना पतला था कि कुछ इस तरह आड़ा तिरछा फर्श पर चल रहा था कि उसे रिवॉल्वर के निशाने पर लेना आसान नहीं था। फिर भी विक्रम ने फायर किया।

इस बार गोली फर्श में धंसकर रह गई जबकि?

ताखी उछला और अगले ही पल वह अपने जिस्म की पिछली नोक फर्श पर टिकाए विक्रम के ठीक सामने किसी हॉकी के समान खड़ा था।

उसका फन हॉकी के उपरोक्त सिरे के समान ही मुड़ा हुआ था।

रिवॉल्वर हाथ में लिए विक्रम एक कदम पीछे हटा। इस वक्त चेहरे पर आश्चर्य से कहीं अधिक आतंक के भाव थे। वह सहमा और डरा हुआ नजर आ रहा था। उसकी स्थिति उस व्यक्ति जैसी थी, जो कोई प्रयोग करते-करते अचानक ही मौत के मुंह में फंस जाए। उसे लग रहा था कि यह सांप अब उसे छोड़ेगा नहीं। वह, जो कि फर्श पर ठीक किसी हॉकी के समान इस वक्त खड़ा ही नहीं था, बल्कि उसी स्थिति में उसकी तरफ बढ़ भी रहा था। अपना समूचा साहस समेटकर विक्रम ने एक बार पुनः फायर झोंक दिया।

मगर, ठीक इसी क्षण ताखी ने अपने जिस्म को किसी कमान के समान मोड़ा, गोली पीछे दीवार में जा धंसी। ताखी उछला, किसी लंबे तीर के समान हवा में सनसनाया और विक्रम के कंठ से सचमुच दहशत में डूबी एक चीख निकल पड़ी। ताखी उसकी रिवॉल्वर वाली कलाई पर लिपटा हुआ था। पागलों के समान विक्रम हाथ में रिवॉल्वर लिए सारे कमरे में चीखता फिर रहा था।

कलाई पर ताखी का कसाब बढ़ा।

इतना ज्यादा बढ़ा कि 'कट' की आवाज के साथ विक्रम की कलाई की कोई हड्डी टूट गई। विक्रम के कंठ से मर्मांतक चीखी निकली। रिवॉल्वर फर्श पर गिरा। हाथ लटक गया। वह स्वयं भी फर्श पर पड़ा निरंतर चीखे जा रहा था। जबकि ताखी उसकी कलाई से अलग हुआ, सरसराकर रिवॉल्वर के नजदीक पहुंचा। फर्श पर पड़ी रिवॉल्वर मुंह में दबाई उसने और तेजी से दौड़ता हुआ 'गिलाफ' के नजदीक पहुंचा।

रिवॉल्वर गिलाफ के ऊपर रखी।

उसके ऊपर ताखी पुनः कुंडली मारकर बैठ गया। वहीं बैठा वह फर्श पर पड़े चीख रहे विक्रम को अपनी गोल-ओल आंखों से देख रहा था। चक्रेश ने यह दृश्य दरवाजे के 'की-हॉल' से देखा।

''लगता है सर कि बाली और उसकी बहन के बयानों के बाद हमें एक बार फिर अपने विचार बदलने होंगे।'' जिम ने कहा–''बाली की जेब से हमें टाइप किया हुआ एक पत्र भी मिला है। इस पत्र के बारे में हम इससे ज्यादा कुछ भी नहीं जान सके कि वह पत्र भी उसी टाइपराइटर पर टाइप किया गया था। वह पत्र मुजरिम की तरफ से प्रशासन, बैंक और बाली के नाम है। पत्र में तीनों को ही धन्यवाद दिया गया है। बाली के लिए लिखा गया है कि उसने काम किया अतः मुजरिम के वायदे के मुताबिक उसकी बहन 'छम्मो' को छोड़ रहा है।''

''समझ में नहीं आता कि ये सब कम्बख्त चक्कर क्या है? मिस्टर राव झुंझलाए।''

''वाकई सर, इससे पहले मैंने अपनी लाइफ में इतना अजीब केस न देखा है न सुना है।''

''हमें तो अब भी लगता है कि यह सब बाली की चाल है।''

''कैसे हो सकती सर, उसके, गांव 'बोंदरा' से भी तो रिपोर्ट आ

चुकी है। गांव वालों का कहना है कि छम्मो और किशन बहन-भाई हैं। किशन ने अपना नाम शहर आकर बाली रख लिया था।''

''वह रिपोर्ट भी कम्बख्त उनके बयान को सही प्रमाणित करती है।'' मिस्टर राव झुंझलाए हुए थे–''समझ में नहीं आता कि क्या करें क्या न करें। जहां धमकीदास, बाली और छम्मो को रखा गया है उस इमारत के बाहर भीड़ लग गई है। जो बयान उनके हैं, जाने वे कैसे पब्लिक को पता लग गए। पब्लिक को उन तीनों से सहानुभूति है। आम ख्याल है कि हम असल मुजरिम तक तो पहुंच नहीं पा रहे हैं और उसके इन विशेष मोहरों पर अपना गुस्सा उतार रहे हैं। फिर भी हमने उन्हें हर तरह से टॉर्चर किया। अपना वह हर हथियार इस्तेमाल कर लिया, जो हम किसी से भी हकीकत उगलवाने के लिए करते हैं। मगर उन्होंने बयान नहीं बदला। विभिन्न जासूसों की रिपोर्ट भी उनके बयान को प्रमाणित करती है।''

''इसका तो एक ही मतलब है सर।''

''क्या?''

''यह कि वे सच बोल रहे हैं। सचमुच मुजरिम ही बेहद चालाक है। परसों उसने सुरक्षित बैंक में बम रखकर उसकी बीवी के 'बेस' पर चक्रेश को अपनी आज्ञाओं का पालन करने के लिए मजबूर किया। नाकाम होने पर उसकी बीवी की हत्या कर डाली। इससे आम नागरिकों में यह भय फैल गया कि यदि कोई उस मुजरिम के आदेशों का पालन नहीं करेगा तो वह उसके किसी प्रियजन को मार डालेगा। इसी दहशत का लाभ उठाकर उसने छम्मो के 'बेस' पर बाली को विवश किया। कामयाब होने पर छम्मो को छोड़कर उसने पब्लिक को दिखा दिया कि जो भी उसके लिए ईमानदारी से काम करेगा उसे नुकसान नहीं पहुंचाएगा। सारे खेल में, फोन करने के अलावा असली मुजरिम कहीं भी सामने नहीं आया है।''

''अब इन तीनों का क्या करें?''

''मजिस्ट्रेट के सामने पेश करने के अलावा कर भी क्या सकते हैं सर, उनके खिलाफ हमारे पास कोई भी ऐसा सबूत नहीं है, जिससे हम यह साबित कर सकें कि असल मुजरिम से उनका कोई संबंध है अतः मजिस्ट्रेट बिना किसी दिक्कत के उनकी जमानत ले लेगा और केस में भी उन पर कोई जुर्म साबित होने वाला नहीं है।''

''कल फिर कोई ऐसा ही मजबूर व्यक्ति किसी बैंक में घुसेगा और कहेगा कि उसकी मांग मानी जाए वर्ना लॉकर-रूम उड़ जाएगा। ऐसा होने पर क्या करेगा बैंक?''

''अब किसी भी बैंक को ब्लैकमेल नहीं होना चाहिए सर।''

''भले ही लॉकर-रूम उड़ते रहें?''

''लॉकर-रूम तक टाइम बम ले जाना इतना आसान भी तो नहीं है सर।'' जिम ने कहा–''क्यों न हम सभी बैंकों को ऐसे निर्देश दे दें कि वे लॉकर ग्राहकों को अच्छी तरह चैक करके ही लॉकर-रूम में जाने दें।''

''ऐसा तो करना ही पड़ेगा। लेकिन ये अपराध और अपराधी से निपटने का कोई सही तरीका नहीं हुआ जिम। इन घटनाओं ने रॉ जैसी संस्था के माथे पर कलंक लगा दिया है। हम कर ही क्या पा रहे हैं। बैंकों को अब ऐसे निर्देश तो दिए ही जाएंगे कि जिससे भविष्य में ऐसी घटनाओं को रोक जा सके। लेकिन ये केस तुम्हारे अधीन है जिम, तुम्हें जल्दी-से-जल्दी इसे हल करना है। अखबार उस दिन तक हमारी धज्जियां उड़ाते रहेंगे, जब तक कि तुम असल मुजरिम की गर्दन कानून के हाथों में नहीं फंसा देते।''

अगले दिन दस बजे पुलिस ने उन्हें मजिस्ट्रेट के सामने पेश किया। आसानी से उनकी जमानत हो गई। जमानत के बाद धमकीदास अपने घर चला गया, जबकि अपने फ्लैट में पहुंचकर बाली ने दरवाजा अंदर से बंद करते हुए लड़की से पूछा–''अब बोलो। तुम्हारा असली नाम क्या है?''

"मेरा नाम सचमुच छम्मो ही है और यह भी सच है कि मैं बोंदरा की रहने वाली हूं। इसमें शक नहीं कि मेरा भाई आज से पांच साल पहले नौकरी के लालच से इलाहाबाद गया था, जिसका आज तक कुछ पता नहीं है। सारा गांव मेरे भाई के बारे में जानता है। फर्क केवल यह है कि उसका नाम बाली नहीं बल्कि किशन था। उसके गांव से चले जाने के बाद मुझे गांव के लड़के परेशान करने लगे। मन में कमजोर होने के बावजूद उस चाकू की नोक पर बड़ी मुश्किल से मैंने अपनी इज्जत को बचाकर रखा।"

"अच्छी कहानी है।"

उसने मासूम स्वर में कहा–"तुम इसे झूठ मान रहे हो?"

"खैर, राम कहानी आगे सुना। उसके बाद क्या हुआ?"

"आज से करीब पंद्रह दिन पहले की बात है। मैं अपने मकान के आंगन में सो रही थी। गांव के ठाकुर के आदमी रात के अंधेरे में मुझे जबर्दस्ती मेरा मुंह दबोचे उठा ले गए। किसी जानवर तक को भी पता नहीं लग सका और मुझे ठाकुर की हवेली में ले जाकर डाल दिया गया। वहां इज्जत बचाने के लिए मेरा चाकू काम नहीं आया। उसने मेरा सबकुछ लूट लिया। मैं किसी से क्या कहती। चुपचाप उठकर रात के अंधेरे में अपने घर आ गई। मन में ठाकुर के प्रति आग थी। बदले की आग और उसी में सुलगती हुई एक रात मैं छुपती-छुपाती हवेली में ठाकुर के कमरे तक पहुंच गई। जोश में मैंने सोते हुए ठाकुर को अपने चाकू से मार डाला। मारने के बाद चुपचाप अपने घर लौट आई। चिड़िया के बच्चे तक को भी यह पता नहीं लग सका कि ठाकुर को मैंने मारा है, परंतु अगली ही रात को एक आदमी मेरे घर आया। उसके गले में एक कैमरा लटक रहा था। उसने मेरे सामने कई तस्वीरें डाल दीं। उन तस्वीरों में मैं ठाकुर का खून कर रही थी और।"

"वह कैमरामैन विक्रम था?"

"हां।"

''फिर उसने उन फोटुओं के आधार पर तुझे ब्लैकमेल किया?''

''उन्हीं को पुलिस में पहुंचा देने की धमकी देकर तो वह मुझे अपने साथ इस शहर में ले आया और फिर तुम्हारी बहन बनकर वह सब नाटक करने के लिए मजबूर किया, जो मैंने पुलिस के सामने किया है।''

''उस वक्त भी वह वही फेसमास्क लगाए हुए था, जो लगाता है?''

''हां।''

''मुझे बताने के लिए उसने तुम्हें अच्छी तरह कहानी गढ़कर दी है।'' बाली बोला–''मगर मैं इतना बेवकूफ नहीं हूं, जो इस कहानी पर यकीन कर लूं। मुझे ठीक-ठीक बता कि तेरा नाम क्या है?''

''मैंने तुम्हें सबकुछ सच-सच बता दिया है।''

छम्मो के इस जवाब पर बाली उसे घूरता रह गया। सही बात तो ये कि वह ठीक से निर्णय नहीं कर पाया था कि उसकी सुनाई हुई यह कहानी झूठी है या सच्ची। वह सोच रहा था कि अगर यह कहानी झूठी है तो गांव से पुलिस को यही रिपोर्ट कैसे मिल गई। सच इसीलिए नजर नहीं आ रही थी, क्योंकि लड़की के पीछे उसे विक्रम नजर आ रहा था। वह विक्रम, जिसे झूठ को सच साबित करने के लिए कहानी गढ़ने के मामले में बाली ने मन-ही-मन उस्ताद मान लिया था। वह सोच रहा था कि वह कहानी भी उसी के दिमाग की देन हो सकती है।

सच उगलवाने के लिए वह छम्मो को ज्यादा टॉर्चर भी नहीं कर सकता था, क्योंकि ऐसा करने से उसकी चीख सुनकर पड़ोसी आकर्षित हो सकते थे। उन्हें आकर्षित कर लेने का मतलब यह स्पष्ट कर देना था कि छम्मो उसकी बहन नहीं है। फिर उसके दिमाग में एक विचार यह भी आया कि संभव है, छम्मो की कहानी सच ही हो। वह बेचारी व्यर्थ ही पिटती रहे। मुमकिन है कि चक्रेश की तरह इसे भी उसने अपने जाल में फंसाया हो।

सारे विचार एक साथ बाली के दिमाग में गुड़मुड़ हो गए।

सिर को झटका दिया उसने। मस्तिष्क को विचार मुक्त करने की चेष्टा करता हुआ बोला–''खैर, तुम ये बताओ कि यहां इस शहर में उसने तुम्हें कहां रखा है?''

''एक किराए की खोली में।''

''क्या वह खुद भी तुम्हारे साथ रहता है?''

''नहीं।''

''अगर मैं कहूं कि तुम्हारे साथ मैं इसी वक्त किराए की खोली पर जाना चाहता हूं तो?''

''मैं नहीं ले जा सकती।''

''क्यों?''

''पहली बात तो ये कि मुझे इस शहर के रास्ते ही पता नहीं है। मैं नहीं जानती कि इस वक्त मैं जहा हूं, उस जगह का नाम क्या है और यहां से मेरी खोली कितनी दूर है तथा यहां से कौन-कौन-सा रास्ता उस तक जाता है। दूसरी बात ये कि ऐसा करने के लिए उसने मुझसे मना किया था।''

''विक्रम ने?''

''हां?''

''क्यों?''

''कहा था कि अदालत से छूटने के बाद मैं उस समय तक तुम्हारे ही साथ तुम्हारे फ्लैट पर रहूं, जब तक कि उसका कोई अगला आदेश न मिले। उसने कहा था कि भले ही अदालत हमें छोड़ दे, मगर सरकारी जासूस फिर भी हम पर किसी-न-किसी तरह नजर रखेंगे। हमारा पीछा करते रहेंगे। उसका अगला आदेश मिलने तक हमें कहीं भी ऐसी जगह नहीं जाना है, जहां जाने से किसी को हमारे बहन-भाई होने में शक हो या आपस में भी कोई ऐसी हरकत नहीं करनी है।''

''आपस की हरकत से मतलब?''

''उसने कहा है, वही जानता होगा।''

बाली चुप रह गया। उसे इस एक क्षण में बोलने के लिए कुछ मिला भी नहीं था। बाली को यह बात सच ही लगी कि सरकारी जासूसों की आंखें किसी-न-किसी रूप में अब भी उन पर लगी हुई होंगी। सचमुच उन्हें उस समय तक कोई भी संदेहास्पद कदम नहीं उठाना चाहिए, जब तक कि सरकारी जासूस उनकी तरफ से निराश होकर उन पर नजर रखनी बंद न कर दें। काफी देर तक सोचते रहने के बाद बाली बोला।

''अच्छा। तो तू यहीं रह। मैं कुछ खाने-पीने का बंदोबस्त करके आता हूं।''

छम्मो चुप रही। कदाचित वह भी भूखी थी।

वह कमरे से बाहर निकला। मोहल्ले के लोगों की ढेर सारी निगाहें अब भी उस पर जमी हुई थीं। बाहर आने के बाद उसने जान-बूझकर ऊंची आवाज में कहा–''दरवाजा बंद कर ले छम्मो।''

''अच्छा भइया।'' अंदर से बाहर आती छम्मो की ऊंची आवाज।

दरवाजा बंद हो गया।

बाली पैदल ही एक तरफ को चल पड़ा। काफी दूर निकल गया वह, तब उसने महसूस किया कि सचमुच वह अभी तक जासूसों की निगाह में है। उसने यह जाहिर नहीं किया कि वह अपना पीछा किए जाने से परिचित है।

पंद्रह दिन गुजर गए।

इन पंद्रह दिन में ऐसी कोई विशेष बात नहीं हुई जिसका उल्लेख किया जाए। हां, पंद्रह दिनों की संयुक्त घटनाओं को संक्षेप में यहां लिखना आवश्यक है। विशेष रूप से उन्हें, जिनका संबंध हमारे कथानक से है।

दुनिया को दिखाने के लिए बहन और भाई के रूप में वे इसी फ्लैट में रहे।

इन दिनों विक्रम, चक्रेश अथवा उनसे, संबंधित किसी भी व्यक्ति ने किसी भी रूप में उनसे संबंध स्थापित नहीं किया। दस दिन लगातार कुछ सरकारी जासूसों को बाली ने अपने इर्द-गिर्द मंडराते महसूस किया था। मगर अब पिछले पांच दिनों से काफी सावधानीपूर्वक भी अपने चारों तरफ का अध्ययन करने के बाद बाली ने किसी भी संदिग्ध व्यक्ति को अपने इर्द-गिर्द नहीं पाया था। दस दिन तक तो वह यह सोचता रहा कि विक्रम सरकारी जासूसों के कारण उससे संबंध स्थापित नहीं कर रहा है, किंतु अब पांच दिनों से उसकी बेचैनी बढ़ गई थी।

अपने एक लाख, ताखी और विक्रम की याद आने लगी थी उसे।

यह सोचकर अब वह बेचैन और थोड़ा शंकित-सा भी होने लगा था कि विक्रम आखिर उससे संबंध स्थापित क्यों नहीं कर रहा है। ऐसे प्रत्येक समय पर वह विक्रम के बारे में छम्मो से बातें किया करता था, परंतु छम्मो ने भी प्रत्येक बार अपनी स्थिति उसके जैसे ही दर्शाई थी। जो कहानी छम्मो ने अपने बारे में उसे सुनाई थी, बाली को न तो उस पर पूरी तरह यकीन ही हुआ था और न ही यह निर्णय कर पाया था कि वह सब झूठ है।

कभी वह सोचता कि सचमुच छम्मो भी विक्रम नामक उस रहस्मय व्यक्ति की वैसी ही शिकार है जैसा कि चक्रेश है।

मस्तिष्क में रह-रह कर सवाल उठने लगता कि विक्रम आखिर है किस चक्कर में?

इसी किस्म के सैकड़ों प्रश्नवाचक चिन्हों ने उसे पंद्रहवें दिन भी घेर रखा था। इन सभी सवालों के जवाब तक पहुंचने के लिए उसका विक्रम से मिलना जरूरी था।

पंद्रहवें दिन शाम छः बजे।

एक सफेद कबूतर उसके फ्लैट पर खुली खिड़की पर आ बैठा। तब

तक बाली या छम्मो में से किसी ने भी उसकी तरफ विशेष ध्यान नहीं दिया था। वह कमरे में आ गया। जब कमरे में पड़ी मेज पर बैठ गया तो बाली चौंके बिना न रह सका। गुटरगूं की हल्की-सी आवाज के साथ जब उसने पंख फड़फड़ाए तो?

बाली की नजर उसके दाएं पर के नीचे फंसे कागज के एक पुर्जे पर पड़ी। बाली एकदम सचेत हो गया।

कबूतर को पकड़ा उसने। कबूतर ने उड़ने की चेष्टा नहीं की। उतावले से बाली ने कागज का पुर्जा अलग किया। यही वह क्षण था, जबकि कबूतर उसके हाथ से निकला, फड़फड़ाया और उड़ता हुआ खिड़की के रास्ते से बाहर निकल गया।

बाली ने कागज खोलकर पढ़ा, लिखा था–''कवि नगर बंगला नंबर पांच। रात को एक बजे पूरी सावधानी के साथ और समय से एक मिनट भी पहले नहीं।''

बस। पत्र टाइप किया हुआ था।

⅄

''अरे?'' दरवाजा खुलते ही विक्रम को देखकर बाली कह उठा–''यह क्या?''

विक्रम ने एक नजर अपने हाथ पर डाली। उस हाथ पर जिसे देखकर बाली चौंका था। उसकी दाईं कलाई कोहनी तक प्लास्टर में छुपी हुई थी। गले में एक गोल पट्टी पड़ी थी और पट्टी में वह हाथ लटका हुआ था। बाली के प्रश्न पर वह हल्के से मुस्कराया और बोला–''आओ, आराम से बैठकर बातें करेंगे।''

पहले बाली और उसके पीछे छम्मो भी कमरे में प्रविष्ट हो गई।

चक्रेश पहले से ही वहां मौजूद था। कमरा खूबसूरती के साथ सजा हुआ था। फर्श पर शानदार ईरानी कालीन पड़ा था और कमरे के ठीक बीचों-बीच पड़े सोफे पर बैठा चक्रेश सिगरेट में कश लगा रहा था।

अपने पैर सोफे के बीच पड़ी भारी सेंटर टेबल पर फैला रखे थे उसने। टेबल पर एक माचिस और चारमीनार का पैकेट पड़ा था।

दरवाजा बोल्ट करके विक्रम भी सोफे पर आ बैठा।

छम्मो अभी तक खड़ी थी।

उसकी तरफ देखते हुए विक्रम ने आदेश दिया–''उस अलमारी में बोतल, गिलास और नमकीन की कुछ प्लेटें हैं छम्मो, जरा उन्हें लाकर यहां मेज पर रख दो।''

यंत्रचालित-सी छम्मो ने उसके आदेश का पालन किया।

ऐरिस्टोकेट की एक बोतल, तीन गिलास और काजू तथा सलाद की प्लेटें उसने लाकर मेज पर रख दीं। विक्रम के आदेश पर वह पानी से भरा एक जग भी ले आई। चक्रेश पैग तैयार करने लगा, जबकि बाली मन-ही-मन छम्मो और विक्रम के संबंधों का अध्ययन करने की चेष्टा करने लगा।

''चीयर्स।'' के संयुक्त स्वर के बाद चक्रेश ने अपने गिलास से एक घूंट भरा और कड़वा-सा मुंह बनाने के साथ ही गिलास वापस मेज पर रखा। तला हुआ एक काजू उठाकर मुंह में डालता हुआ बोला–''मेरे ख्याल से अब वह समय आ गया है मिस्टर विक्रम जबकि तुम्हें खुलकर बताना है कि तुम हो किस चक्कर में?''

''निस्संदेह समय आ गया है।'' विक्रम ने छम्मो को भी सोफे पर बैठ जाने का संकेत करते हुए कहा–''लेकिन सीधे उसी बात पर आने की अपेक्षा यदि हम क्रमवार बातें करते हुए उस तक पहुंचें तो शायद बेहतर है।''

एक और घूंट भरते हुए चक्रेश ने पूछा–''क्रमवार से तुम्हारा क्या मतलब?''

''जैसे कि सबसे पहले मुझे बाली के उस सवाल का जवाब देना

चाहिए, जो कि इसने आते ही किया था।'' फोर स्कवायर की एक सिगरेट सुलगाने के बाद विक्रम ने कहा–''क्यों बाली?''

''कम-से-कम मैं तो यही चाहूंगा।''

''तो सुनो, मेरे हाथ की यह हालत तुम्हारे ताखी ने की है।''

''ओह।'' काला लड़का जैसे सबकुछ समझ गया–''तो तुमने एक लाख हासिल करने की चेष्टा की थी।''

''हां उस कोशिश में हाथ की हड्डी तो जरूर टूटी लेकिन।''

''लेकिन?''

''मुझे अफसोस है कि जब मेरे और उसके बीच संघर्ष चल रहा था तो मेरी हड्डी तोड़ने के बाद, मेरे रिवॉल्वर की एक गोली से मारा गया और तुम्हारे एक लाख रुपए इस वक्त मेरे कब्जे में हैं।''

बाली इस तरह मुस्कराया जैसे विक्रम ने कोई बचकानी बात कह दी हो, बोला–''नामुमकिन।''

''क्या मतलब?''

''ताखी को यदि पूरी तरह ट्रेंड मशीनगन जैसे शस्त्रों से भी लैस पूरी एक फौज घेर ले तो वह ताखी को मार नहीं सकती मिस्टर विक्रम और तुम, तुम तो फिर भी अकेले थे। तुम्हारे रिवॉल्वर की गोली तो उसे छू तक नहीं सकती।''

''बहुत विश्वास है ताखी पर?''

दृढ़ता से भरपूर बाली ने उसी लहजे में कहा–''ऐसा झूठ बोलने की मूर्खता तुम केवल इसलिए कर गए, क्योंकि ताखी के बारे में तुम ए, बी, सी, डी भी नहीं जानते हो। यह मैं जानता हूं कि वह क्या है। मैं उससे कह गया था कि वह तुम्हें जान से न मारे। मेरे उसी आदेश के कारण तुम जीवित हो।''

''सचमुच ताखी पर बहुत विश्वास है तुम्हें?''

''क्योंकि मैं उसकी ताकत जानता हूं।''

''वाकई तुम्हारा दोस्त इसी विश्वास के लायक है। सचमुच वही

हुआ जो तुम सोच रहे हो, ताखी इस वक्त भी तकिए के उसी गिलाफ पर मेरा रिवॉल्वर दबाए कुंडली मारकर बैठा होगा। निस्संदेह, अगर किसी चीज की सुरक्षा का भार उसे सौंप दिया जाए तो फिर उसी तरह निश्चिंत हुआ जा सकता है, जिस तरह तुम हो।''

''बात आगे बढ़े तो बेहतर है।''

''ठीक है।'' सिगरेट में एक लंबा कश लगाने के बाद विक्रम ने कहना शुरू किया–''तो मैं अब आप लोगों को उस बड़े काम के बारे में बता दूं। काम दुनिया के सर्वाधिक सुरक्षित बैंक में रॉबरी करना है।''

''रॉबरी?''

''हां।''

''यह बड़ा काम किस मायने में है?''

''क्योंकि वह बैंक रॉबरी आज तक हुई सभी बैंक रॉबरियों से बहुत ज्यादा बड़ी होगी। अगर भारतीय मुद्रा में कहा जाए तो हमारे हाथ करीब चालीस करोड़ रुपए लगेंगे।''

''चालीस करोड़?'' एक साथ तीनों के मुंह फटे-के-फटे रह गए। आंखें बाहर को उबल पड़ीं।

''हां।'' कहते समय विक्रम ने उनके हैरत में डूबे चेहरों का अवलोकन किया। अपने शब्दों पर पुनः जोर देकर बोला–''चालीस करोड़ और ये चालीस करोड़ केवल एक अनुमान है। मेरा दावा है कि जहां की मैं बात कर रहा हूं, वहां कम-से-कम इतनी दौलत है, इससे ज्यादा भी हो सकती है।''

विक्रम कहता ही चला गया–''वह दौलत एक बैंक में है जिस बैंक में वह दौलत है, उसमें केवल वही दौलत नहीं है, बल्कि अरबों-खरबों की तादाद में दौलत है और तुम समझ ही सकते हो कि जहां इतनी दौलत है वहां सुरक्षा-व्यवस्था कितनी कड़ी होगी?''

''इतनी दौलत के लिए तो मैं अपनी जान की बाजी भी लगा सकता हूं।'' चक्रेश कह उठा।

''तुम?'' बाली की आंखें संदेह से सिकुड़ीं–''तुम्हें उस दौलत के लिए जान की बाजी लगाने की क्या जरूरत है। तुम तो अपनी बीवी की जान की बाजी लगा चुके हो। जो हीरे दस साल पहले दो करोड़ रुपए के थे, वे आज निश्चित ही बीस करोड़ के होंगे। क्या तुम्हारे लिए वे कम हैं?''

चक्रेश का चेहरा काला पड़ गया, एकाएक पागलों के समान चीख पड़ा वह–''तुम चुप रहो मिस्टर बाली। मैं कहता हूं अपनी जबान बंद रखो तुम। उन हीरों की बात मत करो। यदि एक बार और तुमने हीरों का जिक्र किया तो मैं तुम्हारी जबान खींच लूंगा।''

उसके यूं अप्रत्याशित ढंग से उत्तेजित होकर चीख पड़ने पर बाली और छम्मो अवाक् रह गए। वे समझ नहीं पाए थे कि चक्रेश को अचानक ये हो क्या गया है। अपने स्थान पर बैठा वह अभी तक थर-थर कांप रहा था। इससे पहले कि कोई कुछ बोले, विक्रम कह उठा–''प्लीज बाली, बार-बार उन हीरों का जिक्र मत करो।''

''मगर क्यों?''

''जिन हीरों के लिए चक्रेश ने अपनी बीवी की हत्या कर दी जब उन्हें बेचने के लिए यह बाजार में गया तो पता लगा कि हीरे एक कौड़ी के नहीं हैं। सभी हीरे नकली हैं . . .।''

''नकली हीरे, लेकिन।''

''मैं पता कर चुका हूं। वह उस जौहरी की चाल थी जिसके वे हीरे थे। असली हीरों का बीमा करा रखा था उसने। वह जानता था कि मंजू का चाचा चोर प्रवृत्ति का है। उसकी उसी प्रवृत्ति का लाभ उठाकर जौहरी ने नकली हीरे मंजू के चाचा की जानकारी में, एक ऐसी सेफ में रखवा दिए जहां से मंजू का चाचा उन्हें आसानी से चुरा सके। मंजू के चाचा ने असली समझकर ही उन्हें चुराया था। जौहरी ने असली हीरे चोरी होने की बात ही प्रचारित की। इस तरह असली हीरे भी जौहरी के पास रहे और बीमा कंपनी से उसने रकम भी ऐंठ ली।''

''ओह।'' बाली के चेहरे पर पसीना उभर आया। चक्रेश के लिए उसका मन सहानुभूति से भर गया।

कमरे में सन्नाटा छा गया था। बहुत ही गहरा सन्नाटा।

बाली और छम्मो चक्रेश की मानसिक स्थिति के बारे में सोचने लगे। उस आदमी की मानसिक स्थिति के बारे में, जिसने दौलत के लिए एक ही क्षण में अपनी बीवी की हत्या कर डाली और उसके बाद जिसे पता लगा कि वह दौलत ही नहीं थी। उफ?

चक्रेश अभी तक कांप रहा था। उसकी आंखों में आंसू तैर रहे थे।

''मेरे ख्याल से अब तुम भी कभी उन हीरों का जिक्र नहीं करोगे मिस्टर बाली।'' विक्रम बोला।

बाली ने कहा–''कभी नहीं। सॉरी चक्रेश, मुझे मालूम नहीं था।''

''अब मेरे जीवन का एक ही मात्र मकसद है।'' चक्रेश के मुंह से शब्द नहीं, आग भभक पड़ी–''दौलत-दौलत-दौलत। उसी दौलत को हासिल करना, जिसके लिए मैंने अपनी बेगुनाह मंजू को . . .।''

आगे कुछ कह नहीं सका चक्रेश। फफक-फफक कर रो पड़ा।

''अपने आपको संभालो चक्रेश।'' विक्रम ने कहा–''हम चालीस करोड़ की बात कर रहे थे।''

चक्रेश ने स्वयं को शीघ्र ही संभाल लिया, बोला–''तुम कर रहे थे कि जिस बैंक में वह दौलत है, वहां अत्यंत ही कड़ी सुरक्षा व्यवस्था है, क्योंकि बैंक में अरबों-खरबों की दौलत है।''

''मैं उस जगह का पता जानता हूं। चालीस करोड़ तक पहुंचने की स्कीम भी बना चुका हूं। स्कीम भी ऐसी कि जिसमें हमें कहीं भी किसी किस्म की हिंसा का सहारा नहीं लेना पड़ेगा। यहां, अपने बारे में मैं एक बात जरूर स्पष्ट कर देना चाहूंगा और वह यह कि मैं हिंसा को बिल्कुल भी पसंद नहीं करता हूं। किसी का कत्ल होने से मुझे नफरत है।''

"स्कीम बताओ।"

विक्रम अपने ही फ्लो में कहता चला गया–"अपनी स्कीम को कार्यान्वित करने के लिए मुझे एक ऐसे व्यक्ति की जरूरत थी, जिसे पैसे की चाह भी हो और हर किस्म की चाबी भी बना लेता हो। वह आदमी चक्रेश के रूप में मुझे मिल चुका है। मुझे एक ऐसे 'क्विक माइंडेड' व्यक्ति की भी तलाश थी, जो कि किसी भी किस्म की मुसीबत या अड़चन आने पर अपने दिमाग से उसे हल कर सके। ऐसा व्यक्ति बाली के रूप में मेरे सामने आया। उसी तरह छम्मो के समान सुंदर एवं किसी भी मर्द को अपना गुलाम बना लेने की क्षमता रखने वाली युवती की भी मुझे जरूरत थी।"

"सो मेरे रूप में मिल गई।" छम्मो ने कहा।

"हां।" विक्रम बोला–"अब मुझे एक ऐसी लड़की की जरूरत और है, जो बहुत ही शानदार एक्टिंग कर सके और पढ़ी-लिखी भी हो। ये दोनों गुण उसमें विशेष रूप से होने चाहिए।"

"वह कहां से आएगी?"

"जिस तरह मैं मेहनत और किस्मत के कंधों पर सवार होकर तुम लोगों तक पहुंचा हूं, उसी तरह उस तक भी पहुंच ही जाऊंगा। खैर, यहां बात विषय से थोड़ी हट गई है। ऐसी लड़की को भी अपने ग्रुप में शामिल करने का मेरा काम और मेरी ही जिम्मेदारी है। उसे मैं पूर्ण कर लूंगा। उसका जिक्र आप लोगों के सामने केवल इसीलिए किया है ताकि हम सब स्पष्ट रूप से यह जान जाएं कि इस काम में हम पांच बराबर के पार्टनर होंगे।"

बाली ने हिसाब लगा लिया कि उसके हिस्से में आठ करोड़ आ गए।

जबकि विक्रम ने पूछा–"क्या आप लोग आठ-आठ करोड़ कमाने के लिए अपनी जान जोखिम में डालने के लिए तैयार हैं?"

"कुछ ही देर पहले तो तुमने कहा था कि तुम्हारी स्कीम में कोई हिंसा नहीं होगी?"

''हिंसा होगी नहीं। जान जोखिम वाली भी कोई बात नहीं है।'' विक्रम ने पुनः कहा–''फिर भी हमें हर परिस्थिति से खुद को टकराने के लिए पूरी तरह तैयार करके ही आगे बढ़ना है।''

''आठ करोड़ के लिए तो हत्या भी की जा सकती है।'' बाली कह उठा।

''गुड।'' विक्रम बोला–''और तुम्हारा क्या ख्याल है छम्मो?''

छम्मो बोली–''एक भाई था, वह भी छोड़कर जाने कहां चला गया। पवित्रता ठाकुर ने लूट ली। किन्हीं भी हालातों में सही, खून कर ही चुकी हूं। अब एक दौलत ही ऐसी चीज रह जाती है, जो मेरे सारे गुनाहों को पर्दे में छुपाकर मेरे सपनों को साकार कर सकती है।''

''वैरी गुड।'' विक्रम की आंखें चमक उठीं–''तो अब मैं ये कह सकता हूं कि हम सभी दीवाने दौलत के इकट्ठे हो चुके हैं?''

बाली ने व्यग्रतापूर्वक कहा–''अब तुम्हें चालीस करोड़ के बारे में कुछ और बताना चाहिए।''

''जरूर।'' कहने के साथ ही अपना गिलास लेकर वह सोफे से खड़ा हो गया। बाली, चक्रेश और छम्मो की नजरें उसी पर स्थिर थीं, जबकि सोफों के चारों तरफ चहलकदमी-सी करता हुआ विक्रम बोला–''अमेरिका में, न्यूयार्क से ठीक दो सौ अड़तालीस किलोमीटर दूर तक हिल स्टेशन है। नाम 'ब्राडवेल,' इस हिल स्टेशन की जनसंख्या मुश्किल से पंद्रह हजार है। जिस तरह कश्मीर को भारत का स्वर्ग कहा जाता है, उसी तरह अमेरिका का स्वर्ग 'ब्राडवेल' है। एक बहुत ही ऊंची पहाड़ी पर बसे इस स्वर्ग की सड़कों पर यूं तो साल के बारह में से नौ महीने एक प्रकार से सन्नाटा छाया रहता है, लेकिन तीन महीने ऐसे आते हैं जिनमें उस पहाड़ी पर मेला-सा लगता है। उन दिनों ब्राडवेल दुनिया का सबसे महंगा शहर हो जाता है। दुनिया के चुने हुए धनवान चिलचिलाती हुई गर्मी से बचने और मौज-मस्ती मनाने के लिए वहां पहुंचते हैं।''

''वे तीन महीने कौन-से हैं?''

''मई-जून और जुलाई।''

''ठीक है, फिर?''

''ब्राडवेल में केवल एक बैंक है। 'लीजर बैंक'। यही वह बैंक है जो उन सभी धनवानों की सेवा करता है जो कि प्रत्येक साल तीन महीने के लिए ब्राडवेल पर अय्यासी के लिए आते हैं, लीजर बैंक में खाते हैं, खाते केवल 'व्हाइट मनी' के लिए होते हैं लॉकर्स।''

''वे लॉकर्स ही हमारी मंजिल हैं।''

''बेशक।'' विक्रम ने आगे कहा–''धनवान जब आता है तो उसके पास केवल अपने लॉकर की चाबी होती है। ब्राडवेल पर पहुंचते ही वह सीधा 'लीजर बैंक' स्थित अपने लॉकर पर पहुंचता है। जिस रकम से उसे अय्यासी करनी है, लॉकर से निकालता है और अय्यासी करता है। सीजन के अंत में शेष या जुए की वजह से अपनी बढ़ी हुई रकम को उसी लॉकर में बंद करके खाली जेब वापस चला जाता है, ताकि अगले साल आकर वह लॉकर में बंद अपनी ब्लैकमनी से पुनः अय्यासी कर सके।''

''इस समय जनवरी चल रही है।'' चक्रेश ने कहा–''तुम्हारे कहने का मतलब यही तो है न कि दुनिया के माने हुए उन धनवानों की वह संयुक्त दौलत, जिसे सीजन में जुए की मेजों पर देखा जा सकता है, इस वक्त बैंक के लॉकर रूम में मौजूद है।''

''उन लॉकरों का उपयोग केवल सीजन के दिनों में ही होता है। साल के शेष नौ महीनों में उन धनवानों को लॉकर्स खोलने की न तो फुर्सत ही होती है और न ही जरूरत। यानी नौ महीने लॉकर्स बिल्कुल ठप्प बंद पड़े रहते हैं। हां, उन तीन महीनों में लॉकर्स का उपयोग खूब जोर-शोर से होता है।''

''जब वही दुनिया के माने हुए धनवानों के लॉकर्स हैं और सभी जानते हैं कि उस लॉकर रूम में नौ महीने इतनी दौलत बंद रहती है

तो बैंक ने उसकी सुरक्षा के अत्यंत ही कड़े प्रबंध तो अवश्य ही किए होंगे।''

''वही तो मैं भी कह रहा हूं।''

''खैर, तुम हमें उस सुरक्षा-व्यवस्था के बारे में बताओ। जरा सुने तो सही।''

''सबसे पहले तो यह सुन लो कि वे लॉकर्स आम बैंकों में मिलने वाले छोटे-छोटे बॉक्स नहीं हैं, बल्कि पूरी एक 'सेफ' को वहां लॉकर कहा जाता है, यानी प्रत्येक लॉकर के ग्राहक को लॉकर के नाम पर एक सेफ दी जाती है। चारों दीवारों के सहारे-सहारे एक-दूसरे से सटी हुई 'सेफें' रखी हैं। प्रत्येक सेफ के माथे पर उसका नंबर लिखा है। इसे लॉकर नंबर बोलते हैं। लॉकर हॉल की छत, दीवारें और फर्श लोहे की पांच इंच मोटी चादरों से बनाया गया है। प्रत्येक सेफ के 'पाए' यानी 'पांव' तीन इंच तक लोहे के फर्श में गड़े हुए हैं। सेफ बेहद मजबूत है। इतनी ज्यादा कि गैस कटर से उसे काटा भी नहीं जा सकता। लॉक को तोड़ा नहीं जा सकता और प्रत्येक सेफ की एक चाबी बैंक के पास और दूसरी चाबी ग्राहक के पास रहती है। लॉक दोनों चाबियों के संयुक्त होने से खुलता है।''

''यह तो खैर वही लॉकर वाला सिस्टम हुआ।''

''बैंक के ठीक सामने एक थाना है। इस थाने की स्थापना वहां विशेष रूप से लीजर बैंक के अनुरोध पर की गई है। थाने में एक अंडर ग्राउंड 'सीक्रेट रूम' है। इस सीक्रेट रूम में एक दीवार पर उतने ही लाल रंग के बल्ब लगे हुए हैं जितनी 'लीजर बैंक' के लॉकर हॉल में सेफ हैं। प्रत्येक बल्ब का नंबर लिखा हुआ है और जैसे ही लॉकर हॉल में किसी सेफ का लॉक खुलता है, थाने के सीक्रेट रूप में चौबीस घंटे तीन कर्मठ इंस्पेक्टर मौजूद रहते हैं। उनका काम मुस्तैदी के साथ उन्हीं बल्बों पर नजर रखना और जैसे ही कोई बल्ब ऑन हो तो फोन पर सीधे मैनेजर से यह मालूम कर लेने का है कि क्या उस लॉकर से संबंधित ग्राहक लॉकर हॉल में गया?''

''ओह।'' चक्रेश के माथे पर पसीना उभर आया।

''प्रत्येक ग्राहक को अपना लॉकर खोले रखने के लिए केवल पंद्रह मिनट दिए जाते हैं।''

''इसका क्या मतलब?''

''बैंक ये मानता है कि किसी भी ग्राहक को अपने लॉकर से कुछ निकालने या कुछ रखने के लिए पंद्रह मिनट काफी हैं और पंद्रह मिनट से ज्यादा ग्राहक अपने लॉकर को खुला क्यों रखेगा?''

''बात तो ठीक है।''

''जब तक लॉकर खुला रहता है तब तक बल्ब ऑन रहता है और लॉकर के लॉक होते ही बल्ब स्वतः ऑफ हो जाता है। यदि कोई बल्ब पंद्रह मिनट से ज्यादा ऑन रहे तो बैंक में पुलिस कारण जानने के लिए आ जाती है।''

बाली कह उठा– ''मामला दिलचस्प है।''

''सारे अमेरिका में 'लीजर बैंक' की कम-से=कम दो हजार शाखाएं तो होंगी ही। अगर प्रत्येक शाखा में एक मैनेजर भी माना जाए तो वे कम-से-कम दो हजार मैनेजर होंगे और जो मैनेजर ब्राडवेल स्थित बैंक का है, मैं यह जानता हूं कि उन दो हजार मैनेजनों में सबसे ज्यादा घाघ है। वह गंजा, रौबदार, बेटी के विरह में सुलगता हुआ बूढ़ा जब सामने खड़े् किसी व्यक्ति को अपनी नीली आंखों से घूरता है तो सच, सामने खड़े व्यक्ति को ऐसा लगता है जैसे कि वे नीली आंखें उसके चेहरे या जिस्म को नहीं, बल्कि जिस्म के अंदर के हिस्सों को देख रही हैं।''

''हम शायद सुरक्षा व्यवस्था के बारे में बातें कर रहे थे?''

''उस बूढ़े की आंखों को भी बैंक की सुरक्षा-व्यवस्था का ही एक भाग समझना चाहिए। क्योंकि लॉकर रूम में जाने से पहले किसी भी लॉकर ग्राहक को उसकी उन चमकदार आंखों के सामने जरूर बैठना पड़ता है।''

''मैं समझा नहीं।''

''सुनो, ग्राहक का अपने लॉकर तक पहुंचने का प्रोसीजर।'' अपना गिलास खाली करके चहल-कदमी करते हुए विक्रम ने बताया– ''माना कि बैंक में तुम्हारा लॉकर है। सबसे पहले तुम्हें मैनेजर के कमरे में जाना होगा। तुम उसे बताओगे कि बैंक में तुम्हारा लॉकर है। वह तुमसे लॉकर की चाबी मांगेगा। ऐसा तब ही होगा, जबकि भले ही वह आपको पहले से जानता हो, लॉकर की चाबी पर लॉकर नंबर पढ़ेगा। दराज से रजिस्टर निकालेगा। उसमें आपकी पासपोर्ट साइज फोटो होगी। भले ही वह आपसे खूब अच्छी तरह परिचित हो, परंतु बहुत ही ध्यानपूर्वक आपका चेहरा मिलाएगा। संतुष्ट होने पर रजिस्टर में अपने सामने आपसे 'साइन' कराएगा और जब आप साइन कर रहे होंगे तब उसकी नीली आंखें बराबर आपके हाथ पर जमी रहेंगी। तब कहीं संतुष्ट होकर 'लॉकर इंचार्ज' को बुलाएगा।''

''क्या उस मैनेजर को हमेशा बैंक रॉबरी हो जाने का खतरा लगा रहता है? बाली हंसा।''

''ये सब उसकी आदत-सी हो गई है।''

''खैर, लॉकर इंचार्ज को बुलाने के बाद वह क्या करता है?''

''आपके लॉकर से संबंधित बैंक की चाबी उसे देगा। आपकी चाबी आपको और फिर बड़े ही नम्र स्वर में कहेगा– 'आप अपना लॉकर खोल सकते हैं।' उसके बाद लॉकर इंचार्ज बैंक की चाबी लेकर आपके पास लॉकर हॉल में जाएगा। अपनी चाबी से 'सेफ का फर्स्ट' लॉक खोलकर तुरंत ही वापस चला जाएगा। इंचार्ज को मैनेजर की सख्त हिदायत है कि चाबी पांच मिनट के अंदर-अंदर लौटकर उसकी मेज पर आ जानी चाहिए।

''ऐसे खफ्ती को शायद जान-बूझकर यहां मैनेजर बनाकर भेजा गया होगा।'' बाली हंसा।

''खैर, फिर क्या होता है?'' चक्रेश ने पूछा।

''बस उसके बाद आपके लॉकर का संबंध लाल बल्ब से है ही

यानी पंद्रह मिनट से ज्यादा आप लॉकर हॉल में नहीं रह सकते। यदि आपने ऐसा किया तो . . .।''

''बता चुके हो कि पुलिस वहां पहुंच जाएगी।''

''हां।''

''तो क्या लॉकर हाल के लिए इतनी ही कड़ी सुरक्षा व्यवस्था है?'' बाली ने पूछा।

''बैंक के मुख्य द्वार पर कहीं एक माइक्रोफोन छुपाकर रखा गया है। इस माइक्रोफोन का संबंध बारूद की किसी भी वस्तु से है, यानी अगर कोई व्यक्ति रिवॉल्वर बम अथवा इस किस्म का कोई अन्य शस्त्र लेकर बैंक में दाखिल होगा तो उसके दाखिल होते ही मैनेजर के कमरे में लगा एक बल्ब तुरंत हल्की-सी भिनभिनाहट के साथ जलने-बुझने लगता है। ऐसा होते ही मैनेजर तुरंत एक बटन दबाता है, जिसके दबते ही सामने वाले थाने में खतरे का सायरन बज उठता है। फिर, तुम कल्पना कर सकते हो कि सामने वाले थाने से सशस्त्र जवानों को बैंक में पहुंचने में कितनी देर लगेगी?''

''गुड।'' बाली कह उठा।

''मैनेजर के कमरे की दीवारें, छत और फर्श भी लॉकर हॉल के समान ही लोहे की चादरों के बने हैं। उसमें केवल एक दरवाजा है। खुद मैनेजर की दराज में तो रिवॉल्वर रहता ही है, साथ ही उसके अतिरिक्त कमरे में हर समय दो स्टेनगनधारी भी रहते हैं। जैसे ही मैनेजर के कमरे लगा बल्ब स्पार्क करता है, मैनेजर सबसे पहले एक ऐसा बटन दबाता है, जिसके दबते ही दरवाजा बंद हो जाए। उसके बाद बटन दबाकर वह पुलिस को सचेत करता है। मुख्य द्वार से मैनेजर के कमरे की दूरी इतनी है कि यह सब मैनेजन किसी के अपने कमरे में पहुंचने से पहले ही कर सकता है। इसके बाद जब मैनेजर तीसरा बटन दबाएगा तो कमरे की फौलादी दीवारों में चारों तरफ सूराख उत्पन्न हो जाएंगे। इन सूराखों में दो खूबियां हैं, पहली तो यह कि कमरे के अंदर से सूराखों के जरिए

बैंक के चप्पे-चप्पे को देखा जा सकता है, दूसरी ये कि किसी भी रिवॉल्वर, गन या बंदुक की गोली इन सुराखों के जरिए बाहर से कमरे के अंदर नहीं आ सकती जबकि कमरे के अंदर से किसी भी व्यक्ति को आसानी से शूट किया जा सकता है।''

''इसका मतलब तो ये हुआ कि प्रशासन इस बैंक में लूट न होने देने के लिए कटिबद्ध है।''

''कोई मजाक नहीं है, दुनिया के माने हुए धनवान उस बैंक के ग्राहक हैं।''

''ये सब तो उस समय के प्रबंध हुए जब कि बैंक खुला हुआ हो, यानी सुबह दस बजे से शाम पांच बजे तक के।'' बाली ने पूछा–''बैंक बंद होने के बाद यानी शाम पांच बजे से अगले दिन दस बजे तक या हॉलीडे की क्या व्यवस्था है?''

''सबसे पहली बात तो ये कि ऐसे किसी भी क्षण, जबकि बैंक बंद हो, लॉकर हाल और खजाने के चप्पे-चप्पे पर ऐसा करंट जारी रहता है, जो कि किसी भी व्यक्ति को चिपका लेता है और जिस्म के सारे खून को पानी बना देता है। दूसरी बात ये कि सामने मौजूद थाने से किसी-न-किसी रूप में प्रत्येक क्षण बैंक के मुख्य द्वारा पर नजर रखी जाती है। किसी भी संदिग्ध व्यक्ति को गिरफ्तार किया जा सकता है।''

हार नहीं मानी बाली ने–''अगर किसी स्थान से सुरंग शुरू करके सीधी लॉकर रूम तक ले जाई जाए तो?''

''लॉकर रूम के आसपास तक तो सुरंग पहुंच सकती है परंतु जैसे ही सुरंग खोदने वाला कोई औजार लॉकर रूम की किसी फौलादी और करंट युक्त दीवार से टकराएगा तो कम-से-कम एक आदमी उससे ही चिपका रह जाएगा . . .।''

''हम यह काम सावधानी से करेंगे।''

''चलो माना कि तुम लॉकर रूम की किसी दीवार के आसपास पहुंच गए, फिर?''

''हम डायनामाइट बिछाकर फौलादी दीवार को तोड़ सकते हैं। दीवार के टूटते ही करंट का सर्किट भी टूट जाएगा।''

''खूब?'' विक्रम मुस्कराया–''कम-से-कम तुमसे मुझे ऐसी मूर्खतापूर्ण स्कीम की उम्मीद नहीं थी बाली।''

''इसमें दिक्कत क्या है?''

''पहली बात तो ये है कि करंटयुक्त दीवार पर तुम डायनामाइट बिछाओगे कैसे और अगर मान लिया जाए कि किसी तरह तुम बिछा भी लोगे तो ये सोचो कि डायनामाइट का धमाका कितना जोरदार होगा। सबसे अंतिम बात ये कि बैंक एक पहाड़ी पर स्थित है। हमारी सुरंग पहाड़ी के अंदर होगी और मेरे ख्याल से तुम यह तो जानते ही होंगे कि यदि पहाड़ी के अंदर कोई धमाका हो तो उससे सिर्फ लॉकर हॉल की दीवार ही नहीं टूटेगी, बल्कि धड़धड़ाकर पूरी पहाड़ी ही गिर जाएगी और ऐसा होने पर जरा ये बताओ कि वे लोग जो सुरंग के अंदर होंगे जीवित कैसे बच सकेंगे?''

''सॉरी।'' बाली बोला–''मैं वाकई ऊटपटांग सोच गया।''

''अब तुम्हें अपनी स्कीम बतानी चाहिए।'' छम्मो बोली।

''स्कीम?'' कहकर वह हंसा। नए पैग में से एक घूंट भरा और सोफे की पीठ से अपनी पीठ सटाकर बोला–''स्कीम तो बाद की चीज है। अभी सारे सुरक्षा प्रबंधों का ही जिक्र कहां हुआ है?''

''उफ्।'' छम्मो कांप उठी–''तो क्या बैंक की सुरक्षा-व्यवस्था के बारे में कुछ और भी बताना शेष है?''

''हां।''

बाली बोला–''उसे भी बता डालो।''

''जैसा कि मैं बता ही चुका हूँ। ब्राडवेल पहाड़ों की गोद में बसा एक छोटा-सा शहर है। ब्राडवेल से बाहर निकलने के लिए केवल दो रास्ते हैं। दो सड़कें जो बल खाई हुई लंबी नागिन के समान विभिन्न पहाड़ियों के बीच बिखरी पड़ी हैं।'' बैंक शहर के ठीक बीच में है। उपरोक्त प्रबंधों

के बावजूद भी यदि अपराधी किसी तरह बैंक रॉबरी करके बैंक से निकल जाए तो पुलिस दोनों सड़कों पर मौजूद 'टोलटैक्स' चौकियों को सूचित कर देगी और सूचना मिलते ही 'टोलटैक्स' चौकियां रास्ता बंद कर देंगी। यानी एक प्रकार से पुलिस तुरंत ही ब्राडवेल की नाकेबंदी कर लेगी और फिर छोटे-से शहर के चप्पे-चप्पे पर मुजरिमों की तलाश जारी हो जाएगी।''

''इन सब बातों का अर्थ तो यह हुआ कि लीजर बैंक में रॉबरी हो ही नहीं सकती।'' चक्रेश कह उठा।

छम्मो कह उठी–''मुझे भी यही लगता है।''

''तुम्हारा क्या ख्याल है मिस्टर बाली?'' विक्रम ने मुस्कराकर उससे पूछा।

''फिलहाल तो मैं केवल यही कह सकता हूं कि जितना तुमने बताया है यदि वह सबकुछ इसी स्तर पर इतना ही सही है तो सचमुच मामला दिलचस्प है।''

''लीजर बैंक की इस शाखा को हम दुनिया की सर्वाधिक धनवान और सुरक्षित कह सकते हैं और मुझे बचपन ही से चुनौतियों से जूझने की आदत रही है। पूरे पांच साल तक मैं ब्राडवेल शहर और इस बैंक की सुरक्षा-व्यवस्था के बारे में जानकारियां एकत्रित करता रहा। इसके बाद दो साल तक मैं कोई ऐसी स्कीम सोचने में अपना दिमाग खपाता रहा, जिसे कार्यान्वित करके दुनिया के इस सबसे ज्यादा सुरक्षित बैंक में एक कामयाब रॉबरी करने का कीर्तिमान स्थापित किया जा सके। ऐसी रॉबरी जो कि न केवल बैंक की संपूर्ण सुरक्षा-व्यवस्थाओं को मात दे, बल्कि जिसके मुजरिम भी जीवन में कभी न पकड़े जाएं। पहले साल मैं कुछ नहीं सोच सका। दूसरे साल एक कारगार स्कीम दिमाग में आ गई। स्कीम को डवलप किया। हर पहलू से उसे जांचा-परखा, सोचा-समझा, छोटे-छोटे प्वाइंटों को दुरुस्त किया तब कहीं जाकर मैं संतुष्ट हो सका। फिर भी, दिक्कत यह थी कि मेरी स्कीम भिन्न किस्म

के पांच व्यक्ति मांगती थी। मैं अकेला था। अपने चार साथियों की तलाश में निकल पड़ा। तुम तीन मिल चुके हो। चौथे की तलाश है।''

''अब मेरे मन में तुम्हारी स्कीम सुनने की जिज्ञासा है।''

''सॉरी।'' वह मुस्कराया–''फिलहाल मैं स्कीम नहीं बता सकूंगा।''

''क्यों?'' एक साथ तीनों ने चौंककर पूछा।

''समय से पहले स्कीम बतार मैं किसी भी रूप में उसे प्रचारित करना नहीं चाहता हूं।''

''हममें से कोई किसी से कुछ नहीं कहेगा, क्योंकि हम स्वयं भी उस स्कीम पर काम करने वाले हैं। रही हमारी बात तो, इमसे काम लेने से पहले तुम्हें हम सबको स्कीम तो बतानी ही होगी।''

''काम लेने से पहले मैं तुम सब लोगों को स्कीम बता दूंगा।''

''कब?''

''हर बात अपने समय पर अच्छी लगती है।''

''हम समझे नहीं।''

''दरअसल हम बैंक रॉबरी जुलाई के अंतिम या अगस्त के प्रथम सप्ताह में करेंगे। अभी काफी समय है और इतने दिन पहले मैं अपनी स्कीम आप लोगों को बताना भी उचित नहीं समझता।''

''तो इतने दिन पहले तुम रॉबरी के लिए परेशान ही क्यों हो?''

''क्योंकि मेरी स्कीम कुछ ऐसी है, जिस पर अभी से काम जारी हो जाना चाहिए।''

''हम समझे नहीं।'' बाली बोला–''जो कहना चाहते हो उसे स्पष्ट कहो।''

''मेरे दिमाग में तुम सभी का काम बिल्कुल सैट है।'' विक्रम ने कहा–''फिलहाल मैं तुम्हें तुम्हारे अगले कदम के बारे में बता सकता हूं।''

''वही बताओ।''

''इस मीटिंग के बाद चक्रेश अपने और तुम अपने फ्लैट पर चले जाओगे।''

छम्मो कह उठी–''मेरा क्या होगा?''

''तुम बाली के साथ ही रहोगी।''

''मेरे गले में तुम ये घंटी क्यों बांधते हो?''

हल्के-से मुस्कराया विक्रम बोला–''ये घंटी नहीं दोस्त, इस शहर की नजरों में तुम्हारी बहन है और एक ऐसी गैर शादीशुदा लड़की, जिसका दुनिया में एक भाई के अलावा कोई और न हो। भाई के पास ही रह सकती है।''

''उससे पहले मैं ताखी से मिलना चाहूंगा।''

''जरूर मिलोगे। उससे तुम्हें मिलना ही चाहिए, क्योंकि मैं स्वयं उससे परेशान हूं। इस कोठी में, उसकी मौजूदगी में हमेशा ही डर-सा लगा रहता है।''

''तो क्या वह इसी कोठी के किसी अन्य कमरे में है?''

''हां, तुम उसे और अपने एक लाख ले जा सकते हो लेकिन।''

''लेकिन क्या?''

''तुम पर एक लाख होंगे, इसलिए तुम गलती कर सकते हो।''

''कैसी गलती?''

''उन्हें अंधाधुंध खर्च करने की।''

''मैं समझता हूं।''

''सात महीने तक तुम किसी भी किस्म का छोटा-मोटा क्राइम भी नहीं करोगे।'' विक्रम ने सचेत किया–''क्योंकि इससे भी पुलिस का नजर तुम पर पड़ने का खतरा है। कहने का मतलब ये कि तुम्हें एक निहायत ही शरीफ, ईमानदार और साधारण नागरिक के समान ये सात महीने गुजारने हैं, क्योंकि ऐसे किसी भी व्यक्ति 'लीजर बैंक' की रॉबरी में शामिल होना अकेले उसी के लिए नहीं, बल्कि हम सभी के लिए खतरनाक सिद्ध हो सकता है, जिसका नाम पुलिस की उस लिस्ट में भी हो, जिसमें संदिग्ध अपराधी आते हैं।''

''यह सबकुछ मुझे समझाने की जरूरत नहीं है।''

''मेरा ख्याल है कि तुम भी समझ गए होंगे चक्रेश?''

चक्रेश ने स्वीकारात्मक अंदाज में गर्दन हिलाई।

''अपनी पत्नी के शोक में डूबे व्यक्ति की भूमिका निभानी है तुम्हें।'' विक्रम बोला–''पूर्ववत् ताला फैक्टरी में कार्यरत रहना है। किसी भी रूप में तुम्हें इस बीच बाली या छम्मो से नहीं मिलना है।''

''ठीक है।''

बाली और छम्मो के चेहरों का अध्ययन करने के बाद विक्रम ने कहा–''मई के दूसरे सप्ताह में तुम दोनों को बाकायदा पासपोर्ट और वीसा आदि बनवाकर न्यूयार्क पहुंचना है। वहां से ब्राडवेल और ब्राडवेल में एक होटल है। 'हॉलीडे' इस होटल में तुम दोनों के नाम से एक-एक कमरा बुक होगा। तुम्हें वहां बहन-भाई बनकर नहीं, बल्कि अलग-अलग रहना है।''

''और मैं?'' चक्रेश ने पूछा।

''तुम्हें मई के अंतिम सप्ताह में इन दोनों की तरह ही ब्राडवेल पहुंचना है। तुम्हारे नाम से वहां एक अन्य होटल में कमरा बुक होगा। दिमाग में होटल का नाम सुरक्षित कर लो। नाम है–'ब्राडवेलसन'।''

''ठीक है।'' बाली बोला–''मगर, वहां पहुंचने के बाद हमें क्या करना है?''

''अपने-अपने होटल में जाकर ठहर जाना है केवल।'' विक्रम ने बताया–''वहां, मैं स्वयं ही तुम तीनों से संबंध स्थापित करूंगा।''

''चलो . . . यह भी मंजूर है।''

''मैं अभी पंद्रह दिन इस शहर में और हूं।'' विक्रम ने बताया–''अंतिम दोस्त की तलाश करने की कोशिश करूंगा। उम्मीद है कि कामयाबी अवश्य मिलेगी।''

''तो क्या आज की मुलाकात के बाद अब हमारी मुलाकात ब्राडवेल में ही होगी?''

''नहीं। इन पंद्रह दिनों में हम एक बार फिर मिलेंगे।''

''कब, कहां?''

''उसकी सूचना मैं अपनी डार्की द्वारा तुम लोगों तक पहुंचा दूंगा।''

चकित स्वर में पूछा बाली ने–''डार्की?''

''मेरे उस पालतू कबूतर का नाम है, जिसने आज दिन में तुम्हें मेरी सूचना पहुंचाई थी।''

''ओह।'' बाली के काले होंठ दायरे की शक्ल में सिकुड़ गए। जबकि विक्रम ने कहा–''अब हमारी यह मीटिंग खत्म होने में केवल दस मिनट शेष रह गए हैं। किसी को कुछ पूछना हो तो पूछ सकता है।''

वे तीनों विक्रम से अपने-अपने सवाल करने लगे।

बंद कमरे का दरवाजा खोलते ही बाली ने पुकारा–''ताखी।''

और दौलत के ढेर पर कुंडली मारे बैठा ताखी इस आवाज को सुनते ही फनफनाकर उठा। उसके मुंह से निकलने वाली फुंफकार सारे कमरे में गूंज उठी थी। फन उठाए वह अपनी दो सिरों वाली जीभ को रह-रहकर बाहर निकालने लगा। अपनी गोल आंखों से वह बाली के गिर्द खड़े विक्रम, चक्रेश और छम्मो को देख रहा था।

''अब मैं आ गया हूं ताखी। तुम्हें दौलत की सुरक्षा करने की जरूरत नहीं है।''

इतना सुनते ही ताखी तेजी से उसकी तरफ लपका। कदमों में पहुंचा और पैरों के पास फर्श पर बेचैनी की अवस्था में जल्दी-जल्दी फर्श पर फन पटकने लगा।

विक्रम ने पूछा–''ये क्या कर रहा है?''

''नाराज है मुझसे।'' बाली मुस्कराया–''कह रहा है कि इतनी देर क्यों लगा दी?'' बताने के साथ ही बाली झुका और ताखी को उठा लिया। फिर, ताखी के फन पर वह प्यार से हाथ फेरने लगा। ताखी ने अपना फन कुछ इस तरह झुका लिया, जैसे उसे बड़ा आनंद आ रहा हो।

बाली बोला–''माफ कर दे यार, कम्बख्त सरकारी जासूस पीछे लगे हुए थे।''

जवाब में ताखी ने फन थोड़ा ऊंचा किया। अपनी दुहरी जीभ से रह-रहकर वह बाली के गाल को चाटने लगा। विक्रम, चक्रेश और छम्मो आंखों में आतंक मिश्रित हैरत के भाव लिए उसे देख रहे थे।

''इसका क्या मतलब?'' विक्रम ने पुनः पूछा।

''इसने माफ कर दिया है मुझे।''

ताखी उसके हाथों में से रेंगा और ठीक उसी तरह बाली के गले में घेरा डालता चला गया, जिस तरह शंकर के गले में सांप पड़े रहते हैं। विक्रम की नजर अपने रिवॉल्वर पर थी। उस पर जो कि तकिए के गिलाफ के ऊपर रखा था। उसी दिन से इस रिवॉल्वर के ऊपर ताखी कुंडली मारे बैठा था।

वह अपना रिवॉल्वर उठाने के लिए आगे बढ़ा।

अभी वह गिलाफ से करीब एक कदम इधर ही था कि अचानक बिजली की सी फुर्ती के साथ ताखी बाली के गले से निकलकर किसी धनुष से छोड़े गए तीर के समान हवा में सनसनाया और 'पट्ट' की आवाज के साथ तकिए के गिलाफ पर जा गिरा। वहां पहुंचते ही बड़ी तेजी से फुंफकारा ताखी।

विक्रम हड़बड़ाकर पीछे हटा। उसके कंठ से एक चीख निकल गई।

ताखी रिवॉल्वर के ऊपर बैठा जोर-जोर से फुंफकार रहा था।

भयभीत विक्रम ने पलटकर बाली की तरफ देखा और उसकी अवस्था देखकर बरबस ही बाली ठहाका लगाकर हंस पड़ा। काफी देर तक, खुलकर हंसता रहा बाली। जबकि विक्रम ने पूछा–''इसका क्या मतलब?''

''उधर बढ़ने से पहले तुमने मेरी इजाजत नहीं ली थी।''

''ओह।''

''हट जाओ ताखी। इसे अपना रिवॉल्वर ले लेने दो।''

ऐसा सुनते ही ताखी ने फन झुकाया और फर्श पर रेंगता हुआ बाली की तरफ बढ़ गया।

⅄

बाली के कमरे में ताखी मेज पर बैठा सामने रखे एक चौड़े मुंह वाले पात्र में भरा दूध पी रहा था। बाली पलंग पर चित्त पड़ा था। सिरे के नीचे तकिया लगाए छत को घूर रहा था कि किचन से छम्मो बाहर निकली। उसके हाथ में एक कप-प्लेट थी। कम में थी गर्मागर्म चाय।

नजदीक पहुंचकर छम्मो ने उसे चाय दी।

अभी बाली ने पहला घूंट भरा ही था कि छम्मो बोली–''बाली।''

''हूं।'' बाली ने प्रश्नवाचक दृष्टि से उसकी तरफ देखा।

''एक बात पूछूं?''

''क्या?''

''तुम क्या सोच रहे थे?''

''विक्रम के बारे में।''

''विक्रम के बारे में?'' छम्मो ने थोड़े चकित स्वर में पूछा–''उसके बारे में क्या सोच रहे थे तुम?''

''यह कि हम तीनों उसकी मुट्ठी में हैं।''

''मुट्ठी में?''

''जो गुनाह हम तीनों ने किए हैं, उनके पूरे-पूरे सबूत उसके पास हैं, यानी वह जिस क्षण चाहे हमें बड़ी आसानी से अगर फांसी के फंदे तक नहीं तो सवा लाख की बिल्डिंग के अंदर तो पहुंचा ही सकता है।''

''दूध का धुला वह भी नहीं है बाली।'' छम्मो ने कहा–''उसने मुझे, तुम्हें चक्रेश को कानून से बचाया, कानून को धोखा दिया। हमारी मदद की। अपराधियों की मदद करना भी तो अपराध होता है फिर वह तो दुनिया का सबसे बड़ा जुर्म 'बैंक' में डकैती की योजना बना रहा है।''

''इससे क्या होता है?''

''होता क्यों नहीं। यदि वह सबूतों का दुरुपयोग करेगा तो हम भी पुलिस के सामने उसका भांडा फोड़ देंगे। 'लीजर बैंक' में डकैती डालने की योजना के बारे में बता देंगे। अपने मंसूबे पूरे होने से पहले ही वह पकड़ा जाएगा।''

''कौन पकड़ा जाएगा?''

''विक्रम।''

''हूं।'' बाली हंसा–''कौन विक्रम, यह उसका असली नाम नहीं है और न ही उसका वह चेहरा असली है, जो हमें दिखाता है। हम उसका नाम नहीं जानते। छुपे हुए चेहरे को नहीं जानते।''

''ओह।''

''वह बहुत चालाक है छम्मो।'' खाली कप-प्लेट फर्श पर रखता हुआ बाली बोला–''वह हर प्वाइंट से मजबूत होकर चल रहा है। वह इतना चालाक है कि बैंक की सुरक्षा के बारे में सबकुछ बताता रहा, लेकिन अपनी स्कीम नहीं बताई।''

''शायद उसे यह डर है कि कहीं हम उसकी स्कीम को पुलिस तक न पहुंचा दें?''

''हम उसके लिए महत्वपूर्ण हैं। हमारे बिना वह अपनी बैंक रॉबरी की स्कीम को कामयाब नहीं कर सकता तो फिर क्यों न हम उससे अगली भेंट में उसकी इस कमजोरी का लाभ उठाएं।''

''कैसे?''

''अगली भेंट पर मैं उसके सामने तीन बातें रखूंगा। पहली तो यह कि वह हमें अपनी असली सूरत दिखाकर वास्तविक नाम बताए। दूसरी यह कि बैंक रॉबरी की स्कीम बताए। तीसरी यह कि हम तीनों के खिलाफ जो सबूत उसके पास हैं, उन्हें वापस दे। अगर वह हमारी इन तीनों शर्तों में से एक भी मान ले तो हमारा और उसका पलड़ा बराबर हो जाएगा।''

''यदि उसने एक भी शर्त नहीं मानी तो?''

''हम उससे साफ-साफ कह देंगे कि अगर वह हमारी इन तीन शर्तों में से एक भी शर्त मानने को तैयार नहीं है तो हम उसकी स्कीम पर बैंक रॉबरी करने के लिए तैयार नहीं हैं।''

''तीनों कैसे, चक्रेश भला तुम्हारा साथ क्यों देगा?''

''मीटिंग से पहले मैं चक्रेश से मिलूंगा। आज रात ही भेंट करनी होगी उससे।''

''तुम चक्रेश से मिलोगे। इसमें तो खतरा है, यदि किसी तरह पुलिस को यह पता लग गया कि तुममें और चक्रेश में कोई संबंध है तो . . .।''

''वह खतरा तो मैं उठा लूंगा। तुम बोलो, तुम विक्रम के सामने मेरा साथ दोगी?''

''बेहिचक''

''गुड, ये बात हुई न मेरी जान।'' कहकर बाली झपटा। छम्मो के गदराए जिस्म को बांहों में भर लिया उसने। छम्मो कहती ही रह गई कि–''अरे-रे क्या करते हो बाली?'' जबकि बाली उसे कसकर पलंग पर लेट गया। बाली इस वक्त अपनी उस इच्छा को पूर्ण कर रहा था, जो उसे पिछले पंद्रह दिन से बेचैन किए दे रही थी। छम्मो विरोध कर रही थी, किंतु वह विरोध कृत्रिम और कमजोर था। छम्मो के जिस्म से कपड़ों के साथ-साथ प्रतिरोध भी कम होने लगा और फिर, पलंग पर जो कुछ हुआ उसे ताखी ने देखा नहीं कसकर आंखें बंद कर लीं अपनी और पलंग के नीचे की तरफ रेंग गया।

चक्रेश फैक्टरी से शाम के पांच बजे लौटा था। इस वक्त छह बजे थे और वह उदास-सा बेड पर लेटा छत को घूर रहा था। जाने क्यों इस वक्त उसे मंजू याद आ रही थी। उसकी बीवी। अनजाने में ही चक्रेश की आंखें भरती चली गई।

एकाएक कालबेल की आवाज सुनकर वह चौंका।

पलंग से उठा और इस वक्त पहली बार उसे महसूस हुआ कि कमरे में अंधेरा है। पहले उसने स्विच की तरफ बढ़कर ऑन किया। इस बीच कॉलबेल ने दूसरी बार सारे फ्लैट को झनझनाकर रख दिया।

दरवाजा खुलते ही वह उछल पड़ा–"तुम?"

"हां, मैं।" कहने के साथ ही काला लड़का लगभग जबर्दस्ती कमरे में घुस गया। उसने स्वयं ही दरवाजा बंद करके चटकनी चढ़ाई और जब घूमा तो, समीप ही खड़े कांप रहे चक्रेश ने पुनः पूछा–"तुम यहां बाली?"

"हां। लेकिन तुम इस तरह डर क्यों रहे हो?"

"तुम यहां क्यों आए हो?"

"कुछ जरूरी बातें करने।"

"जरूरी बातें। मगर तुम्हारा यहां आना खतरनाक है। तुम तो फंसोगे ही, पुलिस के जिस जंजाल से मैं इतना टॉर्चर सहकर निकला हूं फिर उसी में फंस जाऊंगा।"

"मैं जानता हूं।"

"फिर भी तुम यहां आए?"

"चंद बातें ही कुछ इतनी महत्वपूर्ण हैं।"

"कैसी बातें?"

जवाब में बाली ने बातें ठीक वहीं से शुरू कीं, जहां से उसने छम्मो से की थीं। वे ही बातें उसने चक्रेश से भी की और चक्रेश भी लगभग वे ही जवाब देता चला गया जो छम्मो ने दिए थे, किंतु जब उसने तीन शर्तें विक्रम के सामने रखने और अगर विक्रम उनमें से किसी भी शर्त को न माने तो बैंक रॉबरी में शामिल न होने की बात कही जो चक्रेश बोला–"यदि उसने तब भी हमारी कोई शर्त नहीं मानी तो?"

"उसे माननी पड़ेगी। हमारे अलग हो जाने से उसके सारे मंसूबों पर पानी फिर जाएगा।"

''वह ऐसा भी तो कर सकता है कि हमारी कोई शर्त न माने और हमारे इंकार पर हमें फंसवा दे।''

''तुम समझते क्यों नहीं। हम उसके लिए महत्वपूर्ण हैं।''

''हमारे बाद वह अपने काम के दूसरे आदमी भी तो ढूंढ सकता है।''

बाली मुस्कराया बोला–''मैं समझ गया दोस्त कि तुम उसे ऐसी धमकी देने से क्यों हिचक रहे हो?''

''क्या समझ गए?''

''तुम आठ करोड़ कमाने का यह चांस अपने हाथ से नहीं निकलने देना चाहते।''

''ये बात तो है ही साथ ही, यह बात भी है कि क्रुद्ध होकर वह हमें फंसवा सकता है। उस वक्त हमारी यह हरकत जबर्दस्त बेवकूफियों से भरी साबित होगी, जबकि हम उसे क्रुद्ध करके आठ करोड़ कमाने के स्थान पर जेल की चक्की पीस रहे होंगे।''

''तुमने साबित कर दिया कि बात की गहराई तक पहुंचने की कला कुछ प्रतिशत तुममें भी है। बात बिल्कुल ठीक है दोस्त, आठ करोड़ की इस ऑफर को मैं भी नहीं ठुकरा सकता, अतः जब मैं यह महसूस कर लूंगा कि वह हमारी धमकी में नहीं फंसा है और किसी भी हालत में हमारी कोई शर्त मानने के लिए तैयार नहीं है तो मैं बड़ी खूबसूरती से अपने शब्द वापस ले लूंगा और उसी हालत में उसकी स्कीम पर काम करने के लिए तैयार हो जाऊंगा।''

''तो फिर इस सब ड्रामें से लाभ ही क्या?''

''अगर वह हमारी धमकी में फंसकर कोई शर्त मान ही ले तो हमारा क्या नुकसान है?''

''यदि तुम्हारी बातें सिर्फ उसे धमकी देने तक ही रहीं तो मैं उसके सामने तुम्हारा साथ दूंगा।''

''आठ करोड़ कमाने के इस पहले और आखिरी चांस को किसी भी सूरत में मैं अपने हाथ से फिसलने नहीं दूंगा।''

⅄

शक्ति नगर के चौक पर टैक्सी को रुकना पड़ा, चूंकि सामने ही लाल लाइट चमक रही थी। बाली टैक्सी की पिछली सीट पर बैठा था और टैक्सी को यहां रुके अभी मुश्किल से पंद्रह सेकेंड ही गुजरे थे कि।

वातावरण में ब्रेकों की बड़ी तीव्र चरमराहट गूंजी।

बरबस ही बाली की गर्दन उस तरफ घूम गई। टैक्सी की बगल में एक ग्रे कलर की फिएट खड़ी थी। ब्रेकों की यह तीव्र चरमराहट इसी फिएट ने उत्पन्न की थी। काफी तेजी से अपने वाली फिएट में अचानक ही ब्रेक मारे गए थे। उसने फिएट के ड्राइवर की तरफ देखा तो नजरें वहीं चिपक कर रह गईं।

ड्राइविंग सीट पर एक निहायत ही खूबसूरत और जवान लड़की बैठी थी। उसके गोरे जिस्म पर दूध जैसा झीना सफेद लिबास था। चेहरा एकदम गोल, बड़ी-बड़ी आंखें। मगर इन आंखों में बाली को इस वक्त हल्के से भय कं चिंह नजर आए। सर्दी के बावजूद मुखड़े पर भी पसीने की नन्हीं-नन्हीं बूंदे झिलमिला रही थीं। उसके हाव-भाव से ही लग रहा था कि लड़की बेचैन है। लाल बत्ती पर झुंझला-सी रही थी वह।

जाने क्यों, बाली को बात कुछ असाधारण-सी लगी।

अभी वह ज्यादा कुछ सोच भी नहीं पाया था कि बत्ती हरी हुई। टैक्सी एक झटके से आगे बढ़ गई। फिएट ने टैक्सी से एक पल बाद तीव्र झटका लिया और फिर सांय से हवा के झोंके के समान बगल से निकलकर आगे बढ़ गई।

टैक्सी भी उसी मार्ग पर बढ़ रही थी।

फिएट और कार के बीच की दूसरी प्रतिपल बढ़ती ही चली गई, परंतु यह दूरी अभी इतनी नहीं बढ़ी थी कि बाली को फिएट चमकनी बंद हो जाए। उसने फिएट को एक इमारत के मुख्य द्वारा में प्रविष्ट होते देखा।

जब टैक्सी उस इमारत के सामने से गुजरी तो जाने क्यों बाली ने

इमारत को ध्यान से देखा। टैक्सी भागती चली गई। कुछ देर तक तो बाली उस लड़की के बारे में सोचता रहा फिर आंखें बंद करके सीट पर लेट-सा गया।

अगली सुबह

बाली जब अखबार पढ़ रहा था तो बरबस ही एक दिलचस्प शीर्षक ने उसका ध्यान आकर्षित किया।

शीर्षक था–''स्वयं को किसी स्टेट की राजकुमारी बताकर सर्राफ को लूटा।''

विस्तृत समाचार का सारांश कुछ यूं था–''कल शाम करीब साढ़े दस बजे एक युवती 'गोल्डन गोल्ड' नामक दुकान में शहजादियों की तरह दाखिल हुई। उसने स्वयं को किसी स्टेट की राजकुमारी बताकर जेवरात देखे। दुकानदार ने उससे प्रभावित होकर कुछ ज्यादा ही उत्साहपूर्वक जेवर दिखाए, परंतु दुर्भाग्यवश राजकुमारी को कोई भी जेवर पसंद नहीं आया और बिना कोई खरीद किए दुकान से चली गई। उसके जाने के बाद जब दुकानदार जेवरात के डिब्बों को संभाल रहा था तो एक डिब्बे में सोने का हार न देखकर भौंचक्का रह गया।

पुलिस को सूचना दी गई। पुलिस ने तत्काल कार्यवाही की। दुकानदार का कहना है कि वह सचमुच किसी राजकुमारी के समान ही बेहद खूबसूरत थी। गोरी, गोल चेहरे और बड़ी-बड़ी आंखों वाली इस शहजादी ने झीना सफेद लिबास पहन रखा था और वह एक फिएट गाड़ी में आई थी, जिसमें हार लेकर बड़ी शान से लौट गई। दुकानदार ने उस हार की कीमत दस हजार बताई है। पुलिस सरगर्मी से कथित शहजादी की तलाश में है, किंतु अभी तक कोई सफलता नहीं मिल सकी है। जाने वह किधर से आई और हार लेकर किधर चम्पत हो गई?''

समाचार पूरा पढ़ते ही लगभग उछल पड़ा बाली। उसकी आंखों के सामने शक्तिनगर का चौक, लाल बत्ती पर रुकती हुई ग्रे कलर की फिएट और उसकी ड्राइविंग सीट पर बैठी खूबसूरत युवती नाच उठी। युवती के चेहरे पर मौजूद पसीना, आंखों में भय और चेहरे पर मौजूद बेचैनी के भाव थे। बाली बड़बड़ा उठा–"ओह, तो यह था वह चक्कर?"

बाली टैक्सी से उस इमारत के समीप ही उतरा जिसके मुख्य द्वार में उसने कल शाम फिएट को दाखिल होते देखा था। टैक्सी का बिल अदा करके उसे विदा करने के बाद उसने अपने दोनों हाथ गंदी पतलून की जेबों में डाले और लापरवाही के से अंदाज में सीटी बजाता हुआ इमारत की तरफ बढ़ गया।

इमारत डी. डी. ए. द्वारा निर्मित पांच मंजिला थी, प्रत्येक मंजिल पर तीन कमरों का एक फ्लैट। स्पष्ट था कि उस इमारत में कम-से-कम पांच परिवार रहते हैं। इमारत के छोटे-से पोर्च में बाली को वह ग्रे कलर की फिएट भी खड़ी नजर आ गई। उसे देखते ही बाली की आंखों में अजीब-सी चमक उभर आई थीं।

अभी वह अपने अगले कदम के बारे में सोच ही रहा था कि अधेड़-सी आयु का एक व्यक्ति उसी इमारत की सीढ़ियां तय करके नीचे पहुंचा। उसके हाथ में चमड़े का एक पुराना बैग था। कदाचित वह अपने ऑफिस जा रहा था। बाली लपककर उसी के समीप पहुंचा और बोला–"क्या आप मुझे बता सकेंगे कि ये ग्रे कलर की गाड़ी किसकी है?"

"मिस मालती की।" उसने संक्षिप्त-सा उत्तर दिया।

"मालती।" बाली बड़बड़ाया, शीघ्र ही उसने दूसरा सवाल किया–"मिस मालती का फ्लैट कौन-सा है?"

‘‘तीसरी मंजिल पर।’’

‘‘थैंक्यू।’’ कहकर बाली तेज कदमों के साथ इमारत की सीढ़ियों की तरफ बढ़ गया। अधेड़ कुछ देर खड़ा रहा, फिर लापरवाही से कंधे उचकाकर मुख्य द्वारा की तरफ बढ़ गया।

बाली ने तीसरी मंजिल के फ्लैट के मुख्य द्वार पर पहुंचकर दस्तक दी।

थोड़े समय बाद दरवाजा खुला और जब दरवाजा खुला तो अनजाने में ही बाली का दिल बहुत जोर-जोर से धड़कने लगा। पसलियों में हथौड़े की-सी चोट महसूस दे रही थी उसे। सामने वही खड़ी थी। सुंदरता को भी लजा देने वाली सुंदरी। बाली अभी हक्का-बक्का-सा ही खड़ा था कि कोयल कुहूकी–‘‘कहिए।’’

यह शब्द बाली के मस्तिष्क में पहुंचकर बम के समान फटा।

‘‘मुझे आपसे मिलना है।’’ वह हड़बड़ाकर कह उठा।

‘‘क्षमा कीजिए।’’ बाली के कानों में शहद उंड़ेला उसने–‘‘मैंने आपको पहचाना नहीं।’’

‘‘पहचानेंगी कैसे?’’ बाली स्वयं को नियंत्रित कर रहा था–‘‘हम पहली बार मिल रहे हैं।’’

‘‘आपका परिचय?’’

‘‘राकेश, मेरा नाम राकेश है।’’ बाली कह उठा–‘‘आप मालती हैं न?’’

‘‘जी हां, कहिए।’’

‘‘क्या आप अपने मेहमानों को दरवाजे पर खड़ा करके ही उनसे बातें करती हैं?’’

एक क्षण कुछ सोचा मालती ने। ध्यान से बाली को देखा, फिर बोली–‘‘आइए।’’

वह अंदर प्रविष्ट हो गया, फ्लैट के पहले कमरे का ड्राइंग-रूम के रूप में इस्तेमाल किया गया था। एक कीमती सोफा पड़ा था ड्राइंग-रूम

में, बाली उसकी तरफ बढ़ गया। वह यहां बहुत कुछ सोचकर आया था, मगर जाने क्यों इस वक्त बेहद नर्वस-सा हो रहा था। कदाचित मालती के बेशुमार सौंदर्य के कारण। इस वक्त कल शाम से भी ज्यादा सुंदर लग रही थी वह। दूध से जिस्म पर काली साड़ी, काला ब्लाउज, मुखड़े पर हल्का मेकअप। आई-ब्रो ने बड़ी आंखों में चार चांद लगा दिए थे। पतले होठों पर नेचुरल कलर की लिपिस्टिक, मस्तक पर छोटी-सी काली बिंदिया, लंबे घने और काले बालों को बड़ी शालीनता से गूंथकर पीछे बांध रखा था उसने।

''मैं आपके बारे में जानने के लिए उत्सुक हूं।'' वह उसके सामने वाले सोफे पर बैठती हुई बोली।

''जी, मैं पेंटर हूं। कार-स्कूटर आदि के रंग बदला करता हूं।''

''लेकिन मैंने तो . . .।''

''सोचा कि शायद आपको अपनी ग्रे कलर कार का रंग बदलवाना हो?''

''नहीं तो, अभी तो रंग बिल्कुल ठीक है। लेकिन आपके दिमाग में यह बात आई कैसे?''

बाली बोला–''फिएट का कलर सर्राफ ने पुलिस को बता दिया है न, मैंने सोचा शायद इसीलिए।''

आश्चर्य के साथ थोड़ा भय भी उभर आया उसकी आंखों में बोली–''फिएट, कलर, सर्राफ, पुलिस। मैं आपका मतलब नहीं समझी। कौन हैं आप और क्या चाहते हैं?''

उसके चेहरे का उड़ा हुआ रंग देखकर बाली आश्वस्त हो गया, धूर्तपूर्ण मुस्कान के साथ बोला–''बात ये है मिस मालती कि कल शाम साढ़े छह बजे के करीब एक राजकुमारी सर्राफ से सोने का हार पार कर लाई और संयोग की बात है कि उस शहजादी की फिएट का कलर भी वही था, जो आपकी गाड़ी का है, यानी ग्रे।''

''क्या बक रहे हैं आप?'' चीखती हुई मालती सोफे से उठ खड़ी हुई–''कहना क्या चाहते हैं?''

''दरअसल ये पुलिस वाले अपने को कुछ ज्यादा ही तेज समझते हैं। मैंने सोचा कि कहीं गाड़ी का कलर एक होने के कारण वे आप ही को शहजादी साबित न कर दें। फिर, ऐसा होने पर वह दुकानदार भी तो आपको पहचान सकता है।''

''शटअप!'' वह गुर्राई और साथ ही बिजली की-सी तेजी के साथ उसने अपने ब्लाउज से प्वाइंट पैंतालीस का रिवॉल्वर निकाल लिया। छोटे-से रिवॉल्वर के निशाने पर लेकर मालती गुर्राई–''हैंड्स अप मिस्टर, हैंड्स अप।''

हाथ उठाकर बाली सोफे से खड़ा हो गया।

उस पर नजर रखें रिवॉल्वर के निशाने पर लिए मालती फ्लैट के मुख्य द्वार की तरफ बढ़ी। दरवाजा बंद करके अंदर से बोल्ट किया। इस बीच काले होठों पर बराबर मुस्कान नाचती रही थी। उसके ठीक सामने पहुंचकर मालती गुर्राई–''अब बोलो तुम कौन हो। यहां आने का मकसद क्या है?''

''तो आपने साबित कर दिया मिस मालती कि वह शहजादी आप ही हैं।''

''मैं तुम्हारे बारे में पूछ रही हूं।''

''घबराइए नहीं, पुलिस से मेरा भी वहीं संबंध है, जो आपका है। यानी छोटा-मोटा चोर हूं।''

''यहां क्यों आए हो?''

''यह सोचकर कि शायद उस दस हजार के हार में से मुझे भी कुछ हिस्सा मिल जाए।''

''मुझसे एक पाई नहीं मिलेगी। उल्टे अपनी जान से भी हाथ धो बैठोगे।''

बाली ने धूर्त मुस्कराहट के साथ कहा–''मैं जब कोई काम करने के लिए निकलता हूं तो खाली हाथ नहीं लौटता मिस मालती। बेशक आपके हाथ में रिवॉल्वर है, मगर मैं जानता हूं कि वह मुझ पर फायर

करने के लिए नहीं है, बल्कि केवल धमकी देने के लिए है।''

''तुम्हारा ये वहम तुम्हें मार भी सकता है।''

''मैं देख रहा हूं कि रिवॉल्वर पर कोई साइलेंसर नहीं लगा है। प्वाइंट पैंतालीस का यह रिवॉल्वर छोटा जरूर है, लेकिन कम्बख्त गोली चलने पर इतनी जोर से खांसता है कि सारी इमारत में रहने वाले व्यक्ति तीसरी मंजिल पर इकट्ठे हो जाएंगे। आप भागना चाहेंगी, लेकिन मेरी जेब में एक ऐसी चीज है, जो मेरी मौत के बाद आपको भागने नहीं देगी।''

''क्या मतलब?''

''मिस मालती को मतलब बताओ दोस्त। इसे अपना खूबसूरत चेहरा दिखाओ।''

कोट की बाहरी जेब में पड़ा ताखी कुलबुलाया, अगले ही पल उसने फन जेब से बाहर निकालकर मालती की तरफ देखा। माली के कंठ से एक घुटी-घुटी सी चीख निकल गई। वह पीछे हटी। रिवॉल्वर स्वयं ही उसके हाथ से छूट गया। असीमित हैरत के भाव थे उसके चेहरे पर। मुंह से बरबस ही निकला–''ताखी।''

चौंकने की बारी बाली की थी, कह उठा–''आप ताखी को कैसे . . .?''

''तुम-तुम बाली हो क्या?'' मालती ने कांपते स्वर से पूछा।

''हां, मगर?''

''मैं रानी हूं बाली। मैं रानी हूं, तेरी रानी।''

''क्या?'' आकाश से लुढ़कता हुआ बाली जैसे धड़ाम से जमीन पर आ गिरा। अपने बचपन की एक-एक याद एक-एक दृश्य उसके मस्तिष्क पटल पर उभर आया। गंगा किनारे रेत में छोटा-सा घरौंदा बनाती हुई एक साफ-सुथरी नन्हीं लड़की। घरौंदे में ठोकर मारकर उसे तोड़ लेने वाला गंदा लड़का, खेत-खलियान, जंगल, बाग-बगीचा, बाड़े की जमीन, उसमें जलती चिता, एक कुआं, गाय के नीचे दबी

लाश, पंडित के रूल की सांय-सांय करती आवाज और फिर चीखती हुई नन्हीं-सी बच्ची।

''तू-तू बाली है न, बोल बाली है न तू?'' रानी उसे पागलों के समान झंझोड़ रही थी।

वह चौंका, बोला–''मैं बाली हूं रानी।''

''तू बाली है तू?'' आंखें फाड़कर उसकी तरफ देखती रह गई रानी। उसकी बड़ी-बड़ी आंखों में आंसू तैर रहे थे। अचानक पागलों के समान बाली के चौड़े सीने पर दोनों हाथों से घूंसे बरसाने लगी वह। साथ ही बच्चों के समान चीखती चली गई–''मुझे छोड़कर कहां चला गया था तू, बोल। कहां चला गया था तू। मुझे उस खोह में नहीं मिला। सारे जंगल में तुझे ढूंढ़ती फिर मैं, खाना भी नहीं खाया था तूने। आज मिला है इतने साल बाद, फिर भी ऐसे खड़ा है, जैसे पराया हो।''

''रानी!'' तड़पकर बाली ने बाहों में भर लिया उसे।

ताखी जेब में सिमट गया।

रानी लिपट गई उससे। बेहिचक।

फिर एकाएक, झटके से अलग होती हुई बोली–''चल हट, मैं बात नहीं करूंगी तुझसे।''

''क्यों रानी?'' बाली तड़प उठा।

''तुझसे नाराज हूं मैं।''

''क्यों?''

''मेरा ख्याल ही कहां रहता है तुझे। जब तुझे ही मेरा ख्याल नहीं तो मैं तेरी चिंता क्यों करूं?''

''ऐसा मत कह रानी।''

''तो और क्या कहूं, यदि तुझे मेरी चिंता होती तो क्या तू इस तरह मुझे बिना बताए खोह से गायब हो जाता। मैंने सारे जंगल में ढूंढ़ा तुझे। बस्ती में, नदी पर, तुझे ढूंढ़ने कस्बे में भी गई थी मैं, मगर तू कहीं नहीं मिला। तेरे इंतजार में बहुत-बहुत देर तक उस खोह में बैठी रहती थी

बाली। तेरी इंतजार में नदी किनारे बहुत सारे घरौंदे बना डाले थे मैंने। मगर तू-तू इतना जालिम निकला कि एक बार भी ठोकर मारकर उन्हें तोड़ने नहीं आया, तब-तब मैंने सोचा कि अब अगर तू कभी मुझे नहीं मिलेगा ना तो मैं तुझसे बोलूंगी नहीं, तू गंदा है, तुझसे बात नहीं करूंगी मैं, वहां नदी के किनारे उस खोह में जाकर तुझसे कुट्टी कर आई थी, मैं, उस खोह से कहा था मैंने कि यदि बाली अब फिर कभी मुझे मिलेगा तो मैं-तो मैं मारूंगी उसे। मगर-मगर आज जब तू मिला तो।''

फूट-फूटकर रो पड़ा बाली।

उसने बहुत चाहा था किंतु अंतर्मन से फूट पड़ने वाली इस रुलाई को वह रोक नहीं सका। जार-जार रोता हुआ धम्म से सोफे पर गिर पड़ा। ऐसा देखते ही रानी कह उठी–''अरे तू रो रहा है?''

चेहरा हाथों में छुपाकर फफक पड़ा बाली।

रानी लपककर उसके करीब पहुंची, उसके दोनों कंधे पकड़कर झंझोड़ती हुई बोली–''तू रो रहा है, रो मत बाली, अच्छा देख मैं तुझसे नाराज नहीं हूं। मैं अपनी कुट्टी भी तोड़ दूंगी। मगर देख, तू रो मत, जब तू रोता है न तब ऐसा लगता है कि मेरा दिल बैठ जाएगा। मैं मर जाऊंगी बाली।''

''मैं गंदा हूं रानी। सचमुच गंदा हूं मैं।''

''नहीं रे, किसने कहा तुझसे। वही गंदा होगा, जिसने कहा।''

काफी देर बाद बड़ी मुश्किल से बाली स्वयं को संभाल सका। वह भी रानी की मदद से। एक दूसरे से लिपटकर वे दोनों ही बुरी तरह रोए थे। जब वातावरण सामान्य हुआ तो बाली बोला–''ताखी क्या तूने रानी को पहचाना नहीं?''

यही वह क्षण था, जबकि ताखी ने उसके कोट की जेब से जम्प लगाई और सीधा रानी के कंधे पर जा गिरा। पहले तो डर गई रानी।

मुंह से हल्की-सी चीख निकली और फिर अगले पल खिलखिलाकर हंस पड़ी।

मोती जैसे दांतों को देखता रह गया बाली।

कितनी सुंदर थी रानी, उसकी रानी।

बाली की आंखों के सामने नदी किनारे खिलखिलाती छोटी-सी बच्ची उभर आई, जबकि ताखी बड़ा ही अधीर-सा रानी के शरीर पर रेंग रहा था। अपना मुंह फाड़-फाड़कर प्यार कर रहा था उसे। रानी ने उसे पकड़ा। प्यार से उसके फन पर हाथ फेरा तो गर्दन समेटकर झुका ली, उसने, काफी देर तक रानी उसे यूं ही प्यार करती रही, फिर बोली–''क्यों रे ताखी। तू भी इस घोंचू की तरह निर्दयी है क्या?''

फन उठाकर इंकार में हिलाने लगा ताखी।

''तुझे याद आती थी मेरी?''

जवाब में जब स्वीकारात्मक अंदाज में फन हिलाया तो उस वक्त रानी ने उकसी गोल-गोल आंखों में तैरता पानी देखा था। उसे देखकर रानी कह उठी–''तू रो रहा है ताखी।''

ताखी की गोल आंखों से कूदकर दो बूंदे रानी के हाथ पर कूद गईं।

''पगला?'' रानी भर्राए स्वर में कह उठी–''तू भी रोता है, इस गधे के साथ रहकर तू भी ऐसा हो ही गया है। उस रात तेरे लिए दूध भी तो लेकर आई थी मैं। तू भी छोड़ गया, बोल क्यों नहीं पिया था तूने?''

जवाब में ताखी ने तुरंत अपना फन बाली की तरफ घुमाया और एक विशेष अंदाज में तीव्रता के साथ फुंफकारा। उसकी यह हरकत देखकर बाली हल्के से मुस्कराया, बोला–''ये कह रहा है रानी कि इसे दूध मैंने नहीं पीने दिया था, उस वक्त मैंने टोकरी में बंद कर रखा था इसे।''

''तू तो है ही जालिम। खासतौर से उनके लिए जो तुझे प्यार करते हैं, तू किसी की परवाह नहीं करता। उस वक्त इस बेचारे ताखी को भूख लगी होगी मगर तुझे क्या, तूने इसे टोकरी से नहीं निकाला।''

इस बीच अजीब-सी क्रुद्ध दृष्टि से ताखी बाली को घूरता रहा था।

बाली हंसा, हंसकर बोला–''तूने तो इसे एक मिनट में मुझसे ज्यादा अपना बना लिया रानी, देख-देख तो सही किस तरह गुस्से में घूर रहा है मुझे, जैसे बाप की मार खाने के बाद बच्चा मां की गोद में पहुंचकर बाप को घूरता है।''

''सब तेरी तरह थोड़ी हैं, जो प्यार को समझता ही नहीं। ताखी जानता है कि मैं इसे प्यार करती हूं इसलिए यह भी मुझे प्यार करता है और तू-तू तो जानवर से भी गया-बीता है, क्यों रे ताखी। तू ही क्यों नहीं समझता इसे। इस घोंचू में अक्ल बिल्कुल ही नहीं है, लेकिन तू समझाए भी कैसे। जबान तो तेरी है नहीं।''

रानी एक बर्तन में किचन से दूध ले आई थी। इस वक्त ताखी सोफासैट के बीच पड़ी सेंटर टेबल पर बैठा दूध पीने में व्यस्त था, जबकि बाली ने पूछा–''मेरे चले आने के बाद गांव में क्या हुआ रानी?''

''उस दिन जब मैं तेरे पास से लौटी तो पापा ने मुझे बहुत मारा। तेरा पता पूछा, लेकिन मैंने बिल्कुल नहीं बताया। फिर, अगली रात को मैं पुनः खोह पर पहुंची। वहां तू नहीं था, रोटी और दूध यूं ही रखे थे। मैं तुझे ढूंढ़ने लगी। सारे जंगल में मैं तुझे आवाज देती फिरी, लेकिन तू तब भी नहीं मिला। फिर थककर एक जगह बैठ गई। रोने लगी तो तभी जाने कहां से पापा मेरे पास आ गए। उन्हें देखकर मैं कांप उठी।''

''वे जरूरत उस रात पीछे-पीछे आए होंगे?''

''हां, ये बात उन्होंने मुझे हवेली में ले जाकर बताई। वे समझ चुके थे कि तू केवल खोह नहीं, बल्कि गांव छोड़कर जा चुका है। जंगल में मेरे द्वारा तुझे आवाज लगाए जाने का कारण वे समझ गए थे कि अब मुझे भी तेरा कोई पता नहीं है। फिर भी, उस रात उन्होंने मुझे पहली रात से भी ज्यादा मारा, कहा कि अगर फिर कभी बाली मिले

तो मैं उससे बात न करूं। उन्होंने मुझे इतना मारा कि मुझे सबकुछ उन्हें बताना ही पड़ा। सुनने के बाद वे बहुत गुस्सा हुए और मुझसे कहा कि यह सब कुछ मैं कभी किसी से न कहूं। मैं उस वक्त तो नहीं समझी थी, मगर आज समझी हूं कि ऐसा उन्होंने इसलिए कहा था, क्योंकि ठाकुर अंकल की हत्या करने में जाने-अनजाने मैंने भी तेरी मदद की थी। मुझे बचाने के लिए वे ठाकुर अंकल के मर्डर केस को दबाने की कोशिश करने लगे। मैं उन दिनों तुझे खोह पर नदी और बाड़े पर ढूंढ़ती फिरा करती थी। ठाकुर अंकल की जगह विलायत से आकर उनके छोटे भाई ने ले ली थी। वह तुझसे अपने भाई की मौत का बदला लेना चाहता था। तुझे ढूंढ़ने के लिए उसने पुलिस को बहुत-से पैसे दिए, तू नहीं मिला। मैं पढ़ती रही, चार साल बाद जबकि मैं इंटर में पढ़ती थी तो जाने कैसे ठाकुर अंकल के छोटे भाई को यह पता लग गया कि उसके भाई को मारने में तेरी मदद मैंने भी की थी, इसलिए तेरे पिता उस मर्डर-केस को दबा देने की कोशिश कर रहे हैं। इस पर ठाकुर अंकल के छोटे भाई को दबा देने की कोशिश कर रहे हैं। इस पर ठाकुर अंकल के छोटे भाई को यह शक हो गया कि उसके भाई की हत्या का सारा षड्यंत्र रचकर मेरे पापा ने ही हत्या कराई थी बस, अपनी हवेली में बुलाकर उसने पापा को जान से मार डाला। पुलिस को पैसे खिला दिए। उसके खिलाफ कुछ भी नहीं हुआ, फिर एक रात उसके गुंडे मुझे उठाकर जबर्दस्ती ठाकुर की हवेली में ले गए, वहां ठाकुर अंकल का भाई मेरी इज्जत लूटने की कोशिश करने लगा। उस रात मैं बड़ी मुश्किल से अपनी इज्जत और जान बचाकर भागी, बाली, मैं इतना डर गई थी कि गांव से ही भाग गई। कानपुर पहुंची, मेरा कहीं भी कोई ठिकाना नहीं था, सोचती थी कि बस अगर तू मिल जाए तो मेरे सारे दुख दूर हो जाएं मगर तू नहीं मिला। मुझे जो भी देखता उसकी नजरों में ऐसी गंदगी होती कि मुझे डर लगने लगता। उन दिनों मैं अपनी इज्जत और जान बचाने के लिए इधर-उधर भाग रही थी कि भूख के

लिए एक होटल से रोटी चुराती पकड़ी गई। पुलिस ने मुझे जेल भेज दिया। पुलिस को अपना नाम मैंने आशा बताया था। जेल में ऐसी-ऐसी मुजरिम औरतें मिलीं, जिन्होंने मुझे समाज में अकेली लड़की के रहने की कला सिखाई। उन्हीं के बजाए रास्ते पर चलकर जेल से बाहर आने के बाद मैंने छोटी-मोटी चोरियों शुरू कर दीं। जब देखती कि पुलिस मुझे ज्यादा ही परेशान करने लगी है तो शहर छोड़ देती और नाम बदलकर दूसरे शहर में चोरियों करने लगती। जब मैं एक अमीर महिला का हैंड बैग लेकर भागी तो उसमें से मुझे यह रिवॉल्वर भी मिला। उन्हीं राहों पर चलती हुई मैं पांच दिन पहले ही इस शहर में पहुंची हूं, मालती के नाम से यह सजा-सजाया फ्लैट किराए पर लिया। कल ही यहां अपना पहला काम किया था कि आज तूने धर-दबोचा। खैर, अच्छा ही हुआ अब तू मिल गया है। मुझे कुछ करने की जरूरत नहीं है।''

''वह फिएट किसकी है?''

''वह किराए की टैक्सी है। चार दिन पहले किराए पर ली थी।''

''मगर उस पर नंबर प्लेट तो टैक्सी वाली नहीं है।''

''टैक्सी की नंबर प्लेट उतारकर मैंने कार वाली एक फर्जी नंबर प्लेट लगा ली थी।''

''ओह, इसका मतलब तू भी पूरी हो गई है रानी।''

''वक्त और जमाने ने मुझे चालाक बना दिया है बाली, लेकिन अब तू तो बता, गांव से निकलकर तू कहां चला गया था?''

''मेरी कहानी भी तुझसे अलग नहीं है रानी। तुझे पिटती देखने के बाद मुझे डर लगा कि अगर तुझ पर और मार पड़ी तो तुझे मेरा पता बताना ही पड़ेगा और मैं पकड़ा जाऊंगा, अतः डरकर मैं उसी रात स्टेशन की तरफ भाग गया। वहां खड़ी एक ट्रेन में चढ़ गया मैं। वह ट्रेन मुझे बंबई ले गई। कुछ दिनों तक मुंबई के फुटपाथों पर ताखी का तमाशा दिखाकर अपना और ताखी का पेट भरता रहा, किंतु मेरे ख्वाब बहुत ऊंचे थे। जो पैसे खेल दिखाकर मुझे मिलते वे बहुत कम हुआ

करते थे। अतः मैंने चोरियां करनी शुरू कर दीं। यार-दोस्त भी वैसे ही लड़के बन गए। उम्र के साथ मेरे अपराधों का स्तर बढ़ने लगा। पुलिस से बचाव हेतु एक से दूसरे शहर भटकता रहा। पिछले कई सालों से इस शहर में हूं, अभी पिछले ही दिनों मैंने एक बहुत बड़ा अपराध किया है।''

''क्या?''

''बैंक को ब्लैकमेल करके डेढ़ लाख रुपए कमाए हैं।''

''कैसे?''

बाली विस्तारपूर्वक सबकुछ बताता चला गया, सुनने के बाद रानी बोली–''अब हम मिल गए हैं बाली। एक लाख रुपए तेरे पास हैं और कुछ मेरे पास भी हैं। जुर्म की यह दुनिया बहुत गंदी है बाली, इसमें हमेशा जान का खतरा बना रहता है, हम दोनों मिलकर एक घर ले लेंगे। उसे सजाएंगे, हम तीनों साथ ही रहा करेंगे। मैं, तू और ताखी।''

''मगर रानी।'' कुछ कहने से हिचका बाली।

''हां-हां बोल, चुप क्यों हो गया?''

''मैं तो कुछ और ही सोचकर यहां आया था।''

''तू हिचक क्यों रहा है। साफ-साफ कहता क्यों नहीं कि क्या सोचकर आया था?''

''यह तो मैं स्वप्न में भी नहीं सोच सकता था कि यहां मुझे तू मिल जाएगी। मैं बता ही चुका हूं कि रात मैंने किस अवस्था मैं तुझे शक्तिनगर के चौक पर और फिर फिएट को इस इमारत में दाखिल होते देखा था। सुबह अखबार में जब सर्राफे की घटना पढ़ी तो मैं समझ गया कि कथित शहजादी वही लड़की होगी, जिसे मैंने देखा था। मैंने सोचा कि वह लड़की बैंक रॉबरी में हमारी पांचवी साथी हो सकती है, इसीलिए।''

''अच्छा, तो तेरे दिमाग में अभी तक बैंक रॉबरी की बात है?''

''हां रानी।''

''जब तक तू नहीं मिला था न बाली, तब तक मेरे दिमाग में भी कोई-न-कोई अगला क्राइम करने की ही बात रहती थी।'' इस वक्त तक भी थी। लेकिन अब तू मिल गया है। जाने मैं कब से सोच रही थी कि तू मिल जाए तो मैं इस दलदली जिंदगी से बाहर निकलूं। मगर तू भी उसी दलदल में फंसा हुआ है खैर, डर की क्या बात है, आज भगवान ने मेरी सुनी है, मुझे तू मिल गया है बाली। मेरी बेमकसद भागती हुई जिंदगी की मंजिल मिल गई है। तुझे मैं मिल गई। तेरी बेमकसद जिंदगी की मंजिल। मैंने तो पहले ही सोच रखा था, आत तू भी पक्का फैसला कर ले कि अब कोई क्राइम नहीं करेगा। यह गंदी जिंदगी छोड़ देनी है हमें।

''लेकिन।''

''इस जिंदगी में कुछ नहीं रखा है बाली, छोड़ दे इसे। देख, भागती-भागती तेरी रानी थक गई है। अब तू मिला है तो अपनी मजबूत बांहों का सहारा दे मुझे, खुद भी निकल और मुझे भी खींचकर इस दलदल से निकाल।''

''लेकिन।''

''क्या लेकिन-वेकिन किए जा रहा है?''

''आठ और आठ सोलह करोड़।''

''करोड़-वरोड़ के लालच में मत पड़ वाली। मैं देख चुकी हूं, दौलत की ये भूख किसी भी सीमा पर जाकर खत्म नहीं होती है। तेरे पास एक लाख हैं। बीस-पच्चीस हजार मुझ पर भी होंगे ही, छोटी ही सही, लेकिन एक बहुत सुंदर घर बसाने के लिए ये रुपए काफी होंगे बाली। एक घर होगा। हमारा घर। मेरा-तेरा, हमारे बच्चों और ताखी का घर ये मेरा बचपन का सपना है बाली। तुझे याद है न, नदी किनारे रेत में मैं घर बनाया करती थी?''

ठोकर मारकर घरौंदे तोड़ते एक गंदे लड़के को अपनी कल्पनाओं में देखते ही बाली ने कहा–''याद है।''

''बस। एक वैसा ही घर बनाने का दिन आ गया है आज।''

बाली कह उठा–''क्या तुझे यह याद नहीं रानी कि मैं क्या कहा करता था?''

''तू ही बता।''

''तेरा नाम रानी है। तुझे कोई भिखारिन बनाकर थोड़ी रखूंगा मैं। तुझे तो रानी बनकर रहना चाहिए, तुझे मैं बहुत बड़े मकान में रखूंगा। एक कार होगी। खूब सारा जेवर होगा। अच्छे-अच्छे कपड़े होंगे। नौकरों की फौज होगी और वह सब तक होगा, जब हम बैंक रॉबरी में से दो हिस्से यानी सोलह करोड़ . . .।''

''छोड़ न बंगले, कार, जेवर, कपड़े और नौकरों को।'' रानी कह उठी–''मैं तेरे साथ छोटे-से घर में . . .।''

''मैं अगर चाहूं तो भी ऐसा नहीं कर सकता रानी।''

''क्यों भला?''

''वह विक्रम नहीं करने देगा। उसके साथ अब मैं इतना आगे बढ़ चुका हूं कि चाहूं भी तो वापस नहीं लौट सकता। यदि मैंने वापस लौटने की कोशिश की तो वह मुझे पुलिस की गिरफ्त में फंसा देगा।''

''ओह।'' रानी के चेहरे पर सोचने के चिंह नजर आए।

लोहे को गर्म देखकर काले लड़के ने तुरंत चोट की–''हां रानी, मैं उसके पंजे में फंसा हुआ हूं। यदि मैंने उसकी इच्छा के विरुद्ध एक भी कदम उठाया तो वह मुझे फंसा देगा। हमारे सपने फिर सपने ही रह जाएंगे। इससे अच्छा तो ये है कि बैंक रॉबरी करने के बाद हम आराम से रहें। वह हमारा आखिरी गुनाह होगा रानी। हम फिर कभी कुछ नहीं करेंगे। कुछ करने की जरूरत भी नहीं रहेगी हमें। हमारी सात पुश्तें तक आराम से बैठकर खाती रह सकती हैं।''

''मगर मुझे डर लगता है बाली।''

''डर की क्या बात है पगली?''

''जाने क्यों, लग रहा है कि मेरे सपने कभी पूरे नहीं होंगे।''

''तू तो खामखां ही डरती है पागल, अब तो मैं हूं तेरे साथ, ताखी भी है फिर डर की क्या बात है?'' बाली चापलूसी भरे स्वर में बोला–''अगर तू मेरा साथ नहीं देगी तो मुझे अकेले ही ब्राडवेल जाना पड़ेगा।''

''नहीं बाली।'' रानी कांप उठा–''अब तू मुझे छोड़कर कहीं न जाना।''

''लेकिन, उस कम्बख्त विक्रम के इशारों पर तो मुझे नाचना ही होगा?''

''यदि तू मजबूर है तो मैं भी तेरे साथ रहूंगी।''

बाली की आंखें चमक उठीं–''इसका मतलब तू रॉबरी की स्कीम पर काम करने के लिए तैयार है?''

''तेरे लिए, लेकिन।''

''लेकिन क्या?'' बाली का दिन पुनः धड़क उठा।

''तू तो कह रहा था कि विक्रम ने चौथी साथी ढूंढ़ने की जिम्मेदारी खुद ही ली है, फिर वह तेरे कहने से मुझे ग्रुप में क्यों लेगा, क्या वह समझ नहीं जाएगा कि इस तरह तू रॉबरी की दौलत में से दो हिस्से मारना चाहता है?''

''विक्रम, चक्रेश या छम्मो को कभी पता ही नहीं लगेगा कि हम एक-दूसरे को जानते हैं।''

''वह कैसे?''

''मेरे दिमाग में एक स्कीम है।''

''क्या?''

काला और चालाक लड़का रानी को धीमे शब्दों में स्कीम समझाने लगा। उसे, जो सचमुच अभी तक भोली थी।

जो कुछ बाली कह रहा था उसे विक्रम ध्यानपूर्वक सुनता रहा और

इसी बीच बाली, चक्रेश और छम्मो के चेहरों का अध्ययन भी उसने बड़ी बारीकी से किया। जब बाली की बात समाप्त हुई तो विक्रम ने बड़े आराम से सिगरेट सुलगाई। जो कहा गया था, उसकी प्रतिक्रिया जानने के लिए तीनों की नजरें उसकी नकली चेहरे पर टिकी हुई थीं।

काफी देर की खामोशी के बाद विक्रम बोला–"तो तुम चाहते हो कि मैं तुम्हारी तीन शर्तों में से एक जरूर मानूं।"

"हां।" बाली ने दृढ़तापूर्वक कहा।

"वर्ना . . .।"

बाली का पहले से कहीं ज्यादा दृढ़ स्वर–"हममें से कोई भी बैंक रॉबरी के लिए तैयार नहीं।"

"क्यों चक्रेश?" उसने चक्रेश से पूछा।

चक्रेश का कमजोर स्वर–"तुम्हें हमारी कम-से-कम एक शर्त जरूर माननी चाहिए।"

विक्रम मुस्कराया–"चक्रेश के स्वर की कमजोरी उससे छुपी नहीं रह सकी थी, फिर भी उसने यही सवाल छम्मो से भी किया। छम्मो का स्वर बाली और चक्रेश के बीच का था। उसे नोट करके विक्रम बोला–"इसका मतलब ये हुआ बाली कि मेरे मना करने के बावजूद भी तुमने चक्रेश से मिलने का खतरा उठाया?"

"फिलहाल हम केवल अपने सवाल का जवाब चाहते हैं।"

"तुम ऐसा क्यों चाहते हो कि मैं तुम्हारी कोई एक शर्त जरूर मानूं?"

"क्योंकि हम तुम्हारे बारे में कुछ नहीं जानते। तुम अभी तक भी रहस्यमय ही बने हुए हो। इस बार डार्की के द्वारा तुमने हमें यहां बिल्कुल ही नई जगह बुलाया है। हम नहीं जानते कि यहां से निकलने के बाद तुम हमें कहां मिल सकोगे, जबकि हम तुम्हारी मुट्ठी में हैं। तुम जब चाहो हमें . . .।"

"जेल भिजवा सकता हूं?"

''हां।''

''क्या तुम्हें जेल भिजवाने के लिए ही मैंने तुम्हें बचाने के लिए खुद को इतने खतरे में डाला था।''

''फिलहाल तुम्हें हमारी जरूरत है, कल जब हम बैंक रॉबरी में कामयाब हो जाएंगे तो मुमकिन है कि तुम अकेले ही हम सबका हिस्सा हड़पने के लिए हमें फंसवा सकते हो। यदि स्थिति यही रही तो जिस तरह आज हम तुम्हारा कुछ नहीं बिगाड़ सकते उसी तरह उस वक्त भी कुछ नहीं बिगाड़ सकेंगे।''

''तो तुम्हारे मन में यह डर है?''

''बेशक।''

सिगरेट में एक गहरा कश लगाने के बाद वह उठकर खड़ा हुआ। कमरे में चहलकदमी-सी जारी करके बोला–''चक्रेश और छम्मो नाम के तुम्हारे ये साथी बहुत कमजोर हैं बाली। बैंक रॉबरी से इंकार करते वक्त उनके स्वर में कोई दृढ़ता नहीं थी, अतः जिनके आधार पर तुम मुझसे यह युद्ध लड़ना चाहते थे, वे बहुत कमजोर हैं। हां, तुम्हारे लहजे में दृढ़ता जरूर थी, किंतु सच बोलने जैसी नहीं, बल्कि केवल नेतृत्व जैसी यानी मैं साफ शब्दों में कह सकता हूं कि केवल धमकी दे रहे हो।''

''क्या मतलब?''

''मैं जान चुका हूं कि यदि मैं तुम्हारी कोई भी शर्त न मानूं तब भी तुम तीनों बैंक रॉबरी में मेरा साथ दोगे। यह बात अच्छी तरह जानने के बावजूद भी मैं तुम्हारी तीन में से एक शर्त जरूर मानूंगा, जानते हो क्यों?''

''क्यों?''

''क्योंकि तुम मेरे प्रति आश्वस्त नहीं हो, तुम्हें शक है मुझ पर, यह कि बैंक रॉबरी के बाद मैं सारी दौलत हड़प कर जाने का षड्यंत्र भी रच सकता हूं। हम दोस्त हैं बाली। जब कुछ दोस्त मिलकर किसी ऐसे काम

को करने का बीड़ा उठाते हैं जिसमें दोस्तों का संयुक्त ताकत की जरूरत हो तो उनमें विश्वास होना जरूरी है। यदि दोस्तों के बीच अविश्वास होगा तो वे कभी कामयाब नहीं हो सकेंगे और मैं नहीं जानता कि हमारी बैंक रॉबरी की स्कीम नाकामयाब हो, इसलिए महज इसीलिए मैं तुम्हारी तीन में से एक शर्त मानने के लिए तैयार हूं।''

''कौन-सी?''

''तुम तीनों के खिलाफ मेरे पास जो भी सबूत हैं, वे वापस मिल जाएंगे।''

''गुड।'' बाली के होठों पर सफलता की मुस्कान उभरी।

''लेकिन।'' विक्रम ने कहा–''उसके बाद तुममें से कोई भी मुझ पर अविश्वास न करे, बल्कि यूं कहना चाहिए कि हम में हरेक को हर एक पर पूरा विश्वास होना चाहिए। रॉबरी की सफलता के बाद कोई भी अकेला, सारी दौलत को हड़पने की बात नहीं सोचेगा। दौलत हमारे संयुक्त प्रयास से मिलेगी, अतः उस पर सभी का बराबर हक होगा। यदि किसी भी एक के मन में किसी भी एक के प्रति अविश्वास रहा या किसी भी एक के दिल में बदी आई तो हममें से किसी को भी दौलत नहीं मिलेगी और बदले में हम सब जेल की हवा खा रहे होंगे।''

''ठीक है।''

''अब शेष रही हमारे पांचवें साथी की समस्या, हमारी यह मीटिंग पहली मीटिंग के बारह दिन बाद हो रही है। यानी तीन दिन बाद मुझे भारत से चले जाना है। इन बारह दिनों में मैंने अपने पांचवें साथी को तलाश करने की भरपूर चेष्टा की, किंतु दुर्भाग्यवश कामयाब न हो सका। जैसा कि मैंने पहले भी कहा था, विडम्बना तो ये है कि हमारे उस पांचवें साथी का काम सबसे पहले शुरू होना है।''

''क्या मतलब?''

''आज मैं तुम लोगों को योजना का छोटा-सा हिस्सा बताता हूं।'' विक्रम कहता चला गया–''शायद आप लोगों में से किसी ने गौर

किया हो जब मैं बैंक की सुरक्षा व्यवस्था के बारे में बता रहा था। बैंक के मैनेजर का उल्लेख करते वक्त एक जगह मैंने 'बेटी के विरह में सुलगता बूढ़ा' शब्द प्रयोग किए थे। इसका अर्थ ये है कि बचपन ही में उसकी एकमात्र लड़की कहीं खो गई थी। इस लड़की की मां यानी मैनेजर की पत्नी लड़की को जन्म देते समय ही मर गई थी। मैनेजर ने कभी दूसरी शादी नहीं की। वह अपनी लड़की को पालने लगा, परंतु अभी वह पांच वर्ष की ही थी कि एकाएक गुम हो गई। मैनेजर उससे बहुत प्यार करता था, बल्कि करता है उससे और साथ ही उसकी रिपोर्ट पर पुलिस ने उस पांच वर्षीय लड़की की तलाश करने की भरसक कोशिश की, परंतु व्यर्थ। मैनेजर अभी तक अपनी उसी बेटी के विरह में सुलग रहा है।''

''यानी तुम किसी लड़की को उसकी निगाहों में उसकी बेटी साबित करना चाहते हो?''

''यस।''

''इससे बैंक रॉबरी का क्या संबंध?''

''संबंध है, और बहुत गहरा संबंध है।'' विक्रम बोला–''किसी भी लड़की को उसकी नजरों में उसकी बेटी साबित करने के लिए मैं सारी स्कीम तैयार कर चुका हूं। अब यदि कमी है तो केवल एक लड़की की, ऐसी लड़की की जो कि उसके घर में रहकर हमारे लिए काम करे।''

''छम्मो कैसे रहेगी?''

''नहीं चलेगी। उस लड़की के लिए थोड़ी पढ़ी-लिखी होना जरूरी है।'' विक्रम बोला–''हम सबका काम अगला सीजन आने पर शुरू होगा, लेकिन उसका काम पांच महीने पहले ही शुरू हो जाना है यानी सीजन के पांच महीने पहले मैनेजर की अचानक ही एक घटना के अंतर्गत उसकी लड़की मिल . . .।''

विक्रम की बात अधूरी रह गई।

कमरे में एक तिपाई पर रखे फोन की घंटी घनघना उठी थी। सभी

ने घूरकर फोन की तरफ देखा। बाली के अतिरिक्त किसी को भी इस वक्त फोन द्वारा उत्पन्न किया गया गतिरोध अच्छा नहीं लगा था। आगे बढ़कर विक्रम ने रिसीवर उठाया और बोला–''हैलो।''

''गुड ईवनिंग मिस्टर विक्रम।'' दूसरी तरफ से खनखनाती आवाज।

विक्रम चकराया, बोला–''कौन हैं आप?''

''जिसकी आपको तलाश है।''

''मैं समझा नहीं।''

''डरो नहीं मिस्टर विक्रम। घबराने अथवा बौखला जाने जैसी भी कोई बात नहीं है।'' दूसरी तरफ से कहा गया–''मैं जानती हूं कि अगले सीजन में ब्राडवेल स्थित 'लीजर बैंक' में एक रॉबरी होने वाली है। इस रॉबरी को कामयाब बनाने के लिए कम-से-कम पांच व्यक्ति चाहिए। तुम चार हो। तुम चक्रेश, बाली और छम्मो। अपने पांचवें साथी की तलाश है तुम्हें एक ऐसी लड़की के रूप में जो पढ़ी-लिखी और सुंदर हो।''

''क्या बक रही हो तुम?'' विक्रम चीख पड़ा–''कौन हो?''

हल्की-सी खिलखिलाहट के बाद कहा गया–''मेरा नाम रूबिया है, प्यार से लोग मुझे रूबी कहते हैं।''

''रूबी?'' विक्रम पसीने-पसीने हो गया।

''इसका मतलब तुम भी मुझे प्यार करने लगे हो?''

विक्रम का केवल वही हाथ नहीं कांप रहा था, जिसमें रिसीवर था, बल्कि सारा जिस्म ही कांप रहा था। अपने लहजे में कंपन को छुपाने की असफल चेष्टा करते हुए विक्रम ने कहा–''किंतु यह आप क्या बक रही हैं, कैसी बैंक रॉबरी?''

''यदि तुम कहो तो मैं थोड़ी देर बाद वहीं आकर तुम्हें अपना इंटरव्यू दे सकती।''

''इंटरव्यू?''

''मैं समझती हूं कि मुझमें बैंक के मैनेजर की लड़की बनने के सभी गुण हैं।''

''क्या मतलब?''

''इजाजत हो तो आपसे मिलूं?''

विक्रम के मस्तिष्क में हल्के-हल्के विस्फोट हो रहे थे, ऐसे जैसे मस्तिष्क में छोटे-छोटे दस्ती बम फट रहे हों। वह कुछ सोचने लगा था, बोलने का होश तक नहीं रहा था उसे कि दूसरी तरफ से कहा गया–''क्या सोचने लगे मिस्टर विक्रम?''

''कुछ नहीं।'' वह बौखला गया।

''इजाजत हो तो मैं वहीं आ जाऊं?''

''आ जाओ।'' विक्रम ने कहा ही था कि दूसरी तरफ से रिसीवर रख दिया गया।

बाली विक्रम के चेहरे पर अपनी योजना को कामयाब होते देख रहा था। शायद चेहरे पर कहना ठीक नहीं है, क्योंकि उसका वास्तविक चेहरा फेसमास्क के पीछे छुपा हुआ था, परंतु उसकी आंखों में वहशत के भाव थे और उन्हीं भावों से उसके चेहरे पर उड़ती हवाइयों का भी अनुमान लगाया जा सकता था। फेसमास्क के ऊपर पसीने की बूंद छलकने का तो कोई प्रश्न ही नहीं था, परंतु अनुमान लगाया जा सकता था कि फेसमास्क के नीचे छुपे विक्रम का वास्तविक चेहरा पसीने से भरभरा उठा है क्योंकि उसकी कलाइयां पसीने से भीग गई थीं।

कांपते हाथ से उसने रिसीवर क्रेडिल पर रखा।

बाली सहित सभी की निगाहें उस पर टिकी हुई थीं। बाली को छोड़कर सभी के दिल बड़ी तेजी से धक्क-धक्क कर रहे थे। विक्रम ने जेब से रुमाल निकालकर अपनी कलाइयों पर उभर आए पसीने को पोंछा।

''क्या बात है?'' बाली ने पूछा–''तुम इस तरह नर्वस से क्यों हो रहे हो?''

वह चुप रहा, शायद वह अभी तक स्वयं को सामान्य नहीं कर सकता था।

तभी चक्रेश ने पूछा–''किसका फोन था?''

''रूबी का।''

''रूबी?'' छम्मो कह उठी–''कौन रूबी?''

''हमारी पांचवीं दोस्त।''

''पांचवीं दोस्त?'' बाली ने कमाल की ऐक्टिंग की–''मगर तुम तो कह रहे थे कि अभी . . .।''

''मैं उसे नहीं जानता कि वह कौन है और हमारे बारे में इतना सबकुछ कैसे जानती हैं?''

''क्या मतलब?''

जब विक्रम ने बोलना शुरू किया तो एक ही सांस में वह सबकुछ बता गया। जो कुछ जिस ढंग से हुआ उसने वह उसी ढंग से बयान किया था। सुनने के बाद चक्रेश और छम्मो की हालत बड़ी ही खस्ता हो गई। बाली भी अपनी हालत वैसी ही खस्ता प्रदर्शित कर रहा था, जबकि मन-ही-मन वह अपनी योजना की कामयाबी पर खुश था। उसे इस बात की खुशी थी कि बैंक रॉबरी करने वाले इस ग्रुप पर अब विक्रम के स्थान पर वह हावी होता जा रहा है। अपनी वास्तविक भावनाओं को छुपाकर वह बोला–''लेकिन इस लड़की को हमारी इस गुप्त मीटिंग और स्कीम के बारे में पता कैसे चला?''

''यही तो हैरत की बात है।'' विक्रम बोला–''कहीं तुममें से किसी ने तो किसी अन्य से जिक्र नहीं किया?''

एक साथ तीनों कह उठे–''नहीं।''

''तो फिर वह हमारे बारे में सबकुछ कैसे जानती है, हमारे नाम, हमारे इरादे।''

''जुर्म की दुनिया में जीने का हर एक शख्स का अंदाज अलग होता है मिस्टर विक्रम।'' कमरे में गूंजने वाली इस खनखनाती आवाज

ने सभी के रोंगटे खड़े कर दिए। विक्रम आवाज को पहचान चुका था। आवाज रूबी की थी। कमरे में कोई नहीं था फिर आवाज कहां से आई? सभी आतंक मिश्रित प्रश्नवाचक निगाहों से एक-दूसरे को देखने लगे, फिर अर्द्धविक्षिप्तों के से अंदाज़ में विक्रम चीख पड़ा–''कहां हो तुम? सामने आकर बात करो।''

यही वह क्षण था, जबकि कालबेल चीख पड़ी।

सभी उछल पड़े। नियंत्रित न रहे थे वे।

सबसे पहले विक्रम ने खुद को संभाला। दरवाजे की तरफ बढ़ा और जब उसने दरवाजा खोला तो सामने कयामत खड़ी थी। अपने पूरे जिस्म में विक्रम ने हल्की-सी झुरझुरी महसूस की। विक्रम के साथ-साथ सभी ने देखा उसे।

छम्मो ईर्ष्यावश जल-भुनकर राख हो गई।

वह रानी थी, ईश्वर द्वारा एक-एक अंग को तराशे गए शरीर पर केवल एक स्कर्ट थी। खून जैसे गहरे लाल रंग की स्कर्ट। उसकी दूध जैसी नग्न कलाइयां और गठी हुई लंबी टांगें स्पष्ट चमक रही थीं।

नन्हें पैरों में घुटनों तक बंधे फीतों वाली ऊंची एड़ी की सैंडिलें।

पतले होठों पर मुस्कान बिखेरे वह अंदर दाखिल हुई। कोई कुछ नहीं बोल सका। एक तो पहले से ही ये सब आतंकित थे, दूसरे रानी की ख़ूबसूरती बाली के अतिरिक्त उन सब पर बिजली बनकर गिरी।

जुबान तालू से चिपक गई।

जब वह बोली तो यूं लगा कि जैसे किसी मंदिर की घंटियां घनघना उठी हों–''गुड इवनिंग फ्रैंड्स।''

कोई कुछ नहीं बोल सका।

''मेरा ख्याल है दरवाजा बंद की दीजिए मिस्टर विक्रम?''

विक्रम ने इस तरह आदेश का पालन किया जैसे जन्मजात उसका गुलाम रहा हो। इस बीच रानी आगे बढ़ी। मेज पर पड़े विक्रम के पैकिट

से एक सिगरेट निकाली। होठों से लगाई और गैस लाइटर से उसे सुलगाकर इत्मीनान से बोली।

''मेरे आने पर लोग चुप क्यों हो गए?''

खुद को संभालकर विक्रम ने कहा– ''हम तुम्हारा असली नाम जानना चाहते हैं।''

''मुझे झूठ बोलने की कोई जरूरत नहीं थी। मेरा नाम रूबिया ही है।''

''कहां रहती हो?''

''दो सो एक बटा बी-मोती नगर।''

''हमारे बारे में इतना कैसे जान गईं हो तुम?'' बाली कह उठा– ''हमारे नाम, हमारे इकट्ठा होने का मकसद।''

''जुर्म की दुनिया में जीने वाला हर शख्स अपने अलग तरीकों से काम करता है और अपने तरीके किसी दूसरे को नहीं बताता।''

''मतलब ये कि तुम नहीं बताओगी।''

''हरगिज नहीं।''

''तब तो हम तुम्हें अपने ग्रुप में नहीं ले सकते।'' विक्रम कह उठा।

उसके ऐसा कहने पर रानी ने घूरकर देखा उसे, बोली– ''ग्रुप में तुम लोग नहीं मिस्टर विक्रम, बल्कि मैं आ चुकी हूं।''

''कोई जबर्दस्ती है?'' चक्रेश कह उठा।

''मंजू के कत्ल को छुपाने के लिए तुम्हें मुझको ग्रुप को लेना ही होगा और तुम मिस्टर बाली अखबार में पढ़कर तुम . . .।''

विक्रम उसकी बात बीच में काटकर कह उठा– ''हम जानते हैं कि तुम सबके बारे में जानती हो, किंतु फिर भी जब तक तुम हमें हमारे सवालों का जवाब नहीं दोगी, तब तक हम तुम्हें ग्रुप में नहीं ले सकते।''

''मैं एक शर्त पर तुम्हारे सवालों का जवाब दे सकती हूं।''

''कैसी शर्त?''

''तुम बाली, चक्रेश और छम्मो को अपना ये फेसमास्क उतारकर असली चेहरा दिखाओ।''

विक्रम गड़बड़ाए से स्वर से बोला– ''तुम किसी किस्म की शर्त रखने की स्थिति में नहीं हो।''

''मैं हर किस्म की शर्त मनवाने की स्थिति में हूं मिस्टर।'' रानी ने कठोर स्वर में कहा– ''भले ही ये लोग न जानते हो, मगर मैं जानती हूं कि तुम्हारे इस फेसमास्क के पीछे छुपे चेहरे का हुलिया क्या है। यदि इजाजत दो तो मैं तुम्हें अपने अगले ही वाक्य में तुम्हारे नाम से पुकार सकती हूं।''

विक्रम का चेहरा सफेद पड़ गया।

जबकि रानी कहती चली गई– ''व्यर्थ के सवालों में उलझकर समय बर्बाद करने के अलावा तुम लोग कुछ नहीं कर सकोगे। तुम्हें मुझ जैसी एक लड़की की जरूरत है और मैं तुम लोगों के बारे में इतना ज्यादा जानती हूं कि अपने पांचवें साथी का स्थान मुझे देना ही पड़ेगा। यदि नहीं दिया तो, बैंक रॉबरी की बात तो बहुत दूर है तुम लोग कल का सूरज भी जेल से देख सकोगे।''

''तुम हमें धमकी दे रही हो?'' बाली गुर्राया।

बेहिचक कहा रानी ने– ''यकीनन।''

''तुम हमारे ग्रुप में क्यों शामिल होना चाहती हो?'' विक्रम ने पूछा।

''यानी दौलत के लिए।''

''आठ करोड़ रुपए भला किसको पागल न बना देंगे?''

सभी के चेहरों पर सन्नाटा खिंच गया, काफी देर की खामोशी के बाद विक्रम बोला– ''ठीक है, हम तुम्हें अपने ग्रुप में लेने के लिए तैयार हैं, लेकिन . . .।''

''लेकिन क्या?''

''तुम्हें मेरे आदेशों पर काम करना होगा। ठीक उसी तरह जिस तरह मैं कहूं।''

''मंजूर है।''

''एक क्षण चुप रहने के बाद विक्रम फिर बोला– ''तुम किसी भी तरह अगले महीने के आखिरी सप्ताह तक अपने पासपोर्ट और वीसा आदि का प्रबंध करके न्यूयॉर्क पहुंच जाओ।''

''पहुंच जाऊंगी।''

''मैं तुम्हें वहीं मिलूंगा। यार्क होटल में तुम्हारे नाम से कमरा बुक होगा।''

''मैं समझ गई।''

इसके बाद। उन पांचों के बीच काफी देर तक बातें होती रहीं। विक्रम ने कहा कि अब उन सबकी संयुक्त मीटिंग ब्राडवेल में ही होगी, अतः जिसे जो पूछना है पूछ ले। विक्रम उन्हें बहुत-सी बातें समझाने लगा। एक खूबसूरत लड़की के रूप में उन्हें उनकी पांचवीं साथी मिल गई थी, मगर बाली के अतिरिक्त ग्रुप में उसकी ऐंट्री सभी को खटक रही थी।

⅄

ब्राडवेल में?

आज एक बंगला दुल्हन के समान सजा हुआ था। पंद्रह जनवरी जो थी आज।

सात वर्ष पहले मिस्टर क्राफोर्ड यहां ब्राडवेल स्थित लीजर बैंक के मैनेजर के पद पर नियुक्त होकर आए थे।

कम आबादी वाला सारा शहर जानता था कि पंद्रह जनवरी अभागे क्राफोर्ड की बेटी का जन्मदिन है। एक ऐसी बेटी का जो दुर्भाग्यवश तभी उनसे बिछड गई थी, जबकि वह केवल पांच साल की थी।

प्रत्येक वर्ष की तरह आज भी उनके बंगले पर ब्राडवेल के गणमान्य व्यक्ति इकट्ठे थे। यह पार्टी बड़ी शांति के साथ चला करती थी। अजीब-सी पार्टी होती थी ये जिसमें उल्लास कम और उदासी ज्यादा होती थी।

हर वर्ष की भांति ठीक नौ बजे सभी मेहमान आज भी मिस्टर

क्राफोर्ड के बंगले के लंबे-चौड़े हॉल में इकट्ठे हो गए। एक बड़ी-सी मेज पर बहुत बड़ा खूबसूरत फ्रेम भी रखा था और फ्रेम में मुस्करा रही थी लगभग पांच साल की एक नन्हीं-मुन्नी फूल जैसी बच्ची।

बच्ची ने जो फ्रॉक पहन रखा था, उस पर बड़े-बड़े हवाई जहाज, राकेट और हैलीकॉप्टर बने हुए थे। गले में एक ताबीज नजर आ रहा था। फोटो में खिलखिलाकर हंस रही थी वह नन्हीं-सी बच्ची।

इसी का जन्मदिन था आज।

केक काटने का समय हुआ। नीली आंखों वाले मिस्टर क्राफोर्ड मेज की तरफ बढ़े। उनकी उम्र साठ के करीब थी मगर तंदुरुस्ती के कारण वे थोड़े कम ही नजर आ रहे थे। लंबे-चौड़े, हृष्ट-पुष्ट भरे हुए चेहरे वाले क्राफोर्ड के सिर पर एक भी बाल नहीं था। उनकी आंखों के बारे में विक्रम ने ठीक ही कहा था। सचमुच, वे नीली थीं। बेहद चमकदार, किसी को देखें तो ऐसा लगे, जैसे जिस्म के आर-पार देख रहे हों।

वे मेज के करीब पहुंचकर ठिठके।

जिस वक्त वे मेज पर केक को घूर रहे थे, उस वक्त उन्होंने अपने जबड़े कसकर भींच रखे थे। कदाचित अंदर से फूट पड़ने वाली रुलाई से लड़ रहे थे वे। फिर भी उनकी नीली आंखों में आंसू झिलमिला उठे।

हॉल में सन्नाटा था। ऐसा कि अगर चींटी रेंगे तो आवाज सब सुन सकें।

सब क्राफोर्ड को ही देख रहे थे।

उन्होंने छुरी उठाई। केक काटा और बच्ची के फोटो की तरफ देखकर कह उठे– ''हैप्पी बर्थ-डे स्वीटी।''

किसी अन्य ने ऐसा नहीं किया।

मगर जब जोर-जोर से मिस्टर क्राफोर्ड बार-बार वे ही शब्द कहने लगे तो सभी कह उठे–तालियों की सूनी-सी गड़गड़ाहट गूंजी।

मिस्टर क्राफोर्ड फ्रेम के पीछे चेहरा छुपाकर फट पड़े।

पार्टी समाप्त होने के बाद भारी मन से अधिकांश मेहमान चले गए थे। मिस्टर क्राफोर्ड के चंद खास लोग ही रह गए थे हॉल में। उन सभी ने मिस्टर क्राफोर्ड को चारों तरफ से घेर रखा था। यत्र-तत्र खड़े मिस्टर क्राफोर्ड के घरेलू नौकर अपने मालिक की मानसिक स्थिति पर आंसू बहा रहे थे।

मिस्टर क्राफोर्ड एक कुर्सी पर बैठे थे।

हाथों में वही फ्रेम लिए तड़प-तड़पकर रो रहे थे वे। उनके जो खास आदमी कुर्सी को घेरे उन्हें सांत्वना देने की चेष्टा कर रहे थे, उनमें सबसे अग्रणी था। जेनियर?

करीब पच्चीस वर्षीय युवक।

जेनियर 'लीजर बैंक' का लॉकर इंचार्ज था। मिस्टर क्राफोर्ड के बेहद निकट था वह। इस वक्त वही तो कह रहा था–''चुप हो जाइए। चुप हो जाइए वरना देखिए, हम सब भी रो पड़ेंगे।''

''जेनियर।'' मिस्टर क्राफोर्ड अपना आंसुओं से भीगा चेहरा ऊपर उठाकर दीवानों के समान कह उठे–''क्या हमें अब हमारी स्वीटी कभी नहीं मिलेगी बेटे, क्या हम?''

''क्यों नहीं मिलेगी, अंकल, खुदा ने चाहा तो एक दिन वह जरूर मिलेगी।''

''मगर कब?'' मिस्टर क्राफोर्ड तड़पकर कह उठे–''तुम हमें झूठा आश्वासन देते हो। पिछले साल भी तुमने यही कहा था। उससे पिछले साल भी। आज उसे खोए सत्रह साल गुजर गए हैं। आज पूरे बाईस साल की हो गई है हमारी स्वीटी। वह कैसी लगती होगी। स्वीटी कैसी लगती होगी जेनियर?''

''अंकल।'' जेनियर की आवाज भर्रा गई।

''जब हमने उसे अंतिम बार देखा था तो यही कपड़े पहन रखे थे उस कम्बख्त ने। गले में यही ताबीज था उसके। क्रिसमस के मेले में गुम हो गई थी। क्या किसी जालिम ने उठा लिया होगा उसे?''

''नहीं अंकल, खुदा आपके साथ ऐसा जुल्म नहीं कर सकता।''

''तो फिर वह मिली क्यों नहीं?'' मिस्टर क्राफोर्ड पागलों के समान चीख पड़े–''हमने उसके लिए अखबारों में विज्ञापन दिए थे। एक महीने तक लगातार विज्ञापन चलता रहा था जेनियर, इनाम की रकम बढ़ाते-बढ़ाते हमने एक हजार डॉलर तक कर दी लेकिन।''

वे फफक पड़े।

उनके दुःख में शामिल होकर जेनियर कह उठा–''आप ये बर्थ डे मानते ही क्यों हैं अंकल?''

''क्यों?'' मिस्टर क्राफोर्ड गुर्रा-से उठे–''क्या हमें अपनी बेटी की लंबी उम्र के लिए दुआएं करने का भी हक नहीं?''

''हक तो है अंकल।'' जेनियर बोला–''लेकिन, क्या आप जानते हैं कि इस पार्टी में आते वक्त लोगों पर कितना जोर पड़ता है। वे आना नहीं चाहते क्यों ये खुशी की नहीं रंज की पार्टी होती है। ऐसी पार्टी उन्होंने कहीं भी कभी होते नहीं देखी। इस पार्टी में आने वाले मेहमानों पर बहुत जोर पड़ता है अंकल।''

''तो फिर वे आते ही क्यों हैं?''

''इसीलिए कि उनके न आने से आपको और ज्यादा दुख होगा। वे कहते हैं कि भले ही किसी के सुख में न जाओ लेकिन दुख में जरूर जाना चाहिए।''

''ओह, तो वे हमारे दुख में आते हैं।'' किसी पागल के समान हंस पड़े मिस्टर क्राफोर्ड–''हमारा दुख बांटने, हमसे सहानुभूति है उन्हें–हा-हा-हा मगर हमारा दुख कोई नहीं बांट सका। हम अपनी बेटी के हर बर्थ-डे पर उसे लाने वाले के लिए इनाम बढ़ा देते हैं। इस बार इनाम पांच हजार डॉलर हो गया है जेनियर मगर हम जानते हैं कि फिर भी

हमारी स्वीटी को कोई नहीं ला सकेगा। वह नहीं मिलेगी जेनियर।''

''खुदा ने चाहा तो आपकी बेटी जरूर मिलेगी अंकल।''

सुनकर मिस्टर क्राफोर्ड कुछ इस तरह हंस पड़े जैसे जेनियर ने कोई शानदार चुटकुला कह दिया हो।

⅄

अपना नाम रूबी बताकर रानी ने जो पता विक्रम, चक्रेश छम्मो और बाली के बीच बताया था उससे पहले ही सचमुच वह वहां रहने लगी थी। सारी योजना बाली की थी। उसने अच्छी तरह से सोच-समझ लिया था कि जब वह रानी को इस तरकीब से ग्रुप में दाखिल करेगा तो क्या-क्या परिस्थितियां आएंगी।

उन सबसे निपटने के लिए बाली ने पहले से ही आवश्यक प्रबंध कर लिए थे।

डी. डी. ए. का फ्लैट छुड़वाकर मोतीनगर में रानी को रूबी के नाम से उसी ने बसाया था। रानी के पड़ोसी उसे रूबी के नाम से ही जानते थे। बाली ने ऐसा कोई भी लीक प्वाइंट नहीं छोड़ा था, जिसके सहारे विक्रम उसके अतीत तक पहुंच सके।

अंतिम मीटिंग के बाद लगातार बीस दिन तक बाली ने रानी से कोई मुलाकात नहीं की। उसने रानी को समझा दिया था कि विक्रम उन पर नजर रख सकता है। अतः न तो वह उसी से मिलने की कोशिश करे और न कोई ऐसी गलती करे, जिसका लाभ उठाकर विक्रम उसके अतीत तक पहुंच सके।

रूबी के नाम से रानी मोतीनगर के उस फ्लैट में आराम से रह रही थी।

काफी कोशिश के बाद भी वह अपने आस-पास किसी ऐसे आदमी की तलाश नहीं कर सकी, जिसके बारे में वह यह निश्चय कर सके कि वह उसकी निगरानी कर रहा है, फिर भी बाली के हर आदेश का उसने पालन किया।

बाली अपने फ्लैट में छम्मो के साथ रह रहा था।

छम्मो और बाली फ्लैट में अक्सर हमबिस्तर हो जाया करते थे।

चक्रेश बिल्कुल अलग पड़ा ही था। न तो बाली ने ही दुबारा उससे मिलने की कभी कोशिश की और न ही चक्रेश ने किसी अन्य से, विक्रम के पास उन तीनों के खिलाफ जो सबूत थे।

अपने वायदे के मुताबिक उसने वे लौटा लिए।

समय गुजरता रहा। दिन बीतते गए।

शहर में बैंक ब्लैकमेलिंग की घटना की सरगर्मी भी कम होती गई। यदि अंदर-ही-अंदर सरकारी जासूस अब भी किसी सफेद नकाबपोश के लिए सिर खपा रहे हों तो वे जानें।

चक्रेश और बाली की दिनचर्या बिल्कुल सामान्य थी।

अब तो इन सभी को समय से गुजरने की प्रतीक्षा थी। वे चाहते थे कि जल्दी-जल्दी समय गुजरे, ताकि वह दिन आ सके जबकि उन्हें बैंक रॉबरी करनी है।

वक्त के हाथ से एक-एक दिन फिसलता रहा।

संभावित बैंक लुटेरों को लग रहा था कि दिनों के गुजरने की गति कम होती जा रही है। मगर गुजरते दिनों के साथ उनके दिल की धड़कन भी बढ़ रही थी।

संयुक्त मीटिंग के बीस दिन बाद बाली मोतीनगर स्थित रानी के फ्लैट पर पहुंचा। अपनी तरफ से पूरी सावधानी बरतता हुआ वह यहां आया था। कालबेल दबाते ही दरवाजा खुला।

बाली को देखते ही रानी कह उठी–''ओह बाली, इतने दिन में तुझे आज फुर्सत मिली है?''

बिना कोई जवाब दिए बाली ने घूमकर दरवाजा बंद किया, जिस समय वह दरवाजा बंद कर रहा था, उस समय ताखी सीधा उसकी जेब से उछलकर रानी के कंधे पर जा बैठा।

उसे प्यारी करती हुई रानी ने पूछा–''तुझे इस गधे ने परेशान तो नहीं किया ताखी?''

ताखी ने इंकार में फन हिलाया।

''मुझे तो बहुत परेशान करता है ये। यहां बिल्कुल अकेले में फ्लैट लेकर डाल दिया। इतने दिन बाद मिले, फिर भी मिलने पर पाबंदी, बचपन में पापा पाबंदी लगाते थे, अब ये खुद लगाता है।''

''तू बेकार की बात क्यों किया करती है रानी?'' बाली झुंझला गया–''क्या तू समझती नहीं है कि अगर उनमें से किसी को पता लग गया कि मेरे-तेरे कुछ संबंध है तो मेरी सारी स्कीम धरी रह जाएगी।''

''भाड़ में जाए तेरी स्कीम। मैं तो यहां अकेली बोर हो गई।''

''ऐसा मत कह रानी।'' बाली यह सोचकर बाला कि इस वक्त उसे रानी से झगड़ा नहीं करना चाहिए–''अपनी स्कीम में कामयाब होकर ही हम विक्रम नामक उस रहस्यमय व्यक्ति पर काबू पा सकते हैं। इस वक्त मैं यहां तुझसे उसी के बारे में बातें करने आया था।''

''हां, मुझसे बात करने का मन ही कब होता है?''

''ओफ्फो, तू तो मेरी बात का गलत अर्थ निकाल लेती है।'' बाली चापलूसी पर उतर आया–''क्या ये बात सिर्फ कहने से ही जाहिर होती है कि मेरा तुझसे मिलने को बहुत मन कर करता है?''

''तो इसका मतलब ये कि तेरा मन तो करता है, लेकिन कहता नहीं है।''

''हां रानी।''

''तू तो बड़ा चालाक हो गया है रे, अपने मन की बात मुझसे भी छुपा लेता है।''

कुछ देर तक यूं ही रानी को बहलाता रहा वह। उसे बहलाना ही कहा जाएगा। रानी की बातों में उसे कोई दिलचस्पी नहीं थी। न ही इन बातों में उसे कुछ मजा आ रहा था, किंतु वह यह नहीं चाहता था कि रानी उसकी इस मानसिक स्थिति से परिचित हो जाए, अतः वह उलझा

रहा और मौका मिलते ही उसने झअ से अपने मतलब का वाक्य कह दिया–''तो अब दो हफ्ते बाद तुझे न्यूयार्क जाना है।''

''मैं नहीं जाऊंगी।'' वह कह उठी।

बाली का दिल धड़क उठा–''क्यों?''

''क्योंकि तू नहीं जाएगा।''

''मैं वहां मई के प्रथम सप्ताह में आऊंगा।''

''ऐसी की तैसी आएगा।'' रानी झुझलाई–''मैंने इस काम में दौलत के लिए हाथ नहीं डाला था बाली। मेरी सबसे बड़ी दौलत तो तू है। तेरे साथ रहने के लिए ही मैंने रूबी बनना मंजूर किया और अब तू कहता है कि . . .।''

''काम तो स्कीम के मुताबिक ही करना पड़ेगा न रानी?''

''स्कीम-स्कीम, बस तेरे दिमाग में तो स्कीमें ही घुसी रहती हैं। कभी ये नहीं सोचता कि तेरे बिना परदेस में तेरी रानी कैसे रहेगी। वह भी उसके साथ, पता नहीं कम्बख्त की नीयत क्या है?''

''मैं तुझे उसी के बारे में तो बताना चाहता हूं।''

''तो बक।''

''उसकी नीयत में कोई खोट नहीं है। तेरी खूबसूरती की तरह तो उसका दिमाग भी नहीं जाएगा, क्योंकि आजकल उसके दिमाग में केवल एक ही बात घुसी हुई है। बैंक रॉबरी। इसके अलावा वह कुछ नहीं सोचता।''

''जैसे तू?'' रानी ने कटाक्ष किया।

कटकर रह गया बाली, परंतु बात को पीकर बोला–''तू मेरी बात ध्यान से सुनेगी या नहीं?''

''अच्छा कह।''

''बीच में तो नहीं बोलेगी?''

''नहीं बाबा।''

''तू पासपोर्ट और वीसा का इंतजाम तो कर लेगी न?''

‘‘हां।’’

‘‘बस न्यूयार्क में जाकर तू ‘यार्क होटल’ में ठहरेगी। वह वहीं तुझसे मिलेगा। देख, ये मेरी इच्छा है कि तू उसके हर आदेश का पालन करेगी। वही करेगी, जो वह कहेगा और तू उस पर अपनी सुंदरता का जादू भी चलाएगी।’’

‘‘क्या बक रहा है?’’

‘‘तू फिर बीच में बोली।’’

‘‘जब तू बात ही ऐसी करता है, मैं तेरे अलावा . . .।’’

‘‘सुन तो सही, यह केवल हमारी चाल होगी। उसके इरादों तक पहुंचने की चाल।’’ बाली कहता ही चला गया–‘‘तू उस पर अपना जादू चलाकर यह जानने की कोशिश करेगी कि कहीं वह रॉबरी के बाद हम सबको खत्म करके सारी दौलत खुद ही तो हड़पने के चक्कर में नहीं है। यदि तूने अपना जादू चला दिया तो वह अपने मन की बात तुझसे कह देगा, फिर हम उसके इरादों से परिचित रहेंगे और धोखा नहीं खाएंगे।’’

‘‘तेरे लिए यह भी करूंगी कम्बख्त।’’

‘‘गुड।’’ बाली की आंखें चमक उठीं–‘‘अब मैं उस साले विक्रम की होशियारी देखूंगा।’’

इस वार्ता के बीच ताखी एक मेज पर पहुंच गया था। मेज पर स्याही की एक दवात खुली रखी थी। ताखी ने उसी में मुंह मारा। ऐसा कि दवात खट्ट से फर्श पर आ गिरी।

फूटी। स्याही बिखर गई।

दोनों उसकी तरफ आकर्षित हो गए। रानी एकदम कह उठी–‘‘अरे ये तूने क्या किया रे ताखी?’’

वह ताखी को पकड़ने के लिए अभी उधर लपकने ही वाली थी कि उसकी कलाई पकड़कर बाली ने रोक दिया। बोला–‘‘रुक रानी। ताखी शायद कुछ कहना चाहता है।’’

''कहना चाहता है। इस तरह दवात फोड़कर?''

बाली ने मुस्कराकर कहा–''देख तो जरा मेरे ताखी का कमाल।''

''कैसा कमाल?''

''मैंने इसे लिखना सिखाया है। लिखकर वह अपने मन की बात कह सकता है।''

हैरत के साथ कह उठी रानी–''ताखी लिख सकता है कैसे?''

''देख जरा।'' बाली गर्वीले स्वर में बोला–''जब वह लिखेगा तब तेरी समझ में यह बात आएगी कि दुनिया में ऐसा कोई काम नहीं है, जिसे इंसान कर सके और जानवर सिखाने पर भी न करे। बल्कि मैं तो ये कहता हूं कि जानवर किसी भी बात को इंसान के बच्चे से कहीं ज्यादा जल्दी सीख जाता है।''

रानी दिलचस्प निगाहों से ताखी को देख रही थी। वह धीरे-धीरे रेंगता हुआ मेज के नीचे उतरा। कांच से बचता हुआ बिखरी हुई स्याही की तरफ बढ़ा। समीप पहुंचकर उसने अपनी पूंछ की नोक स्याही में भिगोई।

बिखरी हुई स्याही से थोड़ी दूर हटा।

फिर ताखी ने अपनी पूंछ किसी कलम के समान खड़ी की और उसके बाद वह कलम फर्श पर हिंदी के मोटे-मोटे अक्षर लिखती चली गई। जब रानी ने ताखी द्वारा लिखे सभी अक्षरों को जोड़ा तो छोटा-सा निम्न वाक्य बना।

''मुझे तुम्हारे बीच छम्मो अच्छी नहीं लगती।''

उसे पढ़ते ही रानी ने घूरकर बाली को देखा और बाली बेचारा बुरी तरह सकपका गया।

जिस क्षण रानी ने विमान की सीढ़ी से न्यूयार्क के एयरपोर्ट की धरती पर कदम रखा था, उसी क्षण से जाने क्यों उसके नन्हें से दिल की धड़कनों की गति बढ़ गई थी। सामान के नाम पर उसके पास केवल

एक किट बैग था, जिसमें उसके पहनने के कपड़े थे, बस अन्य कुछ भी नहीं। वीसा के अनुसार उसे अमेरिका के जिन शहरों में जाने की इजाजत थी, उनमें ब्राडवेल भी शामिल था। उसके कागजात देखकर कोई भी कह सकता था कि वह घूमने के मकसद से यहां आई है।

कागजातों के मुताबिक उसका नाम रूबिया ही था।

कस्टम से गुजरने के बाद जब वह न्यूयार्क की इमारत से बाहर निकली तो उसका दिल बहुत तेज धड़क रहा था। अपने देश से निकलकर यहां, इस अमीर देश में आने के बाद उसे अजीब-सा लग रहा था। वह सोच रही थी कि इतने बड़े शहर में वह 'यार्क होटल' को कहां-कहां ढूंढ़ती फिरेगी। किंतु उस वक्त उसकी यह प्रॉब्लम एक क्षण में खत्म हो गई, जब उसने एक टैक्सी ड्राइवर से 'यार्क' चलने के लिए कहा।

टैक्सी ड्राइवर ने तुरंत मीटर डाउन कर लिया था।

फिर टैक्सी एक छह मंजिली भव्य इमारत के पार्किंग में रुकी। यह देखकर रानी कांप-सी उठी कि उस इमारत के शीर्ष पर 'यार्क होटल' लिखा था और वे अक्षर बार-बार जल-बुझकर अपना रंग बदल रहे थे।

मन में प्रश्न उठा–''तो क्या यही वह होटल है, जिसमें उसके नाम से कमरा बुक होगा?''

रिसेप्शन तक पहुंचते-पहुंचते वह काफी नर्वस हो गई थी, परंतु रिसेप्शनिस्ट से बातें करते ही वह आश्वस्त हो गई क्योंकि उसने नम्रतापूर्वक कहा था कि उसके नाम से बीसवीं मंजिल का कमरा नंबर चार सौ बाईस बुक है।

इस वक्त रानी उस भव्य एवं शानदार कमरे के बेड पर लेटी थी।

सैकड़ों विचार सरसरा रहे थे उसके मस्तिष्क में। काफी देर तक वह विक्रम के बारे में सोचती रही। वह सोच रही थी कि जिसने उसके ठहरने का प्रबंध इतने भव्य होटल में क्रिया है, वह निश्चित ही काफी धनवान होगा। फिर सोचने लगी कि यदि वह इतना ही धनवान है तो फिर उसे बैंक रॉबरी करने की क्या जरूरत है।

एकाएक सोचें बाली की तरफ मुड़ गईं।

उसने बाली से रिक्वेस्ट की थी कि जब वह न्यूयार्क के लिए विमान में चढ़े तो वह स्वयं एयरपोर्ट पर आकर उसे 'सी-ऑफ' करे, मगर उसने यह बात नहीं मानी। कहने लगा कि संभव है उस मौके पर विक्रम की दृष्टि किसी भी रूप में तुम पर हो। इसलिए वहां हमारा साथ होना ठीक नहीं है।

वह नहीं आया था।

उसी बात को याद करके बेड पर लेटी-लेटी रानी बुदबुदा उठी– ''गधा, सचमुच, गंदा है बाली।''

तभी कालबेल बज उठी।

वह लगभग चौंक-सी गई, उछलकर खड़ी हुई। उसके मस्तिष्क पटल पर विक्रम का फेसमास्क उभर आया था। वहां न्यूयार्क में तो उससे मिलने केवल वही आ सकता है। एक नजर उसने अपने लिबास पर डाली। यह सोचकर कि वह विक्रम को प्रभावित कर सकती है, दरवाजे की तरफ बढ़ गई।

दरवाजा खोलते ही उसकी नजर विक्रम पर पड़ी।

''गुड इवनिंग रूबी।'' वह बहुत ही प्यारे अंदाज में मुस्कराया।

''गुड इवनिंग।'' मोहक मुस्कान के साथ कहकर रानी दरवाजे से हट गई।

विक्रम कमरे में दाखिल हुआ। रानी ने देखा कि उसके हाथ में एक सुंदर सूटकेस था। सूटकेस को आहिस्ता से मेज पर रखते हुए विक्रम ने पूछा–''सफर में कोई दिक्कत तो नहीं हुई न?''

''नौ थैंक्यू।'' चटकनी चढ़ाकर मुड़ती हुई रानी ने कहा।

विक्रम जेब से फोरस्क्वायर इंटरनेशनल का पैकिट निकालकर सिगरेट सुलगाने लगा।

आवश्यक औपचारिक बातों के बाद विक्रम ने कहा–''अब यदि हम काम की बात करें तो बेहतर है।''

''मैं भी यही सोच रही थी।'' रानी सोफे पर कुछ इस तरह बैठी कि स्कर्ट थोड़ी ऊपर खिसक जाए।

विक्रम ने उस तरफ लेशमात्र भी ध्यान दिए बिना कहा–''कल दोपहर तुम यहां से ब्राडवेल के लिए रवाना हो जाओगी। वहां 'सन होटल' में तुम्हें अपने नाम से कमरा बुक मिलेगा। तुम उसी में ठहरोगी। रात में नौ बजे से बारह बजे तक उसके हॉल में 'गोल्फ' खेला जाता है। तुम उसी हॉल में जाकर गोल्फ खेलोगी। तुम्हें गोल्फ खेलना आता है?''

''थोड़ा।''

''काफी है।'' विक्रम बोला–''अब मैं तुम्हें एक नाम बताता हूं।''

कहकर वह चुप हुआ। सिगरेट में कश लगाया–रानी ने अपनी स्कर्ट का कोना थोड़ा और ऊपर सरका दिया था।

''जेनियर।'' विक्रम बोला–''इस नाम को तुम अपने जेहन में अच्छी तरह बैठा लो। उसका नाम जेनियर है। उम्र पच्चीस के आस-पास, खूबसूरत युवक है। मोटी भवें और नीली आंखों वाला यह युवक दरअसल लीजर बैंक का लॉकर इंचार्ज है। उसे केवल दो शौक हैं गोल्फ खेलना और खूबसूरत लड़कियों के साथ तफरीह करना।''

''ओह।''

''सन में आकर गोल्फ खेलना उसका ऐसा नियम है, जिस पर वह पाबंदी के साथ अमल किया करता है और तुम इतनी खूबसूरत हो कि वह आसानी के साथ तुम्हारी तरफ आकर्षित हो जाएगा। लेकिन ध्यान रहे, उसे यह जाहिर नहीं होना चाहिए कि तुम उसे आकर्षित करना चाहती हो।''

रानी सोचने लगी कि अजीब मामला है। बाली ने कहा था कि मैं इस पर जादू चलाऊं और उसी काम के लिए यह किसी जेनियर का नाम ले रहा है।

एक गहरे कश के बाद विक्रम ने पुनः कहना शुरू किया–''मुझे

यकीन है कि जेनियर को तुम अपना दोस्त बनाने में कामयाब हो जाओगी। पंद्रह दिन मैं तुम्हें उसको इस सीमा तक अपना बना लेना है कि तुम उसे अपने कमरे तक ले आओ।''

''फिर?'' रानी का दिल धड़कने लगा।

जवाब में विक्रम ने मेज पर रखा सूटकेस खोला, बोला –''फिर जो कुछ तुम्हें करना है, उससे पहले जरा इन चीजों को देख लो।''

रानी ने सूटकेस में झांका।

उसमें एक मैला-कुचैला फ्रॉक था। छोटा-सा फ्रॉक। ऐसा जिस पर बड़े-बड़े विमान, राकेट और हेलीकॉप्टर्स बने हुए थे। रानी ने कहा–''मैं समझी नहीं।''

''यह तुम्हारे बचपन का लिबास है।'' विक्रम ने बताया–''फिर फ्रॉक के नीचे काले धागे में पिरा एक लॉकिट निकालकर दिखाता हुआ बोला–''यह वह लॉकिट है, जिसे तुम बचपन में पहना करती थीं।''

''मैं अब भी कुछ नहीं समझी?''

''समझाता हूं। सबकुछ समझाने के लिए ही तो यहां आया हूं।''

सन होटल के कमरा नंबर बत्तीस में रहते और गोल्फ खेलकर हारते रानी को आज तीसरी रात थी। पहली ही रात उसने हॉल में जेनियर को देख लिया था। उसे नाम पता नहीं लगा था, किंतु उस युवक का हुलिया विक्रम द्वारा बताया गए हुलिए से काफी किलता था। अतः वह समझ गई कि वही जेनियर है।

उसने जेनियर में कोई दिलचस्पी प्रकट नहीं की थी।

अगली रात जब कुछ लोग शानदार गोल्फ खेलने के मामले में जेनिफर का जिक्र कर रहे थे तो रानी को पता लगा कि जेनियर उसी युवक का नाम है। उसने फिर भी जेनियर में कोई दिलचस्पी नहीं दिखाई

थी, हां जेनियर उसे लगातार दूसरी रात को भी गोल्फ की मेज पर हारते देखकर दिलचस्प निगाहों से देखने लगा था।

उसकी खूबसूरती से वहां आने वाले अन्य कई व्यक्ति भी प्रभावित थे।

तीसरी रात, करीब ग्यारह बजे।

बुरी तरह हारने के बाद वह एक सीट पर अकेली बैठी बीयर ले रही थी कि एकाएक चौंकी। किसी ने उसके समीप आकर कहा था–''हैलो! मिस रूबी।''

उसने चेहरा उठाकर देखा, वह जेनियर ही था। शुष्क स्वर–''हैलो।''

''मुझे जेनियर कहते हैं।''

''ओह, आप ही जेनियर हैं।'' रानी ने इस तरह कहा जैसे थोड़ी प्रभावित हुई हो–''लोगों से आपका नाम सुना था। गोल्फ खेलने वालों का ख्याल है कि आप बहुत शानदार गोल्फ खेलते हैं।''

बिना इजाजत लिए ही वह सामने वाली कुर्सी पर बैठता हुआ बोला–''आपका क्या ख्याल है?''

''मैं अभी तक आपसे नहीं खेली हूं।''

''मगर मैंने आपको दूसरे लोगों से खेलते देखा है।''

''मेरे खेल के बारे में क्या ख्याल है आपका?''

उसने कातर दृष्टि से देखते हुए पूछा–''स्पष्ट कह दूं बुरा तो नहीं मानेंगी?''

''कहिए।''

''अभी आपको ठीक से गोल्फ खेलना नहीं आता। पिछले तीन दिन से आपको यहां देख रहा हूं। आप बराबर हार रही हैं। रिसेप्शनिस्ट से मालूम किया तो पता लगा कि आप तीन दिन पहले ही यहां आकर ठहरी हैं। उसी से मुझे आपका नाम बताया। यह भी कि आप इंडिया से आई हैं।''

''मेरे बारे में इतना सबकुछ क्यों मालूम किया आपने?''

"आप खूबसूरत हैं।"

अभी उसने इतना ही कहा था कि रानी ने आंखें निकालीं–"जी।"

"मैं मेरा मतलब, आपके लगातार हारने से मेरी आपमें दिलचस्पी हो गई।" गड़बड़ाने के बाद जेनियर ने जल्दी से खुद को संभाल लिया–"आपके खेलने का स्टाइल बताता है कि आप अच्छा खेल सकती हैं बस, आपको गोल्फ की कुछ बारीकियां बताने की जरूरत है। जाने क्यों, मुझे आपका हारना अच्छा नहीं लगा, यदि आप चाहें तो आपको काफी अच्छा गोल्फ खेलना सिखा सकता हूं।"

रानी ने एकदम बात बदलकर पूछा–"बीयर पिएंगे आप?"

"जी-जी हां, क्यों नहीं?" जेनियर अचानक ही हुए इस विषय परिवर्तन पर बुरी तरह बौखला गया। रानी ने एक वेटर को अपने पास बुलाकर एक और बीयर लाने के लिए कहा। जिस वक्त वह ऐसा कर रही थी, उस वक्त जेनियर ने अपनी जेब से पैकिट निकालकर एक सिगरेट सुलगाई और गहरे-गहरे कश लगाने लगा।

खूबसूरत लड़की और युवा लड़के में चुंबक और लोहे वाला संबंध होता है। रानी को कोई विशेष परिश्रम नहीं करना पड़ा। जेनियर उसकी ओर खिंचता ही चला गया। अकेले में मिलने पर जेनियर ने उसे कई बार बांहों में भी भर लिया था, इससे आगे यानी चुंबन तक बढ़ने की भी उसने कई बार चेष्टा की, परंतु प्रत्येक बार रानी बड़ी खूबसूरती से पीछे हट गई।

दस दिन गुजर चुके थे। विक्रम ब्राडवेल पर उसे एक दिन भी नहीं मिला था। उसका मिलना जरूरी भी नहीं था, क्योंकि उसने उसे सारी प्लानिंग न्यूयार्क में ही समझा दी थी। कहा था कि वह प्लान पर अमल करे। जब बेहर समझेगा मिल लेगा, इन दस दिनों में जेनियर उसका दीवाना-सा हो गया था। कई बार तो उसने ऐसा महसूस किया कि

जेनियर उससे सचमुच मुहब्बत कर बैठा है। जब वह ऐसा महसूस करती तो जाने क्यों जेनियर पर उसे तरस आता। सहानुभूति-सी हो गई थी जेनियर से उसे। उसकी कई बार इच्छा हुई थी कि जेनियर को सबकुछ बता दे। मगर फिर वह सिर झटककर इस विचार को निकाल फेंकती, फिर भी जेनियर के साथ उसे अपनी यह भूमिका अच्छी नहीं लग रही थी।

ग्यारहवां दिन। शाम के छः बजे।

अपने कमरे में वह जेनियर के बारे में ही सोच रही थी कि अचानक वह आ धमका। बिना किसी पूर्व सूचना के उसके यहां आने पर वह बौखला गई। बोली–''तुम यहां जेनियर?''

''क्यों, क्या मैं यहां नहीं आ सकता रूबी?''

''क्यों नहीं। मगर यूं अचानक?''

जेनियर ने अपने दोनों हाथ उसके कंधे पर रखे, बोला–''बात कुछ ऐसी ही है रूबी।''

''मैं समझी नहीं।'' जाने क्यों सहम गई रानी।

''मैं कई दिन से तुमसे एक बात कहना चाहता हूं रूबी। कई बार कोशिश भी की, परंतु हिम्मत नहीं जुटा सका। कई बार यह बात करने के लिए मैं तुमसे अकेले में भी ले गया, किंतु सफल न हो सका। मगर आज मैं बहुत बेचैन-सा हो गया हूं। काम में भी तो तबीयत न लगी। बैंक से सीधा यहां आया हूं वही बात करने, मगर तुम मुझे हिम्मत दो तो मैं तुमसे वह बात कहूं रूबी?''

बहुत जोर-जोर से धड़कने लगा था रानी का दिल। इतनी जोर से तो वह कभी खतरनाक क्राइम करने से भी नहीं धड़का था जैसे आज और इसी क्षण वह सारी धड़कनें पूरी कर लेना चाहता हो। मानो फिर कभी नहीं धड़केगा। फिर भी आखिर स्कीम पर तो उसे काम करना ही था, बोली–''ऐसी क्या बात है?''

उसने अपने हाथ रानी के कंधे से हटाए। एक सिगरेट सुलगाई।

चहलकदमी-सी करते हुए जेनियर ने उसकी तरफ पीठ की और बोला–"मैं किसी और प्रवृत्ति का था रूबी। गोल्फ के साथ-साथ लड़कियों के साथ तफरीह करना भी मेरा शौक रहा है। अभी तक की लाइफ में सैकड़ों लड़कियां मेरी जिंदगी में आ चुकी हैं। मैंने उन सबके साथ तफरीह की है, लेकिन अब, दरअसल तुमसे मुलाकात के बाद मैं खुद में कुछ परिवर्तन-सा महसूस कर रहा हूं। ऐसा परिवर्तन पहले कभी महसूस नहीं किया। तुमने कभी मुझे चुंबन भी नहीं लेने दिया जबकि खैर शायद इसीलिए तुम मुझे अच्छी लगी हो। इंडियन हो न, पवित्रता को अपना गहना समझती हो।"

"क्या तुम यही कहना चाहते थे?"

"नहीं।"

"तो फिर?"

जेनियर ने एकदम उसकी तरफ घूमकर कहा–"मैं तुमसे शादी करना चाहता हूं रूबी।"

"शादी?" रानी को अपने कानों के समीप तीव्र गड़गड़ाहट की-सी आवाज सुनाई दी।

"हां रूबी।" वह ठीक उसके सामने, बहुत नजदीक आ गया। आंखों में आंखें डालकर बोला–"मैं बैंक में लॉकर इंचार्ज हूं। बहुत ज्यादा तो नहीं लेकिन इतना पैसा कमा लेता हूं कि हम आराम से रह सकें। पांच सौ डालर हफ्ता मिलते हैं मुझे। एक छोटी-सी सुखी गृहस्थी के लिए शायद काफी हैं। भले ही मेरे पास बहुत बड़ा बंगला न सही रूबी, लेकिन एक फ्लैट है पांच कमरों का। मैंने तुम्हारे लिए आज सुबह उसे खूबसूरती से सजाया था।"

ठगी-सी खड़ी रह गई रानी।

वह युवक वही सबकुछ तो कह रहा था, जो उसके अपने सपने थे, बहुत बड़ा नहीं छोटा-सा घर, एक लॉन, रंग-बिरंगे फुलों से सजा। मगर बाली के साथ। ये कम्बख्त जेनियर बीच में कहां आ गया?

''क्या सोचने लगी रूबी?'' जेनियर ने उसे कंधे से पकड़कर झंझोड़ा।

रानी चौंकी–''कुछ नहीं।''

''क्या तुम तैयार हो रूबी?'' अधीरतापूर्वक दीवानों के समान पूछा जेनियर ने–''यदि तुम कहोगी तो मैं तुमसे इंडियन ढंग से ही शादी करूंगा। अग्नि के चारों तरफ सात फेरे लगाकर। गोल्फ जुआ होता है न रूबी। इंडियन पत्नी को अपने पति को जुआ खेलना भी अच्छा नहीं लगता न, मैं तुमसे वादा करता हूं शादी के बाद कभी गोल्फ नहीं खेलूंगा। तुम्हारी कसम रूबी। फिर कभी किसी लड़की के साथ तफरीह की बात सोचूंगा भी नहीं, मगर तुम एक बार सिर्फ एक बार हां कर दो रूबी।''

रानी ने उसकी आंखों में झांका। दूर-दूर तक सच्चाई और केवल सच्चाई ही नजर आई उसे। रानी को लगा कि वह सचमुच उसके लिए वह सबकुछ कर देगा, जो कह रहा है। उसके चेहरे पर दीवानगी और आंखों में सच्चाई थी। ऐसे व्यक्ति से इंकार करना कितना मुश्किल है, यह रानी ने पहली बार ही महसूस किया था। लगा कि इंकार पर जेनियर का दिल टूट जाएगा। फिर भी बोली–''मैं तुमसे शादी नहीं कर सकती जेनियर।''

''क्यों . . . क्यों रूबी?'' जेनियर तड़पकर चीख-सा पड़ा–''मुझमें क्या कमी है?''

''कमी तुममें नहीं जेनियर मुझमें हैं।''

''मैं तुम्हारी हर कमी को एडजेस्ट कर लूंगा।''

''नहीं जेनियर, नहीं, बहुत अभागी हूं मैं।''

''अभागी?'' जेनियर कह उठा–''अभागी क्या होता है रूबी। इस दुनिया में कोई भी अभागा नहीं।''

''मैं हूं।'' रानी फफक पड़ी–''जिसके पैदा होते ही उसकी मां मर गई हो। होश संभालने से पहले ही जो पिता से जुदा हो गई हो। जिसने

उसे पाला हो, जिसे सोलह साल तक उसने अपना पिता समझा हो, बाद में जिसे यह पता लगे कि वह उसका पिता नहीं है, पिता तो कोई और ही है। वह अभागी नहीं तो क्या होती है जेनियर।''

''ये तुम क्या कह रही हो रूबी?''

''वही, जो सच है जेनियर। मैं वही अभागी हूं। मैंने अपने पिता को कभी नहीं देखा और यदि देखा भी था तो मुझे उनकी शक्ल याद नहीं। बड़ी मुश्किल से पासपोर्ट और वीसा का प्रबंध करके अमेरिका आई थी। मन में उमंग थी कि अमेरिका में अपने पापा को खोज निकालूंगी, लेकिन यहां आकर सारे सपने धूल में मिल गए। इतने बड़े देश में कहां ढूंढूं उन्हें। मैं पहचानती भी तो नहीं हूं।''

''क्या तुम्हारे पापा अमेरिका में हैं?''

''वे अमेरिकन ही हैं।''

''मैं समझा नहीं।''

''आज से करीब एक साल पहले मेरे मरते हुए इंडियन पिता ने बताया कि मैं उसकी बेटी नहीं हूं, ऐसा सुनते ही मेरा चौंक पड़ना स्वाभाविक ही था, तब वे बोले कि मैं मर रहा हूं बेटी और मरता हुआ आदमी नहीं चाहता कि वह किसी झूठ को अपने साथ लेकर जाए। उन्होंने मुझे बताया कि मैं किसी अमेरिकन की लड़की हूं और वे मुझे अमेरिका से उठाकर ही भारत ले गए थे।''

''ऐसा उन्होंने क्यों किया?''

''कहने लगे कि सोलह साल पहले जब वे अमेरिका में थे तो धन खत्म हो गया। उसकी पूर्ति करने के लिए उन्होंने एक पब्लिक टेलीफोन बूथ का बाक्स तोड़ डाला। उसमें जो धन था, उसे लेकर भागे। पीछे पुलिस आ गई। भागते हुए एक फ्लैट में छुप गए। पुलिस धोखे में आ गई। वह उस फ्लैट के सामने से निकल गई थी और हब वे भी उस फ्लैट से निकलने की सोच ही रहे थे कि फ्लैट के मालिक ने उन्हें देख लिया। फ्लैट का मालिक ताकतवर था, इसलिए उन्हें दबोच

लिया। उन्होंने फ्लैट मालिक को अपनी सारी कहानी सुना दी, उससे दरख्वास्त की कि वह उसे पुलिस को न सौंपे। रोए . . . गिड़गिड़ाए, लेकिन फ्लैट का मालिक सिद्धांतवादी था, उसने कहा कि चोरी चाहे जितने धन की हो, लेकिन चोरी होती है और चोर को सजा मिलनी ही चाहिए। फोन करके उसने अपने फ्लैट पर पुलिस बुलवा ली। चोर को पकड़वा दिया। चार महीने जेल में बंद रहे वे। बाहर निकले तो संयोग से कुछ ही दिन बाद उन्हें पकड़वाने वाला फ्लैट का मालिक क्रिसमिस के मेले में नजर आया।''

''क्रिसमस के मेले में?'' जेनियर एकदम उछल पड़ा।

''हां, क्यों?''

पागलों के समान जेनियर ने कहा–''तुम आगे सुनाओ, फिर क्या हुआ?''

''मेले में उसके साथ एक लड़की थी। मेरे पिता ने अनुमान लगाया कि यह लड़की उसकी की होगी। वह उनके पीछे लग गया। कई बार लड़की के मुंह से उसने फ्लैट मालिक को डैडी कहते सुना। मेरे पिता तो उससे खार खाए हुए थे ही, उनके दिमाग में विचार आया कि क्यों न वे इस आदमी की लड़की को गायब कर दें। बस, फिर मेले में मौका लगते ही उसने लड़की को उठा लिया और उसे साथ लेकर ही भारत आया।''

''क्या तुम्हें क्रिसमस के मेले से उठाया गया था?''

''हां, मगर तुम यह सवाल इस तरह क्यों कर रहे हो?''

''तुम्हें अपने अमेरिकन पिता का नाम मालूम है रूबी?''

''बताने से पहले ही मेरे भारतीय पिता के प्राण-पखेरू उड़ गए।''

''ओह।'' जेनियर परेशान और अधीर-सा हो उठा–''क्या तुम्हारे पास कोई ऐसी चीज है, जिससे तुम अपने पिता को ढूंढ़ सको?''

''केवल दो चीज हैं। मेरे बचपन के कपड़े और एक ताबीज। मरने

से पहले उन्होंने मुझे बताया था कि मैं वे ही कपड़े पहनकर क्रिसमस के मेले में घूम रही थी।''

''कपड़े और ताबीज। कहां हैं वे, कहां हैं रूबी?''

''मेरे किट बैग में। मगर क्यों, तुम एकाएक इतने अधीर क्यों हो गए हो?''

''शायद मैं तुम्हारे पिता को जानता हूं रूबी, जल्दी-जल्दी से मुझे वह कपड़े और ताबीज दिखाओ।''

रानी पागलों के समान किट बैग पर झपटी। जब उसने विक्रम का दिया हुआ फ्रॉक और ताबीज निकाला तो जेनियर एकदम पागलों के समान चीख पड़ा–''वही है, बल्किलि वही, ताबीज भी वही है। क्राफोर्ड अंकल की बेटी हो तुम स्वीटी। हां, स्वीटी है तुम्हारा नाम। वे हर साल तुम्हारा जन्मदिन मनाते हैं, तुम स्वीटी हो रूबी, तुम . . .।''

पागलों के समान जाने क्या-क्या चीखता चला गया था जेनियर, जबकि उसे झंझोड़ती हुई रानी चीखी–''जेनियर क्या हो गया है तुम्हें। होश में आओ, पागल हो गए हो क्या?''

''मैं पागल नहीं हूं रूबी। मैं पागल नहीं हूं। अपने बूढ़े बैंक मैनेजर को उसकी सबसे बड़ी खुशी दे सकता हूं। उसे उसकी बेटी, तुम क्राफोर्ड अंकल की बेटी हो रूबी, रूबी नहीं, स्वीटी है तुम्हारा नाम। मैं तुम्हें तुम्हारे डैडी से मिला सकता हूं। आओ मेरे साथ। तुम्हारे जन्मदिन पर क्राफोर्ड अंकल से किए गए अपने वायदे को मैं पूरा कर सकता हूं।''

जो हुआ और विशेष रूप से जिस ढंग से हुआ, पाठक समझ ही सकते हैं कि वह कितना स्वाभाविक था। पाठक कल्पना ही कर सकते हैं कि जब जेनियर रानी को क्राफोर्ड के सामने ले गया तो क्राफोर्ड किस तरह पागल-सा हो गया होगा। जब जेनियर ने उसे सारी हकीकत बताई होगी तो क्राफोर्ड को खुशी और हैरत ने किस कदर घेर लिया होगा।

वही हुआ, जो विक्रम ने सोचा था या जिसकी कल्पना पाठक सहज की कर सकते हैं।

हां, एक विशेष ढंग से मिस्टर क्राफोर्ड ने ताबीज को खोलकर जरूर देखा।

एक तरफ खुद उनकी फोटो थी। दूसरी तरफ उनकी पत्नी की।

पब्लिक टेलीफोन बूथ के बॉक्स चोर की जो कहानी रानी ने सुनाई थी, मिस्टर क्राफोर्ड ने उसकी भी पुष्टि की, परंतु हैरत के साथ यह भी कहा कि सत्रह साल तक भी वे यह न सोच सके कि उस चोर ने, छोटी-सी घटना का उनसे इतना बड़ा बदला लिया होगा। उनका कहना था कि वे तो उस इंडियन को पुलिस को सौंपने के साथ ही भूल गए थे।

पेट्रोल पर दौड़ने वाली आग के समान सारे ब्राडवेल में यह समाचार फैल गया कि मिस्टर क्राफोर्ड की सत्रह साल पहले खोई हुई वह बेटी मिल गई है, जिसका वे हर साल जन्मदिन मनाया करते थे।

ब्राडवेल के गणमान्य व्यक्तियों को बधाइयों का तांता लग गया था।

जबकि रानी सोच रही थी। कितनी स्वाभाविक स्कीम थी यह। यह स्कीम विक्रम के दिमाग की देन थी। उस विक्रम के दिमाग की देन, जो इस वक्त कहीं नजर नहीं आ रहा था। रानी के दिमाग में सवाल उठे। कौन है ये विक्रम, मिस्टर क्राफोर्ड के बारे में वह इतना सबकुछ कैसे जानता है? यह भी कि सत्रह साल पहले मिस्टर क्राफोर्ड ने किसी बूथ के बॉक्स-चोर को पकड़वाया था। जब उसे सुनहरे फ्रेम की जड़ी एक नन्हीं-सी बच्ची के फोटो के सामने ले जाकर खड़ी किया गया और कहा गया कि यह तस्वीर उसके गुम होने से पहले मेले में खिंची थी तो रानी यह सोचने लगी कि विक्रम ने वैसे ही फ्रॉक और ताबीज का प्रबंध कहां से कर लिया?

इसका मतलब ये कि सचमुच उसकी योजना बहुत सुदृढ़ है।

रानी अपने ही ख्यालों में गुम थी। जबकि मिस्टर क्राफोर्ड ने उसके मिलने की खुशी में एक पार्टी की घोषणा कर दी।

बहुत ही बड़ी और शानदार पार्टी दी गई थी। रानी को यूं लगा कि जैसे समूचा ब्राडवेल आज केवल उस बंगले पर ही सिमट गया है। अब तो यह सोच-सोचकर उसका दिल कांपने लगा था कि कहीं किसी तरह उसका भेद न खुल जाए। मिस्टर क्राफोर्ड बेहद खुश थे। जेनियर रानी से ही चिपका रहने की कोशिश कर रहा था।

जब, जबकि पाटी थोड़ी ठंडी पड़ गई थी।

रात का एक बजा था।

'यूरिनल' के लिए रानी बंगले के अंदर बाथरूम में गई।

बंगला अंदर से बिल्कुल सूना पड़ा था। पार्टी लॉन में चल रही थी। सारे नौकर भी लॉन ही में अपने-अपने काम में व्यस्त थे।

जिस वक्त रानी बाथरूम से निकलकर हॉल पार करती हुई मुख्यद्वार की तरफ बढ़ रही थी, उस समय किसी ने बहुत ही धीमे से फुसफुसाकर उसे पुकारा–''रूबी-रूबी।''

वह ठिठकी, आवाज की दिशा में देखा तो कंठ से चीख निकलते-निकलते बची। हॉल से शुरू होने वाली चौड़ी सीढ़ियों के शीर्ष पर विक्रम खड़ा था। ये सीढ़ियां बंगले के ग्राउंड और सेकेंड फ्लोर को मिलाती थीं। ऊपर खड़े विक्रम ने जब उसे चुप रहने और हाथ से अपनी तरफ आने का संकेत किया तो रानी के जिस्म में झुरझुरी-सी दौड़ गई।

उसके दिमाग से सवाल उठा–'अगर विक्रम को यहां किसी ने देख लिया तो?'

परंतु विक्रम के आदेशों का पालन तो करना ही था उसे। एक नजर सूने पड़े मुख्यद्वार पर डालकर वह सीढ़ियों की तरफ बढ़ गई। विक्रम उसे बंगले की छत पर ले गया।

वहां पहुंचते ही रानी ने कहा–''तुम यहां क्यों आ गए?''

''क्या मतलब?'' विक्रम के मुह से गुर्राहट-सी निकली।

''अगर यहां तुम्हें किसी ने देख लिया तो?''

''ओह, तो क्राफोर्ड की बेटी बनने के बाद अब तुम मुझे अक्ल दोगी रूबी?''

''नहीं, मेरा मतलब यह नहीं था।'' रानी एकदम संभलकर बोली।

विक्रम ने गुर्राहटदार स्वर में कहा–''ये मत भूलो रूबी कि ये सारा चक्कर मेरा चलाया हुआ है। जिस तरह मैंने तुम्हें क्राफोर्ड की बेटी बनाया है, उसी तरह एक पल में सबके सामने तुम्हारी हकीकत भी खोल सकता हूं।''

रानी ने बात बदली–''अब मुझे क्या करना है?''

''कुछ दिन तक तो आराम से रहो। मौज लो। क्राफोर्ड के पास बहुत पैसा है, उड़ाओ उसे। सीजन अभी चार महीने दूर है और इन चार महीनों में क्राफोर्ड के दिमाग में केवल एक ही बात ठूंसनी है, यह कि तमु यहां, इतने बड़े बंगले में अकेली पड़ी-पड़ी बोर होती हो इसलिए क्योंकि तुम्हें कोई काम नहीं है। याद रहे, सीजन तक क्राफोर्ड के दिमाग में तुम्हें यह बात अच्छी तरह ठूंस देनी है कि मन बहलाने के लिए तुम्हें कोई काम चाहिए।''

''उससे क्या होगा?''

''वही, जो मैं चाहता हूं, लेकिन फिलहाल यह सोचकर तुम्हें अपना दिमाग खराब करने की कोई जरूरत नहीं है कि मेरे किस आदेश का आने वाले समय में क्या परिणाम निकलेगा?''

उधर, यानी ब्राडवेल पर एक प्रकार से बैंक रॉबरी की स्कीम पर काम जारी हो चुका था, जबकि इधर, यानी चक्रेश, बाली और छम्मो अपना नंबर आने की प्रतीक्षा में थे। उन्हें केवल एक ही काम था, किसी भी प्रकार पासपोर्ट और वीसा आदि का इंतजाम करना। बाली और चक्रेश अलग-अलग उसी के लिए भागदौड़ किया करते थे। बाली को अपने

साथ-साथ बहन के रूप में छम्मो के कागजात भी बनवाने थे। जब उन्हें पता लगा कि देश के बाहर जाने के लिए कितनी 'सोर्स' और पैसा चाहिए।

समय गुजरता रहा।

क्राफोर्ड की बेटी बनकर रानी वहां रहने ही लगी थी। वह नहीं जानती थी कि पार्टी वाली रात को विक्रम ने जो एकमात्र आदेश उसे दिया था, उसका क्या परिणाम निकलने वाला था, परंतु फिर भी वह उस आदेश पर अमल कर रही थी।

क्राफोर्ड उसे बहुत प्यार करता था।

धीरे-धीरे क्राफोर्ड के दिमाग में वह यह बात बैठा रही थी कि वह बैंक चला जाता है और उसके बाद इतने बड़े बंगले में पड़ी-पड़ी वह बोर होती है। इसका प्रभाव क्राफोर्ड पर यह पड़ा कि वह अपनी बेटी की शादी के बारे में सोचने लगा।

जेनियर तो दिलो-जान से उसे चाहता ही था।

रानी को सभी लोग स्वीटी कहने लगे थे। जेनियर स्वीटी का दीवाना था। प्यार न सही, किंतु रानी को जेनियर से बहुत अधिक सहानुभूति जरूर हो गई थी। यह जानकर उसे मन-ही-मन बहुत अफसोस हुआ था कि उसके लिए जेनियर ने गोल्फ खेलना और लड़कियों के साथ तफरीह करना छोड़ दिया था। कई बार उसके मन में आह-सी उठी, कि काश वह जेनियर की भावनाओं की कद्र कर सकती।

कितना प्यार करता था जेनियर उसे। लेकिन वह तो एक काले और गंदे लड़के की दीवानी थी।

क्राफोर्ड की पैनी नजरों से जेनियर की भावनाएं छुपी न रह सकी थीं। जेनियर उसे पसंद था। उस दिन से तो वह जेनियर की और ज्यादा कद्र करने लगा था, जबसे उसकी बेटी लौटाई थी। एक बार जब रानी ने क्राफोर्ड से अपनी बोरियत के बारे में कहा तो मिस्टर क्राफोर्ड मुस्कराकर कह उठे–''तुम्हें जेनियर कैसा लगता है बेटी?''

''जेनियर?'' रानी गड़बड़ा गई।

''लड़की जब जवान हो जाए और बोर होने लगे तो केवल एक ही इलाज होता है शादी। और तुमसे शादी के लिए मुझे जेनियर जंचता है। वह नेक और ईमानदार है। पैसा भी अच्छा कमाता है और मैंने यह भी महसूस किया है कि तुम्हारे लिए वह सबकुछ कर सकता है। सबकुछ।''

रानी बौखला गई। उसने तो सोचा भी नहीं था कि वह जो बोरियत-बोरियत किया करती है, उसका परिणाम ये निकलेगा। फिर भी स्वयं को नियंत्रित करके वह बोली–''ओफ्फो डैडी मेरा मतलब ये तो नहीं था।''

हंसकर कहने लगे मिस्टर क्राफोर्ड–''मैं सब समझता हूं।''

रानी की खोपड़ी झन्ना गई। एकाएक उसके दिमाग में विचार कौंधा कि कहीं विक्रम ने यही हालात उत्पन्न करने के लिए तो उसे ऐसा विचित्र आदेश नहीं दिया था, नहीं अगर ऐसा है तो वह हरगिज इस आदेश का पालन नहीं करेगी। वह बाली की है, सिर्फ बाली की ही दुल्हन बन सकेगी। मगर वह किसी को बता भी नहीं सकती कि बाली का और उसका क्या संबंध है। यदि वह इस समय क्राफोर्ड से सख्ती के साथ कह दे कि वह जेनियर से शादी नहीं कर सकेगी तो जेनियर को पता लगेगा और फिर क्या जेनियर इस सदमे को बर्दाश्त कर सकेगा। जेनियर को तड़पता कैसे देख सकेगी वह, उस भोले-भाले और उससे सच्चा प्यार कर बैठने वाले युवक का भला दोष ही क्या है?

उफ, देखते-ही-देखते इस कम्बख्त विक्रम ने उसे किस जाल में फंसा दिया?

उस दिन तो खैर बातों का सिलसिला यहीं खत्म हो गया था, किंतु उसे डर था कि कभी-न-कभी यह बात जोर-शोर से उठेगी तब वह क्या कहेगी, क्या जवाब देगी, निश्चय नहीं कर पाई। सहमी-सहमी-सी रहने लगी रानी।

विक्रम उसे बहुत कम मिलता था।

एक रात उसके कमरे में मिलने आया, बोला–''तुम आजकल क्राफोर्ड से अपनी बोरियत के बारे में नहीं कह रही हो?''

मई शुरू होते ही ब्राडवेल पर सीजन की तैयारियां शुरू हो गईं।

दूसरा हफ्ता शुरू होते-होते सैलानियों ने आना भी शुरू कर दिया। मई से पहले तो ब्राडवेल सुनसान था, शांतिमय और सूना-सूना-सा नजर आता था, वहां दूसरे हफ्ते में कुछ चहल-पहल नजर आने लगी और चौथा हफ्ता शुरू होते-होते तो पहाड़ी पर बसे उस छोटे-से शहर में मेला-सा लग गया।

सड़कों, होटलों, क्लबों, पहाड़ी आदि पर केवल धनवान व्यक्ति ही नजर आने लगे।

उन्हीं में बाली, छम्मो और चक्रेश भी थे।

बाली और छम्मो 'हॉलीडे' में तथा चक्रेश 'ब्राडवेलसन' होटल में। बाली और छम्मो को यहां आए दूसरा हफ्ता गुजर रहा था। वे एक ही होटल में जरूर थे, किंतु अलग कमरे में। किसी भी यात्री अथवा होटल कर्मचारी को उन्होंने यह जाहिर नहीं होने दिया था कि उनमें कुछ विशेष संबंध हैं। शेष यात्रियों की तरह वे अपरिचित से रह रहे थे।

जिस दिन वे पहुंचे उसी रात उनसे अलग-अलग विक्रम मिला। दोनों को दो शानदार अटैचियां दीं, जिनमें उनके नाप के खूबसूरत और कीमती कपड़े थे। खर्च करने के लिए दो-दो हजार डॉलर भी दिए, कहा कि चक्रेश के आने तक वे किसी धनवान के समान ही दिन बिताएं। मौज-मस्ती लें और ब्राडवेल की भौगोलिक स्थिति का अध्ययन करें।

बाली ने उससे रूबी (रानी) के बारे में पूछा तो उसने केवल यही जवाब दिया कि वह ठीक है और अपने स्थान पर फिक्स हो चुकी है।

चक्रेश मई के चौथे सप्ताह में पहुंचा।

विक्रम ने उसे भी कपड़े और डॉलर दिए। एक दिन उसने मौज ली। अगली रात करीब नौ बजे उसके कमरे में आकर वेटर ने बताया कि होटल के मुख्यद्वार पर उसे कोई बुला रहा है। वह तैयार होकर बाहर निकला। एक सफेद रंग की 'मर्सडीज' में उसे विक्रम, बाली और छम्मो नजर आए।

वह भी चुपचाप मर्सडीज में जा बैठा।

स्टार्ट होकर मर्सडीज आगे बढ़ गई। ब्राडवेल की रंगीनियों से गुजरी और फिर शहर से बाहर जाने वाली सड़क पर दौड़ती चली गई, काफी देर की खामोशी को बाली ने तोड़ा–''हम कहां जा रहे हैं?''

''हमें कोई भी बात केवल वहां करनी है, ज़हां जा रहे हैं।'' ड्राइव करते हुए विक्रम ने गंभीर स्वर में कहा–''वहां, तक हमें बिल्कुल खामोश रहना है।''

गाड़ी के अंदर पुनः सन्नाटा छा गया।

केवल इंजन की हल्की-हल्की आवाज गूंज रही थी।

नागिन के समान बलखाई हुई पहाड़ी सड़कों पर मर्सडीज फिसलती रही और फिर जहां रुकी, वहां लगा मील का पत्थर बता रहा था कि ब्राडवेल से बीस किलोमीटर दूर निकल आए हैं।

विक्रम ने बहुत ही सावधानी के साथ मर्सडीज को सड़क से हटाकर एक छोटे-से ढलान पर डाला। विक्रम के पैर ब्रेकों पर जमें हुए थे और गाड़ी फिर भी धीरे-धीरे फिसलती चली जा रही थी। एक स्थान पर मर्सडीज रुकी और जब वे सब बाहर निकले तो यह देखकर बाली विक्रम के दिमाग की प्रशंसा कर उठा कि मर्सडीज एक ऐसे स्थान पर खड़ी थी जो एक छोटी-सी पहाड़ी से घिरा था।

वहां खड़ी मर्सडीज सड़क से किसी भी प्रकार नजर नहीं आ सकती थी।''?''

विक्रम ने जेब से एक टॉर्च निकाली और बोला–''मेरे पीछे आओ दोस्तो।''

वह एक कॉटेज था। छोटा-सा, पहाड़ियों की गोद में एक पहाड़ी के शीर्ष पर।

जहां मर्सडीज खड़ी की गई थी, यह कॉटेज वहां से करीब आधा किलोमीटर दूर था और रास्ता पहाड़ी था। बड़े-बड़े पत्थरों पर कूदते-फांदते जिस तरह वे यहां पहुंचे थे, उसी से जाहिर था कि कॉटेज तक पहुंचने का कोई विधिवत निर्मित रास्ता नहीं है। एक प्रकार से पहाड़ियों के आंचल में बिल्कुल छुपा हुआ कॉटेज था वह।

वे कॉटेज के एक कमरे में बैठे थे।

कमरे में एक छोटी-सी गैस लालटेन का प्रकाश बिखरा हुआ था। दूधिया प्रकाश इतना सीमित था और विक्रम ने लालटेन कुछ ऐसे कोण पर रखी थी कि प्रकाश का एक भी कण कॉटेज से बाहर नहीं जा रहा था।

वे चारों एक दायरा-सा बनाए आराम कुर्सियों पर बैठे थे।

ताखी बाली की गर्दन में लिपटा हुआ था। कुर्सियों के बीच में एक मेज थी और मेज पर रखे थे भरे हुए जाम। चक्रेश धुएं के छल्ले बनाने में व्यस्त था, जबकि विक्रम ने कहा–"अब यदि आप लोगों में से किसी के दिमाग में कोई सवाल हो तो वह पूछ सकता है।"

"अभी तक क्या-क्या हो चुका है?" बाली ने पूछा।

"योजना का पहला चरण बिना किसी विघ्न-बाधा के बड़ी खूबसूरती से पूरा हो चुका है, यानी रूबी बैंक मैनेजर क्राफोर्ड की बेटी बन चुकी है और क्राफोर्ड के दिमाग में यह बात ठूंसने में भी वह कामयाब है कि बंगले में वह बोर होती है।"

"क्या हम जान सकते हैं कि इतने बड़े काम को अंजाम कैसे दिया गया?"

विक्रम ने संक्षेप में सारी घटना बता दी, तब चक्रेश बोला–"अब वह क्या करेगी?"

''उसकी फिक्र मत करो। उसे जो करना है, वह मैं उसे बता दूंगा। हां, तुम अपना काम पूछ सकते हो।''

''वही बता दो।''

''कल बैंक खुलते ही सबसे पहले तुम्हें वहां जाकर एक लॉकर लेना है।''

''मैं लॉकर में क्या रखूंगा?''

''कुछ भी नहीं। बैंक यह नहीं देख सकता कि कोई अपने लॉकर में क्या रखता है अथवा कुछ रखता भी है या नहीं। तुम केवल इसलिए लॉकर लोगे ताकि समय-समय पर लॉकर रूम में जा सको।''

''इससे क्या होगा?''

''सबकुछ तो इसी से होगा। खैर, मैं तुम्हें एक लिस्ट देता हूं। इस लिस्ट में लिखे नामों को जरा ध्यानपूर्वक सभी लोग पढ़े और दिमाग पर जोर डालकर सोचें कि क्या तुमने ये नाम कभी कहीं सुने हैं?''

सबसे पहले लिस्ट चक्रेश के हाथ में आई।

लिस्ट में पांच नाम थे–'डेनियल', 'रूसो', 'माओत्से', 'बेगम नूर' और 'रोबिंसन'।

उन्हें पढ़कर चक्रेश ने कहा–''मैं इनमें से केवल बेगमनूर को जानता हूं। उसके बारे में भी केवल इतना ही कि वह मेरे बराबर वाले कमरे में ठहरी हुई है।''

लिस्ट छम्मो के हाथ में आई।

पढ़कर बोली–''मैं इनमें केवल एक को जानती हूं, डेनियल को।''

''क्या जानती हो उसके बारे में?''

''कुछ ज्यादा नहीं।'' वह बोली–''इसे कभी देखा नहीं है, लेकिन अपने कमरे में आने वाले वेटरों से नाम सुना है। उनकी बातों से लगता है कि हॉलीडे में ही ठहरा हुआ है। वेटर उसका बहुत ख्याल रखते हैं।''

लिस्ट बाली के हाथ में आई।

उस पर दृष्टि टिकाए बोला–''डेनियल के बारे में छम्मो से ज्यादा मैं

केवल इतना ही जानता हूं कि मैंने उसे देखा है और रोबिंसन का मैंने काफी नाम सुना है। देखा कभी नहीं।''

''किस रूप से नाम सुना है।''

''जापान का सबसे बड़ा व्यापारी है ये। वैसा ही जैसे भारत में 'टाटा' या 'बिड़ला'।''

''गुड।'' विक्रम बोला–''केवल रोबिंसन ही नहीं बल्कि अपने-अपने देश की ये पांचों इसी तरह की हस्तियां हैं। डेनियन अमेरिकन है, रूसो रूसी, माओत्से चीनी, बेगम नूर पाकिस्तानी और रोबिंसन जापानी।''

''तुम्हारा कहने का मतलब शायद ये हैं कि ये पांचों हमारे शिकार हैं?'' बाली ने पूछा।

''तुम ठीक समझे।''

''किस रूप में?'' छम्मो बोली।

''दूसरे सैकड़ों सैलानियों के अलावा ये पांचों भी 'ब्राडवेल' पर हर वर्ष आते हैं। इस वर्ष भी आ चुके हैं। यहां तक कि हर वर्ष भिन्न होटलों में इनका वही कमरा बुक रहता है। सबसे पहले मैंने ब्राडवेल पर नियमपूर्वक आने वाले धनवानों में से ये पांच सबसे बड़े धनवान चुने, फिर पांचों के कैरेक्टर्स की रीडिंग के लिए पांच महत्वपूर्ण साल बर्बाद किए यानी इनमें से प्रत्येक के चरित्र का अध्ययन करने में मैंने एक-एक साल लगाया।''

''काफी धैर्य का काम है।''

''सफल बैंक रॉबरी का कीर्तिमान जो स्थापित करना है।''

''खैर, क्या मालूम किया इनके बारे में?''

''उतना ही जितना शायद ये अपने बारे में भी नहीं जानते हैं।'' विक्रम ने कहना शुरू किया–''सबसे पहले मैं डेनियल को लेता हूं यह अमेरिकन है। अमेरिका में जितनी भी रेलें चलती हैं, वे सब इसकी हैं, सारे अमेरिका में डेनियल ने ही रेल की पटरियां बिछा रखी हैं। जितना

विस्तार से मैं जानता हूं उतने विस्तार में जाने की जरूरत नहीं है, मैं केवल इनके कैरेक्टर्स की उन कमजोरियों का जिक्र करूंगा जिनका लाभ उठाना है और डेनियल के कैरेक्टर की सबसे बड़ी कमजोरी है लड़की।''

''यानी वह छम्मो का शिकार है।'' बाली मुस्कराया।

''बेशक।''

छम्मो ने पूछा–''मुझे क्या करना होगा?''

''वह बाद में बताया जाएगा।'' विक्रम बोला–''नंबर दो पर है रूसो। यह एक बहुत बड़े रूसी नेता की रखैल हैं यहां उसी की बेशुमार दौलत पर ऐश करने आया करती है। इसे केवल एक ही शौक है और वह शौक है तैरने का। तैरने के मामले में यह खुद को बहुत ज्यादा एक्सपर्ट समझती है, है भी, यह केवल उसी मर्द से दोस्ती करना पसंद करती है, जो कि इससे अच्छा तैराक हो। यह अक्सर झील पर मिला करती है।''

''ये किसकी शिकार है?''

''बाली की।''

बाली हल्के से चौंका–''मेरी?''

''हां। क्योंकि तुम इससे अच्छे तैराक साबित हो सकते हो।'' विक्रम बोला।

''खैर, आगे बढ़ो।''

विक्रम ने कहा–''अब तुम अपने दूसरे शिकार के बारे में सुनो। इस शिकार का नाम है माओत्से। यह आदमी पीकिंग का सबसे बड़ा जौहरी है। लड़की इसे किसी भी कीमत पर अपने फंदे में नहीं ले सकती। ब्राडवेल पर आने वाले सैलानियों में यह सबसे बड़ी खफ्ती कहलाया जाता है। बिना मतलब की बक-बक करते-करते सामने वाले की खोपड़ी फाड़ देना इसके बाएं हाथ का कमाल है। जी भरकर पीने और जी भरकर बहकने में अपनी शान समझता है। यह आदमी केवल

उसी को दोस्त बना सकता है जो इसके साथ जी भरकर पिए और फिर उतना ही बहके। साथ ही इसकी बकवास से बोर भी न होता हो।''

''यानी इससे भी मुझे ही टकराना पड़ेगा?''

''बेशक।'' विक्रम ने आगे कहा–''चौथे नंबर पर है बेगम नूर। पाकिस्तान के एक बहुत बड़े नवाब की बेटी है ये। जब नवाब मरा तो इसके लिए अपने पीछे बेशुमार दौलत के अलावा कुछ नहीं छोड़ गया। यह उसी दौलत को उड़ाया करती है, इसके बात करने के अंदाज, तौर-तरीके, नखरे और अदाएं ऐसी हैं कि कोई पुरुष दिलोजान से इस पर फिदा हो सकता है, लेकिन आमतौर से यह किसी पर फिदा नहीं होती। हालांकि बात हर एक से अपने खूबसूरत अंदाज में ही करती है, लेकिन इसे तलाश रहती है किसी कुंवारे नौजवान की।''

''कुंवारा?''

''वैसे कुंवारा उसे कहा जाता है, जिसकी शादी न हुई हो, लेकिन बेगम नूर कुंवारा उसे मानती है जो कभी किसी स्त्री के संसर्ग में न आया हो। ऐसे युवक को शादीशुदा बनाना ही इसकी सबसे बड़ी चाहत है।''

''हममें से ऐसा कौन है?'' चक्रेश ने पूछा।

''तुम!''

''मैं।''

''हां तुम। उसकी तलाश के युवक बनकर ही तुम्हें उससे मिलना है।'' विक्रम कहता ही चला गया–''अपना कैरेक्टर तुम उसकी निगाहों में कैसे उभारते हो, यह तुम्हारा अपना काम है।''

चक्रेश चुप हो गया।

''अब रह जाता है रोबिंसन।'' विक्रम ने एक गहरी सांस लेने के बाद पुनः कहा–''यह जापानी इन सबमें सबसे ज्यादा 'टिपीकल कैरेक्टर' है। पिछला पूरा साल मैंने इसके इर्द-गिर्द मंडराकर इसके कैरेक्टर की कोई कमजोरी पकड़ने के लिए बर्बाद कर दिया, लेकिन कामयाब नहीं हो सका। वह कम बोलने वाला दूसरों से कम मिलने-जुलने वाला और

हमेशा गंभीर रहने वाला व्यक्ति है। लड़कियों की तरफ आंख उठाकर नहीं देखता। सुबह होते ही गले में एक कैमरा लटकाकर दूर पहाड़ियों में निकल जाएगा। अकेली ही भटकता रहेगा। कैमरे के बटन दबाता रहेगा और शाम होने पर लौट आएगा। खाने-पीने का शौक है। लेकिन अकेले हां, कुछ देर गोल्फ जरूर खेल लेता है।''

''यह किसका शिकार है?''

''मेरा, इसे मैं खुद 'टैकल' करूंगा।'' विक्रम बोला–''हालांकि मुझे और बहुत से काम करने है और सोचा यह था कि इसे चक्रेश को सौपूंगा। मगर ये आदमी मुझे चक्रेश के बस का रोग नजर नहीं आता।''

''खैर, अब यह बताओ कि इनके साथ हमें करना क्या है?''

''कोई विशेष नहीं। अपने-अपने शिकारों के नाम सुन लिए हैं तुमने। तुम्हें इनसे संबंध बढ़ाने हैं। इनकी कमजोरियों का लाभ उठाकर ब्राडवेल पर इस सीजन के लिए इनका अजीज बन जाना है। इनमें से कोई भी जुलाई के तीसरे हफ्त से पहले यहां से नहीं जाएगा। आप लोगों के सामने पूरा जून पड़ा है। जुलाई के पहले सप्ताह में इसी स्थान पर हमारी दूसरी मीटिंग होगी। तब हम अपनी-अपनी कामयाबी एक-दूसरे को बताएंगे। ध्यान रहे, वहां ब्राडवेल पर हम एक-दूसरे से बिल्कुल नहीं मिलेंगे।''

''मगर अपने-अपने शिकार से हमें संबंध बढ़ाकर करना क्या है?''

''वह मैं तुम्हें इसी स्थान पर जुलाई के पहले सप्ताह में होने वाली मीटिंग में बताऊंगा।''

''फिर वही अधूरी बात।'' बाली झुंझलाया–''तुम हमें पूरी स्कीम क्यों नहीं बताते।''

''उसका कारण है दोस्त और जब हम कामयाब हो जाएंगे, तब मैं कारण भी बताऊंगा।'' विक्रम ने कहा–''मेरे ख्याल से तुम्हें वह चेतावनी अच्छी तरह याद होगी, जो तुम्हें यहां आते ही मैंने दे दी थी।''

''फिक्र मत करो। किसी को मालूम नहीं होगा कि मेरे पास कोई सांप भी है।''

उस वक्त ठीक ग्यारह बजे थे जब टैक्सी 'बैंक' के मुख्य द्वार पर रुकी। टैक्सी वाले को वहीं इंतजार करने के लिए कहकर चक्रेश ने अपनी बाईं कलाई में बंधी शानदार जापानी रिस्टवॉच में समय देखा और दरवाजा खोलकर उतर पड़ा। एक नजर उसने सड़क के पास 'बैंक' के ठीक सामने मौजूद थाने पर डाली।

दो रायफलधारी संतरी वहां मुस्तैद खड़े थे।

चक्रेश के हाथ में एक ब्रीफकेस था। कुछ ऐसे अंदाज में वह बैंक के मुख्यद्वार की तरफ बढ़ा, जैसे वह जेब से चेक बुक निकालकर एक ही 'साइन' में दुनिया के सारे 'धनवानों' को खरीद सकता हो। शीशे का द्वार खुला। खोलने वाला था साढ़े छह फुट लंबा-तगड़ा, हृष्ट-पुष्ट और कसरती युवक। उसके चौड़े चेहरे पर कटारीदार मूंछे थीं। लाल सुर्ख आंखें और कंधे पर बंदूक। सफेद लिबास में था वह। चौड़ी बेल्ट में गोलियां फिक्स थीं।

जब उसने चक्रेश को अपनी लाल आंखों से घूरकर देखा तो चक्रेश के जिस्म में झुरझुरी-सी दौड़ गई। वह विश्वासपूर्वक कह सकता था कि अगर ये दरबान उसकी कनपटी पर एक झापड़ मार दे तो उसका क्रियाकर्म हो जाए।

ऐसा जाहिर किए बिना कि वह उसके बारे में कुछ सोच रहा है, उसी से बोला–''मैनेजर?''

दरबान ने उंगली से दूर बने लोहे के कमरे की तरफ संकेत कर दिया।

चक्रेश ब्रीफकेस संभाले पब्लिक गैलरी से गुजरता हुआ उस तरफ बढ़ गया। ऊंचे-ऊंचे काउंटर्स के पीछे क्लर्क अपना काम कर रहे थे।

किसी ने नजर उठाकर उसकी तरफ नहीं देखा, किंतु चक्रेश को यूं लग रहा था कि जैसे दरबान की लाल आंखें बराबर उसे घूर रही हैं।

मैनेजर के फ़ौलादी कमरे के द्वार पर पहुंचा। गले में लटक पड़ने वाले खूबसूरत रेशमी मफलर का एक सिरा कंधे की तरफ उछाला और अंदर दाखिल हो गया। कमरा सचमुच वैसा ही था जैसा कि विक्रम ने बयान किया था।

और मैनेजर?

वह गंजा था। कश्मीरी सेब जैसे रंग का रौबदार चेहरा। वह बूढ़ा था, परंतु चुस्त-चौक्स। जब अपनी नीली आंखों से क्राफोर्ड ने उसकी तरफ देखा तो सचमुच चक्रेश को ऐसा लगा कि किसी बिल्ली के समान वे नीली आंखें उसके जिस्म को अंदर तक देख रही हैं।

जैसे किसी 'एक्स-रे' मशीन की आंखें हों।

''कहिए?'' लहजा एकदम नम्र था।

कमरे के अंदर बैठे दो गनधारियों पर नजर डालकर, चक्रेश बोला–''मेरा नाम चक्रेश है।''''''

''मुझे क्राफोर्ड कहते हैं।'' उसने हाथ बढ़ा दिया।

बौखलाकर चक्रेश ने जल्दी से उससे हाथ मिलाया। क्राफोर्ड के चेहरे पर गंभीरता की पकड़ मजबूत रही। नीली आंखें हर क्षण चक्रेश पर जमी रही थीं। लहजा उतना ही नम–''बैठिए?''

''मैं इंडियन हूं।'' चक्रेश ने बैठते हुए कहा।

''वह तो नाम से ही जाहिर है।'' क्राफोर्ड बोला–''सेवा बताइए?''

''मुझे एक लॉकर चाहिए।'' चक्रेश बोला–''आपके विशेष नियम के अनुसार फोटो भी लाया हूं।''

''मिल जाएगा।'' क्राफोर्ड ने कहा और फिर किसी को लॉकर देने की प्राथमिक कार्यवाही में जुट गया। बहुत से फार्मों पर उससे हस्ताक्षर कराए गए। फिर एक विशेष रजिस्टर पर उसके हस्ताक्षर लिए। पासपोर्ट

साइज फोटो चिपकाया। चक्रेश महसूस कर रहा था कि वह सचमुच हस्ताक्षर करते व्यक्ति के हाथ को घूरता है।

जब कार्यवाही अंतिम चरणों में थी तो अचानक कक्ष में एक लड़की दाखिल हुई। गुडमार्निंग के बाद एक कुर्सी पर बैठकर उसने अपने लॉकर की चाबी मेज पर रख दी। चाबी को उठाकर क्राफोर्ड ने अपनी मेज की दाज में डालते हुए कहा–''दो मिनट मिस जूलिया। मिस्टर चक्रेश का काम अंतिम क्षणों में है।''

''नेवर माइंड।'' जूलिया नामक खूबसूरत लड़की ने एक नजर चक्रेश पर डालकर कहा।

चक्रेश ने जबर्दस्ती अपने होंठ मुस्कराने के से अंदाज में फैला दिए। जुलिया भी धीमे से मुस्कराई और बस नजर हट गई। मिस्टर क्राफोर्ड एक कागज पर झुके हए कुछ लिख रहे थे। काम पूरा करने के बाद वे एक चाबी चक्रेश की तरफ बढ़ाते हुए बोले–''लीजिए मिस्टर चक्रेश, आपके लॉकर का नंबर सात है।''

''थैंक्यू।'' कहकर चक्रेश ने चाबी उठी ली।

इंटरकॉम का रिसीवर उठाकर मिस्टर क्राफोर्ड ने एक बटन दबाया। दूसरी तरफ से रिसीवर उठाए जाने पर बोले–''आप यहां आइए मिस्टर जेनियर।''

रिसीवर वापस रखते हुए मिस्टर क्राफोर्ड ने एक बार जूलिया की तरफ देखा, फिर उसकी दी हुई चाबी निकालकर उस पर नंबर देखते हुए बोले–''तेरह।''

''जी हां।'' जूलिया का संक्षिप्त उत्तर।

रजिस्टर में मिस्टर क्राफोर्ड तेरह नंबर तलाश करने लगे। यही वह क्षण था, जबकि एक खूबसूरत युवक कमरे में दाखिल हुआ। उसे दाखिल होता देखकर मिस्टर क्राफोर्ड ने जाने कौन-सा बटन दबाया कि हल्की-सी सरसराहट की आवाज के साथ कमरे की बाई दीवार में एक छुपी हुई अलमारी प्रकट हो गई।

अलमारी में बहुत बड़ा 'की-बोर्ड' था और 'की-बोर्ड' पर बहुत-सी चाबियां लटकी हुई थी।

प्रत्येक चाबी अपने नंबर पर ही थी, मिस्टर क्राफोर्ड केवल इतना बोले–''सात।''

दो में से एक बंदूकधारी ने सात नंबर से चाबी उतारकर जेनियर को दी और यह वह क्षण था जबकि उन्होंने जेनियर से कहा–''ये मिस्टर चक्रेश हैं, हमारे नए लॉकर ग्राहक। लॉकर नंबर सात।''

''आइए मिस्टर चक्रेश।'' जेनियर ने कहा।

फिर अपना सूटकेस लिए चक्रेश उसके पीछे कक्ष से निकल गया। पब्लिक गैलरी से गुजरकर वे एक कोने में पहुंचे। कोने में सीढ़ियां थीं। एक काफी लंबा जीना, नीचे तहखाने में चला गया था।

जीने के इस सिरे पर कंधे पर बंदूक लटकाए एक संतरी खड़ा था।

संतरी ने ध्यान से चक्रेश को देखा, जबकि जेनियर सात नंबर लॉकर की बैंक वाली चाबी लिए अपने 'रूटीन' के अनुसार तेजी से उतरता चला गया। चक्रेश उसके पीछे था। सीढ़ियां पार करके वे लॉकर हॉल में पहुंच गए। फिर सात नंबर की सेफ के नजदीक जेनियर ने बैंक की चाबी लॉक में डाली। 'बैंक लॉक' ऑन किया और चाबी साथ लिए बिना कुछ कहे वापस लौट गया।

अब लॉकर हॉल में चक्रेश अकेला रह गया।

इत्मीनान की एक लंबी सांस भरकर उसने चारों तरफ नजर दौड़ाई। निःसंदेह लॉकर हॉल वैसा ही था जैसा विक्रम ने बताया था। लोहे की छत, लोहे की दीवारें और फर्श, फर्श में गड़ी हुई मजबूत सेफें। बड़ी शांति थी यहां। अजीब-सा सन्नाटा। सेफनुमा सभी लॉकर बंद पड़े थे।

सभी लॉकरों के माथे पर लॉकर नंबर अंकित था।

चक्रेश सोचने लगा कि इन लॉकरों में अरबो-खरबों की दौलत मौजूद है, लेकिन कैसी कड़ी सुरक्षा की गई है। दरबान की लाल और मैनेजर की नीली आंखें उसके सामने कौंध गईं। दिमाग में वे शब्द

गूंज उठो, जो विक्रम ने इस दौलत की सुरक्षा व्यवस्था बताते समय कहे थे।

वह घूमा, अपनी चाबी सात नंबर लॉक में डाली और 'ग्राहक लॉक' खोल लिया। सेफ का हैंडल घुमाकर उसने भारी दरवाजा खोला। अंदर से सेफ कई खानों में बंटी हुई थी।

अभी वह सेफ के अंदर की स्थिति देख ही रहा था कि जीने पर से किसी के उतरने की आवाज आई। वह जल्दी से सूटकेस खोलकर लॉकर में कुछ रखने का उपक्रम करने लगा। हॉल में जूलिया और जेनियर आए थे। जेनियर ने 'तेरह' नंबर का 'बैंक लॉक' खोला और खामोशी के साथ लौट गया।

अब वहां केवल जूलिया और चक्रेश रह गए।

अपना लॉकर खोलती हुई जूलिया बोली–''मिस्टर क्राफोर्ड ने आपका क्या नाम लिया था?''

''चक्रेश।''

''ओह हां, आप बड़े लक्की हैं मिस्टर चक्रेश।''

''क्यों, ऐसी क्या बात है?''

''आपको सात नंबर का लॉकर मिला है।'' जूलिया बोली–''इस बैंक के ग्राहकों में सबसे 'अनलक्की' मैं ही हूं। अब देखिए न, सबसे मनहूस नंबर मुझी को मिला है तेरह।''

बरबस ही हंस पड़ा चक्रेश, बोला–''आप तेरह के अंक को अनलक्की समझती हैं?''

''ये नंबर होता ही अनलक्की है।''

''लॉकर का नंबर तेरह होने से क्या होता है?'' चक्रेश हंसा–''लॉकर हॉल बेहर सुरक्षित है और जब अगर चोरी होगी तो सभी लॉकरों में होगी।''

''चोरी तो खैर यहां हो ही नहीं सकती।''

'चोरी होगी तो मिस जूलिया। दुनिया के सर्वाधिक सुरक्षित बैंक में

ही चोरी होगी।' चक्रेश की इच्छा ऐसा कह देने की हुई, मगर उसने कहा नहीं। बल्किअपने सूटकेस को सेफ के दरवाजे की आड़ देकर लॉकर में कुछ रखने का उपक्रम करने लगा। वार्ता का सिलसिला रुक गया।

जूलिया अपने लॉकर में व्यस्त हो गई थी।

चक्रेश ने अपना लॉकर बंद किया। चाबी जेब में डाली और जूलिया से गुडबाई करके सीढ़ियों की तरफ बढ़ गया। जिस वक्त वह सीढ़ियों के बीच में था, उस समय एकाएक जेनियर प्रकट हुआ। वह पुनः एक चाबी लिए लॉकर हॉल में जा रहा था। उसके पीछे जो थी, उसे देखते ही चक्रेश ठिठक-सा गया।

वह बेगम नूर थी। उसकी शिकार।

आज सुबह ही होटल में उसने बेगम नूर को शक्ल से पहचाना था। जेनियर या बेगम नूर में से किसी ने भी उसकी तरफ ध्यान नहीं दिया। बेगम नूर के बारे में ही सोचता हुआ वह चढ़ता चला गया।

"वो, हां क्या नाम बताया था तुमने अपना?"

"बाली।"

"हां, अच्छा नाम है।" माओत्से अपनी मिचमिचाती आंखें उस पर गड़ाकर बोला–"तो मैं तुमसे क्या पूछ रहा था, हां, ये कि तुमने कभी हाथी का अंडा देखा है?"

बाली ने संक्षिप्त-सा जवाब दिया–"नहीं।"

"न-ना इतनी जल्दी नहीं।" माओत्से बोला–"सोचकर जवाब दो। मैं हथिनी के नहीं बल्कि हाथी के अंडे की बात कर रहा हूं। अच्छी तरह सोच लो। पांच मिनट का समय दिया जाता है तुम्हें।"

बाली चुप रह गया। बल्कि अगर यूं कहा जाए कि माओत्से को घूरने लगा वह, तब भी गलत नहीं होगा। हॉलीडे के बार में बैठे थे वो। वह बाली के सामने मेज पर बैठा था।

माओत्से ठिगना था। मुश्किल से चार फिटा रहा होगा। चीनियों का परम्परागत यानी पीला रंग था उसका। चौड़ा, सूजा हुआ-सा चेहरा। मिचमिची-सी आंखें और बीच में से पिचकी हुई चौड़े नथुनों वाली नाक का यह मालिक उस बाररूम में बैठा पी रहा था जिस समय बाली प्रविष्ट हुआ।

बाररूम में अन्य लोग भी थे।

मगर किसी भी सीट पर कोई अकेला नहीं था।

सिर्फ माओत्से ही अकेला था। अच्छा मौका समझकर बाली उसके समीप पहुंच गया था। उसने अपना परिचय दिया फिर बोला–''क्या मैं आपके साथ बैठकर पी सकता हूं?''

बस। जैसे उसका यही पूछना गजब हो गया।

माओत्से को तो मानो किसी मुर्गे की तलाश थी। खुशी के कारण झूमते हुए माओत्से ने उसे बैठाया। अपने हाथ से उसका पैग बनाया और उस पैग के बाद जो उसकी बकवास का सिलसिला शुरू हुआ है तो फिर रुका नहीं।

सचमुच बाली को ऐसा लगने लगा कि कुछ देर बाद 'भड़ाक' की आवाज के साथ उसका दिमाग फट जाएगा।

लोग अपनी सीटों पर बैठे उन्हें देखकर हंस रहे थे। विशेष रूप से बाली को देखकर। बाली को ऐसे लगा कि जैसे वह बलि का बकरा बन गया हो। यह बात भी उसकी समझ में आ गई कि वह अकेला क्यों बैठा था।

उसकी छोटी और मोटी उंगलियों में हीरे जड़ी अंगूठियां थीं।

नजर कलाई पर बंधी कीमती रिस्टवॉच पर थी। बीच-बीच में वह अपने गिलास से शराब हलक में उंड़ेल रहा था। अचानक वह बोला–''ऐ-ऐ पांच मिनट खत्म।''

बाली कांप-सा गया।

''हां तो क्या नाम बताया तुमने–बाली–हां तो क्या सोचा मिस्टर बाली?''

बाली ने पूछा–''किस बारे में?''

''हैं, तुम विषय ही भूल गए, कमाल है?'' वह अपने दिमाग पर जोर डालने की कोशिश करता हुआ बोला–''विषय तो मैं भूल गया हूं। पता नहीं पांच मिनट पहले मैंने तुमसे क्या पूछा था?''

''क्या मतलब?''

''मुर्गी का अंडा तो होता ही नहीं है भाई और जो चीज होती ही नहीं है, उसकी बात मैं कैसे कर सकता हूं। अंड तो मुर्गे का होता है। हां याद आया, मैं तुमसे पूछ रहा था कि क्या तुमने कभी मुर्गे का अंडा देखा है?''

''नहीं।''

''देखोगे भी कैसे, उस समय तुम देख ही नहीं सकते थे।''

''क्यों?''

''क्योंकि इस दुनिया में आज तक सिर्फ एक ही अंडा दिया है और उसी अंडे से निकले हो तुम।''

सारा बार इंसानी ठहाकों की आवाज से गूंज उठा। बार में बैठे प्रत्येक व्यक्ति ने उसकी यह बात सुनी थी। सभी पेट पकड़कर हंस रहे थे। दुहरे हुए जा रहे थे। जबकि बौखलाए हुए से बाली की स्थिति बड़ी ही दयनीय थी। झेंप मिटाने के लिए वह भी हंसने लगा। यदि हॉल में कोई न हंसने वाला था वह था माओत्से।

पूरी तरह गंभीर, गिलास होठों से लगाए वह पीता रहा।

बाली लोगों की हंसी का केंद्र बन गया था। ऐसी इच्छा हुई उसकी कि वह उठे और अपनी मेज इस ठिगने और बदतमीज चीनी के सिर पर दे मारे। मगर ऐसा वह कर नहीं सकता था। विक्रम ने इससे दोस्ती बढ़ाने के लिए कहा था। मन-ही-मन विक्रम को गंदी-गंदी गालियां बंकी उसने ओर मेज पर रखा अपना गिलास उठा, गटागट पी गया।

डेनियल की गाड़ी को 'हॉलीडे' के मुख्यद्वार से निकलता देखते ही छम्मो ने तेजी से झुककर अपने पैर से सैंडिल निकाली और फुटपाथ पर खड़े चार-पांच स्थानीय लड़कों की तरफ लपकी। इससे पहले कि वे लड़के कुछ समझ पाएं। छम्मो ने दनाक से सैंडिल उनमें से एक के सिर पर दे मारी।

लड़के बौखला गए।

जबकि छम्मो चीखी–"बदमाश गुंडे लड़की को देखकर सीटी बजाते हो?"

"मगर हमने तो कुछ . . .।"

जिस लड़के ने ऐसा कहना चाहा था, छम्मो ने झपटकर सैंडिल उसी की कनपटी पर जड़ दी। लड़के बौखला गए। उनकी समझ में नहीं आया कि एकाएक ये हो क्या गया है। दो, एक तरफ को भागे। एक, एक तरफ को परंतु एक ने छम्मो की सैंडिल वाली कलाई हवा में ही लपक ली।

उसे छुड़ाने का प्रयास करती हुई छम्मो चीख पड़ी–"हेल्प-हेल्प।"

यही वह क्षण था, जबकि डेनियल की कार उसके समीप आकर रुकी। भागते हुए लड़के भी अपनी साथी को छम्मो से उलझा देखकर रुकर गए थे। लंबा डेनियल फुर्ती से साथ कार से बाहर निकला और बोला–"क्या बात है?"

"ये . . .।"

लड़के के कुछ कहने से पहले ही छम्मो चीख पड़ी–"प्लीज, मेरा हाथ इससे छुड़ाइए। पहले मुझे देखकर सीटी बजाई, फिर आंख मारी और अब, ओह प्लीज हेल्प भी।"

डेनियल उनके बिल्कुल नजदीक पहुंचकर गुर्राया–"हाथ छोड़ दो।"

"मेरी बात तो सुनिए सर हमने कुछ . . .।"

छम्मो ने मुंह से एक चीख निकालकर पुनः उसका वाक्य दबा दिया।

डेनियल पहले से भी ज्यादा कठोर स्वर में गुर्राया–''पहले हाथ छोड़ो।''

''आप मेरी बात तो . . .।''

'फड़ाक्' से डेनियल का भारी हाथ लड़के के गाल पर पड़ा। तबीयत झन्नाट हो गई लड़के की। अच्छी-खासी धूप में उसे तारे नजर आ गए, जबकि डेनियल चीखा–''हाथ छोड़ो।''

लड़के ने जल्दी से हाथ छोड़ दिया। डेनियल ने झपटकर दोनों हाथें से उसका गिरेबान पकड़ा और झंझोड़ता हुआ बोला–''तुम सब यहीं, ब्राडवेल के रहने वाले लगते हो। क्या अपने यहां आए मेहमान सैलानियों के साथ तुम ऐसा ही?''

''आप हमारी बात तो सुनिए सर।''

''बात मैं नहीं सुनूंगा, पुलिस सुनेगी तुमसे। जाओ, यदि जेल की चक्की पीसना नहीं चाहते तो भागों यहां से।'' कहकर डेनियल ने उसे पीछे धकेल लिया। लड़का लड़खड़ाकर संभला। वह बोला कुछ नहीं, छम्मो को घूरता रहा। कदाचित् वह यह सोचकर डर गया था कि पुलिस भी इस लड़की की ही बात सच मानेगी। वह जानता था कि पुलिस को सैलानियों का विशेष ख्याल रखने के निर्देश हैं।

⅄

डेनियल स्वयं ही कार ड्राइव कर रहा था। उसकी बगल में छम्मो बैठी थी। काफी नाज-नखरे दिखाने के बाद वह डेनियल के अनुरोध पर गाड़ी में बैठी थी। काफी देर वह क्रोध में उन लड़कों को भुनभुनाने का नाटक करती रही। ड्राइव करता हुआ डेनियल धीमे-धीमे उसकी इस अदा पर मुस्कराता रहा।

फिर बोला–''अब आप भूल ही जाइए उन बदतमीज लड़कों को।''

''अगर इसी तरह यहां के लोगों ने परेशान किया तो मुझे सीजन खत्म होने से पहले ही यहां से जाना पड़ेगा।''

''अजी जाएं आपके दुश्मन, अब मैं जो हूं आपके साथ।''

''आप . . .?''

''मुझे डेनियल कहते हैं। इसी देश में रेलों का छोटा-सा बिजनेस है।''

''डेनियल आप ही डेनियल हैं?'' छम्मो ने शानदार एक्टिंग की।

''क्यों, क्या पहले भी कहीं मेरी तारीफ सुनी है?''

''हां, होटल के वेटरों और दूसरे सैलानियों के मुंह से काफी नाम सुना है आपका। सौभाग्य से देखा आज ही है, मैं भी हॉलीडे में ही ठहरी हूं। पहली बार ब्राडवेल पर आई हूं।''

''शायद भारतीय हैं आप?''

''हां।''

''क्या मैं आपका नाम जान सकता हूं?''

''छम्मो।''

नाम सुनते ही डेनियल ने चेहरा घुमाकर उसकी तरफ देखा, मीठी-सी मुस्कान के साथ बोला–''बड़ा अजीब नाम है।''

''क्यों?'' छम्मो ने कातर दृष्टि से देखा उसे–''पसंद नहीं आया क्या?''

''बहुत शानदार नाम है। यदि आप बुरा न मानें तो मैं ये कह सकता हूं कि आपका नाम आपसे भी कहीं ज्यादा खूबसूरत है। सचमुच भारतीय, लड़कियां बहुत पसंद हैं। क्या आप बाकी 'हॉलीडेज' मेरे साथ गुजारना पसंद करेंगी?''

छम्मो सोचने लगी कि उसका शिकार तो स्वयं ही जाल में फंसता जा रहा है।

बहुत बड़ी झील थी वह। अत्यंत सुंदर।

'ब्राडवेल' पर आने वाले सैलानियों के लिए वह झील इस हिल स्टेशन का मुख्य एवं आकर्षक दर्शनीय स्थल थी। झील पहाड़ियों की गोद में बसी हुई थी। जितनी वह बड़ी थी, उतनी ही गहरी भी। दुर्घटनावश कई बार लोग उसमें डूबकर मर चुके थे। लोगों का कहना था कि झील में कई हाथी डुबाऊ पानी है।

किश्ती या मोटरबोट में बैठकर झील में सैर करने का मजा ही अलग था।

इधर-उधर छितराए से जोड़े झील के किनारों की पहाड़ियों पर बैठे प्रणयवार्ता किया करते थे। इस झील में बहुत कम ही लोग नहाने का साहस कर पाते थे। सिर्फ वही जिन्हें अपने तैरने की कला पर पूरा भरोसा हो। दाईं तरफ एक ऐसी अजीब और ऊंची पहाड़ी थी, जहां से झील में किसी झरने की तरह पानी गिरा करता था। लोग उसे झरना ही कहते थे।

वह पहाड़ी बीस फुट ऊंची थी।

उस पहाड़ी पर लोग अक्सर चढ़कर बैठ जाया करते थे, किंतु वहां से नीचे, यानी झील की तरफ झांकने का साहस शायद ही किसी ने किया हो। झील के किनारे हमेशा मेला-सा लगा रहता था।

इसी मेले में रूसो थी और उसके आस-पास मंडरा रहा था बाली।

इकहरे और गोरे जिस्म वाली रूसो के शरीर पर इस वक्त केवल एक ब्रेजरी और अंडरवियर था। वह अभी-अभी झील में किसी मछली के समान तैरकर आई थी। एक लांग चेयर पर आंखें बंद किए अधलेटी-सी अवस्था में पड़ी थी वह। बाली उससे थोड़ा हट कर दूसरी लांग चेयर पर पड़ा था।

उसके जिस्म पर केवल अंडरवियर था।

रूसो के आस-पास ही झील में वह काफी तैर चुका था, परंतु

उसका मकसद हल नहीं हुआ, यानी रूसो ने एक बार भी उसकी तरफ ध्यान नहीं दिया।

अचानक एक यूरोपियन ने रूसो के पास आकर कहा–"हैलो रूसो।"

"हैलो।" अलसाई-सी रूसो बोली।

यूरोपियन ने चहके हुए से अंदाज से पूछा–"तुम्हें अपना इस साल का दोस्त मिला या नहीं।"

"नहीं, अभी तक मुझे ऐसा कोई नजर नहीं आया, जो मुझसे अच्छा तैरता हो।"

"मैं जो हूं।"

"हरगिज नहीं, इस साल मैं अपने से अच्छा तैरने वाला केवल उसे मानूंगी, जो उस बीस फुट ऊंची झरने वाली झील में कूद सके।"

"क्या कहा। झरने वाली पहाड़ी से?"

"हां।"

"तब तो इस बार तुम्हें ब्राडवेल पर कोई दोस्त मिलने से रहा रूसो।"

"क्यों?"

यूरोपियन हंसकर कहने लगा–"कोई सिरफिरा या पागल ही मौत के मुंह में छलांग लगा सकता है।"

बाली को प्वाइंट मिल गया था। वह तेजी से उठा, झरने वाली पहाड़ी की तरफ बढ़ा। दस मिनट बाद ही वह पहाड़ी के शीर्ष पर कूदने के लिए तैयार खड़ा नीचे, बहुत तेजी से उमड़-घुमड़ होने वाले पानी को देख रहा था। सचमुच, यहां से कूदना मौत को दावत देना था, किंतु गंगा के किनारे खेले हुए बाली के लिए यह काम ज्यादा मुश्किल भी नहीं था। उस हालत में तो बिल्कुल भी नहीं, जबकि मामला आठ करोड़ का हो।

तीर के समान सनसनाकर उसका जिस्म झील के पानी में समा

गया। दो मिनट के बाद जब वह काफी दूर पानी से बाहर निकला तो अधिकांश नजरें उस पर केंद्रित थीं। उन्हीं में रूसो भी थी। रूसो की आंखों में अभी वह अपने लिए दिलचस्पी के भाव देख ही रहा था कि बुरी तरह चौंक पड़ा। किनारे पर खड़ी भीड़ में एक ऐसा व्यक्ति भी था जिसे देखते ही बाली के चेहरे पर दहशत नाच उठी। अगर यह कहा जाए कि पानी में होने के बावजूद भी उसके जिस्म के सभी मसामों ने ढेर सारा पसीना उगल दिया तो गलत नहीं होगा। वह बाली को बहुत ध्यान से देखकर पहचानने की कोशिश कर रहा था। बाली ने जल्दी से पानी में डुबकी लगा दी, क्योंकि वह व्यक्ति जिम था। भारतीय जासूसी संस्था 'रॉ' का जासूस।

'मूनरेज' होटल की गैलरी में पहुंचकर विक्रम ठिठका। इस समय अपने हाथों में उसने प्लास्टिक के पारदर्शी दस्ताने पहन रखे थे। वह तेज कदमों के साथ दरवाजों के ऊपर लिखे नंबर पढ़ता हुआ गैलरी में बढ़ा। फिर वह बीस नंबर कमरे के समीप ठिठका। चोर दृष्टि से दाएं-बाएं देखा उसने। गैलरी सुनसान पड़ी थी।

कोट की जेब से 'मास्टर-की' निकालकर उसने जल्दी से ताले में डाली। थोड़ी-सी कोशिश के बाद ही ताला खुल गया। वह अंदर प्रविष्ट हुआ। दरवाजा अंदर से बोल्ट करके कमरे में नजर दौड़ाई।

फिर वह जल्दी-जल्दी कमरे की तलाशी लेने लगा।

जाने वह क्या तलाश कर रहा था। कमरे में रखा किसी यात्री का सामान उलट-पुलट कर दिया उसने। सामान में दस डॉलरों वाली एक गड्डी भी थी। मगर विक्रम ने इस तरफ कोई ध्यान नहीं दिया।

वह कोई विशेष ही चीज तलाश कर रहा था। जाने क्या?

उसने बेड पर पड़े डनलप के गद्दे भी उलट-पुलट कर दिए। मेज की दराजें छान मारीं। मास्टर की से अलमारी खोलकर उसे भी छान

मारा, परंतु उसे अपनी इच्छित चीज नहीं मिली। बाथरूम में पहुंचा। पानी की टंकी तक देख डाली उसने। हताश और निराश होकर वापस कमरे में आया।

कमरे की तलाशी लेते तीस मिनट गुजर चुके थे उसे।

इस वक्त कमरे के बीचों-बीच खड़ा वह चारों तरफ देखता हुआ यह सोच रहा था कि कहां की तलाशी लेनी शेष रह गई है कि अचानक कमरे के बंद दरवाजे पर दस्तक हुई।

विक्रम उछल पड़ा।

''मिस्टर रोबिंसन?'' किसी ने बाहर से पुकारा– ''मिस्टर रोबिंसन''

बौखला-सा गया विक्रम। उसने जल्दी से इधर-उधर देखा। कमरे में रोबिंसन का सभी सामान उलटा पड़ा था। एकाएक विक्रम की नजर दस डॉलरों वाली गड्डी पर गई। उसने झपट कर गड्डी उठाई। जेब में डाली और लॉन में खुलने वाली खिड़की की तरफ झपट पड़ा। दरवाजा जोर-जोर से पीटा जा रहा था।

पहले सारे 'मूनरेज' और उसके बाद समूचे ब्राडवेल में यह बात फैल गई कि कमरा नंबर बीस में चोरी हुई है। फैल इसलिए गई, क्योंकि इस किस्म की वारदातें ब्राडवेल पर जरा कम ही होती थी। पुलिस को सूचित किया गया। पुलिस आई भी, कमरे की स्थिति बताती थी कि किसी ने चोरी की नीयत से तलाशी ली है, परंतु कोई यह नहीं बता सका कि कोई चीज चोरी हुई है या नहीं, इस सवाल का जवाब मिस्टर रोबिंसन ही दे सकते थे।

उन्हीं का कमरा था यह और वह तन्हाई पंसद व्यक्ति प्रतिदिन की तरह सुबह को ही ब्राडवेल से दूर पहाड़ियों में भटकने के लिए निकल चुका था। एक वेटर का बयान था कि जब वह गैलरी से गुजर रहा था तो मिस्टर रोबिंसन के कमरे का ताला खुला देखकर चौंक पड़ा। दोपहर

के समय इस कमरे का ताला खुला होना उसे अस्वाभाविक-सा लगा क्योंकि सारे दिन ब्राडवेल से गायब रहने की मिस्टर रोबिंसन की आदत से वह भी परिचित था।

पहले तो उसने सोचा कि संभव है, थक-हारकर मिस्टर रोबिंसन कुछ जल्दी लौट आए हों। फिर यह सोचकर उसने दरवाज़ा खटखटा दिया कि शायद मिस्टर रोबिंसन को किसी चीज की जरूरत हो।

बस, इस तरह चोरी का पता लगा।

दुर्भाग्यवश चोर की शक्ल किसी ने भी नहीं देखी थी।

शाम को जब मिस्टर रोबिंसन लौटे और उन्हें वारदात की जानकारी मिली तो बड़े ही गर्म हुए। होटल मैनेजर को लताड़ा। होटल की सुरक्षा को गालियां दीं। मैनेजर बेचारा यह कहता-कहता थक गया था कि उसके होटल में ऐसी घटना पहली बार हुई है। पुलिस के पूछने पर उन्होंने अपना सामान चैक किया।

बताया कि, दस डॉलरों वाली एक गड्डी के अतिरिक्त सबकुछ मौजूद है।

पुलिस ने चोरी की रिपोर्ट दर्ज की, मिस्टर रोबिंसन को यह आश्वासन दिया कि जितनी जल्दी हो सकेगा वे चोर को खोज निकालेंगे। वे बेचारे क्या जानते थे कि चोर यहां डॉलरों के लिए नहीं आया था।

चंद्रमा की चांदनी जैसे बेगम नूर के गोरे जिस्म पर इस वक्त काला बुरका था। नकाब उलटकर उसने सिर पर डाल रखा था और उसका चांद-सा मुखड़ा दमक रहा था। उसके बराबर वाली सीट पर ही चक्रेश बैठा था। तबीयत तो उसकी ऐसी हो रही थी कि बेगम नूर के चेहरे से नजरें ही न हटाए, लेकिन गर्दन झुकाए बैठा था वह। कुछ सकुचाए, शरमाए से अंदाज में ऐसा अंदाज वह केवल बेगम नूर को अपनी तरफ आकर्षित करने के लिए अपनाए हुए था।

किंतु बेगम नूर का ध्यान उसकी तरफ कतई नहीं था।

इसी वजह से चक्रेश झुंझला रहा था। बेगम नूर का ध्यान अपनी तरफ आकर्षित करने की कोई माकूल तरकीब नहीं सूझ रही थी उसे। मुसीबत तो यह थी कि बेगम नूर को उसे ऐसा दर्शाना था, जैसे उसने कभी किसी लड़की की समीपता ही न पाई हो। वह अभी सोच ही रहा था कि लगभग चौंक पड़ा।

किसी लड़की की चहकी आवाज उसके कानों में पड़ी– ''हैलो सात नंबर?''

चक्रेश ने बौखलाकर चेहरा ऊपर उठाया। वह जूलिया थी।

''सात नंबर?'' वह गड़बड़ा गया।

''क्यों, भूल गए, तुम्हारा नंबर सात है और मेरा तेरह।'' पर फुदकी।

चक्रेश ने कनखियों से बेगम नूर की तरफ देखा। वह दिलचस्प निगाहों से उनकी तरफ देख रही थी। चक्रेश ने शानदार ऐक्टिंग करने की ठान ली। उसने जल्दी से रुमाल निकाला। पसीना साफ करने वाले अंदाज में बोला–''हां-हां मुझे याद है आप मिस जूलिया हैं न। मुझे याद है।''

''अरे?'' जूलिया खिलखिलाई–''आप इस तरह नर्वस क्यों हो रहे हैं?''

''कुछ नहीं-कुछ नहीं।'' बौखलाने की ऐक्टिंग।

जुलिया ने उसी चहकते स्वर में पूछा–''क्या मैं आपकी सीट पर बैठ सकती हूं?''

''जी-जी नहीं–जी हां-जी हां–क्यों नहीं?''

''कमाल है।'' खिलखिलाकर कहती हुई वह सामने वाली कुर्सी पर बैठ गई–''आप तो इस तरह नर्वस हुए जा रहे हैं, जैसे मैं लड़की नहीं भूत हूं। क्या आप लड़कियों से बात करते समय इसी तरह नर्वस हो जाते हैं।''

''जी मैं लड़कियों से, नहीं तो-नहीं तो।''

पहले से भी कहीं जोरदार ठहाका लगाकर हंस पड़ी जूलिया। उसे चक्रेश से बात करने में विशेष मजा आ रहा था। चक्रेश की तरफ देखती हुई बेगम नूर की आंखों में भी इस वक्त दिलचस्प भाव थे। जुलिया से उसे ईष र्या-सी हो रही थी। यह सोचकर कि इस युवक की जिन अदाओं का मजा इस वक्त वह लूट रही है उनकी जगह वह क्यों नहीं है?

जबकि चक्रेश ने झेंपकर पूछा–''आप हंस क्यों रही हैं?''

''हंसने की बात है, मेरी जिंदगी में तुम ऐसे पहले आदमी हो जो मुझसे बातें करता पसीने-पसीने हो रहा है। मैंने सुना था कि इंडियन युवक झेंपू होते हैं। सचमुच, तुम्हें देखकर उस बात पर यकीन करना पड़ेगा। क्या पहले तुम्हें कभी किसी लड़की ने लिफ्ट नहीं दी?''

''नहीं तो, ऐसी तो कोई बात नहीं है। मैं अभी आया।'' कहकर वह उठा और तेजी से टॉयलेट की तरफ बढ़ गया। खिलखिलाती हुई जुलिया ने उससे पूछा था कि वह कहां जा रहा है, परंतु वह रुका नहीं। बेगम नूर को लग रहा था कि इस सीजन में यह मफलर वाला युवक ही उसकी मंजिल है।

⅄

उपरोक्त घटना के चार दिन बाद ब्राडवेल सन के गैंबलिंग हॉल में चक्रेश बेगम नूर के साथ दाखिल हुआ। बेगम नूर ने बड़ी बेतकल्लुफी के साथ उसका बायां हाथ अपने दाएं हाथ से जकड़ रखा था। हथेलियां आलिंगनबद्ध और उंगलियां कसी हुई थीं। चक्रेश उस युवक का अभिनय कर रहा था, जो कि अपने साथ की लड़की की इस बेतकल्लुफी पर बुरी तरह झेंप रहा हो और उसी झेंप का मज़ा लूटती हुई बेगम नूर शान से आगे बढ़ी।

जुए की मेजों पर बेशुमार दौलत बिखरी हुई थी।

वही दौलत जो सीजन के अंत में सिमटकर बैंक के लॉकर हॉल में कैद हो जाती थी। सचमुच, अथाह दौलत थी वहां। भिन्न मेजों पर

भिन्न ढंग से जुआ चल रहा था। सबसे मोटा जुआ वहां चल रहा था, जहां डेनियल बैठा था। डेनियल के समीप ही बैठी थी छम्मो। वह खेल नहीं रही थी, बल्कि डेनियल के कंधे पर हाथ रखे बैठी थी।

डेनियल खेल रहा था।

हर चाल छम्मो से पूछकर चल रहा था वह। चक्रेश समझ गया कि छम्मो ने भी अपने शिकार को फंसा लिया है। छम्मो ने भी उसे एक सीट पर बेगम नूर के साथ बैठते देख लिया परंतु एक नजर देखकर अपरिचितों की तरह चेहरा घुमा लिया।

फिर, दूसरे गैम्बलरों के साथ बेगम नूर भी खेलने लगी।

चक्रेश को किसी छोटे बच्चे की तरह अपने से चिपकाए रखा था। इस बीच अपनी मेज का सारा धन बटोरकर डेनियल छम्मो को साथ लिए हॉल से बाहर जा चुका था। बेगम नूर खेलती रही।

वह अच्छा खेलती थी।

अधिकांश बाजी उसी ने जीतीं। खेल के बाद अब वे उसी प्रकार हाथों में हाथ डाले हॉल से बाहर निकलने के लिए दरवाजे पर पहुंचे कि तभी चक्रेश अचानक एक व्यक्ति से टकरा गया।

''ओह सॉरी?'' उस व्यक्ति ने कहा।

और जब उस व्यक्ति के चेहरे पर चक्रेश की नजर पड़ी तो चक्रेश ऊपर से नीचे तक थरथरा उठा। जिस्म का सारा खून मानो एकाएक तेजाब में बदल गया। चेहरा सफेद पड़ गया था उसका।

जबकि चक्रेश को देखकर वह भी चकित रह गया था, बोला– ''आप, यहां मिस्टर चक्रेश?''

''जी हां।'' उसने थूक निगला–''आप मिस्टर जिम हैं न?''

''ठीक पहचाना आपने।'' जिम मुस्कराया।

''कमाल है, आप यहां?''

''मैं तो यहां हर सीजन में ही आता हूं।'' जिम बोला–''लेकिन आपसे पहली ही बार भेंट हुई है।''

"जी-ही-हां, बहुत तारीफ सुनी थी ब्राडवेल की।"

जिम ने पूछा–"कैसा लगा आपको?"

"बहुत अच्छा, शानदार। कश्मीर से भी कहीं ज्यादा रंगीन।"

इस बीच जिम ने भरपूर नजरों से बेगम नूर की तरफ देखा था, बोला–"आपकी पसंद अच्छी है मिस्टर चक्रेश। आपकी पहली पसंद भी अच्छी थी। ये भी सुंदर हैं, क्या मैं आपका नाम जान सकता हूं?"

"बेगम नूर।" उसने स्वयं जवाब दिया।

"शादी कर लीजिए मिस्टर चक्रेश।" जिम ने कहा–"मंजू के स्थान को ये भी भर सकती हैं।"

बेगम नूर ने चौंककर पूछा–"मंजू?"

"जी हां, इनकी पहली बीवी बेचारी एक ऐसी दुर्घटना का शिकार हो गई जिसमें इनका कोई दोष नहीं था।"

चक्रेश बुदबुदा उठा–'सत्यानाश।'

"पहली बीवी?"

बेगम नूर पूछती ही रह गई, जबकि जिम ने चक्रेश से हाथ मिलाया और बोला–"अच्छा मिस्टर चक्रेश, इस वक्त मैं जरा जल्दी में हूं अभी तो हम यहीं हैं। फिर मिलेंगे।"

तेज और लंबे-लंबे कदमों के साथ जिम हॉल के अंदर चला गया। चक्रेश की हालत बड़ी विचित्र-सी हो गई थी। वह कम्बख्त सारा खेल ही बिगाड़ गया था। वैसे भी ब्राडवेल पर जिम की मौजूदगी ने उसे ऊपर से नीचे तक ही हिला डाला था। उम्मीद के बिल्कुल विपरीत बेगम नूर ने कहा–"क्या सोचने लगे मिस्टर चक्रेश?"

"कुछ नहीं।" वह संभला।

"आइए।" कहकर उसे साथ लिए बेगम नूर आगे बढ़ गई।

रूसो के साथ डिनर हॉल में बैठा बाली उस समय डिनर ले रहा था

और खाने में पूरी तरह व्यस्त था कि अचानक वह एक आवाज सुनकर चौंक पड़ा, किसी ने दूर से कहा था–''अरे, हैलो मिस्टर बाली।''

बाली ने उस तरफ देखा।

वह जिम था, जो कि लपकने के से अंदाज में उसकी तरफ आ रहा था। जिम को देखकर और यह सच्चाई महसूस करते ही जिम ने उसे पहचान लिया है, बाली का दिलो-दिमाग सन्न से रह गया।

''अरे?'' अपनी सीट से खड़े होकर उसे चौंकने की एक्टिंग की–''आप यहां मिस्टर जिम?''

नजदीक पहुंचकर उसने हाथ मिलते हुए कहा–''मैं तो आपको देखकर हैरत में हूं।''

''क्यों, हैरत की क्या बात है?'' बाली ने खुद को संभाला–''यहां कोई भी हो सकता है।''

''हो तो सकता है। लेकिन अजीब संयोग है। आप दोनों ही यहां हैं।''

''दोनों?'' बाली ने पूछा–''दूसरा कौन?''

''मिस्टर चक्रेश।''

''चक्रेश, कौन चक्रेश?''

''अरे आप इतनी जल्दी भूल गए उसे। बैंकों को ब्लैकमेल करने वाले उस अजीब अपराधी की स्कीम का पहला शिकार तो बेचारे मिस्टर चक्रेश ही बने थे। उन्हें तो अपनी प्यारी बीवी भी खोनी पड़ी थी। आपकी बहन बच गई थी।''

''ओह, अच्छा, आप उस चक्रेश की बात कर रहे हैं। क्या वह भी यहां आया हुआ है?''

''जी हां।'' जिम ने पूछा–''क्या आप बैठने को नहीं कहेंगे?''

''क्यों नहीं, बैठिए।''

खाली कुर्सी पर बैठते हुए जिम ने रूसो से पूछा–''क्या मैं आपका परिचय जान सकता हूं?''

शुरू से ही, चुपचाप उनकी बातें सुनने वाली रूसों ने अपना परिचय दिया। जिम ने उसे अपना नाम ही बताया। बाली ने यह बात नोट की कि वह रूसो से 'रॉ' का सदस्य होने वाली बात छुपा गया। जिस समय वह रूसों से बातों में व्यस्त था, उस समय बाली हवा में तैरते अपने मस्तिष्क को काबू में करने की भरसक चेष्टा कर रहा था।

ब्राडवेल पर जिम की मौजूदगी ने उसे भी हिलाकर रख दिया था। विशेष रूप से वैसी स्थिति में, जबकि चक्रेश और छम्मो भी यहां हैं औरवे सब बैंक रॉबरी की एक स्कीम पर काम कर रहे हैं। उसे लग रहा था कि यहां जिम की मौजूदगी कोई बहुत बड़ा बखेड़ा खड़ा कर सकती है।

उसने यूं ही पूछ लिया–''आप यहां कहां ठहरे हैं मिस्टर जिम?''

''मूनरेज। कमरा नंबर पांच।''

''और आप सुनाइए। बाली ने स्वयं को सामान्य दर्शाने की भरपूर चेष्टा करते हुए पूछा–''बैंक को ब्लैकमेल करने वाले उस सफेद नकाबपोश का कुछ पता लगा या नहीं?''

''उसी सिलसिले में ब्राडवेल पर आया हूं।''

झन्ना गया बाली, बोला–''क्या मतलब?''

''सूचना मिली है कि बैंक को ब्लैकमेल करके उसने जो रकम हासिल की थी, उसे उड़ाने के लिए यह यहां आया है। भारत में रकम खर्च करने में उसने खतरा महसूस किया।''

''और आप उसके पीछे-पीछे यहां भी पहुंच गए?''

अपनी नीली आंखें बाली की आंखों में डालकर कहा जिम ने– ''कानून के हाथ बहुत लंबे होते हैं मिस्टर बाली।''

''सच तो है, लेकिन आप यहां मौजूद हजारों आदमियों में से उसे पहचानेंगे कैसे?''

''वह हमारा काम है। कहकर जिम उठ खड़ा हुआ।''

कमरे में, कुर्सी पर बैठी छम्मो ने अपने दोनों पैर बेड फैला रखे थे कि दरवाजे पर दस्तक हुई। उसी पोज में बैठे-बैठे उसने यह सोचकर कि वेटर होगा, कह दिया–''आ जाओ।''

मगर दरवाजा खोलकर जो शख्स कमरे में दाखिल हुआ, वह जिम था।

जिम को देखते ही छम्मो उछल पड़ी। पसीने-पसीने हो गई थी वह। चेहरे पर दहशत के ढेर सारे चिंह उभर आए। जुबान तालू से चिपक गई उसकी। कुछ कह नहीं सकती जबकि बोला जिम भी कुछ नहीं। अपनी नीली आंखों से वह लगातार उसी को देख रहा था। उनमें कठोरता थी। जिम के जबड़े सख्ती से साथी भिंचे हुए महसूस किए उसने।

जिम ने घूमकर स्वयं ही दरवाजा अंदर से बोल्ट कर दिया।

''कौन हो तुम? ये क्या कर रहे हो?'' छम्मो कमजोर स्वर में कह उठी।

जिम उठा। कठोरतापूर्वक उसे घूरता हुआ बोला–''मुझे भूल गईं मिस छम्मो, मुझे। हरगिज नहीं, कोई भी आदमी मुझे इतनी जल्दी नहीं भूला करता। तुम एक्टिंग कर रही हो।''

''मैं आपको नहीं पहचानती। आप कौन हैं और इस तरह।''

जिम ने झपटकर उसकी कलाई पकड़ी, उमेठी और छम्मो के कंठ से हल्की-सी चीख निकल गई। कोहनी पर नब्बे डिग्री का मोड़ बनाए छम्मो की कलाई उसकी पीठ पर चिपक गई थी। कलाई का अग्रिम भाग जिम की मुट्ठी में था और छम्मो दर्द से तड़प रही थी, जिम दांत भींचकर गुर्राया–''वे लोग मुझे जिंदगी भर नहीं भूलते, जिन्हें मैंने टॉर्चर रूम में टॉर्चर किया हो। बोलो याद आया कि मैं कौन हूं?''

''मेरी कलाई छोड़ो जिम।''

''गुड।'' कहने के साथ ही उसने कलाई छोड़ दी–''अब तुमने मुझे पहचान लिया है।''

''यहां क्यों आए हो तुम?''

''तुमसे चंद सवाल पूछने।''

''कैसे सवाल?''

''कैसे सवाल?''

उसके सामने चहलकदमी करते हुए जिम ने जेब से रिवॉल्वर निकाल लिया। छम्मो कांप गई। उसे काटो तो खून नहीं। जबकि सामने खड़े जिम ने गुर्राहट भरे स्वर में कहा–''उम्मीद है कि अब तुम मेरे सवाल का सही जवाब दोगी।''

छम्मो भयभीत हिरनी के समान खड़ी कांपती रही।

''अगर तुमने मेरे एक सवाल का जवाब भी गलत दिया तो इस रिवॉल्वर में भरी सारी गोलियां तुम्हारी छाती से उतार दूंगा।'' जिम गुर्राया–''फिर भी, सवाल करने से पहले मैं तुम्हें चंद बातें बता दूं। मैं ये जान चुका हूं कि तुम और बाली भाई-बहन नहीं हो। एक ही होटल के भिन्न कमरों में अपरिचितों की तरह ठहरे हुए हो तुम। यानी वह नाटक नकली था, जो भारत में किया गया। बैंक को ब्लैकमेल करने के पीछे कोई सफेद नकाबपोश नहीं था। तुम दोनों और साथ ही चक्रेश की भी ब्राडवेल पर मौजूदगी से स्पष्ट है कि तुम एक-दूसरे के साथी हो और कोई भी अपराध करते समय अलग-अलग दर्शाते हो।''

''मगर।''

उसकी बातचीत में ही काटकर जिम कहता चला गया–''बैंक को तुम्हीं तीनों ने ब्लैकमेल किया था। अपराध करके भी जिस खूबसूरती से तुम तीनों ने हमें धोखा देकर कानून की नजरों में खुद को बेगुनाह साबित किया, उसी से जाहिर है कि तुम तीनों दिमाग से बनाई हुई प्लानिंग पर काम करते हो। तुमने मुझे भी बेवकूफ बना दिया, जबकि जिम आसानी से चक्कर में नहीं आया करता। बेशक, तुममें से जिसने भी बैंक को ब्लैकमेल करने और फिर खुद को निर्दोष साबित करने की स्कीम बनाई थी, उसके दिमाग का लोहा मानना पड़ेगा।''

छम्मो चुप रही।

''उस अपराध को तो छोड़ो।'' जिम ने कहा–''अपनी जवानी पर तरस खाकर यह बताओ कि इस वक्त यहां तुम किस चक्कर में हो?''

कांपती हुई छम्मो कह उठी–''किसी भी चक्कर में नहीं।''

''तड़ाक।'' जिम का भरपूर हाथ उसके चेहरे पर पड़ा। और अभी वह उठने की कोशिश ही कर रही थी कि झपटकर जिम ने उसे दबोच लिया। वह बेचारी उसी तरह छटपटा उठी, जिसतरह बाज के चंगुल में कबूतरी फड़फड़ाया करती है। रिवॉल्वर की नोक उसके वक्षों के बीच में रखता हुआ जिम गुर्राया–''अगर चीखने-चिल्लाने की कोशिश की तो एक ही मिनट में ठंडी कर दूंगा।''

छम्मो के गाल पर जिम की चार उंगलियां उमड़ आई थीं।

''बता हरामजादी, यहां किस चक्कर में है तू और तेरे यार।''

छम्मो चीख पड़ी–''किसी भी चक्कर में नहीं।''

जिम हंसा। इस तरह कि जैसे कोई जिन्न हंसा हो। उसके बाल पकड़कर बोला–''जानता हूं कि तुम तीनों टॉर्चर सहने के मामले में सख्त हो लेकिन मेरा नाम भी जिम है छम्मो। एक साथ ब्राडवेल पर मौजूद देखकर यदि मैं ये समझ सकता हूं कि वह स्कीम तुम्हारी थी तो यह भी समझ सकता हूं कि तुम्हारी यहां मौजूदगी बेमकसद नहीं हो सकती। तुम तीनों जरूर किसी गहरे चक्कर में उलझे हुए हो।''

''तुम्हें गलतफहमी है।''

उसकी बात पर ध्यान दिए बिना जिम कहता ही चला गया–''भले ही एक बार धोखा दे गए हो मगर इस बार धोखा नहीं खाऊंगा। याद रखना, तुम तीनों की एक-एक हरकत को मेरी आंखें देखेंगी। आखिरी समय पर तुम्हें मेरा हाथ अपनी गर्दन पर ही नजर आएगा। तुमने डेनियल को फंसा रखा है। बाली ने रूसो और माओत्से को। चक्रेश बेगम का प्रेमी बन गया है। ये चारों ही विश्व के छंटे हुए धनवान हैं। मुझे यह समझने के लिए किसी और सबूत की जरूरत नहीं है कि तुम किसी

गहरे चक्कर में हो लेकिन इस बार यह मत समझना कि तुम पर किसी की नजर नहीं है। मैं जिन्न के समान हर समय तुम्हारे पीछे हूं।'' कहने के बाद जिम ने उसे धकेल रिवॉल्वर जेब में रखा और हवा के झोंके के समान कमरे से बाहर निकल आया।

बिस्तर पर पड़ी छम्मो कांपती रही।

आतंकित हो गई थी वह। आंखों के सामने फांसी का फंदा झूल रहा था। उसे लग रहा था कि सचमुच वह जिम नहीं है जिन्न है जिन्न।

दूधिया प्रकाश फेंकती हुई लालटेन जल रही थी। कॉटेज के उसी कमरे में ये चारों आराम कुर्सियों पर बैठे थे। इस मीटिंग में एक अजीब-सी उत्तेजना थी और यह उत्तेजना थी केवल जिम के कारण। बाली कह रहा था–''उसने मेरा पीछा करने की कोशिश की थी मगर मैं उसे डॉज देकर निकल आया।''

''क्या तुम्हें यकीन है कि तुम उसे डॉज देने में कामयाब हो गए थे?'' विक्रम ने पूछा।

''मैं विश्वासपूर्वक कह सकता हूं।''

''ठीक है, तुम्हारी होशियारी पर मुझे शक नहीं है। लगता है कि वह कम्बख्त अकेली ही हमारी सारी स्कीम को गड़बड़ा देगा। सबकुछ बिल्कुल ठीक चल रहा था, लेकिन ये कम्बख्त जिम . . .।''

चक्रेश बोला–''इसका कोई-न-कोई इलाज जरूर करना पड़ेगा। वर्ना ये तो चौपट कर देगा।''

''खैर, पहले तुम बताओ तुमसे क्या बात हुई उसकी?''

चक्रेश ने सबकुछ बता दिया, सुनने के बाद विक्रम ने सवाल किया–''फिर बेगम नूर को किसी तरह रास्ते पर लाए?''

''उससे यह कहकर कि मेरी मंजू से शादी जरूरी हुई थी, परंतु

जिस समय मैं उसे उसके घर से विदा कराकर ला रहा था तो कार का एक्सीडेंट हो गया, वह उसी में मर गई। मैंने कहा कि इसीलिए तो जिम अफसोस के साथ उसकी मौत का जिक्र कर रहा था और कह रहा था कि उसमें मेरा कोई दोष नहीं था। मैंने बेगम नूर से स्पष्ट कहा कि अपनी बीवी के साथ मैं सुगाहरात भी नहीं मपना सका था, तब कहीं जाकर वह पटरी पर आई।''

''यदि एक बार फिर जिम से उसकी बातें हो गईं तो घपला हो जाएगा।''

''हां।''

''तब तो तुम्हें शीघ्र ही अपना वह मकसद पूरा कर लेना चाहिए, जिसके लिए तुम उसके पीछे लगे हो।''

''तुमने अभी मकसद बताया ही कहां है। बताओ तभी न?''

''बताऊंगा।'' विक्रम बाली की तरफ मुखातिब होकर बोला– ''अब तुम बोला–''तुम्हारे साथ उसकी क्या बातें हुईं?''

बाली ने संक्षेप में सबकुछ बता दिया। बाली के बाद विक्रम के आदेश पर छम्मो ने भी। बताने के बाद बोली–''मैं तो बहुत ज्यादा डर गई हूं। जब तक उसका कोई इलाज नहीं होगा, तब तक मैं कुछ नहीं कर सकती।''

''वाकई।'' चक्रेश कह उठा–''छम्मो के साथ घटी घटना तो बहुत ही सीरियस है।''

बाली बोला–''इसका मतलब तो ये है कि वह सबकुछ समझ गया है और अब खुलकर सामने आएगा।''

विक्रम उनमें से किसी की बात मानो सुन ही नहीं रहा था। अपनी कुर्सी से उठकर सारे कमरे में चहलकदमी-सी कर रहा था वह। जब उनकी आपसी बातें खत्म हो गई तो बाली ने पूछा–''तुम क्या सोच रहे हो विक्रम?''

''जो कुछ उसने छम्मो के साथ किया है या जो बातें जिस ढंग से

उसने की हैं, यदि बारीकी से उन पर गौर किया जाए तो निष्कर्ष यह निकलता है कि जिम से हमें उतना घबराने की जरूरत ही नहीं है, जितना घबरा रहे हैं।''

''ये क्या कह रहे हो तुम?'' तीनों चौंक पड़े–''सबसे सीरियस और चिंताजनक घटना ही वह है।''

''और मैं कहता हूं कि छम्मो से जो बातें उसने की हैं वे करके वह बेवकूफी कर गया।''

छम्मो और चक्रेश हैरत के साथ उसका फेसमास्क देखते रह गए, जबकि बाली ने पूछा–''कैसे?''

''उन बातों से और साथ ही रूसो को अपना ठीक परिचय न देने से यह बात जाहिर होती है कि वह ब्राडवेल पर किसी को अपना असली परिचय पता नहीं लगने देना चाहता।''

''इसका क्या मतलब?''

''इसके पीछे जरूर कोई चक्कर है और उस चक्कर के बारे में ही मुझे सोचना है।'' कहने के बाद वह पुनः चहलकदमी करने लगा। अंदाज से ही लग रहा था कि वह दिमाग पर जबर्दस्त जोर डाल रहा है। उसकी बात बाली की समझ में आई थी और अब बाली भी अपना दिमाग सोचने में लगा रहा था।

''ओह।'' बाली एकदम उछल पड़ा–''अब आई बात समझ में।'' उसकी तरफ घूमकर विक्रम ने तेजी से पूछा–''क्या?''

''ये अमेरिका है मिस्टर विक्रम, भारत नहीं है और जिम भारत की सबसे बड़ी जासूसी संस्था का जासूस है। किसी एक देश के जासूस की स्थिति दूसरे देश में किसी मुजरिम से भी बढ़कर होती है।''

''गुड।'' विक्रम चुटकी बजा उठा–''वैरी गुड बाली। मानना पड़ेगा कि तुम 'क्विक माइंडेड' हो।''

अधीर-सा होकर चक्रेश कह उठा–''हमें भी तो कुछ बताओ।''

''सुनो।'' विक्रम उत्साहित-सा नजर आने लगा था–''अब ये स्पष्ट

हो चुका है कि वह तुम लोगों के पीछे या बैंक ब्लैकमेल के चक्कर में यहां नहीं आया है। यदि वह उस चक्कर में यहां आया होता तो अब तक तुम अंदर होते, वह चक्कर में यहां आया होता तो अब तक तुम अंदर होते, वह 'रॉ' का जासूस है और-और 'रॉ' के जासूसों का मुख्य काम ही विदेशों में जासूसी करने का है। वह छूपे तौर पर अमेरिका में भारत के लिए जासूसी करने का है। यहां की सरकार और पुलिस से उसे खुद खतरा है। वह न केवल रूसो से ही अपना असली परिचय छुपा गया, बल्कि छम्मो के भी बार-बार चीखने से डरता रहा। छम्मो ने उसे कुछ नहीं बताया, तब भी उसने पुलिस की मदद नहीं ली। वह मदद ले ही नहीं सकता क्योंकि उसकी स्थिति यहां भारत से बिल्कुल अलग है। यहां से वह अकेला है, एक मुजरिम जैसी स्थिति है उसकी। अगर अमेरिकी सरकार को उसकी हकीकत पता लग गई तो हमसे पहले वह अंदर होगा।''

''फिर भी, वह खतरनाक है।''

''खतरनाक जरूर है, लेकिन उतना नहीं जितना भारत में हो सकता था। यहां वह खुद कमजोर है। हमारे चक्कर में अपने आपको नहीं फंसा सकता वह।'' विक्रम कहता ही चला गया–''अब हम इस नतीजे पर पहुंचे कि हमें जिम से बिल्कुल नहीं डरना चाहिए, हां, उसकी तरफ से सावधान रहने की जरूरत है।''

''लेकिन अगर वह हमारा असली उद्देश्य जान गया तो?''

''जानेगा कैसे, अभी तक तो तुम ही लोग नहीं जानते हो कि क्या कैसे होगा?''

''क्या मतलब?''

''हमारी योजना ही ऐसी है कि वह स्वप्न में भी इसके बारे में नहीं सोच सकता। ये माना कि वह तुम पर नजर रखेगा, लेकिन इससे ज्यादा कभी कुछ नहीं जान सकेगा कि तुम लोग विश्व के सबसे बड़े धनवानों के दोस्त बन गए हो।''

''क्या मतलब?''

''हमारी स्कीम ही इतनी साफ-सुथरी है।''

''मगर आखिर वह स्कीम है क्या?''

विक्रम मुस्कराया, बोला–''अब तो स्कीम का जिक्र यदि हम करें ही न तो ज्यादा बेहतर है।''

''तो फिर कहानी आगे कैसे बढ़ेगी?''

''इस वक्त मैं तुम्हें तुम्हारे अगले कदम के बारे में बताऊंगा।''

चक्रेश ने कहा–''वही बताओ।''

''बोलकर नहीं, इस तरह।'' कहने के बाद विक्रम ने अपनी जेब से एक पैन और नोटबुक निकाली। उस पर कुछ लिखा। लिखकर डायरी अपने ही हाथ में रखी और वह लिखा हुआ वाक्य अलग-अलग उन तीनों के पास जाकर पढ़ाया।

''पढ़ने के बाद उसने पूछा–''पढ़ लिया?''

हैरत में डूबे तीनों ने 'हां' में गर्दन हिलाई।

''बस।'' कहते हुए विक्रम ने डायरी से पृष्ठ फाड़ लिया। जेब से लाइटर निकालकर उसे जलाता हुआ बोला–''यह हमारा और हमारी स्कीम का अगला महत्वपूर्ण कदम है।''

रात का एक बजा था।

बेगम नूर के कमरे में चांदनी-सी छिटकी पड़ी थी। यह चांदनी उस नाइट बल्ब की बदौलत थी, जो कि 'होल्डर' में फंसा मुस्करा रहा था। बेगम नूर के समीप एक ही लिहाफ में चक्रेश भी लेटा था। हालांकि तूफान की समाप्ति पर नींद के एक तीव्र झोंके ने उसे भी धर-दबोचने की भरपूर कोशिश की थी, परंतु चक्रेश ने उसे स्वयं पर हावी नहीं होने दिया था।

उसने धीरे से गर्दन उठाकर बेगम नूर की तरफ देखा।

वह सो रही थी। नाक बजने से ही जाहिर था कि वह गहरी नींद

में है। चक्रेश ने बहुत ही आहिस्ता से लिहाफ हटाया। सावधानी के साथ लिहाफ से बाहर आ गया। बेड से उतरा और अपना नग्न जिस्म लिहाफ से ढके बेगम नूर नाक ही बजाती रही, जबकि चक्रेश ने कपड़े पहन लिए। अपनी जेब से उसने छोटी-सी पैंसिल टार्च निकाली और निराहट कमरे की तलाशी में जुट गया। वह तलाशी इस प्रकार ले रहा था कि बाद में बेगम नूर देखकर यह भी पता न लगा सके कि उसके किसी सामान को किसी ने छेड़ा है।

वह जो सामान जहां से उठाता था वहीं उसी पोजीशन में रख भी देता था।

चक्रेश जानता था कि बेगम नूर इस वक्त लिहाफ के अंदर पैदा होने वाले शिशु के समान पड़ी हैं, यानी चाबी उस पर नहीं है। स्पष्ट है कि चाबी कमरे में ही कहीं होगी।

वह तलाशी लेता रहा।

बेगम नूर जरा-सी कुलमुलाती या करवट लेती तो वह तुरंत टार्च बुझा देता। कुछ देर तक शांत खड़ा रहता। पुनः उसे नींद में मशगूल देखकन अपने काम में जुट जाता, तीस मिनट गुजर गए। सारा कमरा छान मारा चक्रेश ने। ऐसी जबर्दस्त सर्दी के बावजूद भी उसके चेहरे पर पसीना उभर आया था। वह हताश-सा हो गया। धीमे से, थक-हारकर एक कुर्सी पर बैठ गया वह।

उसकी नज़र बेगम नूर के हैंड बैग पर पड़ी। वह हैंड बैग, जिसे वह अक्सर अपने साथ रखा करती थी। बैग बेड की साइड दराज पर लापरवाही के साथ पड़ा था। कुर्सी पर बैठे-बैठे चक्रेश ने उसे धीरे से उठा लिया।

खोला। आंखें चमक उठीं।

साथ ही अफसोस करने के से अंदाज में उसने अपना हाथ माथे पर भी मारा। इसलिए कि जिस चीज की तलाशी उसे अब से पहले लेनी चाहिए थी, उसका ख्याल सबसे बाद में आया। लॉकर की चाबी हैंड बैग में ही थी।

उसने निकाली। लॉकर नंबर पढ़ा–'पैंतालीस।'

अपनी जेब से उसने जल्दी से सफेद मोम की एक टिक्की निकाली। टिक्की के दोनों तरफ चाबी की दोनों साइडों की स्पष्ट छाप ली। फिर अपनी जेब से रूमाल निकालकर चाबी साफ की, वापस बैग में डाली।

बैग यथास्थान पर रखा। टॉर्च और टिक्की अपने कोट की जेब में।

कपड़े उतारे और पहले की तरह लिहाफ में घुसकर बेगम नूर को बाहों में भर लिया उसने।

उस वक्त सुबह के छः बजे थे, जब वह लॉक खोलकर अपने कमरे में प्रविष्ट हुआ। कमरे में अभी 'अंधेरा' था, परंतु फिर भी वहां फैली सिगार की गंध ने उसे सचेत कर दिया। अभी इस गंध के बारे में वह सोच ही रहा था कि एक रिवॉल्वर की ठंडी नाल उसकी कनपटी पर आ चिपकी, साथ ही सर्द स्वर–"हाथ ऊपर उठा लो बेटे।"

जिम की आवाज सुनते ही चक्रेश के तिरपन कांप गए।

बरबस ही हाथ ऊपर उठा लिए उसने। जिम ने चिटकनी अंदर से बंद की। एक स्विच ऑन किया, जिसके परिणामस्वरूप होल्डर में फंसा लाल बल्ब मुस्करा उठा। सारे में सूर्ख प्रकाश बिखर गया।

"तुम यहां?" चक्रेश स्वयं को संभालने की चेष्टा कर रहा था।

"हां बेटे, मैं यहां। खिड़की के रास्ते से रात ग्यारह बजे ही यहां पहुंच गया था। तभी से तुम्हारा इंतजार कर रहा हूं। इंतजार में सिगार भी जरूरत से कुछ ज्यादा ही पी गया और तुम बेगम नूर के साथ मजे कर रहे थे। अब आ रहे हो, इतनी सुबह ताकि कोई कह न सके कि तुम रात को बेगम के कमरे में थे।"

"मतलब की बात करो।"

"वही करूंगा, सामने वाली कुर्सी पर बैठो।"

जिस ढंग से वह पेश आ रहा था उसने चक्रेश के दिमाग में एक बार

पुनः यह बात स्पष्ट कर दी कि ब्राडवेल पर जिम की स्थिति सचमुच किसी मुजरिम जैसी है। इस विचार ने चक्रेश को बल दिया। वह समझ गया कि जिम उसका कुछ नहीं बिगाड़ सकता, वह ठीक उसी तरह से उसे भी धमकाने की कोशिश करेगा, जिस तरह छम्मो को लेकिन इस वक्त उसे सिर्फ एक ही बात का डर था कि रिवॉल्वर की नोक पर जिम उसकी तलाशी न लेने लगे। तलाशी में मोक की टिक्की निकालनी थी और मोम की टिक्की पर मौजूद चाबी के 'अक्स' को देखकर वह सबकुछ समझ सकता था।

उसके आदेश पर चक्रेश आगे बढ़ा और कुर्सी पर बैठ गया।

रिवॉल्वर हाथ में लिए जिम भी उसके सामने पड़ी कुर्सी पर बैठ गया। कुछ देर तक कठोरतापूर्वक चक्रेश की आंखों में झांकता रहा, फिर बोला–''यहां किस चक्कर में हो तुम?''

''यही सवाल तुम छम्मो से भी पूछ चुके हो।''

''जानता हूं कि परसों रात तुम तीनों मिले थे। उस रात बाली पर नजर रखे हुए था किंतु, 'बाई दि वे' वह 'डॉज' दे गया। उसके बाद मैंने तुम्हें और छम्मो को संभावित स्थानों पर तलाश किया था। तुम भी गायब थे। बेगम नूर, डेनियल, माओत्से तथा रूसो अकेले भटक रहे थे। जाहिर है कि उस समय तुम तीनों की मीटिंग हुई थी। मीटिंग भी किसी गुप्त स्थान पर। इतना भी मैं समझ सकता हूं कि उस मीटिंग का विषय जिम था।''

''जब तुम इतने समझदार हो कि सबकुछ समझ सकते हो तो फिर यहां क्या लेने आए हो?''

''उस गुप्त स्थान का पता।''

''मैं हरगिज नहीं बताऊंगा।''

जिम ने पुनः कहा–''साथ ही यह भी कि तुम लोग यहां हो किस चक्कर में?''

''मैं तुम्हारे किसी सवाल का जवाब नहीं दूंगा।''

''मैं तुम्हें इसी वक्त ठंडा कर सकता हूं।''

''ये कोरी धमकी है, तुम मुझे नहीं मार सकते। फायर की आवाज तुम्हें इस होटल से बाहर नहीं निकलने देगी। और फिर, अगर तुमने ऐसी बेवकूफी कर भी दी तो मेरे साथी पुलिस को बता देंगे कि तुम्हारा संबंध 'रा' से है।''

जिम की आंखें सिकुड़ गईं।

चक्रेश को बल मिला। अतः उसने हाथ नीचे कर लिए, बोला–''यहां की सरकार के लिए हमसे बड़े दुश्मन तुम हो। हमने तुम्हारे अनुसार केवल भारत में बैंक को ब्लैकमेल किया था, जिसका कोई सीधा संबंध इस देश की पुलिस से नहीं है, हां अमेरिकन पुलिस 'रॉ' के एक जासूस को पकड़कर जरूर खुश होगी। वैसे भी तुम किसी तरह यह साबित नहीं कर सकोगे कि हम यहां कोई गैर-कानूनी काम कर रहे हैं, जबकि तुम्हारे बारे में हमारी एक कंप्लेंट ही काफी है।''

''ओह।'' जिम स्वयं को संभाल चुका था–''तो आप लोग इस खुशफहमी में हैं?''

''हम समझ चुके हैं जिम, यहां तुम कमजोर हो। हमसे भी कहीं ज्यादा कमजोर।''

''अभी समय नहीं आया है बेटे।'' रिवॉल्वर अपनी जेब में रखता हुआ जिम गुर्राया–''समय आने दो। जिम की ताकत का अंदाजा नहीं है अभी तुम्हें। काश! मैं अपने ट्रांसमीटर पर मिस्टर राव से संबंध स्थापित कर सकता।''

चक्रेश उस पर हावी हो गया, बोला–''अब तुम फूटो यहां से। मुझे सोना है।''

जिम की आंखों में खून उतर आया

रात के दस बज रहे थे।

जेनियर के फ्लैट और क्राफोर्ड की दूरी कोई बहुत ज्यादा नहीं थी। अतः जब कभी वह मिस्टर क्राफोर्ड के बंगले पर जाता तो पैदल ही जाता था। हालांकि पहले से ही मिस्टर क्राफोर्ड से उसकी काफी निकटता थी, किंतु जब से उसकी बेटी मिली थी, तब से वह बंगले के कुछ ज्यादा ही चक्कर लगाने लगा था।

पहले अक्सर उसकी शाम गोल्फ की मेज पर या किसी नई लड़की के साथ तफरीह करते गुजरा करती थी। मगर अब वह किसी क्लब या होटल में नहीं जाता था।

सीजन के तीन महीनों में पब्लिक को बैंक की लॉकर सेवा पांच बजे तक उपलब्ध रहती थी। अतः वह बैंक के बाद करीब छः बजे तक अपने फ्लैट पर पहुंचता। तैयार होकर सात बजे तक मिस्टर क्राफोर्ड के बंगले पर।

यह उसका नियम-सा बन गया था।

किसी भी कीमत पर वह 'स्वीटी' को हासिल करना चाहता था। इसी के लिए निरंतर प्रयास कर रहा था वह। उसे लग रहा था कि शायद स्वीटी ही पीछे हट रही है। उसने कई बार महसूस किया था कि अगर स्वीटी की तरफ से ही 'हां' हो तो मिस्टर क्राफोर्ड उसे अपने दामाद के रूप में भी पसंद करेंगे। मगर स्वीटी उसे एक पहेली-सी लगती थी। परंतु, प्रत्येक मुलाकात के बाद स्वीटी नामक पहेली उसे पहले से भी कहीं ज्यादा उलझी हुई नजर आती।

उसी पहेली में खोया जेनियर सड़क पर बढ़ा चला जा रहा था।

सड़क पर सन्नाटा था। प्रकाश भी बहुत ही धुंधला। गर्दन झुकाए, जेनियर मन-ही-मन यह मंसूबे बनाता हुआ बढ़ा चला जा रहा था कि अगली मुलाकात पर स्वीटी नामक पहली को कैसे सुलझाएगा?

अचानक, वह चौंका।

सड़क पर तेजी से भागकर इसी तरफ आती एक कार का अहसास हुआ था उसे जेनियर संभला। कार की झलक भी देखी और उसने

तेजी से हटना चाहा, परंतु तभी कार के बोनट का अग्रिम सिरा उसके कुल्हे से टकराया।

जेनियर के कंठ से चीख निकलकर दूर तक गूंजती चली गई।

साथ ही हवा में लहराता हुआ वह सड़क पर जा गिरा। पक्की सड़क पर दूर तक घिसटता चला गया वह। उठने की कोशिश की मगर सफल न हो सका। फर्राटे भरती हुई कार बहुत दूर निकल चुकी थी।

पलक झपकते ही यह सबकुछ हो गया था। सड़क पर कहीं भी कार की बैक लाइट तक नजर नहीं आ रही थी।

''क्या?'' रिसीवर पर उभरने वाली दूसरी तरफ की आवाज सुनते ही मिस्टर क्राफोर्ड उछल पड़े–''क्या बक रहे हो। वह अभी-अभी मुश्किल से बीस मिनट पहले ही तो यहां से गया है।''

''वे आप ही के यहां से आ रहे थे कि रास्ते में . . .।''

''एक्सीडेंट कहां हुआ बहादुर?''

''मालिक को उठाकर लाने वालों ने बताया कि वे फ्लैट से पहले मोड़ पर ही बेहोश पड़ थे।''

''ओह, वाहन का नंबर देखा किसी ने?''

''नहीं सर।''

''हम आ रहे हैं बहादुर।'' कहने के साथ ही उन्होंने रिसीवर क्रेडिल पर पटका और लगभग बौखलाए-से अंदाज में हॉल के बाहर की तरफ लपके, मगर दो-तीन कदम आगे बढ़ाते ही जाने क्या सोचकर ठिठके, वापस घूमे। फोन पर लपके और रिसीवर उठाकर जल्दी-जल्दी नंबर डायल करने लगे। संबंध स्थापित होते ही उन्होंने कहा–''हैलो पुलिस स्टेशन?''

''यस।''

''देखिए एक कार 'जानसन रोड' के पहले मोड़ पर एक व्यक्ति को

घायल करके भाग गई है। कृपया आप इस रोड से गुजरने वाले वाहनों को चैक करें।''

''आप कौन बोल रहे हैं?'' दूसरी तरफ से पूछा गया।

''मैं क्राफोर्ड। एक्सीडेंट जेनियर का हुआ है। लीजर बैंक के लॉकर इंचार्ज का।''

''कितनी देर पहले?''

''पच्चीस मिनट के बीच, कृपया आप समय बर्बाद न करें।''

''केवल एक सवाल और वाहन जानसन रोड से किसी तरफ गया है?''

''ओफ्फो, ये मुझे नहीं मालूम। मिस्टर जेनियर के नौकर ने अभी-अभी फोन पर मुझे केवल यह बताया है कि मेरे बंगले से लौटते समय रास्ते में मिस्टर जेनियर को कोई वाहन टक्कर मार गया, कुछ लोग मिस्टर जेनियर को जख्मी और बेहोश अवस्था में उठाकर उसके फ्लैट पर ले गए हैं। बस, इससे ज्यादा फिलहाल मुझे खुद भी कुछ नहीं मालूम है।''

''हम कोशिश करते हैं।''

मिस्टर क्राफोर्ड ने रिसीवर पटका और हॉल से बाहर की तरफ लपके।

⅄

हल्की-सी आहट ने रानी को सजग कर दिया। उसने चौंककर आहट की दिशा में देखा। खिड़की के रास्ते से कूदकर विक्रम अंदर आया था। उसे देखते ही रानी कह उठी–''तुम इस समय?''

उसने मुस्कराकर कहा–''मैंने तुमसे कब कहा कि मैं किसी समय विशेष पर यहां नहीं आऊंगा?''

''मेरा मतलब मिस्टर क्राफोर्ड नीचे हैं, अभी सोए नहीं हैं।''

''वह नीचे नहीं है, जेनियर के फ्लैट पर गया है।''

''जेनियर के फ्लैट पर लेकिन, जेनियर तो कुछ ही देर पहले यहां से गया है।''

सिगरेट जलाते हुए विक्रम ने बताया–''रास्ते में एक कार से उसका एक्सीडेंट हो गया।''

''क्या?'' रानी का मुंह खुला-का-खुला रह गया।

''तुम इसी दिन के लिए इस बंगले में अकेली पड़ी-पड़ी बोर हो रही थीं।''

''क्या मतलब?''

''जेनियर कम-से-कम तीन महीने बिस्तर से नहीं उठ सकेगा। सीजन के दिन हैं, बैंक में उसके स्थान पर क्राफोर्ड को किसी 'टेंपरेरी ऐम्प्लाई' की जरूरत पड़ेगी। जेनियर लॉकर इंचार्ज है और शक्की दिमाग क्राफोर्ड उस सीट पर किसी ऐरे-गैरे को नियुक्त करने की बात सोच भी नहीं सकता। उस महत्वपूर्ण सीट के लिए उसे किसी खास विश्वसनीय व्यक्ति की जरूरत पड़ेगी और अपनी चहेती बेटी से ज्यादा खास और विश्वसनीय व्यक्ति उसे और कहां मिलेगा?''

हैरत में डूब गई रानी, बोली–''इसका मतलब है कि जेनियर का ऐक्सीडेंट . . .।''

''हमारी स्कीम की एक महत्वपूर्ण घटना।''

एकाएक रानी के चेहरे पर गुस्से की लकीरें उभर आईं, वह लगभग चीख पड़ी–''उफ्फ कमीने, कुत्ते अपनी स्कीम के लिए तुमने उस शरीफ लड़के का एक्सीडेंट करा दिया तुम।''

''ओह।'' विक्रम का व्यंगात्मक स्वर–''लगता है जेनियर को दिल दे बैठी है हमारी रूबी।''

''बको मत।'' रूबी गुर्रा उठी–''ऐसा तो मैं सोच भी नहीं सकती। लेकिन जेनियर शरीफ है, सीधा-सच्चा और ईमानदार है। मुझे उससे सहानुभूति है और तुमने उसका ऐक्सीडेंट।''

''लेकिन हमारी स्कीम की कामयाबी के लिए उसका ऐक्सीडेंट होना बहुत जरूरी था।''

''भाड़ में जाओ तुम और तुम्हारी स्कीम। मैं अब उस स्कीम पर काम नहीं करूंगी।''

''तुम्हें करना ही पड़ेगा मिस रानी।''

रानी उछल पड़ी, बोली–''क्या मतलब?''

''चौंक पड़ीं?'' विक्रम के होठों पर व्यंग्य कुछ गहरा हो गया–''इसलिए कि इस बार मैंने तुम्हें रूबी नहीं कहा, इसीलिए न कि मैं तुम्हारा असली नाम भी जानता हूं। इतना ही नहीं, बल्कि तुम्हारे बारे में मेरे पास और भी ढेरों जानकारियां हैं।''

रानी अवाक्-सी खड़ी विक्रम को देखती रह गई।

विक्रम कहता ही चला गया–''जैसे यह कि तुम विलासपुर गांव के पंडित भवानी प्रसाद की सुपुत्री हो। यह कि तुम्हारा और बाली का बचपन साथ ही गुजरा है। यह कि ठाकुर भैरोसिंह की हत्या करने के बाद बाली गांव से भाग गया था। भैरोसिंह के छोटे भाई ने तुम्हारे पिता को मार डाला। किसी तरह तुम उसके पंजे से निकल भागीं।''

''तुम यह सबकुछ कैसे जानते हो?''

''जिस विक्रम ने दुनिया के सर्वाधिक सुरक्षित बैंक रॉबरी का प्लान बनाया है, उसे बाली या तुम अगर इतना बेवकूफ समझने लगी कि वह छोटी-सी चाल में फंस जाएगा तो यह तुम्हारी बेवकूफी है। अपने दिमाग से बाली ने तुम्हें अच्छी स्कीम के साथ ग्रुप में ठूंसा, परंतु मुणे यह समझने में देर नहीं लगी कि यह बाली की चाल है, क्योंकि चक्रेश यह छम्मो में से कोई भी इतना दिमाग नहीं रखता। तुम्हारे अतीत तक पहुंचने के लिए तुम्हारे मोतीनगर वाले फ्लैट में एक टेपरिकार्डर रख देना काफी था।''

''यानी सबकुछ जानने के बावजूद भी तुमने मुझे ग्रुप में शामिल किया।''

''क्योंकि इसमें मैने अपना कोई नुकसान नहीं समझा।''

''अब तो मैं तुम्हारे लिए बिल्कुल भी काम नहीं करूंगी।''

''अपने लिए न सही बाली के लिए तो करोगी?''

''क्या मतलब?''

''स्थिति आज भी वही है, मुझे तुममें से कोई नहीं जानता, जबकि तुम सब मेरी मुट्ठी में हो। जिस तरह एक ही मिनट में मैं क्राफोर्ड तक तुम्हारा अतीत पहुंचा सकता हूं, उसी तरह बाली, चक्रेश और छम्मो बैंक रॉबरी करने के लिए अभी तक जितने कामों को अंजाम दे चुके हैं वे काम उन्हें फांसी के फंदे तक पहुंचाने के लिए काफी हैं।''

''तो तुम मुझे धमकी दे रहे हो?''

वही मुस्कान–''ऐसा भी समझ सकती हो।''

''हमें फंसाकर तुम्हारी भी तो बैंक रॉबरी की सारी स्कीम धरी रह जाएगी।''

''ऐसा तो जब ही होगा, जबकि तुम जेनियर का स्थान लेने से इंकार करोगी।'' विक्रम बोला–''और जब ऐसा होना ही है तो फिर मैं तुम लोगों को क्यों छोडूंगा। इसीलिए तो कहता हूं कि मेरे आदेश मान लेने में ही तुम सबका भी फायदा है। वैसे जब बाली को यह पता लगेगा कि बेवकूफी से भरी तुम्हारी एक छोटी-सी जिद की वजह से वे सब पकड़े गए तो शायद वह भी इसे पसंद नहीं करेगा।''

रानी उलझकर रह गई।

''सोच लो, अच्छी तरह सोच लो। जब तुम अपने मुंह से यह कह दोगी कि तुम मेरी स्कीम पर आगे काम करने के लिए तैया हो तभी मैं तुम्हें बताऊंगा कि क्राफोर्ड से किस तरह बातें करनी हैं?''

मिस्टर क्राफोर्ड सारी रात जागे थे।

जेनियर के फ्लैट पर, उसके सिरहाने बैठकर काटी थी उन्होंने रात।

जेनियर का कोई और नहीं था, इसलिए सबकुछ उन्हें ही करना पड़ा। उन्होंने डॉक्टर्स बुलाए। जेनियर को दिखाया। जेनियर काफी बुरी तरह जख्मी हुआ था। सड़क पर घिसटने के कारण जगह-जगह से उसे जिस्म की खाल छिल गई थी। डॉक्टरों के कथनानुसार कूल्हें की तो हड्डी ही टूट चुकी थी। बेहोश अवस्था में ही जेनियर को अस्पताल ले जाना पड़ा।

वहां मरहम-पट्टी हुई। कूल्हे पर प्लास्टर चढ़ा।

उस वक्त करीब बारह बज चुके थे, जबकि जेनियर को अस्पताल से वापस लाकर पलंग पर लिटाया गया। उस समय तक भी वह बेहोश था। डॉक्टरों के अनुसार उसे रात में किसी भी वक्त होश आ सकता था। बहादुर ने उन्हें अपने बंगले पर लौट जाने के लिए कहा भी, परंतु वे नहीं लौटे। जेनियर को नौकरों के भरोसे पर छोड़कर वे कैसे लौट सकते थे। फोन पर उन्होंने दुर्घटना की सूचना 'स्वीटी' को दी। कहा कि वे रात को बंगले पर नहीं पहुंचेंगे।

जेनियर को सुबह पांच बजे होश आया।

तब उसने बताया कि उसका ऐक्सीडेंट एक ऐसी कार से हुआ था, जिसकी न केवल हैडलाइट ही, बल्कि सारी बत्तियां 'ऑफ' या खराब थीं। पुलिस ऐक्सीडेंट के सिलसिले में किसी वाहन को न पकड़ सकी।

तब, वे सुबह छः बजे अपने बंगले पर पहुंचे।

पहुंचते ही फोन के समीप बैठ गए थे और बार-बार कुछ विशिष्ट नंबर डायल करने लगे, परंतु उनमें से कोई भी नंबर नहीं मिल रहा था। अतः उन पर झुंझलाहट-सी सवार होने लगी।

इस दृश्य को सीढ़ियों के शीर्ष पर खड़ी रानी देख रही थी। वह समझ रही थी कि मिस्टर क्राफोर्ड कहां संबंध स्थापित करना चाहते हैं, परंतु यह बात तो रात उसे विक्रम ही बता चुका था कि वह ऐसे प्रबंध कर चुका है कि क्राफोर्ड के इच्छित स्थान पर संबंध स्थापित नहीं हो सकेगा।

रानी के शरीर पर इस वक्त नाइट गाउन था।

उसने सीढ़ियां उतरनी शुरू कीं। पदचाप सुनकर मिस्टर क्राफोर्ड ने उस तरफ देखा, सीढ़ियां उतरती हुई रानी ने सबसे पहला सवाल किया–"अब जेनियर का क्या हाल है डैडी?"

"जख्मी हो गया है। दो महीने तक बिस्तर नहीं छोड़ सकता।" कहकर परेशान से मिस्टर क्राफोर्ड पुनः नंबर रिंग करने लगे। समीप आती हुई रानी ने पूछा–"क्यों, क्या ज्यादा चोट आई है उसे?"

"हां, कूल्हा टूट गया है। चल नहीं सकता।" फोन से जूझते हुए मिस्टर क्राफोर्ड ने बताया–"तुम्हें फोन पर रात ही बताया था, कि उसके कूल्हे पर प्लास्टर चढ़ा है, जाने किस बेवकूफ ड्राइवर ने ऐसा किया है।"

ऐक्सीडेंट से संबंधित ही रानी और भी ढेरों सवाल करती रही। फोन न मिलने के कारण एक तो मिस्टर क्राफोर्ड पर वैसे ही झुंझलाहट सवार थी। फिर एक स्थिति ऐसी आई कि वे बार-बार रानी के सवाल करने पर भी झुंझला उठे। बोले–"प्लीज स्वीटी, दिमाग खराब मत करो। हम तो वैसे ही परेशान हैं।"

रानी चुप हो गई। मिस्टर क्राफोर्ड पुनः फोन से उलझ गए। वे उलझे रहे। रानी खड़ी रही। एक स्थिति ऐसी आई कि गुस्से में उन्होंने रिसीवर क्रेडिल पर इतनी जोर से पटका कि रिसीवर तड़क गया। उस तरफ कोई ध्यान दिए बिना मिस्टर क्राफोर्ड बेचैनी के साथ चहलकदमी सी करने लगे। रह-रहकर वे अपने दाएं हाथ का घूंसा बाएं हाथ की हथेली पर मार रहे थे। उनकी अवस्था देखकर रानी सोच रही थी कि उस कम्बख्त विक्रम की स्कीम कितनी सटीक है?

उसी की योजना के मुताबिक रानी ने पूछा–"क्या बात है डैडी, आप परेशान हैं?"

"हां।"

"क्या मैं आपकी परेशानी जान सकती हूं?"

''जेनियर जख्मी हो गया है। सीजन अभी एक महीना और है। बैंक में इन्हीं दिनों लॉकरों का काम ज्यादा रहता है। बैंक खुलते ही लॉकर ग्राहकों की भीड़ लग जाएगी। बैंक में लॉकर इंचार्ज होगा नहीं।''

''इसमें दिक्कत क्या है। आप किसी भी दूसरे कर्मचारी को जेनियर की जगह . . .।''

''नहीं, तू नहीं समझेगी बेटी। जेनियर की सीट ऐसी नहीं है, बहुत जिम्मेदारी की है। उसके लिए बहुत विश्वसनीय आदमी की जरूरत है। जेनियर जैसे विश्वसनीय की और बैंक का कोई दूसरा कर्मचारी मेरी नजर में इतना विश्वसनीय नहीं है।''

''तो अपने अधिकारियों से फोन पर . . .।''

''वही तो कर रहा था। वाशिंगटन में कहीं भी फोन नहीं मिल रहा है।''

''ओह।''

खामोशी छा गई। मिस्टर क्राफोर्ड उसी तरह चहलकदमी करते हुए बड़बड़ाते रहे। रानी ने पुनः विक्रम के बताए हुए ढंग से बात शुरू की–''डैडी।''

''परेशान मत करो स्वीटी। तुम जाओ।''

''क्या मैं जेनियर का काम नहीं कर सकती?''

उसका वाक्य सुनते ही मिस्टर क्राफोर्ड ठिठके। अपनी नीली आंखों से उसे ध्यान से देखा उन्होंने, बोले–''तुम जेनियर की जगह कैसे काम कर सकती हो?''

''क्यों, क्या मैं विश्वसनीय नहीं डैडी?''

''नहीं, ये बात नहीं, हमारे लिए तुमसे ज्यादा विश्वसनीय कौन हो सकता है?''

''फिर?''

''दरअसल बात ये है बेटी कि जेनियर का काम बहुत जिम्मेदारी का है। तुम कभी ग्राहक के रूप में भी बैंक तक नहीं गई हो। किसी भी

नए कस्टमर के आने पर चाबी लेकर लॉकर रूम में जाना और फिर बैंक लॉक खोलकर वापस आना।''

''यह काम क्या मुश्किल है?''

''ओफ्फो, तुम समझ नहीं रही हो स्वीटी।''

''समझ आप नहीं रहे डैडी। जिस समस्या में आप दुबले हुए जा रहे हैं, उसका हल मैं खड़ी हूं। इस बहाने मुझे भी काम मिल जाएगा। आपसे कितनी बार कहा है कि सारे दिन बंगले में पड़ी-पड़ी मैं बोर हो जाया करती हूं। हम दोनों की समस्या हल हो जाएगी। अभी काफी समय है, आप मुझे समझा सकते हैं कि बैंक में जेनियर की सीट पर जाकर मुझे क्या करना है। मेरे ख्याल से मैं आपकी बात जल्दी ही कैचअप कर लूंगी।''

मिस्टर क्राफोर्ड की आंखें सोचने के अंदाज में सिकुड़ गईं।

रानी ने गर्म लोहे पर चोट की–''आप शाखा प्रबंधक हैं। इस तरह की इमरजेंसी आने पर तो आप बैंक की सुरक्षा और शाखा के लिए अपने विवेक से निर्णय कर ही सकते हैं न?''

''कर तो सकता हूं, लेकिन ... .।''

''लेकिन क्या?''

कुछ सोचते हुए से रानी की तरफ देखकर मिस्टर क्राफोर्ड बोले– ''क्या तुम वाकई जेनियर की जगह संभाल सकोगी?''

''क्यों नहीं डैडी?'' कहने के साथ ही रानी उनके समीप पहुंची, बड़े ही प्यार से उनके कंधे पर हाथ रखकर अधिकार भरे स्वर में बोली–''अब छोड़िए भी, इस तरह सोचने या परेशान होने वाली बात ही क्या रह गई है। मैं संभाल लूंगी। मेरी भी बोरियत कुछ दूर होगी। संबंध स्थापित होने पर वाशिंगटन स्थित अपने हैड ऑफिस को अपने निर्णय से सूचित करा दीजिएगा। उन्हें आपका निर्णय पसंद नहीं होगा तो किसी दूसरे को भेजेंगे?''

''यदि तुम संभाल सकती हो तो, लेकिन, फिलहाल तो यही एक रास्ता है।'' उन्हें हथियार डालने ही पड़े।

बैंक से लौटने के बाद शाम को मिस्टर क्राफोर्ड के साथ रानी भी जेनियर से मिलने आई। वे दोनों रात नौ बजे तक जेनियर के पास बैठे रहे। उसके बाद बंगले पर लौटे। साथ ही डिनर लिया और अपने कमरे में आने के बाद वह सोने की तैयारी करने लगे। प्रत्येक लॉकर ग्राहक के साथ लॉकररूम तक जाने वाले जीने से उतरते-चढ़ते रानी बुरी तरह थक गई थी। वह बिस्तर पर लेटी, लेकिन नींद से पहले विक्रम आ गया।

उसने उसे कागज का पुर्जा देते हुए कहा–''इस कागज पर पांच विशेष लॉकरों के नंबर लिखे हैं। इन पांचों नंबरों को तुम अच्छी तरह से कंठस्थ करके दिमाग में बैठा लो।''

''फिर?''

''जब भी इन नंबरों के मालिक बैंक के लॉकर खोलने आएं और तुम्हारे हाथ में इनमें से किसी भी लॉकर से संबंधित बैंक की चाबी आए तो तुम्हें तुरंत मोम की टिक्की पर दोनों तरफ चाबी की दोनों साइडों का अक्स लेना है।''

''ओह।'' सबकुछ समझकर रानी कांप गई–''मगर चाबी मेरे हाथ में ज्यादा-से-ज्यादा पांच मिनट के लिए आती है। इसमें भी ग्राहक साथ रहता है। लॉकर रूम में जाने वाली सीढ़ियों के उपरोक्त सिरे पर एक दरबान खड़ा रहता है। फिर भला मुझे चाबी पर अक्स लेने का समय ही कब मिलेगा?''

''अक्स तुम्हें ग्राहक को लॉकर तक छोड़ने और सीढ़ियों के ऊपरी सिरे पर पहुंचने के बीच के समय में लेना है।''

''लेकिन वह समय तो बहुत कम होता है। ऐसा करते मुझे कोई भी देख सकता है। कोई ग्राहक या वह देख . . .।''

उसकी बात बीच में ही काटकर विक्रम कह उठा–''मैं जानता हूं कि समय कम होता है परंतु इतना कम भी नहीं कि चाबी का अक्स

भी न लिया जा सके। यानी काम मुश्किल जरूर है, असंभव नहीं फिर आठ करोड़ के लिए बहुत बड़ी-बड़ी मुश्किलें उठाई जा सकती थीं। ये तो कुछ भी नहीं।''

रानी चुपचाप उसे देखती रही।

विक्रम ने जेब से मोम की एक टिक्की निकाली, उसे देता हुआ बोला–''यह तुम्हारे हैंड बैग में रहेगी और हैंड बैग चौबीस घंटे तुम्हारे साथ रहेगा। जिस दिन तुम किसी एक लॉकर की चाबी का अक्स लेने में कामयाब हो जाओगी उसी रात मैं तुमसे मिलूंगा और ये लेकर मोम की दूसरी टिक्की दे दूंगा।''

आप समझ ही सकते हैं कि वे पांच लॉकर किन लोगों के होंगे, जिनके नंबर विक्रम ने रानी को देकर 'बैंक चाबी' का अक्स मांगा है। सीधी-सी बात है, एक तरफ चक्रेश, छम्मो और बाली ने डेनियल, माओत्से, रूसो और बेगम नूर की चाबियों के अक्स लिए और इधर रानी ने उन्हीं के लॉकरों से संबंधित 'बैंक चाबी' के।

एक तरफ था–जिम।

अपनी समझ में वह बराबर बाली, चक्रेश और छम्मो पर नजर रख रहा था। इतना भी वह समझ रहा था कि वे तीनों किसी लंबे दांव के चक्कर में हैं, परंतु चक्कर की तह तक नहीं पहुंच पा रहा था वह। पहुंचता भी कैसे, उनमें से कोई भी किसी प्रकार की असाधारण हरकत नहीं कर रहा था। बाली, माओत्से और रूसों के, छम्मो, डेनियल के और चक्रेश, बेगम नूर के जितने नजदीक पहुंच चुके थे उतने नजदीक पहुंचने के बाद उनके लॉकर की चाबी का अक्स लेना कोई अधिक कठिन बात नहीं थी। जब डेनियल, माओत्से, रूसो और बेगम नूर को ही मालूम न हो सका कि उनके साथी क्या कर रहे हैं तो बेचारे जिम को भला क्या मालूम हो सकता था। विक्रम ने चक्रेश को जिम की नजरों

से छुपाकर 'कॉटेज' पर भेज दिया और कॉटेज में चाबी बनाने का पूरा सामान था। आजकल चक्रेश उसी कॉटेज में 'अक्स' के आधार पर चाबियां बनाने में व्यस्त था।

अब, उसके सामने केवल दो ही मोहरे थे–बाली और छम्मो।

उसकी समझ के मुताबिक बाली कुछ ज्यादा चतुर था, अतः गुप्त रूप से छम्मो को अपनी निगाहों में रखना उसे ज्यादा उपयुक्त लगा। छम्मो चौबीस घंटे डेनियल के साथ रहती थी। बेचारे जिम को क्या मालूम था कि अब तो डेनियल के साथ केवल समय गुजारा जा रहा है, वह अपना असली काम कर चुकी है, यानी डेनियल की चाबी के अक्स पर कॉटेज में काम चल रहा है। उधर बाली भी माओत्से और रूसो के साथ अब केवल समय ही गुजार रहा था।

रानी पांच में से चार चाबियों के अक्स सफलतापूर्वक ले चुकी थी।

अब केवल एक चाबी का अक्स लेना रह गया था उसे। रानी अपनी सीट पर बैठी आज के लॉकर ग्राहकों की 'एंट्री' संबंधित कार्यवाही कर रही थी कि इंटरकाम पर मिस्टर क्राफोर्ड के उसे अपने कक्ष में बुलाया।

वह कक्ष में पहुंची, बोली–''यस सर।''

''इनसे मिलो।'' मिस्टर क्राफोर्ड ने अपने सामने बैठे व्यक्ति की ओर संकेत किया–''मिस्टर रोबिंसन।''

रानी ने होठों पर व्यापारिक मुस्कान लाकर औपचारिक 'हैलो' कही।

इस बीच मिस्टर क्राफोर्ड ने स्विच दबाकर 'की-सेफ' खोली और आदतानुसार गनधारी से बोले–''तरेसठ नंबर।''

रानी का दिन बुरी तरह धड़क उठा। यही तो वह अंतिम नंबर था, जिसकी चाबी का उसे 'अक्स' लेना था। धड़कते दिल से उसने राबिंसन की तरफ देखा। सोचने लगी, तो ये है विक्रम का पांचवां शिकार।

''अरे क्या सोचने लगी बेटी?'' एकाएक मिस्टर क्राफोर्ड की आवाज ने उसे चौंकाया।

''आं, कुछ नहीं।'' वह संभली।

''वह कब से चाबी वाला हाथ तुम्हारी तरफ बढ़ाए खड़ा है?''

रानी ने गनधारी की तरफ देखा। सचमुच वही स्थिति थी। उसने जल्दी से चाबी लेकर कहा–''सॉरी।''

''लीजिए मिस्टर रोबिंसन।'' मिस्टर क्राफोर्ड ने उसे उसकी चाबी लौटाते हुए कहा–''आप अपना लॉकर खोल सकते हैं।''

''थैंक्यू।'' कहकर रोबिंसन उठा गया।

फिर रानी उसके साथ ही कमरे से बाहर निकली। वे कोने में पहुंचकर सीढ़ियों के समीप पहुंचे। बंदूकधारी अपने स्थान पर मुस्तैदी के साथ खड़ा था। सीढ़ियां तय करके वे लॉकर-रूम में पहुंचे। रानी ने चुपचाप तरेसठ नंबर का 'बैंक लॉकर' खोला और वापस लौट गई। रोबिंसन ने अपनी चाबी लॉकर में डाली। जीने से पहले ही रानी ठिठकी। कनखियों से रोबिंसन की तरफ देखा उसने। वह अपने लॉकर में व्यस्त था।

कांपते हाथों से रानी ने हैंड बैग से मोम की टिक्की निकाली। चाबी का अक्स लिया। रोबिंसन की तरफ अपनी पीठ कर रखी थी उसने। जिस समय वह चाकी को मोम की टिक्की के ऊपर रखकर दबा रही थी, उस समय एकाएक रोबिंसन की आवाज सुनकर चौंक पड़ी, उसने पूछा था–''आप क्या कह रही हैं?''

मोम की टिक्की रानी के हाथ से छूट गई। गनीमत थी कि वह सीधी पर्स के खुले हुए मुंह में गिरी। यदि टिक्की फर्श पर गिर गई होती तो फिर शेष बचता ही क्या। वह तेजी के साथ घूमी थी। रोबिंसन ने उसे देखा। चाबी उसके हाथ में थी। हाथ कांप रहा था। पर्स के खुले मुंह की तरफ देखकर रोबिंसन धीमे से मुस्कराया, बोला–''शायद आप अपने होठों पर लिपिस्टिक लगाना चाहती थीं।''

''जी हां, जी हां।'' पसीने-पसीने हुई रानी ने जल्दी से कहा।

''तो इसमें इतना नर्वस होने की क्या बात है, आप तो इस तरह घबरा गईं, जैसे मैंने आपको चोरी करते पकड़ लिया हो। मैं जानता हूं कि लड़कियां केवल एक बी बात का मुस्तैदी से पालन करती है, यह कि वे खूबसूरत दीखें इसीलिए तो चौबीस घंटे अपने साथ पर्स रखती है और पर्स में मेकअप का पूरा समान।''

हक्की-बक्की-सी खड़ी रानी उसे देखती रही।

उसकी हालत पर रोबिंसन ठहाका लगाकर हंस पड़ा, बोला– ''पसीने ने आपके सारे मेकअप का सत्यानाश कर दिया है। लिपिस्टिक के साथ थोड़ा पाउडर भी लगा लीजिएगा।''

बस, कहने के बाद वह हंसता हुआ अपने लॉकर की तरफ घूम गया।

रानी तेजी से मुड़ी। जीने की तरफ बढ़ी। जीना चढ़ते समय उसने ऊपर देखा। दरबान मुस्तैदी के साथ दूसरी तरफ चेहरा किए खड़ा था। रानी की बुरी हालत थी, फिर भी चढ़ते समय उसने चाबी की दूसरी साइड का अक्स ले ही लिया।

ऊपर पहुंचने से पहले ही मोम की टिक्की को पर्स में डालकर वह पर्स बंद कर चुकी थी।

हाथ में रुमाल था। रुमाल में चाबी। चाबी पर लगे मोम को साफ करती हुई वह मैनेजर के कमरे की तरफ बढ़ रही थी। सोच रही थी कि आज किस्मत ने ही उसे बचा लिया है।

⅄

जिम से बचता हुआ विक्रम गुप्त तरीके से उन सभी से अलग-अलग मिला। कहा कि अब उनका काम खत्म हो चुका है। अब वे आराम से समय गुजारने की प्रतीक्षा करें। जब बाली ने समय गुजारने का सही अर्थ पूछा तो विक्रम ने बताया कि सीजन अब समाप्ति पर है, यानी

अगली कार्यवाही उन्हें तब करनी है, जबकि डेनियल, माओत्से, रूसो और बेगम नूर आदि अपने-अपने वतन लौट जाएंगे।

समय अपनी गति से गुजर रहा था, परंतु बाली, चक्रेश, रानी और छम्मो को अब दिन काटने भारी हो रहे थे। क्योंकि अब उन्हें कोई काम नहीं था और इंतजार इस बात की थी कि जो उन्होंने किया है, उसका परिणाम सामने आए।

वक्त गुजरता रहा। सीजन उतार पर था ही।

सैलानी लौटने लगे थे। ब्राडवेल पर लगा मेला छंटने लगा था।

फिर जुलाई के अंतिम सप्ताह तक एकाध दिन के हेर-फेर से माओत्से, डेनियल, रूसो और बेगम नूर भी चले गए। छम्मो, बाली और चक्रेश अभी तक अपने होटलों में पड़े थे।

एक रात के करीब दो बजे।

बाली को सोते से जगाया गया। जगाने वाला था विक्रम।

किसी चोर के समान खिड़की के रास्ते से आया था वह, बाली उसे देखकर चौंका। जब उसने पूछा कि तुम इस वक्त और इस तरीके से यहां? तो जवाब में विक्रम ने कहा–''ब्राडवेल पर भीड़ कम हो गई है, इसलिए जिम को तुम पर नजर रखना आसान हो गया है। उसी की वजह से मुझे इस समय यहां इस तरह आना पड़ा।''

''अब तो वे सब चले गए हैं, आगे की क्या योजना है?''

''उसी के बारे में बातें करने आया हूं।''

''जरूर करो।''

''जो कुछ अब तक हुआ है, उस पर नजर रखते हुए मेरे ख्याल से अब तुम मेरी स्कीम समझ गए होंगे।''

''किसी हद तक।''

''क्या समझे हो?''

बाली ने कहा–''बैंक में चक्रेश का लॉकर है। हमारे पास माओत्से, डेनियल, रूसो, बेगम नूर और रोबिंसन के लॉकरों की ग्राहक चाबियां

हैं। मेरे ख्याल से बैंक में जेनियर के स्थान पर बैठी रूबी ने तुम्हारे आदेश पर इन्हीं पांचों से संबंधित लॉकर्स की बैंक चाबियों के अक्स ले लिए होंगे। चक्रेश बैंक के लॉकर हॉल में ये सभी चाबियां लेकर जाएगा और दुनिया की मानी हुई इन पांच हस्तियों के लॉकर खाली कर देगा।''

''शायद तुम उन बल्बों को भूल गए हो, जो पुलिस थाने के सीक्रेट-रूम में लगे हुए हैं। मैंने कहा था कि लॉकर हॉल में जो भी लॉकर खुलता है, पुलिस सीक्रेट रूम में उसी से संबंधित बल्ब ऑन हो जाएगा।''

''मैं भूला नहीं हूं।''

''फिर।''

''समझता हूं कि उसके लिए भी तुमने कोई-न-कोई इंतजाम तो सोच ही लिया होगा।''

''गुड।'' विक्रम बोला–''तुम्हारी समझदारी पर मुझे कभी कोई संदेह नहीं रहा है बाली। बेशक तुम समझ गए हो और आज वह समय भी आ गया है, जबकि मैं तुम्हें अपनी सारी स्कीम बता दूं।''

''जरूर।''

विक्रम ने जब अपनी स्कीम के बारे में एक बार बताना शुरू किया तो फिर काफी देर बाद रुका। स्कीम सुनते-सुनते बाली की आंखें चमक उठी थीं। हालांकि विक्रम की स्कीम इतनी साफ-सुथरी और सोची-समझी थी कि उसमें कोई अटकाव या दिक्कत थी ही नहीं। फिर भी, बाली ने चंद सवाल किए, जिनके जवाब सुनकर उसे आश्वस्त होना ही पड़ा, हर तरफ से संतुष्ट होने के बाद बाली ने कहा–''इसमें शक नहीं कि तुम्हारी स्कीम लाजवाब है। लूट की ऐसी स्कीम सोचने के लिए तुम्हारे दिमाग को बधाई देनी ही पड़ेगी।''

''थैंक्यू।'' विक्रम मुस्कराया।

''तो अब इस स्कीम पर कब कार्यवाही हो रही है?''

''परसों।''

''कल क्यों नहीं?''

''स्कीम जानने की जितनी तीव्र जिज्ञासा तुम्हारे मन में थी उससे कहीं ज्यादा चक्रेश, छम्मो और रूबी के दिल में भी है। मैं तुम्हें बता चुका हूं कि कल तुम्हें इस बात का प्रबंध कैसे करना है कि लॉकर हॉल में चक्रेश दूसरों के लॉकर खोले, परंतु पुलिस सीक्रेट रूम में उनसे संबंधित बल्ब न जलें। उस काम में ताखी का महत्वपूर्ण 'रोल' है, इसी वजह से मैंने ब्राडवेल पर तुमसे ताखी को गुप्त रखने के लिए कहा था। कल जिस वक्त तुम पुलिस सीक्रेट रूम में बल्ब चेंज कर रहे होंगे, उस समय कॉटेज में मैं, चक्रेश, रूबी और छम्मो को सारी स्कीम बताकर उन्हें उनका काम बता रहा होऊंगा। विशेष रूप से वही समय मैंने इसलिए चुना है, क्योंकि उस समय स्वाभाविक रूप से जिम, छम्मो का पीछा छोड़कर तुम्हें वॉच कर रहा होगा।''

''वह तो स्वाभाविक ही है।''

''बस, छम्मो को कॉटेज में पहुंचने में कोई दिक्कत नहीं होगी। यही मैं चाहता हूं।''

''ठीक है।''

''कल मैं तुम्हें अच्छी तरह से उनका काम समझा दूंगा। उधर तुम अपना काम पूरा कर ही लोगे, अतः उसके बाद परसों का दिन ही रॉबरी के लिए सबसे निकटतम दिन होगा। यदि किसी वजह से तुम अपना काम पूरा न कर सके तो रॉबरी के दिन को आसानी से हफ्ता दस दिन और आगे बढ़ाया जा सकता है।''

''ओ. के.।''

विक्रम ने प्रश्न किया–''और कोई बात?''

विक्रम ने पांच भिन्न जेबों से पांच लाल रंग के बल्ब निकालकर आहिस्ता से बेड पर रख दिए। इन बल्बों पर सफेद रंग से डेनियल, माओत्से, रूसो, बेगम नूर और रोबिंसन के लॉकर नंबर लिखे थे।

उसी रात, तीन बजे।

बाली 'बैंक' के ठीक सामने पुलिस थाने की बैंक में खड़ा था। कुछ देर तक तो वह अपनी छोटी-छोटी आंखों से अपने चारों तरफ छाए अंधेरे और सन्नाटे को घूरता रहा, जब उसे दूर-दूर तक कहीं किसी का आभास नहीं मिला तो धीमे से फुसफुसाया–''निकलो दोस्त।''

आवाज के साथ ही ताखी कोट की बाहरी जेब से निकल जोर से फुंफकारा।

प्यार से उसके फन पर हाथ फिराते हुए बाली ने कहा–''जाओ दोस्त, थाने के अंदर जाओ। वही सबकुछ करना, जो मैंने समझाया है, अब हमारी मुलाकात कल पांच बजे होगी।''

ताखी सुनते ही जमीन पर कूदा। ऊबड़-खाबड़ जमीन पर तेजी से रेंगा और थाने की दीवार की तरफ बढ़ा। बाली उसे तब तक देखता रहा, जब तक कि रोशनदान के जरिए वह थाने के अंदर न चला जाए।

''सांप, सरकार सांप।'' भीतरी कमरे से बदहवास-सा भागता हुआ जब एक कांस्टेबल थाना इंचार्ज हर्ड मेकर के ऑफिस में दाखिल हुआ तो एक बार को मेकर हड़बड़ा-सा गया, फिर दहाड़ा–''क्या मुसीबत है?''

''सांप, हुजूर वहां सांप है।''

''क्या बकते हो?''

तभी, पहले कांस्टेबल के समान एक अन्य कांस्टेबल और इंस्पेक्टर सांप-सांप चिल्लाते हुए उसके कमरे से आए। वे दोनों भी बदहवास थे। बुरी तरह घबराए हुए। अभी मेकर ठीक से कुछ समझ भी नहीं पाया था कि सारे थाने में 'सांप-सांप' का ही शोर गूंज उठा।

झुंझलाकर मेकर दहाड़ा–"क्या बक रहे हो तुम सब। कहां है सांप?"

"वहां सरकार। सीक्रेट रूम में।" एक इंस्पेक्टर ने बताया।

"तुम्हारा दिमाग खराब हो गया है।" मेकर उबल पड़ा–"सीक्रेट रूम में सांप कहां से आ सकता है?"

"चलो मेरे साथ।" भन्नाया हुआ मेकर अंदर की तरफ लपका। इसी कमरे के फर्श के अंडर ग्राउंड-रूम तक सीढ़ियां जाती थीं। मेकर के पीछे लगभग सारे थाने के पुलिसकर्मी थे। मेकर को सीढ़ियों के शीर्ष पर ही रुक जाना पड़ा, क्योंकि सबसे नीचे वाली सीढ़ी पर सचमुच सुनहरे रंग का एक नाग कुंडली मारे बैठा था। जीने की ऊपर वाली सीढ़ी की तरफ ही देख रहा था वह।

मेकर धक्क से रह गया।

जाने उसके दिमाग ने इतना तीव्र काम कैसे किया कि घूमकर उसने इंस्पेक्टर से कहा–"मेरे ऑफिस में जाकर फोन पर मिस्टर क्राफोर्ड से कहो कि इस समय वे किसी ग्राहक को लॉकर हॉल में न जाने दें। अचानक यहां सांप के प्रकट होने की वजह से हम फिलहाल लॉकर्स पर नजर नहीं रख पा रहे हैं।"

इंस्पेक्टर तुरंत चला गया।

मेकर घूमा। नाग अभी तक फन फैलाए वहीं बैठा था।

मेकर ने होलस्टर से रिवॉल्वर निकाला। अभी वह नाग को ही निशाने पर ले रहा था कि उसकी यह हरकत देखकर ताखी ने अपना स्थान छोड़ दिया। मेकर ट्रेगर दबा चुका था। परिणामस्वरूप धमाके के साथ शोला लपका।

गोली फर्श में धंसकर रह गई।

ताखी सीक्रेट रूम के फर्श पर भागी। रिवॉल्वर संभाले मेकर ने जल्दी-से दो-तीन सीढ़िया पार कीं। फर्श पर टेढ़े-मेढ़े दौड़ रहे ताखी पर कई फायर भी किए, परंतु व्यर्थ?

ताखी को एक भी गोली नहीं लगी थी।

फायरिंग करने के साथ ही सीढ़ियां उतरता हुआ मेकर नीचे लपका। फर्श पर दौड़ता हुआ ताखी उस पतले पाइप में समा गया जो कि सीक्रेट रूम को साफ करने के बाद उसमें से गंदा पानी बाहर निकालने के लिए लगाया गया था। मेकर जल्दी से चीखा–''जाओ, जल्दी करो। सांप थाने के पीछे निकलेगा।''

पुलिस कर्मी भागे।

परंतु, ताखी कहीं किसी को नजर नहीं आया, मेकर सहित सभी उसे काफी देर तक तलाश करते रहे।

आसपास के इलाके में यह बात फैल गई थी कि थाने में सांप देखा गया। अच्छी-खासी भीड़ हो गई थी थाने के बाहर। पुलिस के लिए उसे संभालना भी एक काम हो गया।

जिन दो कांस्टेबलों और इंस्पेक्टर की ड्यूटी इस वक्त सीक्रेट रूम में थी, वे सीक्रेट रूम में बैठकर ड्यूटी देने में हिचकने लगे, किंतु अंत में मेकर के आदेश का पालन उन्हें करना ही पड़ा।

करीब एक घंटे बाद थाने में पुनः 'सांप-सांप' का शोर मच गया। पुनः वही भगदड़, फायरिंग जबकि ताखी इस बार भी कहीं जा छुपा। बैठे-बिठाए ताखी बेवजह ही थाने में आतंक का और सारे ब्राडवेल पर चर्चा का कारण बन गया। किसी ऐसे व्यक्ति की तलाश होने लगी, जो कि सांप पकड़ सके। यानी सपेरे की।

यदि सच्चाई लिखी जाए तो बात यह है कि जिम काफी परेशान हो चुका था। उसकी स्थिति सचमुच यही थी, जिसका अनुमान विक्रम ने लगा लिया था। यदि वह अमेरिका में 'रॉ' की तरफ से गुप्त रूप से आया हुआ न होता तो जाने पुलिस की मदद से कब का बाली, चक्रेश और छम्मो पर हाथ डाल चुका होता।

परंतु वह विवश था।

फिर भी, जिम बोर नहीं हुआ था।

छम्मो पर उसकी बराबर नजर थी, इस वक्त भी वह होटल के मुख्य हॉल में बैठा था। होटल में ठहरे किसी भी व्यक्ति के लिए बाहर जाने हेतु इस हॉल से गुजरना आवश्यक था।

वह जानता था कि छम्मो इस वक्त कमरे में ही है।

थाने में सांप होने की बात सारे ब्राडवेल पर प्रचारित हो चुकी थी। जगह-जगह उसी सांप की चर्चा थी। विशेष रूप से इसलिए क्योंकि ब्राडवेल पर कभी किसी सांप को नहीं देखा गया था। सांप के बारे में जिम ने भी सुना। इस सांप की चर्चा से वह बेचारा समझ ही क्या सकता था?

हां, जिम उस वक्त जरूर चौंका, जब हॉल में उसे बाली नजर आया।

विशेष रूप से बाली के हाथ में बीन देखकर चौंका था वह। उसे एकदम याद आ गया, यह बीन वही थी जो उसने उस समय बाली के किशनगंज स्थित फ्लैट पर देखी थी, जबकि बाली बैंक का एक लाख रुपया लेकर गायब हो गया था। अचानक उसके दिमाग में प्रश्न कौंधा कि क्या थाने में निकले सांप से बाली का कुछ संबंध है?

''अरे।'' काउंटर क्लर्क ने एकाएक बाली को टोका–''मिस्टर बाली।''

''कहिए।'' बाली ठिठक गया।

उसने आश्चर्य के साथ पूछा–''आपके हाथ में बीन?''

''जी हां।'' बाली मुस्कराया–''बीन मेरा मनपसंद वाद्य है और इसकी धुन पर खतरनाक-से-खतरनाक सांप को पकड़ना मेरा शौक।''

''तब तो आप उस सांप को पकड़ लीजिए, जिसने थाने में आज पुलिस वालों को परेशान कर रखा है।''

''उसी के बारे में सुनकर तो अपनी बीन और यह टोकरी याद आई है, जिसमें सांपों को रखा जाता है।''

''मतलब ये कि आप उसी सांप को पकड़ने जा रहे हैं?''

''बेशक।'' कहकर बाली बाहर निकलने के लिए द्वार की तरफ बढ़ गया।

ये बातें जिम ने भी सुनी थीं। पुलिस स्टेशन में सांप निकलना और फिर बाली का इस तरह बीन लेकर निकल पड़ना, उसे काफी असाधारण-सा लगा। उसके तीव्र दिमाग ने कहा। यह घटना संयोग नहीं शायद कोई स्कीम है। सभी कुछ किसी प्लानिंग के अंतर्गत हो रहा है। मगर क्या, आखिर ये हो क्या रहा है?

ये लोग हैं किस चक्कर में?

इस सांप वाली घटना के पीछे हो क्या सकता है। जरूर कोई चक्कर है। उसे बाली पर नजर रखनी चाहिए। बस, वह उठकर खड़ा हुआ और बाली के पीछे होटल की तरफ लपका।

शाम के करीब साढ़े पांच बजे।

घनी पहाड़ियों के बीच छुपे कॉटेज में इस वक्त छम्मो, चक्रेश, रानी और विक्रम मौजूद थे। बैंक से छुट्टी करके रानी सीधी बंगले पर पहुंची थी। मिस्टर क्राफोर्ड रास्ते ही में से जेनियर के फ्लैट पर चले गए थे। रानी बंगले के अंदर जब अपने कमरे में पहुंची तो वहां पहले से ही मौजूद विक्रम बैठा मिला।

अपनी गाड़ी में उसे विक्रम ही यहां, यानी कॉटेज में लाया हो।

तीन आराम कुर्सियों पर रानी, चक्रेश और छम्मो बैठे थे। उनके बीच पड़ी मेज पर नौ चाबियां रखी थीं और विक्रम सारे कमरे में चहलकदमी-सी कर रहा था, काफी देर की खामोशी के बाद बात उसी ने शुरू की–''रॉबरी से पहले हम लोग यहां अंतिम बार इकट्ठे हुए हैं।''

''क्या मतलब?''

''कल बैंक रॉबरी हो जाएगी।''

''लेकिन बाली कहां है?'' रानी ने पूछा।

''इस समय जबकि हम सब यहां है।'' विक्रम ने बहुत ही गहरी मुस्कान के साथ कहा–''वह रॉबरी के लिए एक बहुत ही आवश्यक और महत्वपूर्ण काम निबटा रहा होगा।''

रानी समझ गई कि विक्रम ने जान-बूझकर इस वक्त बाली को यहां से गायब रखा है। यह सोचकर आई थी कि यदि बाली यहां मिला तो वह किसी भी तरह उसे बता देगी कि विक्रम उनके संबंधों और अतीत के बारे में सबकुछ जानता है, परंतु विक्रम ने शायद उसके मनोभाव पहले ही पढ़ लिए थे, इसलिए उसने इस वक्त बाली को कॉटेज से दूर रखा। रानी समझ गई कि विक्रम रॉबरी से पहले उन्हें मिलने नहीं देना चाहता है।

रानी सोचती ही रह गई, जबकि चक्रेश ने विक्रम से पूछा–''कैसा काम?''

विक्रम विस्तारपूर्वक उन्हें बताने लगा।

सारे थाने में बीन की मधुर धुन गूंज रही थी।

सीक्रेटरूम के फर्श पर बैठा बीन बजा रहा था बाली। वह टोकरी, जिसमें ताखी रहा करता था कि सीक्रेटरूम में कोई न रहे, परंतु मेकर और उसके सहयोगी पुलिसकर्मी सीढ़ियों पर खड़े थे।

निरंतर दस मिनट तक बीन बजती रही, किंतु ताखी कहीं नजर नहीं आया।

फिर एकाएक वह उसी पाइप से निकलकर बाहर आया और बीन की धुन पर झूमता हुआ फर्श पर रेंगने लगा। मेकर ने उसे देखते ही चीखकर कहा–''वह रहा।''

बीन बजाता हुआ बाली एकदम खड़ा हुआ और उसी तरफ घूमा।

अब फन उठाए ताखी बीन की धुन पर झूम रहा था। मेकर और उसके सहयोगी पुलिसकर्मी दिलचस्प निगाहों से कभी बाली और कभी ताखी को देख रहे थे। एकाएक जब तीन बजाते हुए बाली ने ताखी को गुप्त संकेत किया तो ताखी बड़ी जोर से फुंफकार कर सीढ़ियों की तरफ लपका।

मेकर सहित सभी पुलिसकर्मी घबराकर चीखते हुए ऊपर चढ़े।

ताखी ने एक प्रकार से उन्हें सीक्रेटरूम से बाहर निकालकर ही सांस लिया। जीने की सबसे ऊपरी सीढ़ी पर फन फैलाए बाली की बीन की तरफ देखता ताखी झूम रहा था।

मेकर तथा अन्य पुलिसकर्मी इस वक्त बाली को नहीं देख सकते थे। बीच में ताखी जो था, हां उसकी बजाई हुई बीन की धुन बराबर वातावरण में गूंज रही थी और इसी धुन के बीच बाली ने अपने कोट की जेब से एक छोटा-सा लाल बल्ब निकाला। वैसे ही ढेर बल्ब पंक्तिबद्ध एक चार्ट के से रूप में सीक्रेट रूम की एक दीवार पर लगे हुए थे। प्रत्येक बल्ब पर अलग नंबर लिखा था। जो बल्ब बाली के हाथ में था उस पर चालीस नंबर लिखा था और बीन बजाते हुए बाली की दृष्टि चार्ट में मौजूद चालीस नंबर के बल्ब पर थी।

ताखी अपने स्थान पर बैठा झूमता रहा।

बीज बजाते हुए बाली ने चार्ट पर लगे चालीस नंबर के बल्ब को होल्डर से निकाला ओर चालीस नंबर का बल्ब उसके स्थान पर फिक्स कर दिया।

⅄

''इस तरह।'' विक्रम उन्हें बता रहा था–''बाली बड़े आराम के साथ पांच बल्ब बदल देगा। ये बल्ब ठीक वैसे ही हैं, जैसे चार्ट पर लगा अन्य बल्ब हैं। उन पर नंबर भी उसी स्टाइल में लिखा है। फर्क केवल ये

है कि वे पांचों बल्ब जिन्हें बाली वहां लगाएगा 'फ्यूज' होंगे। याद रहे, बल्ब का रंग लाल है, इसलिए बाहर से देखकर नहीं जाना जा सकता है कि उनके अंदर लगातार टूटा हुआ है। शायद आप में से किसी को भी समझाने की जरूरत नहीं है कि वे पांच बल्ब उन्हीं लॉकरों से संबंधित हैं, जिनकी चाबियां मेज पर पड़ी हैं।''

''मेज पर तो केवल नौ चाबियां हैं। चक्रेश ने कहा–''मुझे दसवीं चाबी का अक्स नहीं मिला। उस चाबी का नंबर है तरेसठ। इस नंबर की 'बैक-की' का अक्स तो मिल गया था लेकिन 'कस्टमर-की' का अक्स नहीं मिला। अतः तरेसठ नंबर की 'कस्टमर-की' का अक्स नहीं मिला। अतः तरेसठ नंबर की 'कस्टमर-की' बनाता भी कैसे?''

''तरेसठ नंबर रोबिंसन का है।'' रानी कह उठी।

''हां।'' विक्रम मुस्कराया।

छम्मो ने कहा–''वह तुम्हारा शिकार था।''

''उसकी चाबी का अक्स लेने का काम भी मेरा ही था।'' विक्रम ने बताया–''मैंने काफी कोशिश की थी। तुमने सुना भी होगा कि एक दिन पहाड़ियों में घूमने गया था तो उसके कमरे में चोर घुसा।''

''तो वह चोर तुम थे?''

''सारा कमरा छान मारने पर भी मुझे रोबिंसन के लॉकर की चाबी नहीं मिली। मैंने पहले ही कहा था कि इन पांचों में सबसे ज्यादा टिपीकल कैरेक्टर वही है।''

''ये तो गलत बात है। सबने अपना-अपना काम बखूबी किया है। सबसे पीछे तुम ही रह गए।''

''अब जब काफी कोशिश के बाद भी अक्स मिला ही नहीं तो इसमें मैं क्या . . .।''

''मगर।''

''संयोग की बात है।'' उसकी बात बीच में ही काटकर चक्रेश कह उठा–''हम सबके शिकार ब्राडवेल से जा चुके हैं, लेकिन रोबिंसन

अभी तक नहीं गया है। मैंने आज सुबह ही उसे बार में देखा था। मेरे ख्याल से उसकी चाबी का अक्स लेने का मौका अब भी तुम्हारे पास है और तुम्हें कायदे में अपना काम पूरा करना चाहिए।''

''मैं कह चुका हूं कि चाबी वह हमेशा अपने साथ रखता है। पीकर कभी इतना बेहोश भी नहीं होता है कि चाबी उसकी जेब से गायब की जा सके। उसकी चाबी का अक्स लेने का अर्थ है कि उसे अक्स लिए जाने के बारे में पता लग जाना और वह छोटी-सी वारदात हमारी सारी स्कीम को चौपट कर सकती है।''

चक्रेश ने कहा दिया–''भले ही तुम्हें उसका कत्ल क्यों न करना पड़े।''

''तुम भूल गए दोस्त।'' विक्रम ने कहा–''मैंने कहा था कि मैं किसी किस्म की हिंसा पसंद नहीं करता। न ही मेरी स्कीम में कहीं भी हिंसा है।''

''हम इस बारे में।''

चक्रेश की बात अधूरी ही रह गई। क्योंकि उसी समय कॉटेज के बाहर से किसी की आवाज उभरी थी। किसी ने कहा था–''अरे कोई है। बड़ी खूबसूरत जगह कॉटेज बनाया गया है। कोई रहता है यहां?''

सभी के होश गुम हो गए . . .।

स्वप्न में भी किसी ने नहीं सोचा था कि यहां, कॉटेज तक कोई पहुंच सकता है। हक्के-बक्के एवं अवाक् से वे अभी एक-दूसरे की सूरत देख ही रहे थे कि उन्हें पुकारने वाला कमरे के दरवाजे पर नजर आया। उसे देखते ही इन चारों के होश उड़ गए। वह रोबिंसन था। गले में कैमरा लटकाए, पहाड़ियों में भटकता हुआ जाने वह कैसे इधर निकल आया था। उसे देखते ही छम्मो, चक्रेश और रानी उछलकर खड़े हो गए।

जबकि कमरे में प्रविष्ट होते ही रोबिंसन ने कहा–''अरे आप लोग यहां मिस स्वीटी, मिस्टर चक्रेश और मिस छम्मो। आप सब लोग यहां, इस कॉटेज में आप लोग क्या कर रहे हैं?''

चेहरों पर खिंचा सन्नाटा देखने लायक था।

उसकी स्थिति से बिल्कुल अनभिज्ञ रोबिंसन विक्रम के समीप पहुंचा, बोला–''मैंने आपको नहीं पहचाना मिस्टर। इन सबको देखा है, लेकिन ब्राडवेल पर कभी आपको नहीं देखा।''

''मुझे विक्रम कहते हैं।'' उसका गला शुष्क पड़ गया था।

''बेहद खुशी हुई तुमसे मिलकर।'' कहने के साथ ही रोबिंसन ने हाथ बढ़ा लिया।

हड़बड़ाए से विक्रम ने हाथ मिलाया। विक्रम के सामने से हटते हुए रोबिंसन ने कॉटेज की दीवारों और छत को देखते हुए कहा–''छोटा जरूर है लेकिन सचमुच बड़ा ही सुंदर कॉटेज है। पहाड़ियों से घिरा। आसपास घूमते रहो, लेकिन आसानी से तो पता नहीं लगता कि यहां कोई कॉटेज भी हो सकता है, पहले भी इधर कई बार आया हूं, लेकिन इस कॉटेज को कभी नहीं देखा। कमाल है, बड़ी खूबसूरत जगह चुनी है आप लोगों ने?''

वे सब चुप रहे। दिल धक-धक कर रहे थे।

रोबिंसन सारे कमरे में चहलकदमी-सी करता फिर रहा था, जबकि वे सब इस तरह जड़ होकर खड़े हो गए थे, जैसे हाड़-मांस के नहीं, बल्कि मिट्टी के बने इंसानी पुतले हों। एक-दूसरे से नजर तक नहीं मिला पा रहे थे वे। आंखें रोबिंसन और केवल रोबिंसन पर ही जमी हुई थीं। वह एक छोटी-सी खिड़की के समीप पहुंचा।

खिड़की से पार नीचे झांकता हुआ बोला–''अरे इधर तो खाई है, उफ् हजारों फिट गहरी होगी यह। वाह क्या खूबसूरत दृश्य है। मुझे ऐसे ही दृश्यों की तलाश रहती है।''

कहने के साथ ही उसने खाई का दृश्य कैमरे में बंद कर लिया।

वह घूमा, बोला–''अरे आप लोग इस तरह चुप क्यों हैं?'' टेपरिकार्डर की तरह मैं ही बोले जा रहा हूं और आप सब इस तरह खड़े हैं जैसे बुत हों।

उसकी शिराओं में दौड़ता रक्त जैसे तेजाब में बदल गया था।

''शायद आपको मेरा यहां आना अच्छा नहीं लगा।'' वह स्वयं ही बोला–''लगता है आप लोग किन्हीं जरूरी बातों में मशगूल थे। अरे ये चाबियां। इतनी सारी चाबियां यहां?''

वह मेज के समीप पहुंचा।

चाबियों को उलट-पुलटकर देखने लगा। तरेसठ नंबर की चाबी हाथ में आते ही वह चौंका–''अरे, तरेसठ नंबर। ये तो ऐसी चाबी है जैसे मेरे लॉकर की, अरे ये तो सभी चाबियां लॉकर्स की। आप लोग कौन हैं?''

तेजी से कहकर उसने चेहरा ऊपर उठाया।

''किस्मत ने तुम्हारे साथ बहुत बड़ा मजाक किया है रोबिंसन।'' विक्रम पहली बार बोला।

''क्या मतलब?''

''पहाड़ियों में भटकती किस्मत तुम्हें मौत के मुंह में ले आई है।''

''तुम खिड़की बंद कर दो चक्रेश।'' विक्रम बोला–''इस सनकी ने अगर ये चाबियां उठाकर खाई में फेंक दी तो एक ही मिनट में सारा किया-धरा मिट्टी में मिल जाएगा।''

चक्रेश ने लपकर खिड़की बंद कर दी।

चौंकते हुए रोबिंसन ने पूछा–''इसका क्या मतलब?''

''तुमने वैसी ही स्थिति उत्पन्न कर दी है बेवकूफ आदमी, जैसी मैं नहीं चाहता था।''

''मैं अब भी नहीं समझा।''

विक्रम ने झटके से रिवॉल्वर निकाल लिया। रिवॉल्वर देखते ही रोबिंसन सकपकाया, जबकि विक्रम बोला–''सबसे पहले ये बताओ कि तुम अपने लॉकर की चाबी कहां रखते हो?''

''उससे तुम्हारा क्या मत . . . ओह ये चाबियां, ये रिवॉल्वर तुम लोग तो शायद लुटेरे लगते हो। मुझे ऐसा लगता है, जैसे तुम्हारी योजना

बैंक लूटने की हो, तुम।''

''धांय।''

केवल एक गोली चली। दूर-दूर तक पहाड़ियां कांप उठीं। गोली रोबिंसन के दिल पर लगी। कंठ के एक चीख निकली। जख्म से खून का फव्वारा। कटे व्रक्ष के समान वह लकड़ी के फर्श पर गिरा।

चार-पांच सेकेंड जूते की एडियां रगड़कर वह मचला। तड़पा और बुत-से खड़े वे उसको तड़पता देख रहे थे। फिर उनके देखते-ही-देखते एक झटका-सा लगा।

रोबिंसन ठंडा पड़ गया।

विक्रम के हाथ में दबी रिवॉल्वर की नाल से अभी तक धुआं निकल रहा था। छम्मो, रानी और चक्रेश के चेहरे पीले जर्द पड़ गए थे। रोबिंसन की इस मौत ने दहलाकर रख दिया था उन्हें।

यह कहना गलत नहीं होगा कि उनकी टांगें कांप रही थीं।

बहुत देर सन्नाटा छाया रहा। ऐसा सन्नाटा, जिसके बीच खड़े वे भावी बैंक लुटेरे थरथर कांप रहे थे। काफी देर के बाद सबसे पहले विक्रम ही अपने स्थान से हिला। रिवॉल्वर जेब में रखा उसने और रोबिंसन की लाश की तरफ बढ़ा। बाकी सब जड़वत् से खड़े रहे। विक्रम ने लाश की तलाशी ली।

चाबी उसे दाएं पैर के जुर्राब से मिल गई।

उस चाबी को देखता हुआ विक्रम जाने क्या-क्या बड़बड़ा उठा।

''चाबी तो मिल गई है।'' चक्रेश ने जुबान बोली–''लेकिन अब इस लाश का क्या करें?''

''इसे हजारों फिट गहरी उसी खाई में डाल देना है, जो इसे बहुत ज्यादा पसंद थी। जब नीचे जाकर किसी पत्थर से टकराएगा तो इसके टुकड़े-टुकड़े हो जाएंगे। वहां से इसकी लाश कभी कोई बरामद नहीं कर सकेगा।''

रोबिंसन की लाश खिड़की के पार हजारों फिट गहरी खाई में डाल दी गई। ऐसा करने में उन चारों को लगना पड़ा और चारों को ही काफी मेहनत करनी पड़ी।

दसवीं चाबी भी मेज पर डाल दी गई थी।

अब वे चारों ही चार आराम कुर्सियों पर बैठे थे। विक्रम और चक्रेश ने सिगरेट सुलगा ली थीं। जिस समय चक्रेश धुएं के छल्ले बनाता हुआ खुद को और ज्यादा सामान्य करने की चेष्टा कर रहा था, उस समय विक्रम बोला–"लीजिए, प्रकृति ने स्वयं ही आप लोगों की जिद पूरी कर दी है। जाने कहां से भटकता हुआ कम्बख्त यहां पहुंच गया?"

"तुमने तो कहा था कि हिंसा नाम का शब्द तुम्हारी डिक्शनरी में नहीं है।"

"मजबूरी थी, उसका मरना ही जरूरी हो गया था। वह भांप चुका था कि हम लोग बैंक रॉबरी करने जा रहे हैं। इसमें शक नहीं कि सिर्फ चाबी के लिए मैं कभी उसका कत्ल करने वाला नहीं था। लेकिन वह हमारा राज जान गया था। ऐसा राज जो हम पांचों के अलावा किसी भी छठे व्यक्ति को साल भर बाद ही पता लगेगा।"

"साल भर के बाद?"

"हां यही तो हमारी रॉबरी की कामयाबी का मुख्य स्तंभ है।"

"हम समझे नहीं।"

"जैसा कि उस मनहूस के आने से पहले मैं तुम लोगों को बता चुका था कि बाली आज वे पांचों फ्यूज बल्ब लगा देगा। कल रॉबरी होनी है और यह बात सबको ध्यान से सुन लेनी चाहिए कि कल किसको क्या करना है?"

सभी संभल कर बैठ गए।

"सबसे पहले तुम सुनो छम्मो।" वह छम्मो से मुखातिब हुआ–"कल तुम्हें जिम को उलझाए रखने से ज्यादा कोई काम नहीं करना

है। यानी जिम का सारा ध्यान केवल अपनी ही तरफ आकर्षित करके रखना तुम्हारा एकमात्र और प्रमुख काम है। किसी भी प्रकार उसका ध्यान बाली और चक्रेश की तरफ न जा सके।''

''मैं यह काम कर लूंगी।''

''गुड।'' विक्रम बोला–''अब तुम सुनो चक्रेश। अपने होटल से तुम ठीक ग्यारह बजे एक काफी बड़ा-सा एयर बैग लेकर निकलोगे, होटल के बाहर तुम्हें एक प्राइवेट टैक्सी खड़ी मिलेगी, टैक्सी का नंबर है। V.H.C.-324568 इस टैक्सी का ड्राइवर बाली होगा। तुम टैक्सी की पिछली सीट पर बैठोगे। बाली वहां से तुम्हें सीधा बैंक ले जाएगा। टैक्सी को वहीं खड़ी रहकर प्रतीक्षा करने के लिए कहकर तुम बैंक के अंदर चले जाओगे। क्राफोर्ड से मिलोगे, अपना लॉकर खोलने गए हो तुम। तुम्हारे लॉकर की 'बैंक-की' रूबी को देकर वह तुम्हारे साथ इसे लॉकर हॉल में भेजेगा। तुम भी अपना काम ध्यान से सुन लो रूबी। तुम्हें चक्रेश के लॉकर का बैंक लॉक खोलकर तुरंत ही क्राफोर्ड के पास वापस लौट जाना है और रूबी को जाते ही तुम्हें अपना लॉकर खोलना है चक्रेश।''

''उसे खोलने की जरूरत ही क्या है, उसमें है ही क्या?''

''तुम्हारा लॉकर खुलते ही सीक्रेट रूम में लगा सात नंबर बल्ब जलना जरूरी है, क्योंकि सबकी नजरों में तुम अपना लॉकर खोलने गए हो। अपना लॉकर खुला छोड़कर तुम्हें इन पांचों लॉकरों की तरफ बढ़ जाना है। तुम्हारे पास पंद्रह मिनट होंगे। जबकि पांच लॉकरों को खोलकर उन्हें साफ करने में दस मिनट से ज्यादा नहीं लगेंगे। पांच लॉकरों की दस चाबियां तुम्हारे पास होंगी ही। याद रहे, उन्हें खाली करने के बाद चाबियों से वे लॉकर पूर्ववत् बंद भी कर देने हैं। बस, उसके बाद एयर बैग लेकर तुम्हें बैंक से बाहर निकल जाना है, कोई दिक्कत?''

''यदि मुझे वे पांच लॉकर खाली करने में पंद्रह मिनट से ज्यादा लग गए तो?''

''ऐसा होने पर तुम फंस सकते हो, क्योंकि पंद्रह मिनट से ऊपर होते ही थाने से पुलिस बैंक में पहुंच जाती है। मगर तुम ऐसा नहीं होने दोगे। अपना काम करते समय तुम बीच-बीच में टाइम देखते रहोगे। जैसे ही पंद्रह मिनट होने को हों, तुम अपना लॉकर बंद कर दोगे। भले ही तब तक तुम केवल दो या तीन लॉकर साफ कर पाए हों। तुम शेष लॉकरों को बिना खोले ही बैंक से बाहर आ जाओगे।''

''बाकी लॉकरों का क्या होगा?''

''परसों फिर अपना लॉकर खोलने के बजाने जाकर उन्हें खाली कर सकते हो।''

''गुड, तो ये कहो न कि मेरे पास केवल पंद्रह मिनट हैं। हॉल में पहुंचते ही मुझे सबसे पहले अपना लॉकर खोलकर डाल देना है। फिर उनमें से किसी एक लॉकर को खोलकर खाली करना है और खाली करके पुनः बंद कर देना है, तब दूसरे की तरफ बढ़ना है। खोलकर खाली करना और फिर बंद कर देना है। इस तरह पंद्रह मिनट के अंदर में जितने भी लॉकर खाली कर सकूं, उनका माल लेकर बाहर आ जाऊं, जो शेष रह जाएंगे, वे दूसरे राउंड में।''

''दूसरे राउंड की जरूरत ही नहीं पड़ेगी क्योंकि इस काम के लिए पंद्रह मिनट काफी हैं, फिर भी अगर देर हो जाए और तुम्हें पांच में से किसी लॉकर को छोड़कर आना पड़े तो केवल यह याद रखना कि उनमें से कोई लॉकर खुला न रह जाए। जिन्हें खोलो, उन्हें बंद करके जरूर आना है। वर्ना दूसरा राउंड कभी नहीं लगेगा।''

''इतनी सीधी-सादी बात मैं समझता हूं।''

''अब बात ये बनी कि तुम पंद्रह मिनट में जितने लॉकर खाली कर सकते हो करके और उन्हें अच्छी तरह बंद करके ही लॉकर हॉल से निकलोगे। मैं फिर कहता हूं कि पंद्रह मिनट काफी होते हैं और तुम्हें दूसरे राउंड की जरूरत नहीं पड़नी चाहिए। दुनिया के पांच चुने हुए धनवानों के लॉकरों की दौलत लेकर तुम दनदनाते हुए बैंक से बाहर

निकलोगे। बैंक की सैकड़ों सुरक्षाएं धरी रह जाएंगी। किसी को इल्म तक नहीं होगा कि तुम्हारे एयर बैग में सात नंबर लॉकर की नहीं, बल्कि पांच लॉकरों की दौलत है।''

छम्मो कह उठी–''सचमुच आपकी स्कीम का जवाब नहीं।''

''अब आगे सुनो।'' विक्रम सोच-सोचकर ही खुश हो रहा था–''ऐयरबैग संभाले तुम शान से टैक्सी की पिछली सीट पर आ बैठोगे। बाली से केवल तुम इतना ही कहोगे–'चलो ड्राइवर' उसके बाद, बाली तुम्हें बैंक से सीधा यहां, यानी कॉअेज पर ले आएगा। या तो मैं तुम्हें यहां पहले से ही मौजूद मिलूंगा या कुछ देर बाद आ जाऊंगा। शाम पांच बजे यानी बैंक से छुट्टी करने के बाद रूबी भी यहां आ जाएगी और रात नौ बजे तक किसी भी तरह जिम को चमका देकर छम्मो को भी यहां आ जाना है।''

''यानी रॉबरी के बाद वह सब लोग यहां इकट्ठा होंगे।''

''हां।''

''फिर?''

''रॉबरी हो चुकी है। इस बात की भनक तक हम पांचों के अलावा किसी छठे को नहीं लगेगी और सोचो जरा, एक साल तक नहीं लगेगी। रॉबरी का भेद केवल तभी खुल सकता है, जबकि उन पांचों में से कोई एक लॉकर खुले। तरेसठ नंबर को खोलने वाला तो खाई में टुकड़े-टुकड़े हुआ पड़ा ही है। रह गए वे चार तो वे ब्राडवेल से जा चुके हैं और अब अगले वर्ष ही यहां आएंगे। तभी यह भेद खुलेगा कि रॉबरी हुई है।''

''साल भर के अंदर कभी सीक्रेट-रूम में लगे फ्यूज बल्ब भी तो पकड़े जा सकते हैं।''

''बल्बों को व्यर्थ ही चैक नहीं किया जाता। किसी भी बल्ब की तरफ पुलिस का ध्यान केवल तभी जाता है, जबकि उससे संबंधित लॉकर खुलने पर बल्ब न जले।''

''तब तो वाकई साल भर से पहले रॉबरी का किसी को पता नहीं लगेगा।''

''यही एक प्वाइंट हमारी रॉबरी को कामयाब बनाएगा।'' विक्रम ने बताया–''कल रात नौ बजे इन्हीं कुर्सियों पर बैठे हम उन पांच लॉकरों की दौलत को मिलाकर पांच बराबर हिस्से कर रहे होंगे। वह हम लोगों की आखिरी मुलाकात होगी। अपना-अपना हिस्सा लेकर हम अपने-अपने रास्तों पर चले जाएंगे, किस्मत ही यदि हमें कहीं कभी एक-दूसरे से मिला दे तो बात दूसरी है वरना तो न तो हमें एक-दूसरे से मिलने की जरूरत ही होगी, न ही मिलेंगे। दुनिया के किसी भी कोने में जाकर हम ऐश्वर्य से भरपूर जिंदगी गुजार सकते हैं। साल भर बाद जब यह पता लगेगा कि दुनिया के सर्वाधिक सुरक्षित बैंक में रॉबरी हो गई है तो सबसे पहले तो पुलिस को यही पता लगाना असंभव होगा कि लगभग तीन सौ दिन में से रॉबरी किस दिन हुई। तब हममें से जाने कौन दुनिया के किस कोने में ऐश ले रहा हो?''

''वाकई, हम कभी पकड़े जाने वाले नहीं हैं।''

''लेकिन।'' छम्मो कह उठी–''यदि जिम ने मेरा पीछा नहीं छोड़ा तो।''

''पीछा करके ही उसे क्या मिलेगा?'' विक्रम मुस्कराया–''अपना हिस्सा लेकर अपने कमरे में जाओगी। उसे क्या पता लगेगा कि अचानक तुम कितनी अमीर हो गई हो। सारी रात आराम से सोना। सुबह उठकर होटल का हिसाब करना और ब्राडवेल छोड़ देना। उसके दिमाग में यह है कि तुम किसी चक्कर में हो, जब चक्कर उसकी समझ में आएगा नहीं और तुम ब्राडवेल छोड़कर चल दोगी तो क्या करेगा। ज्यादा-से-ज्यादा पीछा और साल भर तक तो वह तुम्हारा पीछा करने से रहा, फिर तुम्हारे पास दौलत होगी। जिम का रहस्य पुलिस को बताकर तुम उससे छुटकारा पा सकती हो।''

''और मैं क्राफोर्ड से कैसे पीछा छुड़ाऊंगी?'' रानी ने पूछा।

''पीछा छुड़ाने की जरूरत ही क्या है, उसकी बेटी बनकर आराम से यही रहो, देखा जाए तो हम सब से ज्यादा फायदे में तुम ही रही हो। बराबर का हिस्सा तो तुम पर होगा ही, बूढ़े क्राफोर्ड के पास भी काफी दौलत है, फिर अब वह बूढ़ा है भी कितने दिन का। उसके बाद उसकी सारी दौलत तुम्हारी है। हालांकि जेनियर एक अच्छा पति साबित हो सकता है लेकिन, अगर तुम्हें पसंद नहीं है तो अपनी पसंद के किसी भी बांके जवान से शादी करके जिंदगी के भरपूर मजे लूट सकती हो।''

रानी समझ गई कि विक्रम का संकेत बाली की तरफ है।

वह कुछ बोली नहीं, चुप रह गई।

चक्रेश ने कहा–''इसका मतलब ये कि हमें अंत तक यह पता नहीं लगेगा कि तुम कौन हो?''

''जरूरत तो नहीं है फिर भी, हिस्से होने के बाद मैं तुम सब लोगों को अपना असली परिचय दूंगा।''

रात का करीब एक बज रहा था।

रानी गद्देदार बेड पर लेटी थी, परंतु इसके बावजदू भी आंखों में दूर-दूर तक नींद नहीं थी। वह रॉबरी के बारे में सोच रही थी। उस रॉबरी के बारे में, जो कल होने वाली है।

सचमुच विक्रम की स्कीम बहुत ही 'क्लियर' थी।

किंतु, रानी को विक्रम पर शक था। उसे नहीं लग रहा था कि कल वह सचमुच दौलत के पांच बराबर हिस्से करेगा। उसे लग रहा था कि विक्रम के दिमाग में सारी दौलत हड़पने की कोई-न-कोई योजना जरूर मौजूद है। वह बहुत चालाक है। बाली और उसके अतीत के बारे में सबकुछ जानता है वह। जब चाहे उसे, बाली को चक्रेश और छम्मो को फंसा सकता है। वे सब उसका क्या बिगाड़ लेंगे। किसी को यह तक तो पता है नहीं कि वह है कौन?

सबके सामने वह उसे 'रूबी' कहकर ही पुकार रहा था।

कहीं ऐसा न हो कि वह मेरे बाली को कोई नुकसान पहुंचा दे?

बाली को सबकुछ पता लगना ही चाहिए। वह बेचारा तो इस भ्रम में होगा कि विक्रम को उनके बारे में कुछ भी पता नहीं है।

आज भी कॉटेज पर उसने बाली से उसकी भेंट नहीं होने दी। रानी के दिमाग में सवाल कौंधा कि वह बाली को सबकुछ बताए कैसे?

वह सोचती रही।

अचानक उसे एक तरकीब सूझी। जिस समय वह टैक्सी ड्राइवर बनकर चक्रेश को बैंक तक लाएगा और चक्रेश लॉन में अपना काम कर रहा होगा, उस समय बाली टैकसी लिए बैंक के बाहर ही खड़ा चक्रेश की प्रतीक्षा का रहा होगा। उसका काम चक्रेश का लॉकर खोलकर चाबी क्राफोर्ड को देने के बाद खत्म हो जाएगा। उसके बाद वह खाली होगी। बाली बैंक के बाहर टैक्सी में बैठा होगा। उस समय वह किसी भी तरह बाली को वस्तुस्थिति बताकर उसे सतर्क कर सकती है।

लेकिन कैसे, इतना समय ही कहां होगा कि बाली को वह इतना सबकुछ समझा सके?

वैसे भी थाने के बाहर खड़े संतरी या बैंक का संतरी उसे टैक्सी ड्राइवर से बातचीत करते देखकर शंकित हो सकते हैं, फिर वह क्या करे।

वही आखिरी समय होगा, जबकि वह बाली को सतर्क कर सकती है। बाली को विक्रम की तरफ से सतर्क होना ही चाहिए। लेकिन कैसे? ऐसा क्या करे वह?

सोचते-सोचते अचानक उसके दिमाग में एक तरकीब आई। एक झटके के साथ वह बिस्तर पर उठ खड़ी हई और कमरे के कोने में पड़ी मेज के नजदीक पहुंची, कुर्सी पर बैठी। टेबल लैंप ऑन किया और फिर, वही सबकुछ एक कागज पर लिख रही थी, जो उसे बाली ने बताया था।

अगले दिन छम्मो दस बजे सुबह तैयार होकर होटल से निकली।

जिम उसका साया बन गया।

'मूनरेज' के हॉल में छम्मो ने कॉफी पी। एक कोने की सीट पर बैठा जिम भी कॉफी ही पी रहा था, वह काउंटर के समीप बैठा था, एक व्यक्ति को देखकर काउंटर क्लर्क ने पूछा–''आपने मिस्टर रोबिंसन को देखा है क्या?''

''नहीं तो, मगर क्यों?''

''जाने कहां चले गए। कल रात अपने कमरे में नहीं लौटे?'' काउंटर क्लर्क चिंतित था।

वह व्यक्ति हंसा, हंसकर बोला–''अरे तुम क्यों चिंता करते हो, उस सनकी का तो शौक ही पहाड़ियों में घूमना है।''

''लेकिन ऐसा कभी नहीं हुआ कि किसी रात वे अपने कमरे में ही न आएं।''

''फंस गया होगा कहीं।'' बात को हवा में उड़ाकर वह व्यक्ति आगे बढ़ गया।

काउंटर क्लर्क की चिंता अपने स्थान रही। जिम की दृष्टि बराबर छम्मो पर थी। काउंटर क्लर्क की बातें उसने भी सुनी थीं। किंतु कोई ध्यान नहीं दिया। काश, उसने ध्यान दिया होता।

काउंटर क्लर्क ने पुनः एक ग्राहक को रोककर उससे रोबिंसन के बारे में पूछा।

टैक्सी बैंक के ठीक सामने रुकी।

चक्रेश ने दरवाजा खोला। एयर बैग कंधे पर लटकाए शान से बाहर निकला। मफलर का एक सिरा झटके के साथ कंधे के पीछे डालता

हुआ खानदानी धनवान के समान बोला–"तुम यहीं ठहरो, हम आते हैं।"

बस, यह कहते ही बाली के उत्तर की प्रतीक्षा किए बिना मुख्य द्वार की तरफ बढ़ गया। बाली ने एक नजर थाने के बाहर खड़े दोनों संतरियों को देखा और टैक्सी को बैंक के सामने से हटाकर पार्किंग की तरफ ले जाने लगा।

उधर, चक्रेश के अंदर दाखिल होते ही लाल आंखों वाले तंदुरुस्त बंदूकधारी ने उसे घूरा। चक्रेश को यूं लगा कि जैसे वह विशेष रूप से उसके एयर बैग को घूर रहा है। जाने क्यों चक्रेश का दिल बड़ी जोर से धाड़-धाड़ करने लगा। हालांकि उसे स्कीम पर पूरा भरोसा था। कोई भी तो बात ऐसी नहीं थी, जिसके कारण यह सोचा जा सके कि कहीं किसी तरह की गड़बड़ हो सकती है। फिर भी चक्रेश को पसीना आने लगा था।

उसने सोचा कि कहीं वह लाल दरबान यह तो नहीं सोच रहा कि वह इतना बड़ा एयर बैग क्यों लेकर आया है।

यह महसूस करता हुआ कि लाल आंखों वाला दरबान उसी को घूर रहा है, चक्रेश मैनेजर के कमरे में दाखिल हो गया। दाखिल होते ही मैनेजर ने उसे तीक्ष्ण नजरों से घूरा।

चक्रेश का हलक सूख-सा गया।

फिर भी, वह कुर्सी पर बैठा। चुपचाप सात नंबर लॉकर की चाबी मेज पर रख दी। क्राफोर्ड ने चाबी उठाई। नंबर पढ़ा और रजिस्टर निकालने लगा। अपनी आदत के मुताबिक क्राफोर्ड ने दो बार उसके चेहरे को और दो बार फोटो को देखा, बोला–"आज आपके चेहरे पर यह अजीब-सा फीकापन क्यों है मिस्टर चक्रेश?"

"फीकापन?" चक्रेश उछल पड़ा।–"नहीं तो।"

"मेरी नजर धोखा नहीं खा सकती। शायद आज आपकी तबीयत कुछ ठीक नहीं है?"

''जी-जी हां कुछ ऐसा ही है, डॉक्टर ने।''

हंसते हुए क्राफोर्ड ने कहा–''लीजिए साइन कीजिए।''

घबराकर चक्रेश ने जल्दी से कोट की ऊपरी जेब से पेन निकाला, खोला और जब उसने रजिस्टर पर साइन किए तो उसका हाथ कांप रहा था। भरपूर चेष्टा के बावजूद भी वह अपने हाथ की कंपकंपाहट को नहीं रोक पाया। जबकि क्राफोर्ड बराबर उसके उसी हाथ को ध्यान से देख रहा था। जैसे-तैसे चक्रेश ने साइन कर दिए।

''कमाल है आप तो कांप रहे हैं।'' क्राफोर्ड ने रजिस्टर अपनी तरफ घुमाकर हस्ताक्षर को ध्यान से देखते हुए कहा–''मुझे लगता है मिस्टर चक्रेश कि आपको बुखार होने वाला है। यहां से जाते ही डॉक्टर को दिखाइए।''

''जी हां, जी हां।''

क्राफोर्ड ने इंटरकॉम उठाकर कहा–''मिस स्वीटी।''

चक्रेश अपनी घबराहट को पेन बंद करके जेब में रखने की कोशिश के पीछे छुपाने लगा। रानी कमरे में इस तरह आई जैसे पहले से ही बुलाए जाने की प्रतीक्षा कर रही थी।

''सात नंबर।'' बटन दबाते हुए क्राफोर्ड ने कहा।

गनधारी ने सात नंबर चाबी 'की-बोर्ड' से उतारकर रानी को दे दी।

फिर, आगे रानी और उसके पीछे चक्रेश कमरे से बाहर निकला। क्राफोर्ड की आंखों से दूर होकर चक्रेश को यूं लग रहा था कि वह किसी बहुत बड़े इम्तहान में कामयाब हो गया है। गैलरी पार करके वे कोने में पहुंचे। सीढ़ियों के शीर्ष पर हमेशा की तरह दरबान मुस्तैद खड़ा था।

रानी के पीछे-पीछे वह भी सीढ़ियां उतरता चला गया।

चक्रेश अब थोड़ी राहत-सी महसूस कर रहा था, वे लॉकर हॉल में पहुंचे। 'बैंक की' के लिए रानी सीधी लॉकर नंबर सात की तरफ बढ़ी। एकाएक चक्रेश जल्दी से फुसफुसाया–''रुको रूबी रुको''

‘‘क्या है?’’ रानी पसीने-पसीने हो रही थी।

‘‘बैंक लॉक खुलते ही सीक्रेट रूम में सात नंबर बल्ब जलने लगेगा। तुम एक मिनट बाद लॉक खोलना। इस तरह मुझे कम-से-कम एक मिनट तो फालतू मिल ही जाएगा।’’

‘‘क्या बकते हो।’’ रानी की आवाज बुरी तरह थरथरा रही थी।

‘‘बस एक मिनट।’’ रानी की आवाज बुरी तरह थरथरा रही थी।

‘‘बस एक मिनट।’’ कहने के साथ ही तरेसठ नंबर की तरफ लपका। जेब से तरेसठ नंबर की ‘बैंक-की’ निकालकर बैंक-लॉक खोला और जब वह रोबिंसन की चाबी से उसका ग्राहक लॉक खोल रहा था तो।

रानी कह उठी–‘‘अगर मुझे देर हो गई तो बूढ़े मैनेजर को शक . . .।’’

‘‘बस, हो गया काम।’’ चक्रेश ने ग्राहक लॉक खोल दिया–‘‘अब तुम लॉक खोल सकती हो।’’

रानी ने जल्दी से सात नंबर का बैंक लॉक खोला और चाबी अपनी मुट्ठी में दबाए तेजी से सीढ़ियों की तरफ बढ़ गई। रानी की हालत इस थोड़ी-सी ही देर में बहुत ज्यादा खराब हो गई थी। स्वयं को नियंत्रित करने की कोशिश करती हुई वह तेजी से सीढ़ियां चढ़ने लगी।

यही वह समय था जबकि सात नंबर की चाबी से चक्रेश ने अपना लॉकर खोल दिया। लॉकर खुला ही छोड़कर वह पुनः तरेसठ नंबर पर झपटा। उसे खोला और लॉकर में रखी बेशुमार दौलत को एयर बैग कें भरने लगा।

लॉकर में डॉलरों की गड्डियों के अलावा जेवरात भी थे। सोने-चांदी और हीरों के जड़ाऊ जेवरात।

कूड़े-करकट की तरह चक्रेश उन्हें जल्दी-जल्दी बैग में भरने लगा। तरेसठ नंबर को खाली करने के बाद उसने लॉकर बंद किया। पहले ‘ग्राहक चाबी’ और फिर ‘बैंक चाबी’ से बंद करने के बाद तरेसठ नंबर की दोनों चाबियां एयर बैग में डालीं। बाज के समान वह अस्सी नंबर

लॉकर की तरफ लपका। पहले अस्सी नंबर की बैंक चाबी और फिर उसी नंबर की ग्राहक चाबी से लॉकर खोला।

यह लॉकर रूसो का था। अस्सी नंबर लॉकर की दौलत वह तेजी से एयर बैग में भर रहा था।

⅄

क्राफोर्ड के कमरे तक पहुंचती-पहुचती रानी खुद को काफी हद तक संभाल चुकी थी। कमरे में पहुंचकर उसने सात नंबर चाबी मेज पर रखी और जाने के लिए मुड़ी ही थी कि क्राफोर्ड की आवाज–

''स्वीटी।''

''जी।'' वह घूमी।

''आज बैंक से छुट्टी के बाद तुम जेनियर से मिल लेना।''

किसी कागज के अध्ययन में व्यस्त क्राफोर्ड ने गर्दन झुकाए कहा–''कई दिन से तुम उसके पास नहीं गई हो। बेचारा याद कर रहा था।''

''जी हां, चली जाऊंगी।'' कहने के बाद वह कुछ सेकेंड और खड़ी रही। इस इंतजार में कदाचित मिस्टर क्राफोर्ड फिर कुछ कहें, लेकिन उन्होंने कुछ नहीं कहा। गर्दन झुकाए कागज का अध्ययन करते रहे। अगर वे अपना चेहरा उठाकर आंखों से रानी को देख लेते तो शायद चौंक पड़ते, क्यों रानी का चेहरा इस वक्त 'खड़िया' के समान सफेद था। कदाचित इसलिए क्योंकि उसे मालूम था कि नीचे लॉकर रूम में इस वक्त रॉबरी हो रही है।

बैंक के सभी सुरक्षा प्रबंध अपनी-अपनी जगह कायम थे।

वह जल्दी से बाहर निकली। उसका हैंडबैग उसके साथ था हैंडबैग में पड़ा था वह कागज, जो उसे इस समय बाली तक पहुंचाना था। वह तेजी से पब्लिक गैलरी पार करती हुई बैंक के मुख्य द्वार की तरफ बढ़ी।

काउंटर्स के पीछे बैठे सभी कर्मचारी अपने-अपने काम में व्यस्त थे।

किसी को इल्म तक नहीं था कि लॉकर हॉल में बड़े प्यार से रॉबरी

हो रही है। रानी यह सोचती हुई आगे बढ़ रही थी कि बाहर, टैक्सी में बैठे बाली को वह कागज कैसे देगी। कागज उसे कुछ इस तरह बाली तक पहुंचाना होगा कि कोई उसकी इस हरकत को देख न सके। यही सोचती हुई वह मुख्य द्वार पर पहुंची।

लाल आंखों वाले बंदूकधारी के शीशे का दरवाजा खोल दिया।

वह बाहर निकल गई। फुटपाथ पर आते ही उसने इधर-उधर नजर दौड़ाई, पार्किंग में खड़ी एक टैक्सी की ड्राइविंग सीट पर उसने बाली को देखा।

बाली उसकी तरफ नहीं देख रहा था।

अभी रानी ने उसकी तरफ बढ़ने के लिए पहला कदम बढ़ाया ही था कि ब्रेकों की तीव्र चरमराहट के साथ एक टैक्सी उसकी बगल में रुकी। चौंककर रानी ने उस तरफ देखा। यही क्षण था, जबकि टैक्सी का दरवाजा भड़ाक से खुला और लगभग जम्प-सी मारकर जूलिया बाहर निकली, निकलते ही बोली–''अरे मिस स्वीटी।''

''हैलो।''

''आइए, जल्दी, मुझे बहुत जल्दी है।'' जूलिया उसका हाथ पकड़कर बोली।

रानी उछल पड़ी—''कहां?''

''बैंक में, जल्दी चलिए, मुझे जल्दी है।'' उसका हाथ पकड़कर जूलिया उसे बैंक के द्वार की तरफ लगभग खींचती हुई बोली–''प्लीज मिस स्वीटी, अगर मुझे देर हो गई तो सब गड़बड़ हो जाएगा।''

''मगर . . .।''

रानी कहती ही रह गई, जबकि जूलिया उसे खींचकर द्वार तक ले गई। हड़बड़ाई-सी रानी ने कहा–''ओफ्फो, मेरी बात भी तो सुनिए मिस जूलिया। मैं चाय पीने जा रही थी।''

''चाय दो मिनट बाद पी लेना।'' उसकी एक भी सुने बिना जूलिया लगभग उसे खींचती हुई ही बैंक के अंदर ले गई, वह कह रही थी–

''मामला कम-से-कम चार हजार डॉलर का है, मुझे देर नहीं होनी चाहिए।''

अजीब जंजाल में फंस गई थी रानी। उसकी कुछ समझ में नहीं आ रहा था। जूलिया इतनी ज्यादा तेजी में थी कि जैसे उसकी गाड़ी छूटी जा रही हो। रानी उससे लड़ भी तो नहीं सकती थी। आखिर बैंक की कस्टमर थी जूलिया। उसे लिए जूलिया आंधी-तूफान की तरफ दनदनाती हुई क्राफोर्ड के कमरे में पहुंची।

मिस्टर क्राफोर्ड अभी तक उसकी कागज में उलझे हुए थे। जूलिया के तूफान मेल की तरह कक्ष में प्रविष्ट होने और जल्दी-जल्दी जाने क्या-क्या कह जाने के कारण उछल से पड़े। जूलिया 'धम्म' से उनके सामने वाली कुर्सी पर बैठ गई। मेज पर अपने लॉकर की चाबी लगभग फेंकती हुई बोली–''प्लीज मिस्टर क्राफोर्ड, जल्दी कीजिए, मुझे अपना लॉकर खोलना है।''

''सो तो ठीक है। मगर आप इस तरह।''

''ओफ्फो, मेरे पास इतना समय नहीं है मिस्टर क्राफोर्ड, जल्दी कीजिए, इसीलिए मिस स्वीटी को बाहर से पकड़कर लाई हूं। ये चाय पीने जा रही थीं। वैसी हालत में इनके लौटने तक मुझे इंतजार करनी पड़ती।''

मिस्टर क्राफोर्ड ने रानी की तरफ देखा। ठगी-सी खड़ी थी रानी। चेहरा फक्क था और उसकी यह अवस्था देखकर कदाचित मिस्टर क्राफोर्ड कुछ कहने ही वाले ही थे कि जूलिया चीख पड़ी–''ओफ्फो, आप लोग समझ क्यों नहीं रहे हैं मिस्टर क्राफोर्ड रजिस्टर निकालिए, मुझे जल्दी है। इस अनावश्यक सुस्ती की शिकायत में आपके अधिकारियों।''

''कमाल है मिस जूलिया, आपको कभी ऐसी जल्दी नहीं रही।'' मिस्टर क्राफोर्ड ने रजिस्टर निकाला।

जूलिया ने उनके हाथ से रजिस्टर झपट-सा लिया। स्वयं ही तेजी के साथ सही स्थान पर हस्ताक्षर किए। मिस्टर क्राफोर्ड अपनी नीली आंखों से उसके हाथ को घूरते रहे थे। रजिस्टर उनकी तरफ सरकाती हुई जूलिया बोली–''क्विक, जल्दी कीजिए तेरह नंबर।''

रानी की टांगे कांपने लगीं।

बटन दबाते हुए क्राफोर्ड बोले–''कमाल है मिस जूलिया आप तो बंदूक से छूटी गोली जैसी लग रही हैं।''

''मुझे जल्दी है, चाबी लीजिए, मिस स्वीटी।''

जिस समय गनधारी ने 'की-बोर्ड' से तेरह नंबर की चाबी उतारकर रानी को दी, उस क्षण एक झटके के साथ जूलिया अपनी कुर्सी से खड़ी हो गई। बाहर निकलने के लिए दरवाजे की तरफ लपकती हुई बोली–''सेंटर क्लब में चार हजार डॉलर का चक्कर है। मेरे पास सबसे बड़े पत्ते हैं। 'शो' के लिए एक हजार डॉलर चाहिए। उन्होंने मुझे सिर्फ बीस मिनट का समय दिया है। ओह, केवल दस मिनट रह गए हैं, जल्दी आओ मिस स्वीटी।''

जूलिया लगभग भागती हुई पब्लिक गैलरी पार करने लगी।

उसके पीछे, उसी चाल से चलने के लिए रानी मजबूर थी। वह धीमी चलना चाहती थी। इसलिए क्योंकि जानती थी कि नीचे रॉबरी हो रही है। चक्रेश इस वक्त जाने कौन-सा लॉकर खोले हो। जूलिया उसे जबर्दस्ती तेज चलने के लिए बाध्य कर रही थी। ऐसी कोशिश में बुरी तरह लड़खड़ा रही थी रानी। उसे लग रहा था कि वह अब गिरी, तब गिरी।

जबकि जीने के ऊपर बड़े बंदूकधारी के समीप पहुंचकर जूलिया घूमी, बोली–''ओफ्फो, आपको क्या हो गया मिस स्वीटी, तेज क्यों नहीं चलतीं आप?''

''चल तो रही हूं।'' जल्दी से उसके करीब आकर रानी ने कहा।

''मेरा चार हजार का नुकसान हो जाएगा।'' कहने के बाद वह धड़धड़ाती हुई सीढ़ियां उतरती चली गई।

रानी मजबूर थी। वह कर भी क्या सकती थी। अनावश्यक देर करने का अर्थ था, स्वयं को संदेह के दायरे में फंसा लेना। रानी को लग रहा था कि अब रॉबरी का रहस्य खुलने ही वाला है। वह कई बार सीढ़ियों पर लुढ़कने से बची।

⅄

चक्रेश का सारा जिस्म बिजली की गति से काम कर रहा था। पांच में से चार लॉकर खाली कर चुका था वह। खाली करने के बाद उन्हें पूर्ववत बंद भी कर चुका था। एयर बैग का मुंह खुला हुआ था। उसके बंदर बेशुमार दौलत-ही-दौलत भरी जा चुकी थी। चक्रेश का अनुमान था कि लॉकरों में दौलत उनके अनुमान से बहुत ज्यादा निकली है।

उस वक्त लॉकर रूम में आए उसे आठवां मिनट गुजर रहा था, जबकि वह तेजी से पांचवें लॉकर की तरह झपटा। एयरबैग पैंतालीस के करीब रखा। 'बैंक-की' से पैंतालीस नंबर का फर्स्ट लॉक खोला। फिर 'कस्टमर-की' से सेकेंड लॉक सेफ का हैंडल घुमाकर उसने सेफ खोली ही थी कि।

सीढ़ियों पर उसने कुछ हलचल महसूस की।

किसी के चीखने और फिर फटाफट सीढ़ियां उतरने की आवाज।

चक्रेश उछल पड़ा। एक ही सेकेंड में उसके जिस्म के सभी मसामों ने ढेर सारा पसीना उगल दिया। यही वह क्षण था, जबकि जूलिया तेजी से लॉकर हॉल में आ गई। उसे देखते ही सांस रुक गई चक्रेश की।

जड़ होकर रह गया वह।

रोंगटे खड़े हो गए। सारा जिस्म थरथराने लगा। उस बकरी जैसी हालत थी उसकी, जिसे खुले शेर के सामने बांध दिया गया हो, जबकि जूलिया ने उसे देखा भी नहीं। सचमुच, बिना इधर-उधर देखे जूलिया बंदूक से निकली गोली के समान अपने लॉकर की तरह झपटी। रानी हॉल में पहुंची।

चक्रेश और रानी की आंखें मिलीं।

चारों आंखों में दहशत थी। चेहरे फक्क। निस्तेज, पीले।

अपने लॉकर के समीप पहुंचते ही जूलिया तेजी से घूमी। इस क्षण चक्रेश ने जल्दी से खुद को खुले हुए पैंतालीस नंबर लॉकर की किवाड़ की आड़ में कर लिया। वह रानी से कह रही थी–''प्लीज हरिअप मिस स्वीटी।''

रानी तेरह नंबर के करीब पहुंची।

'बैंक-लॉक' खोला। जूलिया ने जल्दी से अपनी चॉबी लॉक में डाली। जिस समय हैंडल घुमाकर वह सेफनुमा लॉकर खोल रही थी, रानी घूमी। तेरह नंबर की चाबी कसकर मुट्ठी में दबाए राम-नाम जपती सीढ़ियों की तरफ बढ़ गई।

स्वयं को आड़ में रखकर चक्रेश पैंतालीस नंबर की दौलत बैग में भरने लगा।

जूलिया ने अपने लॉकर से जल्दी-जल्दी दस-दस डॉलर वाली तीन-चार गड्डियां निकालीं और भड़ाक की आवाज के साथ जल्दी से लॉकर बंद किया। लॉक के छिद्र में फंसी अपनी चाबी को बंद करने के लिए अभी वह घुमाना ही चाहती थी कि ठिठक गई।

उसकी नजर लॉकर नंबर सात पर पड़ी।

जूलिया चौंक पड़ी। सात नंबर लॉकर खुला पड़ा था। लॉकर के आसपास कोई भी नहीं था। वह जल्दी से सात नंबर के करीब पहुंची। लॉकर एकदम खाली था, उसके मुंह से बरबस ही निकला–''अरे ये लॉकर?''

पैंतालीस नंबर को खाली करते हुए चक्रेश के होश उड़ गए।

''सात नंबर।'' जूलिया बड़बड़ाई–''ये लक्की लॉकर तो मिस्टर चक्रेश का है, मगर चक्रेश कहां है?''

चक्रेश को लगा कि अब वह लड़की हंगामा मचा देगी। अतः जल्दी से बोला–''मैं यहां हूं जूलिया।''

''तुम वहां?'' उसे देखते ही जूलिया बोली–''तुम्हारा लॉकर तो ये है न?''

''हां मगर . . .।''

जूलिया का चकित स्वर–''तो फिर तुम वहां क्या कर रहे हो और फिर तुम्हारा लॉकर भी बिल्कुल खाली है।''

''वो, वो जूलिया कुछ नहीं।'' पसीने-पसीने हुआ चक्रेश बोला–''मैंने लॉकर चेंज कर लिया है।''

''चेंज कर लिया है, क्यों?''

''बस यूं ही।''

''कमाल है, तुम्हें इतना लक्की नंबर मिला। उसे चेंज कर लिया तुमने।''

चक्रेश को लगा कि वह बात संभाल गया है अतः बोला–''मुझे पसंद नहीं आया।''

''मैं तो चौंक ही पड़ी थी।'' आश्वस्त होकर जूलिया अपने लॉकर की तरफ बढ़ी–''वाकई, ये चौंकने की बात है मिस्टर चक्रेश की किसी का लॉकर खुला पड़ा हो और वह लॉकर रूम में मौजूद ही न हो।''

''मैं यहीं था। तुमने मुझे देखा नहीं था।''

जूलिया ने जल्दी से अपने लॉकर की चाबी घुमाई। उसे लॉक किया और लॉकर हॉल से निकलने के लिए सीढ़ियों की तरफ बढ़ गई। पैंतालीस के करीब खड़े चक्रेश ने एक ठंडी सांस भरी। तनावपूर्ण क्षणों पर उसने बड़ी खूबसूरती से काबू पाया था। जीने के समीप पहुंचने से पहले ही जूलिया एक बार ठिठक गई।

उसकी दृष्टि लॉकर पर लिखे पैंतालीस नंबर पर थी।

उस नंबर को देखती हुई वह कुछ सोचने लगी। चक्रेश साफ देख रहा था कि वह अपने दिमाग पर जोर डालने की कोशिश कर रही है। नंबर पर दृष्टि टिकाए वह धीरे-धीरे चक्रेश की तरफ बढ़ी। चक्रेश का दिल पुनः धक्-धक् करता हुआ उसकी पसलियों से टकराने लगा।

करीब पहुंचकर वह कुछ सोचने के अंदाज से बोली–''पैंतालीस नंबर?''

''हां।'' पहुंचकर वह कुछ सोचने के अंदाज से बोली–''पैंतालीस नंबर?''

''हां।'' चक्रेश की आवाज कांप गई–''मुझे यही मिला है।''

''लेकिन पैंतालीस नंबर लॉकर तो शायद बेगम नूर का था?''

''हां-हां, मगर उसने लॉकर छोड़ दिया है।''

जूलिया ने खुले हुए लॉकर में झांका। एक नेकलेस पर दृष्टि टिकाकर बोली–''वह तो बेगम नूर का ही है।''

''हां मगर मैंने खरीद . . .।''

''अरे, इस एयरबैग में इतनी दौलत?'' जूलिया बैग के खुले हुए मुंह को देखकर चकित स्वर में बोली–''ये बेगम नूर का लॉकर, नेकलेस भी उसी का और तुम्हारा लॉकर नंबर सात है।''

''वो मेरी बात तो सुनो जूलिया।''

एकाएक जूलिया का चेहरा कस गया। जबड़े भिंच गए उसके। बड़ी ही कड़ी दृष्टि से जब उसने चक्रेश की तरफ देखा तो उसके होश उड़ गए, बोली–''यहां तुम क्या गड़बड़ कर रहे हो मिस्टर चक्रेश?''

''कुछ नहीं, कुछ भी तो नहीं जूलिया।'' चक्रेश को काटो तो खून नहीं।

वह गुर्राई तुम जरूर कुछ कर रहे हो। तुम्हारा लॉकर वह है मैं अभी मैनेजर को . . .।''

''नहीं, मैनेजर को मत बुलाओ।'' चक्रेश एकदम गिड़गिड़ा उठा।

''ओह, तुम चोरी कर रहे हो, छोड़ो मुझे, मैं अभी शोर।''

चीखने के लिए अभी उसने मुंह खोला ही था कि चक्रेश ने बाज की तरह झपटकर उसका मुंह दबोच लिया। जूलिया मचली। कांपते हुए चक्रेश ने अपना मफलर उसके गले में डाला। एक सिरा बाएं हाथ से पकड़ा। दूसरा सिरा झपटकर दाएं हाथ से। जिस क्षण उसने अपना हाथ

जूलिया के मुंह से हटाकर मफलर का सिरा पकड़ा उस क्षण जूलिया चीखी थी, किन्तु मफलर का फंदा गले में इस तेजी से कसा कि चीख गले में ही घुट गई।

जूलिया छटपटाई।

जबड़े भींचे चक्रेश अपनी पूरी ताकत से मफलर के दोनों सिरों को खींचता ही चला गया। चक्रेश के चेहरे पर इस वक्त वहशियाना भाव थे। पसीने से तर था सारा चेहरा। जूलिया छटपटा रही थी। हल्की-सी गूं-गूं की आवाज निकल रही थी। उसके मुंह से। चेहरा सुर्ख पड़ता चला गया।

मुंह फट गया। जीभ बाहर को उबल पड़ी।

जूलिया की आंखों की नन्हीं-नन्हीं लाल नसें चमक उठीं। आंखें उबली पड़ रही थीं। बाज के पंजे में दबी कबूतरी के समान फड़फड़ाती रही जूलिया। चक्रेश कसाव बढ़ाता ही रहा।

जूलिया केवल सत्तर सेकेंड फड़फड़ा सकी।

फिर ढीली पड़ गई।

चक्रेश ने कसाब खत्म किया। मफलर का एक सिरा छोड़ा तो जूलिया 'धड़ाम' से लोहे के फर्श पर गिरी। जिस क्षण वह गिरी थी, उस क्षण तो स्वयं चक्रेश के मुंह से एक दर्दनाक चीख निकलते-निकलते बची। सांस धौंकनी की तरह चल रही थी उसकी। मफलर हाथ में झूल रहा था।

फर्श पर जूलिया चित पड़ी थी। आंखें फाड़े और आधी जीभ बाहर लटकाए उसी को देख रही थी वह। हाथ की उंगलियां मुड़ी हुई थीं। जैसे अभी खड़ी होकर चक्रेश का गला दबा देगी।

चक्रेश के होश फाख्ता हो गए।

एकाएक, उसे कुछ याद आया। उसने अपनी रिस्टवॉच देखी। जूलिया को लॉकर हॉल में आए पांच मिनट गुजर चुकी थीं। पांच मिनट में ही वह हंसती-खेलती लड़की लाश में बदल गई थी और

चक्रेश को हॉल में आए चौदहवां मिनट गुजरते ही थाने से पुलिस बैंक में आ जाएगी। उसके सारे शरीर में चींटियां-सी रंग गईं।

वह पागलों के समान अपने लॉकर की तरफ झपटा।

जब पंद्रहवां मिनट पूरा करने के लिए सेकेंड की सुई नौ के अंक पर थी तो चक्रेश ने लॉकर बंद कर दिया। झपटकर वह पुनः पैंतालीस नंबर के करीब आया। वह समझता था कि सीक्रेट रूम में लगा उसके लॉकर से संबंधित बल्ब ऑफ हो गया होगा। उसने जल्दी से पैंतालीस नंबर में बची दौलत एयर बैग में डाली।

एयर बैग की चैन खींचकर उसे बंद किया। कंधे पर लटकाया। मफलर से चेहरा साफ किया। मफलर गले में डाला। बहुत तेज कदमों के साथ सीढ़ियों की तरफ बढ़ा। पैंतालीस नंबर लॉकर खुला ही रह गया था। ऐसी बात नहीं कि उसे बंद करना चक्रेश को याद नहीं रहा था बल्कि बंद करने की उसने जरूरत ही नहीं समझी थी। कुछ तो समय नहीं था। कुछ उसने सोचा कि लॉकर तो सिर्फ इसलिए बंद करने थे ताकि रॉबरी के बारे में बैंक या पुलिस को साल भर बाद ही पता लगे मगर अब ऐसा नहीं होना था। जूलिया की लाश ही यह भेद खोलने के लिए काफी थी कि रॉबरी हुई।

फिर लॉकर को बंद करने का लाभ ही क्या था?

हां, लॉकर को बंद करने के चक्कर में बैंक में पुलिस जरूर पहुंच सकती थी और पुलिस के पहुंचने का अर्थ था बैंक से निकलने से पहले ही उसकी गिरफ्तारी।

रानी बहुत ही बुरी तरह से घबरा गई थी। इतनी ज्यादा कि उसे कुछ होश नहीं रहा। बुरी तरह से त्रस्त वह सीढ़ियां चढ़कर ऊपर पहुंची। वह चल रही थी, परंतु यूं लग रहा था कि जैसे उसकी टांगें सुन्न पड़ गई हैं।

चाबी लेकर वह क्राफोर्ड के कमरे में पहुंची।

मिस्टर क्राफोर्ड अब भी उसी कागज के अध्ययन में व्यस्त थे, उन्हें छेड़ना या उनसे बातें करना रानी ने उचित भी नहीं समझा।

चाबी गनधारी को देकर वह चुपचाप बाहर आ गई।

मस्तिष्क में रह-रहकर केवल एक ही सवाल कौंध रहा था। वहां नीचे लॉकर-रूम में क्या हो रहा होगा?

क्या अभी एक ही मिनट बाद शोर मचेगा, जूलिया चीखती हुई तहखाने से बाहर निकलेगी। ये लोग जो इस वक्त हर बात से अनभिज्ञ अपने काम में व्यस्त हैं। क्या एक ही मिनट बाद चौंक नहीं पडेंगे?

क्या यहां शोर नहीं मच जाएगा कि बैंक में रॉबरी हो रही है?

फिर-फिर उसका क्या होगा। चक्रेश पकड़ा जाएगा, क्या वह सबके नाम नहीं बता देगा। यही सब और ऐसी ही दूसरी ढेर सारी बातें सोचती हुई वह अपनी सीट पर आ बैठी, बड़े ही तनावपूर्ण क्षण थे वे।

एकाएक वह चौंकी। झटके से कलाई में बंधी रिस्टवॉच पर नजर डाली उसने। उफ्! वह कांप उठी। चक्रेश को लॉकर रूम में गए पंद्रह मिनट से ज्यादा गुजर चुके थे। अब सोलहवां मिनट गुजर रहा था। किसी भी सेकेंड में सामने वाले थाने से यहां पुलिस आने वाली है।

अचानक उसे याद आया। बाली को कागज भी देना भूल गई है वह। बाली भी पकड़ा जाएगा। स्कीम फेल हो चुकी है। जूलिया ने सब गड़बड़ कर दिया। जरूर तहखाने में कोई गड़बड़ है।

''नहीं।'' मन-ही-मन चीखकर वह कुर्सी से उठ खड़ी हुई, वह अपने बाली को नहीं फंसने देगी। भले ही वह खुद पकड़ा जाए। ऐसा सोचकर अभी उसने पहला ही कदम बढ़ाया था कि पब्लिक गैलरी में चक्रेश नजर आया।

रानी का दिल धक्क से रह गया।

इसका मतलब सबकुछ ठीक है। कहीं कोई गड़बड़ नहीं है।

मगर चक्रेश के चेहरे का रंग इतना फीका क्यों है। दूर-दूर तक उसके

चेहरे पर दहशत और आंखों में सहमेपन के भाव क्यों हैं? क्या वह भी इन तनावपूर्ण क्षणों में उसकी तरह खुद को संभालने में असमर्थ है। पब्लिक गैलरी पार करता हुआ वह तेजी से मुख्य द्वार की तरफ बढ़ रहा था। उसकी तीव्र इच्छा हुई चक्रेश से यह पूछने की कि लॉकर रूम में क्या हुआ है?

''वह पूछ नहीं सकती थी।''

लाल आंखों वाला दरबान चक्रेश को ही घूर रहा था। चक्रेश के होश-हवास गुम थे। एक सेकेंड, केवल एक सेकेंड के लिए उसकी नजरें दरबान से मिली थीं। वही एक सेकेंड था, जिसमें एक बार फिर चक्रेश को अपना सारा जिस्म ठंडा पड़ता हुआ-सा महसूस दिया। उसने जल्दी से दरबान से नजरें चुराईं।

चक्रेश जल्दी से बाहर निकला। लपककर पार्किंग में पहुंचा। उसे देखते ही बाली ने चाबी घुमाकर गाड़ी स्टार्ट कर दी थी। चक्रेश ने लपककर दरवाजा खोला। पिछली सीट पर लगभग गिर पड़ा।

'भड़ाक' से दरवाजा बंद हुआ।

टैक्सी एक झटके से आगे बढ़ गई। सड़क पर टर्न लिया उसने और फिर सामान्य गति से एक तरफ को चल दी। तभी बुरी तरह हांफते हुए चक्रेश ने कहा–''तेज बाली, तेज चलो।''

''तेज चलने की क्या जरूरत है।'' बाली हंसता हुआ बोला–''भागने के लिए हमारे पास एक साल है।''

''नहीं बाली, प्लीज तेज चलो यार।''

मोड़ काटते हुए बाली ने पूछा–''कितने लॉकर साफ किए?''

''लॉकर तो पांचों ही साफ कर आया हूं लेकिन . . .।''

''कुल मिलाकर कितनी दौलत का अनुमान है?'' बाली ने पूछा।

''ओफ्फो, तुम्हें दौलत की पड़ी है।'' झुंझलाहट और गुस्से में

लगभग चीख पड़ा चक्रेश–"मैं कहता हूं तेज चलो। तेज क्यों नहीं चलते?"

बैक मिरर में चक्रेश की अवस्था देखकर बाली चौंका, बोला–"क्या मतलब। क्या हुआ?"

"गड़बड़ हो गई है बाली, भगवान के लिए मैं कहता हूं तेज चलो।"

बाली एकदम गाड़ी की रफ्तार तेज कर दी। अगले ही पल टैक्सी हवा की गति से सड़क पर भाग रही थी। बाली के काले चेहरे पर भी अब तनाव और गंभीरता ने डेरा डाल दिया था, उसने पूछा–"क्या गड़बड़ हो गई है?"

"लॉकर रूम में एक लाश पड़ी है।"

"लाश?" बाली उछल पड़ा। स्टेयरिंग पर हाथ कांपा तो कार सड़क पर लहरा उठी। बौखलाए हुए बाली ने जल्दी से गाड़ी को संभालकर पूछा–"किसकी लाश?"

"जूलिया की।"

"कौन जूलिया?"

"वह तेरह नंबर लॉकर वाली। वह मुझे जानती थी। अचानक ही वह अपना लॉकर खोलने आ गई।"

बाली चीख-सा पड़ा–"और तूने उसे मार डाला गधे। उसे मारने के लिए किसने कहा था तुझसे?"

"मैं क्या करता। इसके अलावा कोई रास्ता भी तो नहीं था। मैंने बहुत ही बहाने मिलाने चाहे, लेकिन वह बेवकूफ मानी ही नहीं। बेगम नूर का लॉकर नंबर तक पता था उसे। सब कुछ समझ गई थी।"

गाड़ी की रफ्तार बढ़ाता हुआ बाली चीख पड़ा–"बेवकूफ तू है हरामजादे।"

"मुझे गाली मत दो बाली।"

"गाली नहीं तो क्या गले लगाऊं तुझे?" बाली दहाड़ा–"सारी स्कीम ही चौपट कर आया है तू। जिस रॉबरी का पता बैंक या पुलिस

को एक साल बाद लगना था उसका पता अभी पंद्रह मिनट गुजरते ही लग जाएगा।''

''मजबूरी थी बाली। यदि मैं उसे न मारता तो बैंक से बाहर भी नहीं निकल सकता था।''

बाली का दिमाग बड़ी तेजी से काम कर रहा था। वह समझ गया कि स्कीम का वह प्वाइंट जो सर्वाधिक सुरक्षित बनाता था, गड़बड़ा चुका है। जो रॉबरी अगले साल प्रकाश में आनी थी, वह या तो प्रकाश में आ चुकी होगी या अगले कुछ क्षणों में आ जाएगी। कुछ ही देर में सारे ब्राडवेल पर शोर मच गया कि बैंक में हत्या और रॉबरी हो गई है। पुलिस की गाड़ियां दौड़ पड़ेंगी। टोलटैक्स चौकियां बंद कर दी जाएंगी, न तो किसी आदमी को ब्राडवेल से बाहर ही निकलने दिया जाएगा और न ही कोई अंदर जा सकेगा। ब्राडवेल के चप्पे-चप्पे को पुलिस छान मारेगी।

सबकुछ सोचकर बाली ने जल्दी से कहा–''गाड़ी के सभी शीशे चढ़ा लो।''

''क्यों?''

''चढ़ाओ।'' बाली गुर्राया–''मैं कहता हूं जल्दी करो।''

हड़बड़ाकर चक्रेश उसके आदेश का पालन करने लगा। टैक्सी बहुत तेज दौड़ रही थी। हवा की-सी गति से। कांपते हाथों से चक्रेश ने जल्दी से सभी शीशे चढ़ा दिए। चेहरे पर कठोरता लिए काला और गंदा लड़का बैक मिरर में सबकुछ देख रहा था। एकाएक बोला–''ताखी।''

ताखी ने झटके के साथ फन जेब से बाहर निकाला।

''तुम्हें चक्रेश को काटना नहीं है, लेकिन याद रहे इसकी जिंदगी सारे ग्रुप की मौत बन चुकी है।''

ताखी उछलकर अगली सीट की पुश्त के शीर्ष पर जा बैठा।

बाली के वाक्य के अर्थ को समझते ही चक्रेश चीख पड़ा–''नहीं बाली, नहीं यार।''

''एक-एक क्षण कीमती है ताखी।'' बाली का कठोर स्वर।

''नहीं-नहीं।'' रो पड़ा चक्रेश–''मुझे मत मारो। मुझे इस दौलत में से एक कौड़ी भी नहीं चाहिए।''

''लेकिन ग्रुप के दूसरे सभी लोगों को चाहिए चक्रेश। सारे ग्रुप की बेहतरी और रॉबरी की कामयाबी के लिए तुम्हारी मौत जरूरी हो गई है। बैंक या पुलिस लुटेरे के रूप में केवल चक्रेश का नाम जानते हैं। उसके साथियों का नहीं। तुम्हारी लाश मिलते ही पुलिस के आगे बढ़ने के लिए सभी रास्ते बंद हो जाएंगे।''

कुंडली मारे, चक्रेश के ठीक सामने पुश्त पर बैठे ताखी से उसकी नजरें मिली। ताखी उसी को घूर रहा था। सुनहरे रंग के ताखी की गोल आंखों से आंखें मिलते ही चक्रेश फफक पड़ा। वह फन फैलाए बैठा था। चक्रेश बचाव के लिए इधर-उधर मचलता हुआ बोला–''नहीं ताखी, मुझे मत मारना। बाली मना कर यार इसे। मैं क्या करता, जूलिया सबकुछ जान गई थी। मुझे माफ कर दे यार।''

आंखों से आंसू बह रहे थे। फूट-फूटकर रोता हुआ कह रहा था वह–''यार बाली देख तू मेरा दोस्त है। मैं किसी को तेरा नाम नहीं बताऊंगा। ताखी को रोक ले यार। तू मेरी बात नहीं मानेगा क्या?''

''ताखी?'' बाली कठोर स्वर में गुर्राया–''सुना नहीं तूने?''

बस, यही क्षण था वह, जबकि ताखी उछला। यह वह क्षण भी था, जबकि चक्रेश ने कार का दरवाजा खोलने के लिए एक हाथ आगे बढ़ाया था। पुश्त से उछलकर ताखी उसकी गर्दन में लिपट गया।

''नहीं-नहीं मुझे मत मार। यार बाली . . .।''

मगर चक्रेश के शेष शब्द उसके गले में ही घुटकर रह गए। रस्सी के फंदे के समान उसके गले में पड़े एक गज लंबे ताखी का कसाव बढ़ता ही चला गया। गूं-गूं की आवाज निकलने लगी। वैसी ही, जैसी मरने से पूर्व जूलिया के गले से निकली थी। हवा से बातें करती हुई टैक्सी सड़क पर उड़ी चली जा रही थी। बंद कार के अंदर कुछ देर तक चक्रेश

के हलक से निकलने वाली गूं-गूं की आवाज गूंजती रही। फिर चक्रेश की दोनों आंखें और जीभ बाहर को लटक पड़ीं। काले और गंदे लड़के के चेहरे पर हर तरफ कठोरता थी।

''सर।'' बंदूकधारी ने कहा।

आवश्यक कागजों पर साइन करने में व्यस्त मिस्टर क्राफोर्ड ने बिना गर्दन उठाए पूछा–''क्या बात है?''

''बीस मिनट से ज्यादा हो गए हैं सर। लेकिन मिस जूलिया अभी तक लॉकर-रूम से बाहर नहीं निकली हैं।''

''क्या?'' मिस्टर क्राफोर्ड का साइन करता हुआ हाथ बीच में ही रुक गया। चेहरा ऊपर उठाकर उन्होंने बंदूकधारी की तरफ देखा, बोले–''क्या कह रहे हो तुम। उसे तो बहुत जल्दी थी?''

''जी-जी हां मगर . . .।''

मिस्टर क्राफोर्ड ने जल्दी से अपनी मेज पर रखे दो में से एक फोन का रिसीवर उठाया। यह वह फोन था, जिसका संबंध केवल पुलिस सीक्रेट रूम से था। किसी भी तरफ से सिर्फ रिसीवर उठाते ही दूसरी तरफ बेल जाने लगती थी। दूसरी तरफ से रिसीवर उठाया जाते ही मिस्टर क्राफोर्ड बोले–''क्या बात है, अभी तक बैंक में पुलिस क्यों नहीं आई?''

''जी, क्या मतलब?'' दूसरी तरफ से चौंकने की आवाज–''पुलिस को वहां क्यों आना चाहिए था?''

मिस्टर क्राफोर्ड बोले–''क्या तेरह नंबर ऑन नहीं है?''

''नो सर।''

''क्या मतलब?'' मिस्टर क्राफोर्ड तो उछल ही पड़े।

''करीब इक्कीस मिनट पहले तेरह नंबर ऑन जरूर हुआ था, लेकिन मुश्किल से तीन मिनट ऑन रहा। उसके बाद ऑफ हो गया।

हां, सात नंबर जरूर तीन मिनट से पहले ऑफ हुआ था।''

''आप क्या कह रहे हैं?''

''यही सच है सर, लेकिन बात क्या है?''

''कमाल है, मुझे कोई गड़बड़ लग रही है इंस्पेक्टर। तेरह नंबर की ग्राहक अभी तक लॉकर रूम से बाहर नहीं आई है। आप तुरंत यहां आइए।''

उन्होंने रिसीवर पटक दिया, अपने कमरे में मौजूद गनधारियों से बोले–''एलर्ट।''

उस वक्त रानी का दिल बुरी तरह धक-धक करता हुआ उसकी पसलियों से टकराने लगा, जब उसने मिस्टर क्राफोर्ड को अपने कक्ष से निकलकर तेज कदमों के साथ अपनी सीट की तरफ आते देखा। मिस्टर क्राफोर्ड के चेहरे पर जैसी गंभीरता इस वक्त विराजमान थी, वैसी उसने पहले कभी नहीं देखी थी।

उसके समीप आकर मिस्टर क्राफोर्ड ने दनाक से पूछा–''तुम मिस जूलिया को कितनी देर पहले लॉकर-रूम में छोड़कर आई थीं?''

घबराई हुई रानी ने रिस्टवॉच पर नजर डालकर कहा–''करीब इक्कीस मिनट पहले।''

''क्या वह बाहर निकली है?''

''मैंने ध्यान नहीं दिया।''

''वह नहीं निकली है, जबकि उसे बहुत जल्दी थी।'' कहकर मिस्टर क्राफोर्ड ने पुनः पूछा–''जिस समय तुम उसे वहां छोड़कर आईं, क्या मिस्टर चक्रेश भी वहां मौजूद थे?''

''जी हां।''

''क्या वे गए?''

''जी मैं कह नहीं सकती।''

''ओफ्फो, इसीलिए तो कहा था कि लॉकर इंचार्ज की ड्यूटी बहुत सख्त है। जेनियर इन सब बातों का बहुत अच्छी तरह से ख्याल रखता था।''

''लेकिन हुआ क्या डैडी। बात क्या है?''

इससे पूर्व कि मिस्टर क्राफोर्ड कोई जवाब दें। मुख्य द्वार खोलकर मेकर पूरे पुलिस दस्ते के साथ बैंक में दाखिल हुआ। रानी अंदर-ही-अंदर दहल उठी, मिस्टर क्राफोर्ड चीखे–''दरवाजा बंद कर दो। न कोई अंदर से बाहर जा पाए और न ही कोई नया आदमी बैंक के अंदर दाखिल हो सके।''

लाल आंखों वाले बंदूकधारी ने तुरंत दरवाजा बंद कर दिया।

सारे बैंक में एकदम चहल-पहल-सी हो गई। हंगामा-सा मच गया। सभी कर्मचारी और वे लोग भी भिन्न कामों से बैंक के अंदर आए हुए थे, असमंजस में फंसे प्रश्नवाचक दृष्टि से एक-दूसरे को देखने लगे थे।

''तुम हमारे साथ आओ स्वीटी।'' कहकर मिस्टर क्राफोर्ड मेकर की तरफ बढ़े।

रानी की स्थिति का केवल अनुमान ही लगाया जा सकता है, उसे बयान नहीं किया जा सकता। मेकर और क्राफोर्ड बिना कुछ कहे उस कोने की तरफ बढ़ गए, जहां से तहखाने की तरफ जीना जाता था। रानी उनके साथ चलने के लिए मजबूर थी। दो पुलिस इंस्पेक्टर भी थे उनके साथ। शेष सशस्त्र सिपाही पब्लिक गैलरी में इधर-उधर तनकर खड़े हो गए। बैंक में गनधारी भी सतर्क। गनों के सेफ्टीलॉक ऑन कर लिए गए थे।

सीढ़ियां उतरता हुआ वह दल लॉकर-रूम में पहुंचा।

फर्श पर पड़ी जूलिया की लाश को देखते ही मेकर और क्राफोर्ड तक जड़वत-से खड़े रह गए। आधी जीभ बाहर लटकाए आंखें फाड़े फर्श पर चित्त पड़ी जूलिया को देखते ही रानी के कंठ से चीख निकल गई।

जूड़ी के मरीज की तरह कांपने लगी वह।

मिस्टर क्राफोर्ड के मुंह से कांपता स्वर–''खून लॉकर-रूम में खून?''

''ये हत्या गला घोंटकर की गई है।'' मेकर कह उठा।

''लेकिन लॉकर-रूम में कत्ल हो गया और बैंक में किसी को पता नहीं।''

रानी तो थर-थर कांप रही थी। लग रहा था कि चक्कर खाकर वह अब गिरी, जब गिरी।

''हैं?'' क्राफोर्ड हैरत के कारण उछल पड़ा–''पैंतालीस नंबर खुला पड़ा है इंस्पेक्टर। क्या सीक्रेट रूम में पैंतालीस नंबर ऑन हुआ था?''

''नो सर।''

मिस्टर क्राफोर्ड बोल पड़े–''पैंतालीस नंबर का ग्राहक तो बैंक में आया भी नहीं।''

''फिर वह लॉकर कैसे खुला पड़ा है। उधर, सीक्रेट रूम में पैंतालीस नंबर बल्ब भी ऑन नहीं हुआ। ओह, कोई गहरा चक्कर लगता है मिस्टर क्राफोर्ड शायद रॉबरी हुई है।''

''रॉबरी।'' मिस्टर क्राफोर्ड के कंठ से चीख-सी निकल गई।

मेकर ने जल्दी से पूछा–''मिस जूलिया के आस-पास लॉकर रूम में और कौन आया था?''

''चक्रेश, केवल मिस्टर चक्रेश ही आए थे।''

''ओह, इंस्पेक्टर जल्दी करो, वायरलैस पर कहो कि बैंक में रॉबरी हो चुकी है। टोलटैक्स चौकियां बंद करा दो। क्विक इंस्पेक्टर।''

''यस सर।'' कहकर इंस्पेक्टर बाहर की तरफ लपक पड़ा।

''मगर, ये हुआ क्या है, कैसे क्या हो गया है, मुझे भी तो हुआ बताओ मेकर?''

मेकर ने लाश को घूरा, फिर पैंतालीस नंबर लॉकर को, खोला–''इस थोड़ी-सी देर में छोटी-सी सिचुएशन को देखकर मेरी समझ में यह आ रहा है कि मिस्टर चक्रेश यहां आकर अपने लॉकर के स्थान पर पैंतालीस नंबर खोले हुए थे। जूलिया किसी तरह यह जान गई कि वह लॉकर मिस्टर चक्रेश का नहीं है। उसने चक्रेश की चोरी पकड़ ली और . . .।''

''ग्राहक की चाबी की डुप्लीकेट।'' मिस्टर क्राफोर्ड उछल पड़े–''लेकिन केवल ग्राहक की चाबी से ही तो लॉक नहीं खुल सकता। उसके पास बैंक की चाबी कहां से आ गई?''

''यह तो सोचने की बात है।'' मेकर ने कहा–''ग्राहक की चाबी की ये डुप्लीकेट चाबी बताती है कि किसी तरह चक्रेश ने उस चाबी का अक्स ले लिया। सीक्रेट रूम में पैंतालीस नंबर बल्ब भी नहीं जला, इसका मतलब गहरा है। बल्ब क्यों नहीं जला? उसके पास बैंक की चाबी कहां से आ गई? क्या आप मुझे पैंतालीस नंबर की 'बैंक-की' दिखाएंगे मिस्टर क्राफोर्ड?''

''हां-हां जरूर, मेरे साथ आइए।''

मेकर ने एक इंस्पेक्टर को लॉकर रूम में ठहरने, लेकिन किसी चीज को स्पर्श न करने का हुक्म दिया। स्वयं एक अन्य इंस्पेक्टर के साथ क्राफोर्ड के पीछे चल दिया। उनके साथ रानी भी थी। उसे यह नहीं सुझाव दे रहा था कि अब अगले ही क्षण क्या होने वाला है। मेकर बहुत ज्यादा चालाक लगा था उसे। रानी को लग रहा था कि मेकर की तीव्र बुद्धि से कोई भी बात छुपी नहीं रह सकोगी।

क्या करे, वह क्या करे। रानी को कुछ नहीं सूझ रहा था।

वे क्राफोर्ड के कमरे में पहुंचे। क्राफोर्ड ने स्वयं बटन दबाया। गुप्त अलमारी खुली। वही अलमारी, जिसमें 'की-बोर्ड' था। सभी चाबियां अपने-अपने नंबर पर लटक रही थीं।

मिस्टर क्राफोर्ड के आदेश पर गनधारी ने पैंतालीस नंबर की चाबी

उतारकर मेकर को दी। अपने हाथ में लेकर मेकर उसे ध्यानपूर्वक देखने लगा। चाबी के निचले सिरे पर मौजूद कांटों पर दृष्टि टिक गई उसकी। उन कांटों पर जो कि लॉक खोला करते थे। कांटे की जड़ में चिपके मोम के एक नन्हें से कण को देखते ही मेकर की आंखें सिकुड़ती चली गईं। उसे अच्छी तरह से चैक करने के बाद मेकर ने कहा–''चक्रेश के पास इस चाबी की डुप्लीकेट भी थी।''

''बैंक-की की डुप्लीकेट?''

''जी हां, किसी मोम की टिक्की पर इस चाबी का अक्स भी लिया गया है।''

'''बैंक-की' का अक्स?'' मिस्टर क्राफोर्ड उछल पड़े–''इसका अक्स कौन ले सकता है?''

मेकर रानी की तरफ घूमा—''जेनियर के एक्सीडेंट के बाद आप ही यहां लॉकर इंचार्ज है न?''

''जी हां।'' रानी का हलक सूख गया।

मिस्टर क्राफोर्ड एकदम बोल पड़े–''ये मेरी बेटी है मेकर, स्वीटी।''

''मैं जानता हूं।'' अचानक ही मेकर का स्वर रूखा हो गया–''अब तो मुझे जेनियर के एक्सीडेंट में भी रहस्य नजर आ रहा है। मैं आपके पर्स की तलाशी लेना चाहता हूं मिस स्वीटी।''

''क्यों?'' रानी के होश उड़ गए। बाली के नाम उसका लिखा पत्र जो था उसमें।

''बस यूं ही देखना चाहता हूं कि इसमें कोई मोम की टिक्की तो नहीं है।''

रानी एक झटके से पागलों के समान पीछे हटकर चीखी–''इसमें कोई टिक्की नहीं है।''

''मैं खुद देख लूंगा मिस स्वीटी।'' मेकर ने हाथ बढ़ाया।

''नहीं।'' रानी ने पर्स खींचा–''मैं पर्स नहीं दूंगी।''

''इसे गिरफ्तार कर लो।'' कहते हुए मेकर ने झटके से पर्स छीन

लिया। इससे पहले कि पुलिस के सिपाही रानी को पकड़ें। नदी किनारे छोटे-छोटे घरौंदे बाली के साथ उसमें रहने के ख्वाब देखने वाली लड़की चकराकर धम्म से फर्श पर गिरी और बेहोश हो गई।

जैसा कि ऊपर कई बार लिखा जा चुका है कि ब्राडवेल एक छोटी-सी जगह थी और कोई भी असाधारण घटना शीघ्र ही सारे ब्राडवेल पर चर्चा का विषय बन जाती थी और फिर जब घटना दुनिया के सर्वाधिक सुरक्षित बैंक में रॉबरी की हो तो बात ही अलग थी।

बड़ी ही विस्फोटक घटना थी वह।

पेट्रोल पर दौड़ने वाली आग के समान घटना का जिक्र सारे ब्राडवेल पर फैल गया। हर व्यक्ति चमत्कृत। हैरत में डूबा। इतनी सुरक्षाओं के बावजूद लुटेरे कामयाब हो गए थे। लुटेरों के रूप में चक्रेश का नाम सारे ब्राडवेल पर फैल चुका था। इस बात की भी सर्वत्र चर्चा थी कि चक्रेश ने लॉकर रूम में जूलिया को मार डाला।

यह भी कहा जा रहा था कि पुलिस ने बैंक में लॉकर इंचार्ज के पद पर नियुक्त क्राफोर्ड की लड़की मिस स्वीटी को गिरफ्तार कर लिया है। उसके पास से कोई ऐसा कागज मिला है, जो लुटेरों की योजना पर प्रकाश डाला है।

यह सब चर्चा जिम और छम्मो तक भी पहुंची।

छम्मो बड़बड़ा गई। बुरी तरह त्रस्त हो गई वह, क्योंकि योजना के मुताबिक तो किसी को एक साल बाद रॉबरी का पता लगना था। इधर, जिम बैंक रॉबरी का समाचार सुनते ही सबकुछ समझ गया। रॉबरी में चक्रेश का नाम ही उसके लिए काफी था। उसे यह समझने में एक मिनट भी नहीं लगी कि यह सब बैंक रॉबरी का ही चक्कर था।

छम्मो उस वक्त सहमी-सी अपने कमरे में छुपी पड़ी थी। जबकि जिम ने बाज की तरह उसे दबोच लिया।

‘‘बोल, कौन है ये विक्रम? दौलत लेकर बॉली और चक्रेश कहां गए हैं? बोल।’’

टॉर्चर चेयर पर बंधी रानी ने कहा–‘‘मुझे नहीं मालूम। मुझे नहीं मां . . .आह . . . आह . . .।’’

टॉर्चर रूम में रानी की चीखें गूंजने लगीं। वह, और जिस पर वह कैद थी, यानी टॉर्चर चेयर खून जैसे गाढ़े सूर्ख प्रकाश से नहा रही थी। वह इलेक्ट्रिक चेयर थी। बिजली के झटके दिए जा रहे थे उसे। साउंड प्रूफ टॉर्चर रूम का दरवाजा बंद था। बहुत से पुलिस अधिकारी चेयर के चारों तरफ खड़े थे।

उसके सामने खड़ा था मेकर। करंट के झटके दिए जाने जब बंद हुए तो मेकर ने दायां हाथ बढ़ाकर उसके बाल पकड़े। बेरहमी से झंझोड़ता हुआ बोला–‘‘जवाब दे, दौलत को कहां ले गए हैं वे?’’

‘‘मुझे कुछ नहीं . . .।’’

‘धड़ाक’ मेकर का भरपूर थप्पड़ उसके गाल पल पड़ा, साथ ही वह गुर्राया–‘‘क्या तू ये समझती है हरामजादी कि इस तरह झूठ बोलकर बच जाएगी। हमें सब पता लग चुका है। सुन, अपने यार को लिखा हुआ अपना ही प्रेम-पत्र एक बार फिर सुन। फिर सोच कि क्या हम तेरे झूठ पर यकीन कर सकते हैं?’’

कहने के बाद उसने एक झटके के साथ जेब से कागज निकाला। वही कागज जो पुलिस को उसके पर्स से बरामद हुआ। मेकर बाकायदा उसे पढ़कर सुनाने लगा।

बाली!

मैंने तुझसे पहले ही कहा था कि तू विक्रम के चक्कर में मत पड़। हम एक छोटा-सा घर बसा लेते मगर तू नहीं माना, गंदा है न तू। बड़ा-सा घर बसाने के चक्कर में किस झंझट में फंस गए हम। ये माना कि विक्रम की स्कीम बहुत अच्छी है। भगवान ने चाहा तो हम कामयाब

हो जाएंगे लेकिन बाली तेरे गांव से चले जाने के बाद कितना बेचैन थी मैं। सोचती थी कि तू मिलेगा तो सारी परेशानियां दूर हो जाएंगी। तेरे साथ ही रहा करूंगी, लेकिन जब तू मिला तो पहले ही इस कम्बख्त विक्रम के चक्कर में फंस चुका था। अपनी स्कीम के चक्कर में इसने ऐसा चक्कर चलाया कि हम फिर जुदा हो गए। मिलकर भी साथ नहीं रह सके। तू भारत में ही रह गया और मैं इसकी स्कीम के मुताबिक यहां आ गई। सबकुछ तेरे लिए ही किया है बाली। सच, तेरे ही लिए। तूने कहा था न, इसलिए मैं ब्राडवेल पर आने के बाद विक्रम के हर आदेश का पालन करती रही। सबसे पहले उसने मुझसे जेनियर को फंसाने के लिए कहा। मैंने फंसाया फिर जाने कहां से इसने मुझे किसी छोटी-सी बच्ची का फ्रॉक और एक ताबीज लाकर दिया। उस फ्रॉक पर बड़े-बड़े विमान, राकेट और हैलीकॉप्टर बने हुए थे। इसने मुझसे कहा कि किसी दिन बातों-बातों में जेनियर को ताबीज और फ्रॉक दिखाकर कहना कि मैं किसी अमेरिकन की खोई हुई बेटी हूं।

इसने मुझे जेनियर को सुनाने के लिए एक कहानी बताई।

मैंने जेनियर के साथ सबकुछ वैसा ही किया, जैसा इसने कहा था। विक्रम द्वारा बताई गई कहानी मेरे मुंह से सुनकर वह फ्रॉक और ताबीज देखकर जेनियर पागलों के समान चिल्लाने लगा कि मैं क्राफोर्ड की बेटी हूं। मुझे क्राफोर्ड के पास ले गया। क्राफोर्ड भी यह सब देख और सुनकर पागल-सा हो गया।

वह मुझे अपनी बेटी ही समझा।

बेटी के मिलने की खुशी में इस बूढ़े ने एक पाटी भी दे डाली। ये क्या जानता था कि मैं इसकी बेटी नहीं हूं, बल्कि बैंक रॉबरी के लिए मुझे बेटी साबित कर दिया गया है।

उसके बाद मैं यहां आराम से रही, लेकिन सच, तेरे बिना एक दिन भी मन नहीं लगा। विक्रम ने कहा कि मैं क्राफोर्ड के दिमाग में वह बात ठूंसती रहूं कि मैं बंगले में बोर होती हूं। मैं नहीं जानती थी कि ऐसा वह

मुझसे क्यों करवा रहा है मगर मैं करती रही, उधर, मुझे जेनियर परेशान करता रहा। वह मुझसे शादी करना चाहता है। कम्बख्त को नहीं मालूम कि रानी अपने बाली के अलावा किसी पर थूकेगी भी नहीं।

हां, तुझी पर थूकूंगी मैं।

इसलिए कि तू गंदा है न, ब्राडवेल पर आने के बाद भी तू एक बार भी मुझसे नहीं मिला। मिलता भी क्यों, विक्रम ने मना कर दिया होगा। कहा होगा कि रानी से मिलने पर सारी स्कीम गड़बड़ा सकती है और तुझे तो हर समय स्कीम की चिंता रहती ही है। रानी जाए भाड़ में।

मुझे तो उस दिन पता लगा कि मुझसे क्राफोर्ड के दिमाग में यह बात ठूंसने के लिए क्यों कह रहा था कि मैं बंगले में बोर होती हूं, जिस दिन जेनियर का एक्सीडेंट हुआ। एक्सीडेंट विक्रम ने ही कराया था, फिर ऐसे इंतजाम भी कर दिए थे कि क्राफोर्ड का फोन वाशिंगटन स्थित उसके उच्चधिकारियों से न मिल सके। मुझे इसने बता ही दिया था कि धर्मसंकट में फंसे क्राफोर्ड से क्या और किस तरह बातें करनी हैं, मैंने वैसा ही किया। क्राफोर्ड को लॉकर इंचार्ज के पद पर बहुत ही विश्वसनीय आदमी की जरूरत थी। उसकी बेटी से ज्यादा विश्वसनीय उसके लिए कौन हो सकता था। काश, वह जानता कि मैं उसकी बेटी नहीं हूं, बल्कि . . . बड़ी आसानी से वह विक्रम के जाल में फंस गया है। मैं लॉकर इंचार्ज के पर पर पहुंच गई।

उसी के आदेश पर चाबियों के अक्स लिए।

कदम-कदम पर वही हुआ है, जो विक्रम ने चाहा। इसी से जाहिर है कि वह बेहद चालाक है। उसने भारत में हम सबको फंसाया। बैंक रॉबरी कराने यहां लाया। हममें से किसी को यह नहीं बताया कि वह कब क्या करने वाला है। केवल एक के बाद दूसरा आदेश देता रहा। वह और उसकी स्कीम कामयाब है बाली। सचमुच उसने यह सारी स्कीम बड़े दिमाग से बनाई थी। जिसकी सोची हुई इतनी लंबी स्कीम में

कहीं भी कोई गड़बड़ नहीं हुई। वह बहुत चालाक है बाली। खतरनाक भी। वह कहीं नहीं चूका।

तू यही समझता है कि वह मेरे और तेरे संबंधों के बारे में कुछ नहीं जानता। लेकिन नहीं, यह सच नहीं है बाली। वह सबकुछ जानता है। हमारे बचपन की एक-एक बात। सबकुछ जानने के बाद ही उसने मुझे ग्रुप में लिया था। यह बात उसने मुझ पर तो जाहिर कर दी, लेकिन तुझे नहीं बताई। इसलिए मुझे और तुझे मिलने भी नहीं दिया कि कहीं मैं तुझे बता न दूं। कल रॉबरी भी हो जाएगी। उसने सबकुछ बता दिया है कि रॉबरी कैसे-कैसे होगी। काम बहुत आसान है। लगता है कि उसकी स्कीम का यह आखिरी झटका भी सफल हो जाएगा लेकिन मुझे उसकी स्कीम इतनी ही नहीं लगती बाली। मुझे उसकी नीयत पर शक है। लगता है कि वह हम सबको खत्म करके सारी दौलत हड़पने की स्कीम भी सोचे बैठा है। मुझे दौलत की चिंता नहीं है बाली। मुझे तो बस तेरी चिंता है। कहीं ये जालिम तुझे कुछ न कर दे। तू इससे सावधान रह बस इसीलिए यह पत्र लिखा है। पत्र मैं तुझे तब दूंगी जबकि बैंक के बाहर टैक्सी ड्राइवर बना तू चक्रेश के लौटने का इंतजार कर रहा होगा। याद रखियो इस कम्बख्त विक्रम से सतर्क रहियो। शेष मिलने पर।

तेरी–रानी!

''सुन लिया'' पत्र की तह करके मेकर ने जेब में रखते हुए व्यंगात्मक स्वर में कहा–''ये पत्र तेरी ही राइटिंग में है। तेरे बैंक रजिस्टर से राइटिंग मिला ली गई है। अब झूठ बोलने की कोई भी गुंजाइश नहीं है। हम सबकुछ जान चुके हैं रानी। वह भी, जो इस पत्र में नहीं लिखा है जैसे, सीक्रेट रूम में लगे वे पांच फ्यूज बल्ब तलाश किए जा चुके हैं, जो सांप पकड़ने के बहाने कल तेरे यार ने लगा थे। ये बल्ब रोबिंसन, माओत्से, रूसो, बेगम नूर और डेनियल के लॉकरों से संबंधित हैं, उन सभी चाबियों पर से मोम के कण भी मिल चुके हैं। जेनियर के एक्सीडेंट के बारे में तो तूने लिखा ही है। रोबिंसन के कमरे में घुसने वाले चोर

और रोबिंसन के गायब होने का संबंध भी इसी बैंक रॉबरी से था। तुम्हारे सारे प्लान फेल हो चुके हैं। तेरा, विक्रम, चक्रेश का नाम सामने आ चुका है। तू फंस ही गई है। बचेंगे वे भी नहीं। टोलटैक्स चौकियां बंद कर दी गई हैं। वे ब्राडवेल से बाहर नहीं निकल सकेंगे। अब हमारे लिए केवल एक ही सवाल का जवाब खोजना शेष रह गया है, यह कि बाली और चक्रेश दौलत लेकर कहां गए हैं?''

''मैं नहीं जानती।''

''रॉबरी के बाद तुम सबको कहां मिलना था?''

''मुझे नहीं मालूम।''

मेकर उस पर तरस खाता हुआ बोला– ''क्यों, ऐसी बात के लिए मार खाती है, जो ज्यादा दिन तक नहीं छुपेगी।''

रानी चुप रही।

''बोल जवाब दे?''

''मुझे कुछ नहीं पता।''

''क्या तू यह समझती है कि इतना सबकुछ पता लगने के बाद भी हम तेरे इस जवाब पर यकीन कर लेंगे?''

रानी की आंखों के सामने केवल एक ही चेहरा था। बाली का चेहरा। उसका काला और आकर्षक चेहरा। उसकी छोटी-छोटी और चमकीली आंखें। पतले होंठों वाला, मुस्कराता हुआ उसका बाली।

'नहीं।' उसके मन-ही-मन दृढ़ निश्चय किया। वह नहीं बताएगी। हरगिज-हरगिज नहीं। अपनी वजह से अपने बाली पर वह कभी किसी तरह की मुसीबत नहीं आने देगी। ये जालिम तो उसे छोड़ेंगे नहीं। जान से मार डालेंगे उसे। फांसी पर लटका देंगे। नहीं, वह कुछ नहीं बताएगी। भले ही ये कुछ भी करें। भले हीये उसे जान से क्यों न मार डालें। वह नहीं बताएगी कुछ भी नहीं।

होंठ कस गए रानी के। चेहरे पर दूर-दूर तक दृढ़ता ही दृढ़ता थी।

''क्या सोचने लगी?'' मेकर गुर्राया–''बोल?''

वही जवाब–''मैं नहीं जानती।''

''बड़ी ढीठ है तू?''

रानी चीख पड़ी–''जब मैं कुछ जानती ही नहीं तो तुम्हें बताऊं क्या?''

''चटाक-चटाक।'' गाल पर दो चांटे पड़े।

टॉर्चर रूम में रानी की चीखें गूंज गईं। एक बार गूंजीं तो फिर गूंजती ही चली गईं। मेकर पर तो मानो जुनून सवार हो गया था। टॉर्चर चेयर पर बंधी रानी को बार-बार करंट के झटके दिए जाने लगे।

उस जिद्दी और काले लड़के के लिए दीवानी लड़की का जवाब नही बदला।

किसी मुजरिम से रहस्या उगलवाने के लिए पुलिस के पास एक तरीका नहीं होता। टॉर्चर करने के लिए पुलिस के पास सैकड़ों नहीं, बल्कि लाखों तरीके होते हैं। ऐसी हालत में तो इन तरीकों को और भी ज्यादा खुलकर और बेरहमी के साथ अपनाया जाता है, जबकि पुलिस को यह पता हो कि जो सवाल वे मुजरिम से कर रहे हैं उसका जवाब मुजरिम जानता है और जान-बूझकर झूठ बोल रहा है।

रानी के साथ ऐसी स्थिति थी। उसका जुर्म भी बैंक रॉबरी जैसा था, अतः मुजरिम से रहस्य उगलवाने के लिए निर्धारित सभी यातनाएं दी गईं उसे। मेकर थक गया। दूसरे पुलिस अधिकारी थक गए।

टॉर्चर स्पेशलिस्ट बुलाए गए।

वे भी थक गए। एक प्रकार से हार मान ली उन्होंने। अब उन्हें आश्चर्य होने लगा। टॉर्चर सहते-सहते चीखती-चिल्लाती रानी बेहोश हो जाती। उसे तुरंत होश में लाया जाता। फिर टॉर्चर किया जाता। फिर बेहोश।

रानी का एक ही जवाब था। वह कुछ नहीं जानती।

बड़े-बड़े स्पेशलिस्ट हैरत में डूब गए। ऐसा सख्त मुजरिम उन्होंने

पहले कभी नहीं देखा था। देखते भी कैसे, हर कोई तो किसी का ऐसा दीवाना नहीं होता, जैसे ये सुंदर लड़की उस काले लड़के की थी।

⅄

रानी का पत्र पढ़ने के बाद तो क्राफोर्ड हक्के-बक्के ही रह गए थे। पागलों के समान अपने बाल नोंचने लगे। वे बार-बार चीखे थे–''उफ सबकुछ मेरी ही नाक के नीचे होता रहा। मेरे ही साए में मेरे बैंक में लूट की स्कीम बनती रही और मुझे कुछ मालूम ही नहीं। एक लुटेरी को मेरी बेटी बना दिया गया था। कहां गया था मेरा दिमाग?''

उनके शुभचिंतक उन्हें सांत्वना दे रहे थे।

यह समझाने की चेष्टा कर रहे थे कि ऐसा किसी के साथ भी हो सकता है।

फिर पुलिस को एक खाई में पड़ी जली हुई टैक्सी का मलबा मिला। टैक्सी में बुरी तरह जली हुई लाश भी थी। लाश क्राफोर्ड को दिखाई गई। मफलर के कारण उसने चक्रेश की लाश को तुरंत पहचान लिया।

पुलिस समझ गई कि बाली चक्रेश को मारकर लूट की दौलत ले भागा है। होटलों में चक्रेश और बाली के कमरों तक पुलिस पहुंच गई। किंतु व्यर्थ, ऐसा कोई सबूत नहीं मिला, जिससे बाली का पता लग सके।

विक्रम का तो पुलिस भी केवल नाम ही जान सकती थी।

⅄

''दोनों टोल-टैक्स चौकियां तुरंत बंद करा दी गई थीं।'' पुलिस कमिश्नर कह रहा था–''इतनी जल्दी वे ब्राडवेल से बाहर नहीं निकल सकते। ये तय है कि वे अभी तक ब्राडवेल के अंदर ही हैं लेकिन तब से अब तक पुलिस ब्राडवेल का चप्पा-चप्पा कई बार छान चुकी है। वे नहीं मिले। लूटी गई दौलत भी नहीं मिली।''

सभी कमिश्नर का चेहरा देख रहे थे।

एक बंद कमरे में पुलिस की सीक्रेट मीटिंग हो रही थी। मीटिंग कमिश्नर ने स्वयं कॉल की थी। सारी स्थिति पर विचार करने के लिए वे भन्नाए हुए से कह रहे थे–''इसे हम अपनी नालायकी ही कहेंगे कि सबकुछ पता होते हुए भी हम लुटेरों और दौलत तक नहीं पहुंच सके। हमारे पास एक लड़की है। हम जानते हैं कि उसे सब मालूम है। फिर भी उससे केवल एक सवाल का जवाब नहीं उगलवा सकते। लानत है।''

एक टॉर्चर स्पेशलिस्ट ने कहा–''वह बहुत सख्त लड़की है सर।''

''खाक सख्त है। ये कहो कि तुम लोगों को आता ही कुछ नहीं है।''

''सचमुच, वह बहुत सख्त है कमिश्नर साहब।'' दूसरा स्पेशलिस्ट कह उठा–''कम-से-कम मेरी जिंदगी में आने वाला सब-से-सख्त मुजरिम वही है। हर तरह से टॉर्चर किया जा चुका है उसे। कोई तरीका शेष नहीं बचा है। अब यदि उसे और ज्यादा टॉर्चर किया गया तो वह मर जाएगी।''

''उसे मारना नहीं है, लुटेरों में से एक वही तो हमारे पास है।''

''वह लड़की मरकर भी नहीं बोलेगी।''

''तुम सब बेवकूफ हो।'' कमिश्नर झल्लाया–''हम देखते हैं उसे।''

चक्रेश की लाश सहित कार को खाई में लुढ़काने के बाद बाली बड़ी मुश्किल से कॉटेज तक पहुंचा था। कॉटेज तक पहुंचने के लिए उसने सड़क का रास्ता नहीं अपनाया था। एयर बैग कंधे पर डाले पहाड़ियों में उसने बड़ी जटिल यात्रा की थी। हालांकि बीच में उसके दिमाग में यह विचार भी आया था कि वह कॉटेज पर जाए ही नहीं। सारी दौलत उसके पास है। वह अकेला ही इसे हड़प सकता है।

मगर, कोई अन्य सुरक्षित स्थान नहीं सूझा उसे।

उसने महसूस किया कि यदि उसने व्यर्थ ही इधर-उधर भाग-दौड़ करने की कोशिश की तो पुलिस की गिरफ्त में फंस सकता है, अतः अगर यह कहा जाए कि वह मजबूरी में ही कॉटेज पर पहुंचा तो गलत नहीं होगा।

कॉटेज पर वायदे के मुताबिक उसे विक्रम नहीं मगर हां, उसका कबूतर जरूर मिला। कबूतर उसके समीप आया। बाली ने उसे पकड़ा और हमेशा की तरह उसके पर (पंख) के नीचे से कागज के छोटे-से पुर्जे पर विक्रम का संदेश मिला, लिखा था–''सावधान, गड़बड़ बहुत ज्यादा हो चुकी है। तुम्हारा नाम भी प्रकाश में आ चुका है। रूबी पकड़ी गई है। कॉटेज से निकलने की मूर्खता न करना, मैं रात को तीन बजे आऊंगा।''

पढ़ने के बाद बाली को जाने क्या सूझा कि अपने हाथ में दबे कबूतर को ध्यान से देखा, फिर अचानक ही बाली ने गर्दन मरोड़कर उसे मार डाला। कबूतर की चोंच से हल्की-सी सिसकारी निकली।

बाली ने लापरवाही के साथ उसकी लाश खिड़की के पार खाई की तरफ उछाल दी।

रात के तीन बज रहे थे।

बाली की आज्ञा के मुताबिक ताखी दौलत से भरे एयर बैग के समीप ही कुंडली मारे बैठा था। स्वयं बाली एक आराम कुर्सी पर पड़ा, दूसरी कुर्सी पर पैर फैलाए ऊंघने की कोशिश कर रहा था। हालांकि ताखी को दौलत की सुरक्षा सौंपने के बाद उसे कोई फिक्र नहीं रह गई थी, फिर भी उसे नींद नहीं आई।

कॉटेज के कमरे में गैस लालटेन का दूधिया प्रकाश बिखरा पड़ रहा था।

बाली ने रिस्टवॉच में समय देखा। तभी, कदमों की हल्की-सी आहट हुई। बाली एकदम खड़ा हो गया। ताखी भी एकदम सचेत नजर आया। चौड़ाकर फन कर खड़ा कर लिया था उसने।

विक्रम कमरे में आया। इस वक्त उसके पैरों में क्रेपसेल के जूते, गर्म पतलून, ओवर कोट और सिर पर हैट था। कमरे में आते ही उसने हैट उतारकर दाईं बगल में दबा लिया। ओवर कोट का कालर गिराता हुआ बोला–''उफ, रात के इस समय भी बड़ी मुश्किल से आ सका हूं। पुलिस ने तो तूफान खड़ा कर रखा है।''

''क्या हुआ है, मुझे भी तो कुछ बताओ।'' बाली ने पूछा।

चहलकदमी करते हुए विक्रम ने कहा–''जूलिया नाम की उस बेवकूफ लड़की ने सारी स्कीम ही फेल कर दी। ऐसी किसी मुसीबत के बारे में तो मैंने सोचा भी नहीं था। सब गड़बड़ हो गया। खैर, उस वक्त कार में तुमने बहुत सही डिसीजन लिया। इसी क्विक माइंड की वजह से तो मैंने तुम्हें ग्रुप में लिया था। उस समय चक्रेश की मौत ही सारे ग्रुप की जिंदगी बन गई थी।''

''मैं, रूबी और छम्मो के बारे में जानना चाहता हूं और यह कि पुलिस क्या कर रही है?''

चहलकदमी करते हुए विक्रम ने बताया–''रूबी ने तो चक्रेश से भी कहीं ज्यादा बेवकूफी की।''

''क्या मतलब?''

''उस बेवकूफ ने अपने पर्स में तुम्हारे नाम लिखकर एक लेटर रख रखा था।''

''मेरे नाम?''

''वह पुलिस के हाथ लग गया।''

''मगर मेरे नाम क्यों उसमें उसने क्या लिखा था?''

''सबकुछ लिखा था उसमें। हमारी सारी स्कीम। तुम्हारा और मेरा नाम। अपना नाम उसने रानी लिखा था।''

''रानी, मगर मैं विस्तारपूर्वक जानना चाहता हूं कि उसमें उसने क्या लिखा था?''

विक्रम उसे बिना किसी हील-हुज्जत के बताता चला गया। ऐसा वह सारे कमरे में चहलकदमी करता हुआ कह रहा था। कई बार कुंडली मारे बैठे ताखी के बहुत समीप से भी गुजरा वह। बाली का पूरा ध्यान उन बातों पर था, जो यह बता रहा था, एक बार ताखी के समीप पहुंचते ही विक्रम ने बिजली की-सी फुर्ती दिखाई।

बाली कुछ समझ भी नहीं पाया। यहां तक कि ताखी भी कुछ नहीं समझ पाया कि विक्रम ने जबर्दस्त फुर्ती के साथ अपनी बगल से एक कढ़ाई निकालकर ताखी के ऊपर डाल दी। ताखी की हल्की-सी चीख कमरे में गूंजी।

बाली हड़बड़ाया परंतु तब तक विक्रम कोट की जेब से रिवॉल्वर निकालकर उसकी तरफ तान चुका था। यह सबकुछ विक्रम ने इतनी तेजी से कर दिया था कि बाली कुछ समझ भी नहीं सका, जबकि विक्रम ने कहा–''बस दोस्त बस, खेल खत्म हो गया है। अब अपने दोनों हाथ ऊपर उठा लो।''

''इसका क्या मतलब?'' बाली एकदम पसीने-पसीने हो गया।

''हा-हा-हा।'' विक्रम खुलकर हंसा–''हाथ ऊपर उठा लो दोस्त।''

बाली ने बौखलाकर ताखी की तरफ देखा। ताखी के ऊपर एक छोटी परंतु लोहे की भारी 'कढ़ाई' पड़ी थी–'कढ़ाई' के दोनों कुंदे टूटे हुए थे। कढ़ाई का पृष्ठ यानी गोल भाग ऊपर था। यानी कुंदे टूटी कढ़ाई फर्श पर उलटी पड़ी थी और उसके अंदर ताखी कैद होकर रह गया था।

उसे 'कढ़ाई' की तरफ देखता हुआ देखकर विक्रम कह उठा–''कढ़ाई के भीतरी भाग में चप्पे-चप्पे पर धारदार ब्लेड के टुकड़े लगे हुए हैं दोस्त। यदि तुम्हारा ताखी इस कढ़ाई की कैद से निकलने के लिए फन मारेगा तो ब्लेड के टुकड़ों से अपना फन टकरा-टकराकर जख्मी कर लेगा बेचारा।''

''हरामजादे-कमीने।'' बाली चीख पड़ा।

हंसा विक्रम, बहुत जोरे से ठहाका लगाया उसने, बोला–''हाथ ऊपर कर लो दोस्त। इसमें इतना चीखने जैसी कोई बात नहीं है। यदि तुम्हारा दांव लग जाता तो इस सारी दौलत को हथियाने के लिए तुम यही करते।''

हाथ ऊपर उठाते हुए बाली ने कहा–''मेरा ऐसा कोई विचार नहीं था।''

''इसीलिए तुमने अपनी बचपन की दोस्त रानी को बड़ी खूबसूरती से ग्रुप में दाखिल किया।''

''ओह।''

विक्रम मुस्कराया–''आगे नहीं सुनोगे कि रानी ने उस पत्र में क्या लिखा था?''

बाली चुपचाप खड़ा उसे घूरता रहा। कुछ ऐसे अंदाज में, जैसे अवसर मिलते ही उस पर झपट पड़ेगा। वह विक्रम के हाथ में दबे रिवॉल्वर को घूर रहा था, विशेष रूप से नाल पर फिक्स साइलेंसर को, उस साइलेंसर को जिसने रिवॉल्वर को काफी लंबा बना दिया था। विक्रम ने कहा–''अपने पत्र में उसने तुम्हें मुझसे सतर्क रहने की सलाह दी थी। कहा था कि उसे मेरी नीयत पर शक है। लूट की सारी दौलत हड़पने के लिए मैं कुछ भी कर सकता हूं।''

''जो सच था?'' बाली गुर्राया।

''यदि इस सच को तुमने अब, यानी इतनी देर से समझा है तो मैं तुम्हें बेवकूफ ही कहूंगा, क्योंकि मैं स्वयं भी इस सच को बहुत पहले से जानता हूं कि तुम इसी फिराक में थे। ये दूसरी बात है कि मौका मेरा लग गया। खैर, मरने से पहले मेरे ख्याल से तुम्हारी अंतिम इच्छा मेरी असली सूरत देखने की रहेगी।''

''यदि तुम्हारी यही इच्छा है तो तुम उसे पूरी कर सकते हो।''

विक्रम धीमे से मुस्कराया। बोला–''मैं नहीं चाहता कि तुम भी

चक्रेश की तरह अपने एक साथी का नाम जाने बिना ही मर जाओ।''

बाली चुपचाप उसे घूरता रहा।

अपने बाएं हाथ से विक्रम ने सबसे पहले, सिर से 'विग' उतारा। किसी दर्पण के सामने चमकती चांद नजर आने लगी, ऐसी कि जिसकी खेती को पाला मार गया था। बाली की आंखें सिकुड़ीं। अगले ही पल विक्रम ने अपने चेहरे से नकली फेसमास्क भी नोच लिया। यही वह क्षण था, जबकि बाली के कंठ से चीख-सी निकल पड़ी–''क्राफोर्ड?''

''क्यों?'' वह सचमुच क्राफोर्ड ही था, जो मुस्कराकर बोला–''उछल पड़े?''

''तुम क्राफोर्ड हो मगर तुम्हारी आंखें।''

''हा-हा-हा।'' मिस्टर क्राफोर्ड ठहाका लगाकर हंस पड़े बोले–''तुम शायद यह सोच रहे हो कि मेरी आंखें नीली क्यों नहीं है। ये कोई बहुत ज्यादा सोचने की बात नहीं है दोस्त। अमेरिका में लोग अक्सर नकली पुतलियों का प्रयोग कर लिया करते हैं। ये पुतलियां काफी सस्ते दामों में यहां के किसी भी जनरल स्टोर से खरीदी जा सकती हैं। उन्हीं पुतलियों ने मेरी आंखें काली कर दी हैं। मगर अफसोस कि तुम्हारे मरने से पहले मैं आंखों से पुतलियां नहीं निकाल सकता। मामला आंखों का है। आंख बची और तुमने कमाल दिखाया।''

''लेकिन तुम . . .।''

''जब तुम अपने सामने प्रत्यक्ष देखने के बाद भी यकीन नहीं कर पा रहे हो कि मैं क्राफोर्ड हूं तो दूसरा कोई बेचारा तो ऐसा स्वप्न भी नहीं देख सकेगा। मुझे अफसोस है बाली की काफी अच्छा दिमाग रखने के बावजूद भी तुम यह नहीं सोच सके कि विक्रम को बैंक की सुरक्षा व्यवस्था के बारे में उतना सबकुछ कैसे मालूम है, जितना किसी साधारण व्यक्ति को पता नहीं हो सकता। तुम्हें याद है, जब मैंने चक्रेश को बचाने के लिए भारत में बैंक ब्लैकमेलिंग का ड्रामा रचा था तो तुमने सवाल किया था कि मेरे दिमाग में बैंक से संबंधित स्कीम ही

क्यों आई या मुझे कैसे यकीन था कि उस प्रकार की धमकी से बैंक किसी सूरत में ब्लैकमेल नहीं हो सकता। उस वक्त मैंने कहा था कि मेरा परिचय जानने के बाद तुम्हें तुम्हारे सवालों का जवाब मिल जाएगा।''

''एक बैंक मैनेजर होने के नाते तुम अच्छी तरह से जानते थे कि इस किस्म की धमकी से बैंक ब्लैकमेल नहीं हुआ करते।''

''मेरी शादी जरूर हुई थी। दुर्भाग्य से शादी के पांच साल बाद ही मेरी बीवी की मौत ने मुझसे छीन लिया, किंतु मरने से पहले वह मुझे किसी बच्चे का पिता नहीं बना सकी थी। यानी क्राफोर्ड की कोई बेटी थी ही नहीं, जो खो जाती। आज से सात साल पहले मैं बैंक मैनेजर के पद पर नियुक्त होकर ब्राडवेल आया। यहां के सुरक्षा प्रबंध देखे। जिस स्कीम पर आज रॉबरी की गई, यह स्कीम आज से सात साल पहले ही बन गई थी मिस्टर बाली। तभी तो मैंने स्वीटी नामक एक काल्पनिक लड़की का बर्थ-डे मनाना शुरू कर दिया था। सारे ब्राडवेल पर यह प्रचारित हो गया कि बूढ़ा क्राफोर्ड अपनी खोई हुई बेटी के विरह में सुलग रहा है। किसी नन्हीं-सी बच्ची को विशेष फ्रॉक और ताबीज पहनाकर उसका फोटो खिंचवाना और उसे ब्राडवेल पर अपनी खोई हुई बेटी बनाना मेरे लिए मुश्किल नहीं था। फिर एक साल मैंने ब्राडवेल पर आने वाले धनवानों में से सबसे पांच धनवान चुने। एक-एक साल उनके कैरेक्टर्स को परखने में गंवाया। उसके बाद भारत गया, विक्रम बनकर तुम लोगों को इकट्ठा किया। इतनी मेहनत की। अपने खर्चे पर तुम चारों को यहां ब्राडवेल पर ऐश कराई। क्या इसलिए कि लूट के बाद मुझे दौलत का पांचवां हिस्सा मिले। नहीं दोस्त नहीं, जो इतनी लंबी साफ-सुथरी और धैर्य से भरी स्कीम बना सकता है, उसने कभी दौलत का पांचवां हिस्सा प्राप्त करने की बात नहीं सोची होगी। खैर, मेरी सूरत देखने के बाद तुम समझ सकते हो कि जो मैंने किया उस सबको कितना आसान बनाकर किया। जेनियर और रानी को मिलाकर। रानी को फ्रॉक और ताबीज देकर, जेनियर को कहानी

सुनाने की आज्ञा देते वक्त मैं जानता था कि जेनियर पागलों के समान रानी को लेकर मेरे पास दौड़ा चला आएगा। जेनियर के एक्सीडेंट के बाद मैंने वाशिंगटन फोन किए जरूर, लेकिन हर बार गलत नंबर। रानी बेचारी सोचती रही कि विक्रम की किसी कारस्तानी से फोन वाशिंगटन नहीं मिल रहा है। मेरी स्कीम एकदम 'फेयर' थी हां, अचानक ही जूलिया ने बैंक में घुसकर गड़बड़ जरूर कर दी।।''

''यदि तुम चाहते तो जूलिया को कुछ देर और अपने कमरे में ही रोक सकते थे।''

''नहीं। वहां मैं मजबूर हो गया था, यदि मैं ऐसा कर सकता तो जरूर करता।''

''क्या मतलब?''

''जूलिया बैंक में घुसी ही गोली की-सी रफ्तार से थी। उसे लॉकर हॉल तक भेजने में जितनी देर मैंने की यदि उससे ज्यादा करता तो मैं स्वयं संदिग्ध हो जाता और स्वयं को मैं संदिग्ध कर नहीं सकता था।''

''भले ही चक्रेश पकड़ा जाता और स्कीम नाकामयाब हो जाती?''

''पुलिस तब तक नहीं जान पाती कि विक्रम कौन था?'' क्राफोर्ड ने कहा–''जो दौलत एयर बैग में रखी है, उसे कमाने के लिए मैंने बहुत मेहनत की है मिस्टर बाली। जितनी मेहनत तुम्हारी नॉलिज में है, उसके अलावा मैंने स्वयं ही छुपकर इन पहाड़ियों के बीच लकड़ी का ये गुप्त कॉटेज बनाया है। इन पहाड़ियों में कॉटेज बनाना आसान नहीं था। तुम देख ही रहे हो कि इस कॉटेज के तीन तरफ हजारों फुट गहरी खाई है। यहां आने का सिर्फ एक ही रास्ता है। सबसे विशेष बात तो यह है कि ये पहाड़ियां कच्ची हैं। यदि एक साथ यहां पच्चीस बमों के धमाके किए जाएं तो पहाड़ियां गिर पड़ेंगी। ऐसे स्थान पर कॉटेज बनाने की कोई कल्पना भी नहीं कर सकता। मगर मैंने बनाई ताकि पुलिस की नजर कभी यहां न पड़ सके और साथ ही काम निकलने के बाद केवल एक ही धमाके में इन पहाड़ियों को उड़ाकर कॉटेज और कॉटेज के साथ

ही तुम्हें भी नेस्तनाबूद कर दूं।''

''क्या मतलब?''

''मेरी स्कीम बहुत सीधी थी।'' विक्रम बताता ही चला गया– ''उसके अनुसार हम पांचों के अतिरिक्त किसी भी छठे व्यक्ति को 'रॉबरी' का पता ही एक साल बाद लगना था। हम सबको बंटवारे के लिए यहां इकट्ठा होना ही था, बस मैंने वही समय चुना था। केवल तुम्हारे ताखी की तरफ से ही मुझे थोड़े खतरे का अंदेशा था। सो उसके लिए मैंने ये लाजवाब कढ़ाई तैयार कर ली थी। सोचा था कि बड़ी आसानी से सारी दौलत अपने कब्जे में करके इन कच्ची पहाड़ियों में एक धमाका करूंगा। एक धमाके में यह पहाड़ी, जिस पर कॉटेज बना है, किसी भी तरफ की हजारों फिट गहरी खाई में गिर जाने वाली थी।''

''मगर ऐसा हो नहीं सका।''

''होगा अब भी ऐसा ही।'' विक्रम की मुस्कान गहरी हो गई।

''मतलब?''

''केवल इतना परिवर्तन आ गया है कि जिस धमाके से इस कॉटेज के साथ मौत की गोद में तुम सबको साथ सोना था उसी धमाके से अब सिर्फ तुमको और ताखी को मुक्ति मिलेगी।''

''तुम शायद छम्मो को भूल गए हो?''

''भूला नहीं हूं दोस्त, जानता हूं कि छम्मो जिम की गिरफ्त में है और जिम उससे यह जानने की कोशिश में है कि लूट की दौलत के साथ तुम कहां हो। वह अभी तक नहीं टूटी है, फिर भी जानता हूं कि वह रानी की तरह पक्की नहीं है, टूट जाएगी, परंतु जब तक वह जिम को इस कॉटेज के बारे में कुछ बताएगी तब तक तो यह पहाड़ी ही टूटकर खाई में गिर चुकी होगी।''

''जिम तुम्हारा पीछा नहीं छोड़ेगा।''

क्राफोर्ड हंसा, इस तरह, जैसे बाली ने कोई बचकानी बात कह दी हो–''जिम या समूचा प्रशासन ज्यादा-से-ज्यादा विक्रम को तलाश

करेगा। उस विक्रम को, जो न कभी था, न है और न होगा। जिम के फरिश्ते भी अपनी अंतिम सांस तक यह नहीं सोच सकेंगे कि क्राफोर्ड विक्रम है। खैर, अब मेरे पास तुमसे बातें करने के लिए ज्यादा समय नहीं है दोस्त। मैं चलूंगा, लेकिन जाने से पहले तुम्हारी किस्मत की तारीफ जरूर करूंगा।''

''किस्मत की?''

''किस्मत वालों को ही रानी और ताखी जैसे दोस्त मिला करते हैं। ताखी की ताकत उसके गुण और तुम्हारे प्रति उसकी भक्ति तो मैं पहले भी कई बार देख चुका हूं। तुम्हारे लिए वह कुछ भी कर सकता है, लेकिन तुम्हारे प्रति रानी की वफादारी पुलिस के टॉर्चररूम में देखी है मैंने। दुनिया का कोई भी मुजरिम इतनी यातनाएं नहीं सह सकता। उसने अपने होठ केवल इसलिए सी रखे हैं, क्योंकि उनके खुलते ही तुम खतरे में पड़ जाओगे। वह बेचारी तुम्हारी दीवानी है, जबकि तुम हो दौलत के दीवाने। मुझे रानी से सहानुभूति है इसलिए क्योंकि बचपन से आज तक तुम्हारे साथ उसने जो एक छोटा-सा घर बसाने का स्वप्न देखा था, वह कभी पूरा नहीं हो सकता। तुम्हारे लिए उसने जेनियर जैसे अच्छे जीवन साथी की तरफ ध्यान नहीं दिया। ये तुम्हारी किस्मत नहीं तो और क्या है कि बचपन से आज तक तुम्हें रानी की दीवानगी और ताखी की भक्ति मिली। हां, दिमाग से तुम गधे जरूर हो। तुमने कभी इनका महत्व नहीं समझा। यदि समझते तो तुम्हारा वह अंत कभी न होता, जो होने जा रहा है बाली।''

''शाबाश ताखी।'' कढ़ाई की तरफ देखता हुआ बाली जोशीले स्वर में चीखा।

''हा-हा-हा, ये बहुत पुरानी चाल है दोस्त। अपने सामने रिवॉल्वर लिए खड़े किसी व्यक्ति का ध्यान भंग करने की यह चाल।''

मगर क्राफोर्ड गलत सोच रहा था।

बाली ने कोई चाल नहीं चली थी। ताखी ने सचमुच लोहे की वह

छोटी किंतु भारी कढ़ाई अपनी पूंछ पर उठानी शुरू कर दी। कढ़ाई को लकड़ी के फर्श से कोई छह इंच ऊपर उठा ही चुका था वह। ताखी का फन फर्श पर था और कढ़ाई का बोझ संभाले वह किसी लाठी के समान उल्टा खड़ा होने की चेष्टा कर रहा था। कढ़ाई उसकी पूंछ पर इस तरह डगमगा रही थी जैसे जमीन पर गाड़ी किसी लाठी के ऊपरी सिरे पर हंडिया।

बाली फिर चीखा–''शाबाश-शाबाश ताखी, कढ़ाई को फेंक दे दोस्त।''

अब क्राफोर्ड चौंका। बाली की नजर बराबर उसके पीछे थी। जब क्राफोर्ड ने भी अपने पीछे हल्की-सी आहट महसूस की तो उसने तुरंत ट्रेगर दबा दिया–''पिट्।''

दहकता शोला बाली की टांग में धंस गया।

एक चीख के साथ बाली त्यौराकर फर्श पर गिरा परंतु क्राफोर्ड बिना एक भी क्षण गंवाए रिवॉल्वर हाथ में लिए एड़ी पर ताखी की तरफ घूमा। ऐसा देखते ही ताखी ने अपनी पूंछ खींच ली। वह पुनः कढ़ाई के नीचे छुप गया। क्राफोर्ड कढ़ाई की तरफ लपका। झपटकर जल्दी से कढ़ाई के ऊपर अपना पैर रखा उसने।

यही वह क्षण था जबकि हवा में लहराकर बाली उसके जिस्म से टकराया। जख्मी बाली ने फर्श से उछलकर उसके पेट में टक्कर मारी थी। बुरी तरह लड़खड़ाकर क्राफोर्ड पीछे जा गिरा। रिवॉल्वर उसके हाथ से छूट चुका था।

बाली रिवॉल्वर पर झपटा।

हालांकि क्राफोर्ड ने अपने स्थान से उछलकर खड़े होने में काफी फुर्ती का प्रदर्शन किया था, किंतु उससे पहले ही।

''पिट्-पिट्।''

जख्मी बाली ने दो बार ट्रेगर दबाया।

इसे संयोग ही कहा जाएगा कि दोनों गोलियां सीधी जाकर क्राफोर्ड

के चेहरे से टकराई। एक प्रकार से यूं लिखना ठीक ही होगा कि क्राफोर्ड के चेहरे के परखच्चे उड़ गए। लहू उछल पड़ा।

एक चीख के साथ वह फिर कभी न उठने के लिए गिरा।

जख्म में तीव्र पीड़ा होने के कारण बाली भी लड़खड़ाकर गिर पड़ा। गोली उसके दाएं पैर के घुटने के थोड़ा ऊपर लगी थी। जख्म से खून बह रहा था। फिर भी रिवॉल्वर हाथ में लिए फर्श पर पड़ा वह कुछ देर तक क्राफोर्ड के जिस्म को देखता रहा, जब उसे यकीन हो गया कि क्राफोर्ड मर चुका है तो रिवॉल्वर एक तरफ फेंककर कढ़ाई की तरफ घिसटा।

नजदीक पहुंचकर बोला–''ये मैं हूं ताखी, वार मत करना।''

ऐसा कहकर बाली ने कढ़ाई उलट दी। ताखी फनफनाकर तन गया। एक नजर क्राफोर्ड की लाश देखी उसने फिर जब बाली की टांग का जख्म देखा तो बड़ी तेजी से लपका। जख्म के ऊपर, जांघ पर लिपट गया ताखी। अपने लंबे शरीर को जांघ के चारों तरफ लपेट दिया और जब ताखी ने अपना कसाब बढ़ाया तो बाली समझ गया कि ऐसा उसने गोली के जहर को शेष जिस्म में न फैलने देने के लिए किया है।

उसकी भावना समझकर बाली हड़बड़ा उठा–''पगला।''

फर्श पर 'कढ़ाई' अभी तक 'झोटे' से खा रही थी। उसके पृष्ठ भाग में सचमुच ब्लेड के टुकड़े लगे थे। यदि ताखी ने फन मार-मारकर कढ़ाई को अपने ऊपर से हटाने की मूर्खता की होती तो सचमुच बुरी तरह जख्मी होकर वह मर चुका होता। बाली ने देखा कि ताखी के जिस्म का पिछला सिरा थोड़ा-सा जख्मी था।

खून चमक रहा था वहां। किंतु जहर न फैलने देने के लिए ताखी ने जांघ पर पर्याप्त कसाब बढ़ा लिया। बाली उसी स्थिति में धीरे-धीरे क्राफोर्ड की लाश की तरफ रेंगा। समीप पहुंचा। उसकी कमीज फाड़कर कत्तर बनाई।

बोला–''अब तू हट जा ताखी। मैं यहां यह कत्तर बांध लूंगा।

ताखी हट गया। कत्तर बांधने के बाद बाली बोला–''क्या तू गोली निकाल सकता है ताखी?''

ताखी ने अपना फन स्वीकारात्मक अंदाज में हिलाया।

''तो निकाल दे, लेकिन सावधानी से। तेरे दांत का जहर जख्म में न गिरे।''

बाली ने पैंट ऊपर सरका दी। जख्म स्पष्ट चमकने लगा। ताखी ने जख्म को देखा। फन सिकोड़ा। छोटा किया और जख्म पर रख दिया। बाली ने दांत भींच लिए। आंखें कसकर मूंद लीं। जब ताखी ने अपना मुंह उसके जख्म के अंदर घुसेड़ने की चेष्टा की तो अपने मुंह से निकलने वाली चीख को बड़ी मुश्किल से दबा पाया बाली।

ताखी जख्म में घुसा।

बाली अपने कंठ से निकलने वाली चीख को रोक नहीं सका। उसका सारा चेहरा पसीने से भरभरा उठा था। उधर ताखी का फन जख्म के अंदर घुसता चला जा रहा था, इधर बाली के कंठ से चीखें निकल रही थीं।

फिर, एक झटका-सा लगा।

ताखी ने अपना फन जख्म से बाहर खींच लिया था। बाली ने देखा कि ताखी का फन खून से लथपथ था, किंतु गोली उसके मुंह में दबी हुई थी। वह कह उठा–''शाबाश, यार शाबाश।''

होटल के कमरे में जब काफी पूछने पर भी छम्मो ने जिम को कुछ नहीं बताया तो जिम थोड़ा परेशान-सा हुआ। कारण यह था कि इस कमरे में वह छम्मो को बहुत ज्यादा टॉर्चर नहीं कर सकता था। ऐसा करने पर कोई भी छम्मो की चीखें सुनकर कमरे में आ सकता था फिर भी, जिम ने उसे छोड़ा नहीं।

रात नौ बजे तक उसी के कमरे में रहा। अपने कमरे में छम्मो एक प्रकार से जिम की कैद में थी।

नौ बजे जिम ने एकाएक ही उसकी कनपटी पर रिवॉल्वर के दस्ते का वार किया। छम्मो बेहोश हो गई, फिर बेहोश छम्मो को होटल के कमरे से निकालकर एक वीरान पड़े खंडहर तक लाने में उसे काफी दिक्कतें पेश आईं, परंतु अंततः जिम अपने प्रयास में कामयाब हो गया।

छम्मो को होश में लाया वह। यातनाएं देनी शुरू कीं। यहां जिम उसे खुलकर टॉर्चर कर सकता था, किया भी कुछ देर तक। छम्मो अपनी कुछ भी न जानने वाली बात पर अड़ी रही, लेकिन जिम के टॉर्चर के सामने ज्यादा देर न टिक सकी। जो कुछ वह जानती थी, सबकुछ किसी टेप के समान बक गई।

अंत में जिम ने कॉटेज का पता पूछा। छम्मो ने बता दिया और जब उसने बता दिया तो जिम ने बेहिचक अपने रिवॉल्वर से उसके सीने में आग भरकर राम-नाम सत्य कर दी।

रानी एक छोटी-सी सीलन-युक्त कोठरी के फर्श पर पड़ी थी। कोठी में केवल जीरो वाट के एक बल्ब का प्रकाश था। एक घंटे पहले उसे होश आया था। इस बार होश आने पर उसने खुद को टॉर्चर रूम में नहीं, बल्कि यहां पाया। वह बराबर बाली के बारे में ही सोचती रही थी।

अचानक, कोठरी का एकमात्र दरवाजा खुला।

सिपाही की वर्दी पहने एक व्यक्ति उसके लिए खाना लाया था। दूर-दूर तक चारों तरफ छाए सन्नाटे को सिपाही की अक्खड़ आवाज ने तोड़ा–''चल उठ, खाना खा ले।''

रानी उठी। टॉर्चर के कारण सारा जिस्म किसी पके हुए फोड़े के समान दुख रहा था।

सिपाही ने उसके बिल्कुल नजदीक आकर खाने की थाली एक

चबूतरे पर रखी। उस वक्त सिपाही की पीठ रानी की तरफ थी। एकाएक रानी के दिमाग में ख्याल आया कि क्यों न वह इस कोठरी से भाग निकलने की कोशिश करे?

'मगर।' बिजली की-सी गति से उसके दिमाग में विचार कौंधा–'क्या वह भाग सकेगी। बैंक रॉबरी की मुजरिम है वह। पुलिस उसे किसी भी कीमत पर अपने हाथ से नहीं निकलने देगी। हां, भागने के प्रयास में वह मारी जरूर जा सकती है। मारी ही जाएगी तो ऐसी क्या विशेषता हो जाएगी। अभी भी वह जीवित कहां है और फिर यह अमेरिकन पुलिस उसे जीवित ही कहां छोड़ने वाली है?'

उसे संघर्ष करना चाहिए भले ही मर जाए।

ऐसा भी तो हो सकता है कि नसीब से वह भाग निकलने में कामयाब हो जाए। यदि वह कामयाब हो गई तो अपने बाली की मदद कर सकती है। विक्रम के इरादे बता सकती है उसे। मुमकिन है कि सबकुछ ठीक हो जाए और अगर सबकुछ ठीक हो गया तो अमेरिका से दूर दुनिया के किसी अन्य कोने में जाकर बाली के साथ अपना छोटा-सा घर बना सकेगी।

रानी यह सबकुछ सोचती रह ही गई। जबकि खाना रखकर पुलिसकर्मी उसकी तरफ घूम गया। उसके घूमते ही रानी को अपने इरादों पर पानी फिरता नजर आया। उसने एक बार फिर रानी से खाने के लिए कहा और दरवाजे की तरफ बढ़ गया। इस वक्त पुनः रानी की तरफ उसकी पीठ थी।

रानी के अंदर से कोई चीखा–'झपट पड़ रानी, झपट पड़ इस पर, ये तेरे लिए आखिरी मौका है, तू अपने बाली के पास पहुंच सकती है, अगर तू इस वक्त चूक गई तो फिर कभी।'

अगले ही पल रानी भूखी शेरनी के समान सिपाही पर झपट पड़ी। दरवाजे के तरफ बढ़ने वाले सिपाही को शायद स्वप्न में भी यह उम्मीद नहीं थी। इसीलिए दरवाजे की तरफ बढ़ते समय वह पूर्ण लापरवाह

था। वह एकदम चौंका, मगर रानी ने उसे संभलने का मौका नहीं दिया। उसके होलस्टर से रिवॉल्वर निकालकर बिजली की-सी गति से दस्ते का वार उसके सिर पर किया। एक सामान्य चीख के साथ ही सिपाही ढेर हो गया।

हाथ में रिवॉल्वर लिए रानी उसके समीप ही खड़ी थर-थर कांपती रही।

रानी का दिल बहुत जोर-जोर से धड़क रहा था। हाथ में रिवॉल्वर लिए रानी उसके समीप ही खड़ी थरथर कांपती रही।

रानी का दिल बहुत जोर-जोर से धड़क रहा था। हाथ में रिवॉल्वर लिए वह दरवाजे पर लपकी। दरवाजे के पार एक गैलरी थी। गैलरी सूनी पड़ी थी। रानी को नहीं मालूम था कि किस तरफ बढ़ने पर वह बाहर निकल सकती है फिर भी वह बेतहाशा एक तरफ को भाग ली।

जैसे ही वह दरवाजे के पार आंखों से ओझल हुई, सिपाही तेजी से उठा। जेब से एक नन्हा-सा ट्रांसमीटर निकाला उसने और ऑन करके बोला–''वह कमरे से भाग निकली है सर।''

⅄

कमिश्नर शीशे के बने एक काफी बड़े वर्गाकार चार्ट के सामने कुर्सी पर बैठा था। शीशे के वर्गाकार चार्ट में अंधेरा था, उसका ऊपरी पर्त पर केवल एक 'मैप' चमक रहा था और यह मैप था, ब्राडवेल तथा उसके आसपास की पहाड़ियों का। मैप के एक स्थान पर कोई जुगनू जैसी चीज चमक रही थी। वह चीज चल रही थी। कमिश्नर के समीप ही खड़ा मेकर भी उस जुगनू को देख रहा था, अचानक कमिश्नर ने एक ट्रांसमीटर पर कहा–''वह तुम्हारी तरफ आ रही है एक्स टु, रोकना नहीं है लेकिन उसे ऐसा भी महसूस नहीं होने देना कि जैसे उसे रोकने की कोशिश ही न की गई हो। तुम उसके रास्ते में बाधाएं अवश्य करोगे, लेकिन ऐसी, जिन्हें वह पार कर जाए।

'यस सर।' दूसरी तरफ से कहा गया।

कमिश्नर ने ट्रांसमीटर ऑफ कर दिया। पुनः मैप पर चमकते जुगनू को देखने लगे थे।

''कमिश्नर साहब।'' एकाएक मेकर बोला–''ये आप क्या कर रहे हैं। मुझे तो कुछ बताइए?''

''इस जुगनू को देख रहे हो मेकर?''

''यस सर।''

''ये रानी है। हमारी कैद से भाग निकलने की कोशिश कर ही है।''

''मैं समझा नहीं।''

''स्पष्ट हो चुका है मेकर कि लड़की से कोई भी कुछ नहीं उगलवा सकेगा। इसके अलावा लुटेरों तक पहुंचने के लिए हमारे पास कोई 'क्लू' नहीं है। यदि अधिक देर की गई तो दौलत सहित लुटेरे हमारी पकड़ से दूर निकल सकते हैं। जो कुछ हो चुका है, उससे जाहिर है कि ये लड़की बाली नामक लुटेरे से बहुत ज्यादा प्यार करती है। अपनी समझ में यह कैद से फरार हो रही है। ब्राडवेल पर इसका अब कोई और ठिकाना नहीं है, इसे बाली के पास ही जाना चाहिए।''

''ओह।'' मेकर ने जुगनू की तरफ संकेत करके कहा–''ये ट्रांसमीटर उसके साथ है।''

''उसके स्कर्ट में लगे उसी पैन में यह उस वक्त फिक्स किया गया था, जबकि वह बेहोश थी।''

''लेकिन यदि उसने यह पैन निकालकर फेंक दिया तो?''

''उसे ख्वाब नहीं चमकेगा मेकर। अपने ही पैन पर कोई शक नहीं कर सकता। इस वक्त उसके दिमाग में केवल एक ही बात होगी बाली के पास पहुंचना। फिर भी, यदि तुम्हारी बात मान ली जाए तब भी वह हमारी नजरों से ओझल नहीं हो सकेगी। सैकड़ों नजरें उस पर टिकी हुई हैं।''

वह बेतहाशा दौड़ रही थी। उसे यह नहीं मालूम था कि वह किधर दौड़ रही है, कहां जा रही है। यह देखने का उसे होश ही नहीं था कि जिस रास्ते पर वह दौड़ रही है, वह किधर जाएगा। मस्तिष्क में केवल एक ही बात थी, जल्दी-से-जल्दी उस मनहूस इमारत से दूर निकल जाना, जिसकी सीलनदार कोठरी में वह कैद थी।

सुनसन पड़ी सड़क पर दौड़ती ही चली गई रानी।

निरंतर बीस मिनट दौड़ने के बाद वह बुरी तरह थक गई। सांस धौंकनी के समान चल रही थी। लड़खड़ाकर वह एक गटर के समीप लगभग गिर-सी गई। काफी देर तक वहीं पड़ी हांफती रही। गटर से अपनी पीठ टिका दी उसने। पांच मिनट बाद वह स्वयं को कुछ नियंत्रित-सा कर पाई। अब उसने सड़क को ध्यान से देखा। समझ गई कि इस वक्त वह 'मूनरेज' होटल के नजदीक है। रानी को यकीन नहीं आ रहा था कि वह पुलिस की कैद से भाग निकली है। काफी कठिन काम था वह, जिसे उसने काफी सरलता से पूरा कर लिया था।

सड़क दूर-दूर तक सुनसान पड़ी थी।

इसका अर्थ ये है कि उसके भाग निकलने का समाचार अभी फैला नहीं है। यदि फैल जाता तो इस वक्त सरकारी वाहन इन सड़कों पर रौंद रहे होते। आखिर बैंक रॉबरी की मुजरिम है वह। उसकी फरारी की सूचना सारे ब्राडवेल के पुलिस विभाग में हलचल-सी मचा देगी। भूसे के ढेर में से सुई के समान उसकी तलाश जारी हो जाएगी। वह क्षण आने से पहले ही उसे सुरक्षित स्थान पर पहुंच जाना चाहिए। कॉटेज में, बाली के पास।

मन में ऐसा ख्याल आते ही वह एक झटके से उठ खड़ी हुई।

अभी पहला कदम बढ़ाया ही था कि उसका विवेक चीख पड़ा–'क्या कर रही है रानी?'

'अपनी फरारी की सरगर्मी फैलने से पहले बाली के पास जा रही हूं?'

'क्यों, बाली को पकड़वाना चाहती है क्या?'

'क्या मतलब?'

'बिल्कुल बेवकूफ हे तू। अपनी बेवकूफी से बाली को भी फंसवाएगी। जरा सोच, बैंक रॉबरी की मुजरिम है तू और इस कदर आसानी से फरार भी हो गई, क्या उन्होंने तुझे इतनी ही लापरवाही से रखा होगा कि अभी तक तेरी फरारी की किसी को खबर ही नहीं है?'

'मैं समझी नहीं।'

'वे सोच सकते हैं कि कैद से फरार होते ही तू सीधी बाली के पास जाएगी। उन्होंने अपनी एड़ी-चोटी का जोर लगा लिया, मगर तूने बाली का पता नहीं बताया। क्या बाली तक पहुंचने की उनकी यह एक और चाल नहीं हो सकती। तेरा वहां से भाग निकलना, ये सूनी पड़ी सड़कें सबकुछ एक चाल है रानी। सच ये है कि इस वक्त भी तुझ पर सैकड़ों आंखें टिकी हुई हैं। तुझे बाली तक पहुंचने का मौका दिया गया ताकि तुम्हारे मिलते ही वे दोनों को थाम लें।'

'तब मैं क्या करूं?'

'तू बाली के पास मत जा। यदि तूने ऐसी मूर्खता की तो वह पकड़ा जाएगा।'

'लेकिन, मैं जाऊं कहां?'

'यदि बाली के पास जाना ही है तो किसी ऐसी तरकीब से जा, जिससे कि अगर तुझ पर निगाहें टिकी हुई हों तो वे भी धोखा खा जाएं।'

'ऐसी क्या तरकीब है?'

'सोच रानी, सोच। दिमाग पर जोर डाल।' विवेक ने चीखकर कहा– 'यदि तू सीधी बाली के पास चली गई तो समझ ले बाली को अपने हाथ से मौत के मुंह में धकेल दिया है तूने।'

रानी ठिठक गई थी। सचमुच वह गटर के समीप खड़ी सोचती रही।

काफी समय गुज़र गया। एकाएक, उसे जाने का ख्याल आया कि उसने अपनी स्कर्ट का ऊपरी हिस्सा टटोला।

अपना पेन मौजूद देखकर रानी की आंखें चमक उठीं। उसने गटर में झांका, कूड़ा टटोलकर एक मुड़ा-तुड़ा परंतु खाली कागज निकाल लिया उसने। पुलिस को धोखा देने की वह एक टूटी-फूटी स्कीम बना चुकी थी।

⅄

''ओह।'' गतिशील जुगनू पर दृष्टि टिकाए कमिश्नर कह उठा–''यह तो झील की तरफ जा रही है।''

मेकर बोला–''शायद लुटेरे उधर ही छुपे हों।''

''ऐसा ही लगता है।'' कहने के साथ ही उन्होंने ट्रांसफार्मर ऑन करके कहा–''तुम उसके पीछे हो?''

''यस सर।''

''उसे तुम्हारा आभास तो नहीं है?''

''नो सर, इस रास्ते पर भी सड़क के दोनों तरफ हमारे आदमी छुपे हुए हैं।''

''तुम उस पर नजर रखो और उसकी रिपोर्ट हमें भेजते रहो।''

''ओ. के. सर।''

फिर करीब दस मिनट बाद दूसरी तरफ से बताया गया–''वह झील की उस पहाड़ी पर पहुंच गई है सर, जहां से झरना गिरता है। मैं उसके बहुत करीब हूं, एक पत्थर के पीछे छुपा मैं चांदनी रात में उसे साफ देख सकता हूं। ऐं, वह एक पत्थर पर बैठ गई है। अरे उसने स्कर्ट से पेन निकाल लिया है सर। पेन खोलकर वह एक कागज पर कुछ लिख रही है।''

''शायद वह लिखकर कोई संदेशा बाली तक पहुंचाना चाहती है।''

''मैं उसे साफ देख रहा हूं सर। पत्थर पर बैठी अभी भी वह कुछ

लिख रही है।'' कुछ देर तक दूसरी तरफ सन्नाटा छाया रहा, फिर उसी आवाज ने पुनः कहा–''उसने लिखना बंद कर दिया है सर। कागज एक पत्थर पर रखकर उसके ऊपर पेन भी रख दिया है। पेन और कागज वहीं रखकर वह खड़ी हो गई है।''

कमिश्नर ने जुगनू की तरफ देखा, वह स्थिर था।

दूसरी तरफ से कहा–''अरे वह तो पहाड़ी की ढलान की तरफ बढ़ रही है सर। पानी की तरफ, उस तरफ, जां से पानी बीस फुट नीचे गिरता है। अरे सर, वह तो रुक ही नहीं रही है, उसी तरफ।''

''अरे कमिश्नर उछल पड़ा–''कहीं इस कम्बख्त लड़की ने सुसाइड का इरादा तो नहीं कर लिया है। ऐसा ही लगता है, उसे रोको डबल फाइव, उसे बचाओ जल्दी।''

तभी दूसरी तरफ से डबल फाइव की जोरदार आवाज–''ठहरो।''

अपने पीछे से गूंजने वाली इस आवाज को सुनते ही रानी चौंककर ठिठकी। बड़ी तेजी से उसने घूमकर देखा, एक पत्थर के पीछे से प्रकट होकर छाया उसकी तरफ लपकी, इस इंसानी छाया को देखते ही रानी समझ गई कि उस पर सचमुच नजर रखी जा रही थी, उस पर नजर रखने वाला उसके आत्महत्या के इरादे को भांपकर चकरा उठा है। वह जल्दी से वापस मुड़ी। वातावरण में झरने के पानी के गिरने का शोर था।

इस शोर को चीरकर पीछे वाली परछाईं पुनः चीखी–''ठहरो।''

मगर रानी रुकी नहीं। बल्कि उसके कदम पहले से कहीं ज्यादा तेज हो गए। पीछे वाली परछाईं पहाड़ी पर तेजी से भागती हुई उसकी तरफ आ रही थी। उसके समीप पहुंचने से पहले ही रानी पहाड़ी के किनारे पर पहुंची। नीचे झांका। बीस फुट ऊपर से गिरने के कारण पानी नीचे गुड़मुड़ हो रहा था।

रानी एकदम उस गुड़मुड़ होते पानी में कूद पड़ी।

⅄

समूचा पुलिस विभाग बौखला उठा। एकदम हंगामा और शोर-शराबा-सा मच गया। पुलिस की पेट्रोल गाडियां झील की तरफ दौड़ पड़ीं। स्वयं कमिश्नर हैरान था। बल्कि अगर यूं कहा जाए कि कमिश्नर सबसे ज्यादा हैरान था तो ज्यादा उचित होगा, क्योंकि इस तरीके से लुटेरों तक पहुंचने की बात उसी ने सोची थी।

ऐसी तो कल्पना भी नहीं की थी किसी ने कि वह लड़की आत्महत्या भी कर सकती है।

बीस मिनट के अंदर झील को काफी दूर तक घेर लिया गया। जाल डलवा दिए गए लेकिन रानी को जीवित या मृत देह उन जालों में न फंस सकी। कागज पर उसने केवल इतना लिखा था–''मैं जा रही हूं बाली। तेरी जिद की वजह से मेरा कोई भी स्वप्न पूरा नहीं हो सका। हम अगले जन्म में मिलेंगे। तब एक छोटे-से घर में रहेंगे बाली। लेकिन तुझे मेरी कसम है, उस जन्म में जिद्दी न बनियो तू। बहुत बड़े बंगले का ख्वाब मत देखियो।''

बस यही लिखा था कागज पर।

सुबह तक भी जाल में रानी न फंस सकी। फंसती भी कैसे, वह नदी के आसपास थी ही कहां?

⅄

जो बचपन में गंगा किनारे खेला करती थी, उसका पानी से वही रिश्ता था, जो मछली का होता है। सचमुच रानी बीस फुट ऊपर से कूदकर इस गुड़मुड़ होते पानी से टकराई और गहराई में समाती चली गई फिर शीघ्र ही संभलकर किसी मछली के समान तैरने लगी।

वह केवल पांच मिनट में काफी दूर निकल गई।

फिर एक किनारा पकड़ा। बाहर निकली। वह अच्छी तरह से जानती

थी कि अब वह उन सभी नजरों को धोखा दे चुकी है, जो उस पर टिकी हुई थीं। अब उसका मकसद जल्दी-से-जल्दी किनारे से दूर हो जाना था। साढ़े बारह बजे थे। उसने पहाड़ियों के रास्ते से गुजरकर आज ही की रात कॉटेज में पहुंचने का निश्चय कर लिया था।

⅄

बाली ने अपने जख्म पर पट्टी बांध ली थी। अब वह हल्की-सी लंगड़ाहट के साथ आराम से चल-फिर सकता था। क्राफोर्ड की लाश और कढ़ाई उसने खिड़की के जरिए खाई में फेंक दी थी। इस सबके बीच मफलर के समान उसके गले में पड़ा ताखी सोता रहा था। एक कुर्सी पर बैठकर देर तक बाली पिछले चौबीस घंटों में तेजी से घटने वाली घटनाओं के बारे में सोचता रहा। विक्रम और चक्रेश मर चुके थे। रानी पुलिस की गिरफ्त में फंस गई थी। बाली समझता था कि अब रानी से वह कभी नहीं मिल सकेगा।

रह गई छम्मो। उसे जिम नहीं छोड़ेगा। हां, जिम को कॉटेज का पता जरूर बता सकती है वह। जिम यहां आ सकता है और इसलिए बाली के दिमाग में एक बार यह विचार भी आया कि दौलत लेकर इस कॉटेज से भाग जाए, परंतु फिर ये सोचकर रुक गया कि इस कॉटेज से निकलना बेवकूफी होगी। क्राफोर्ड के अनुसार पुलिस कभी सोच भी नहीं सकती कि इन कच्ची पहाड़ियों कें कोई कॉटेज भी हो सकता है।

जबकि सारे ब्राडवेल पर पुलिस भूखे कुत्तों की तरह उनकी तलाश कर रही होगी। टोल-टैक्स चौंकियां बंद पड़ी होंगी। बात को वह अच्छी तरह समझ गया कि यह कॉटेज ही उसके लिए सर्वाधिक सुरक्षित है। यहां से निकलना मौत को दावत देने के बराबर है। पुलिस यहां कभी नहीं पहुंच सकती।

अतः वह तब तक वहीं छुपा रहेगा, जब कि कि ब्राडवेल पर 'रॉबरी' की सरगर्मी रहेगी। उसने जिम के बारे में भी सोच लिया था। विक्रम

के रूप में क्राफोर्ड ने जिम के बारे में जो कुछ कहा था, अब तक की घटनाओं से वही सच साबित हुआ था, यानी वाकई यहां जिम की स्थिति किसी मुजरिम से भी बदतर है। यहां बिल्कुल अकेला है वह। यदि छम्मो के बताने पर वह आया भी तो अकेला ही आएगा और ताखी की मौजूदगी में अकेले जिम से निपटना किसी चींटी से निपटने के बराबर ही था। अब तो उसकी जेब में क्राफोर्ड का रिवॉल्वर भी था।

हां, उसे सतर्क रहने की जरूरत थी।

एकाएक उसे ख्याल आया कि अभी तक उसने एयर बैग खोल कर वह दौलत देखी ही नहीं है, जिसका वह मालिक है, ऐसा ख्याल मस्तिष्क में आते ही बाली कुर्सी से उठ खड़ा हुआ।

ताखी आराम से सोता रहा।

बाली एयर बैग के नजदीक पहुंचा। घुटनों पर बैठा और एक झटके से चैन खोल दी। चैन के खुलते ही एयर बैग ने अपना मुंह फाड़ दिया। उसमें भरी दौलत को देखकर बाली की छोटी-छोटी आंखें चमक उठीं। बैग में हाथ डाला उसने। हाथ में सौ डॉलरों वाली एक गड्डी आई।

दीवानों के समान गड्डी को चूमा उसने। फिर फुरेरी-सी लगाई और एयर बैग के नजदीक रख दी। पुनः एयर बैग में हाथ डाला। इस बार हाथ में किसी लॉकर की चाबी आ गई। बाली झुंझलाया। चाबी को कूड़े-करकट की तरह एक तरफ उछाल दिया। पुनः हाथ डाला।

फिर, वह पागलों के समान दौलत को एयर बैग से निकाल-निकालकर बाहर रखने लगा। जिस अनुपात में दौलत बाहर आती जा रही थी। बाली का पागलपन उसी अनुपात में बढ़ता चला गया।

बाली ने एयर बैग उठाकर पागलों के समान फर्श पर उलट दिया।

नजरें रह-रहकर गड्डियों, जेवरातों और हीरों पर फिसलने लगीं।

''ताखी-ताखी।'' वह एकदम कह उठा।

ताखी एकाएक सजग हो गया।

''ये सारी दौलत हमारी है, सिर्फ हमारी। अनुमान से बहुत ज्यादा है। ये चालीस करोड़ क्या होते हैं। हुंह, ये सारी दौलत केवल मेरी और तेरी है ताखी, हम।''

''बाली-बाली।'' बाहर से आवाज उभरी।

इस आवाज को सुनते ही दोनों बुरी तरह उछल पड़े।

बाली चौंककर कह उठा–''रानी, ये तो रानी की आवाज है।''

ताखी उसके गले से कूद पड़ा था। बुरी तरह बेचैन होकर वह दरवाजे की तरफ लपका। बाली हक्का-बक्का सा खड़ा हो गया था। जबकि बार-बार बाली को पुकारती हुई रानी कॉटेज के दरवाजे पर चमकी।

यही, वह क्षण था जबकि ताखी एक ही छलांग में उसके कंधे पर जा चढ़ा।

रानी बाली को और बाली रानी को देखता रह गया। ताखी रानी के गाल पर जगह-जगह से चूमकर प्यार कर रहा था। बाली का दिमाग बड़ी तेजी से कुछ सोच रहा था, जबकि रानी ने कहा–''तू ठीक तो है बाली?''

''तू-तू?'' बाली स्वयं को संभाल नहीं पा रहा था–''तू यहां कैसे आ गई?''

ताखी के फन पर प्यार से हाथ फेरती हुई रानी ने कहा–''मुझे तुम दोनों को ठीक देखकर बहुत खुशी हुई है।''

''मैं पूछता हूं तू यहां आ कैसे गई?'' बाली अपनी पूरी ताकत से चीख पड़ा।

''अरे तू तो अब भी गुस्सा कर रहा है?''

मानो पागल हो गया बाली, गुर्राया–''जवाब दे हरामजादी, जवाब दे।''

''अरे, देख तो ताखी। बाली तो गाली देता है मुझे।''

उसके कंधे पर बैठा ताखी भी चौंककर बाली की तरफ देखने लगा, जबकि इस बार रानी की तरफ से अपने सवाल का जवाब न मिलने पर बाली बिल्कुल ही पागल हो गया। गुस्से में उफनते हुए उसने जेब से

रिवॉल्वर निकाल लिया, दहाड़ा–''जवाब दे रानी जवाब दे।''

''अरे, तू मुझे रिवॉल्वर दिखाता है रे?''

''ओफ्फो, हरामजादी कुतिया। तू बताती क्यों नहीं। यहां कैसे पहुंच गई तू?''

''मैं उनकी कैद से भाग निकली हूं। मुझे यही शक है न कि मेरे पीछे-पीछे पुलिस यहां पहुंच जाएगी। नहीं पहुंचेगी। बाली तू फिक्र क्यों करता है। मैं सबको धोखा देकर आई हूं। वे मेरे पीछे लगे जरूर थे।''

''उफ्, तुझे यहां आने के लिए कहा ही किसने था?''

''अपने बाली के पास आने के लिए भी मुझे कोई कहेगा?''

''तूने-तूने फिर वही बेवकूफी की है, जैसी बचपन में किया करती थी।''

''तू भी तो बचपन की आदतें नहीं छोड़ सकता। हमेशा मुझ पर बिगड़ता रहता है।''

''कमीनी-जाहिल-बेवकूफ।'' बाली दहाड़ उठा–''तूने सारी योजना ही चौपट कर दी। मैं सोच रहा था कि यहां पुलिस कभी नहीं पहुंच सकती, लेकिन तू-तू तो मूर्ख है न। जाहिल ले-ले।''

''पिट्-पिट्।''

रिवॉल्वर से दो शोले झपटकर रानी के जिस्म में धंस गए। कॉटेज के उस कमरे में रानी की हैरत में डूबी चीखें गूंज उठीं। ताखी कूदकर फर्श पर जा गिरा। रानी गिर गई थी। बीच में मौजूद ताखी कभी रानी को देख रहा था, कभी बाली को। रानी तड़प रही थी। अंतिम हिचकी लेते वक्त उसने केवल यही कहा–''तू-तू तो सचमुच गंदा निकला रे बाली। मुझे अपनी रानी को गोली मार दी तूने?''

एक झटके से उसके प्राण पखेरू उड़ गए।

बाली जल्दी से रिवॉल्वर अपनी जेब से रखता हुआ चीखा–''जल्दी कर ताखी, आ अब हमें यहां से निकलना है। यह कॉटेज अब सुरक्षित नहीं रहा है। इस पर पुलिस की नजर जरूर रही होगी।''

बाली दौड़कर एयर बैग के समीप बिखरी दौलत के समीप पहुंचा मगर उससे कहीं पहले पहुंच गया था ताखी। दौलत के ढेर पर कुंडली मारकर बैठ गया वह।

जब बाली ने दौलत की तरफ हाथ बढ़ाया तो बड़ी तेजी से फुंफकारा ताखी।

बाली चौंका। चौंककर ताखी की तरफ देखा उसने। ताखी की गोल आंखों में उसे पानी-सा तैरता नजर आया। बुरी तरह क्रोधित अंदाज में फुंफकार रहा था ताखी।

''तुझे क्या हुआ ताखी। क्या बात है?''

बेजुबान ताखी जोर से फुंफकारा।

''बाद में बात करेंगे ताखीद्ध इस वक्त हम खतरे में हैं। पुलिस किसी भी क्षण यहां पहुंच सकती है। हमें यह दौलत एयर बैग में भरकर फौरन यहां से निकल जाना है। हट जा दौलत से, हट जा।''

ताखी ने उसी तरह फुंफकारकर इंकार में फन हिलाया।

''क्या हो गया है तुझे?'' बाली चीख पड़ा–''हटता क्यों नहीं?''

दौलत पर कुंडली मारे बैठा ताखी चुपचाप उसे घूरता रहा।

''मैं कहता हूं हट जा। तू इसीलिए नाराज है न कि मैंने रानी को मार डाला है। वह मजबूरी थी ताखी। रानी ने बेवकूफी की थी। उसके पीछे जरूर पुलिस होगी। अब यहां पुलिस पहुंचने ही वाली होगी।''

ताखी उसे देखता रहा। जैसे धिक्कार रहा हो।

''हट जा।'' गुस्से में उफनते हुए बाली ने घुमाकर उसके फन पर हाथ मारा। ताखी किसी रस्सी के टुकड़े के समान उछलकर दूर जा गिरा। बाली ने दौलत को समेटने के लिए हाथ बढ़ाया ही था कि बुरी तरह फुंफकारता हुआ ताखी हवा में उछलकर उस पर झपटा।

मफलर के समान सीधा बाली के गले में आ लिपटा था वह।

''ताखी-ताखी ये क्या कर रहा है तू?'' बाली चीख पड़ा।

जबकि उसकी गर्दन में ताखी का कसाव बढ़ता ही चला गया।

अपने दोनों हाथों से ताखी के जिस्म को पकड़े बाली उसे अपने गले से निकालने की कोशिश कर रहा था। सारे कमरे में लंगड़ाता हुआ घूम रहा था वह। गर्दन में लिपटे ताखी का कसाव बढ़ता ही चला गया।

बाली का काला चेहरा सुर्ख पड़ने लगा। आंखें और जीभ बाहर को उबलने लगीं। चेहरे की एक-एक नस चमकने लगी थी। सांस रुकने लगी। घुटी-घुटी-सी आवाज बाली के कंठ से निकली–''ये तू क्या कर रहा है यार। क्या इतना नाराज है तू मुझसे ताखी। मान जा दोस्त, मुझे माफ कर दे।''

परंतु बेज़ुबान ताखी ने ठीक उसके मस्तक के बीच में काटा और उलट गया। बाली के कंठ से चीख उबल पड़ी। गर्दन में कसाव कम हो गया था, बाली बोला–''तूने मुझे काट लिया ताखी। काटकर पलट भी गया तू। जहर भर दिया मुझमें ताखी।''

बाली धम्म से लकड़ी के फर्श पर गिरा।

ताखी ने पहली बार ही इंसानी खून का स्वाद चखा था। बाली से पहले उसने कभी किसी को नहीं काटा था। बाली फर्श पर पड़ा तड़प रहा था और ताखी उसकी छाती पर बैठा उसे घूर रहा था।

बाली का सारा जिस्म नीला पड़ गया। मुंह से नीले झाग उगलते वक्त उसकी गर्दन एक तरफ को लुढ़क गई। ताखी उसकी छाती से हटा। हारे हुए जुआरी के समान धीरे-धीरे रेंगता हुआ रानी की लाश के समीप पहुंचा। लाश के ऊपर बहुत देर तक दीवानों के समान रेंगता रहा वह। प्यार करता रहा। उस बेज़ुबान की गोल आंखों से लाश पर कई बूंदे गिरी थीं।

फिर उसने लकड़ी के फर्श पर बिखरे रानी के खून में पूंछ डुबोई और फर्श पर एक वाक्य लिख दिया। वाक्य लिखने के बाद ताखी पुनः रेंगा। दौलत पर कुंडली मारी और फन चौड़ा कर बैठ गया।

बैंक रॉबरी को हुए एक महीना गुजर चुका था, किंतु पुलिस को पता

नहीं लग सका कि रानी का क्या हुआ। बाली और लूट की दौलत कहां है। हां, एकाएक मैनेजर क्राफोर्ड के गायब होने का रहस्य भी पता नहीं लग सका। पुलिस ने एडी-चोटी का जोर लगा लिया। एक महीने तक खूब सरगर्मी रही मगर सब व्यर्थ। पुलिस को कॉटेज के बारे में पता नहीं लग सका। लगता भी कैसे। कोई सोच भी नहीं सकता था कि उन कच्ची पहाड़ियों में कोई कॉटेज भी हो सकता है, जहां तेज धमाका होते ही पहाड़ियां धड़धड़ाकर गिर सकती हैं।

जिम को उस कॉटेज का पता मालूम था।

लेकिन एक महीने तक उसने भी कॉटेज की तरफ जाने की कोई कोशिश नहीं की, क्योंकि हर सड़क पर पुलिस का कड़ा पहरा रहा था। वह समझता था कि जब तक पुलिस की सरगर्मी है, तब तक लुटेरे भी कॉटेज से निकलने की मूर्खता नहीं करेंगे। जिम ने सोचा कि यदि पुलिस की सरगर्मी के बावजूद कॉटेज की तरफ गया तो पुलिस की नजरों में वही संदिग्ध हो जाएगा।

ब्राडवेल में पड़ा जिम पुलिस की सरगर्मी के ढीले पड़ने की प्रतीक्षा करता रहा।

एक महीने बाद वह दिन आ ही गया। जेब में रिवॉल्वर रखकर वह झील के उस पत्थर के समीप जा पहुंचा जहां से 'ब्राडवेल बीस किलोमीटर' लिखा था। छम्मो द्वारा बताए रास्ते पर चलता हुआ वह अंत में कॉटेज तक पहुंच ही गया। एक छोटी-सी कच्ची पहाड़ी के ऊपर लकड़ी का कॉटेज सुनसान-सा पड़ा था। कोट की जेब से उसने रिवॉल्वर निकाल लिया। कॉटेज तक पहुंचते-पहुंचते उसे वैसी ही तीव्र दुर्गंध का अहसास होने लगा, जैसी सड़ी हुई लाशों में से उठा करती है।

फिर भी सांस रोककर वह कॉटेज के दरवाजे पर पहुंचा। कॉटेज में दो लाशें पड़ी थीं। सड़ी हुई। कीड़े गिजबिजा रहे थे उनमें। जबर्दस्त बदबू उठ रही थी। जिम पहचान गया कि वे लाशें बाली और रानी की

हैं। उसकी फर्श पर फिसलती हुई दृष्टि एक वाक्य पर स्थिर हो गई। रानी के खून से किसी ने फर्श पर लिखा था–**''इस दौलत को हाथ लगाने वाला जिंदा नहीं बचेगा, क्योंकि यह दौलत सिर्फ रानी की है।''**

जिम की समझ में वाक्य का अर्थ नहीं आया। दृष्टि एयरबैग के समीप पड़े दौलत के ढेर पर पड़ी। जिम की भूरी आंखें चमक उठीं। वह तेजी से दौलत की तरफ लपका। अभी एक कदम इधर ही था कि कमरे मे जाने किस हिस्से से एक रस्सी-सी उछलकर उसकी गर्दन में आ लिपटी।

जिम के कंठ से चीख और हाथ से रिवॉल्वर साथ ही निकले।

॥ समाप्त ॥